Christian Laborie *se passionne pour l'histoire et les habitants de sa province d'adoption : les Cévennes. Ses romans sonnent comme autant d'hommages humbles et sincères. Le succès de la saga* L'Appel des drailles *et* Les Drailles oubliées *l'a hissé au rang des auteurs incontournables de la littérature de terroir.*

L'Appel des drailles

Du même auteur

Chez De Borée

L'Arbre à pain
L'Arbre d'or
Le Brouillard de l'aube
Le Chemin des larmes
Le Saut-du-Loup
Les Bonheurs de Céline
Le Secret des Terres Blanche
Les Hauts de Bellecoste
Les Drailles oubliées
Les Sarments de la colère

Imprimé en U.E. en juillet 2011
Dépôt légal : août 2011
ISBN : 978-2-8129-0405-9

CHRISTIAN LABORIE

L'APPEL DES DRAILLES

De Borée
Terre de poche

GÉNÉALOGIE

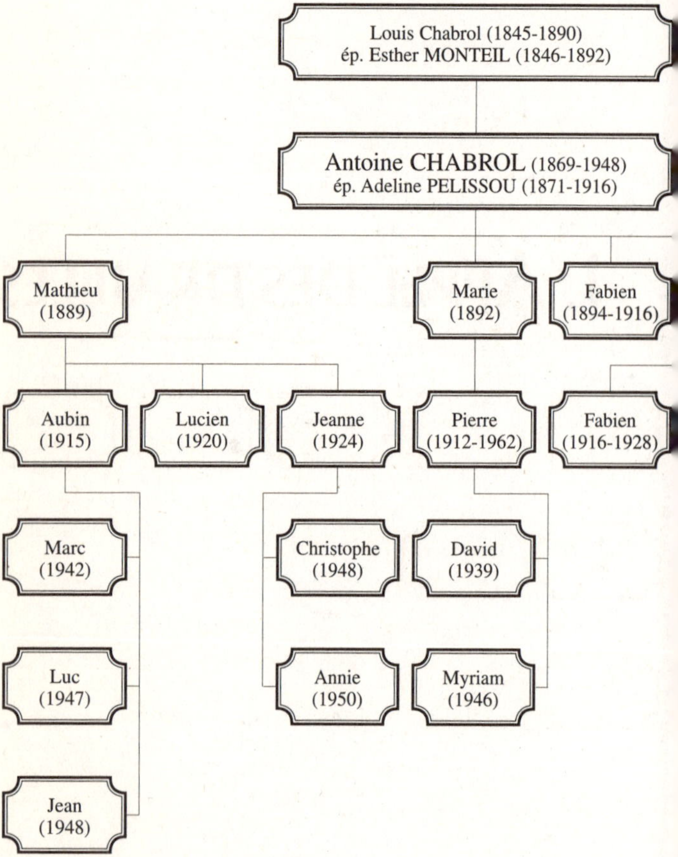
Louis Chabrol (1845-1890)
ép. Esther MONTEIL (1846-1892)
Antoine CHABROL (1869-1948)
ép. Adeline PELISSOU (1871-1916)
Mathieu (1889)
Marie (1892)
Fabien (1894-1916)
Aubin (1915)
Lucien (1920)
Jeanne (1924)
Pierre (1912-1962)
Fabien (1916-1928)
Marc (1942)
Christophe (1948)
David (1939)
Luc (1947)
Annie (1950)
Myriam (1946)
Jean (1948)

DES CHABROL

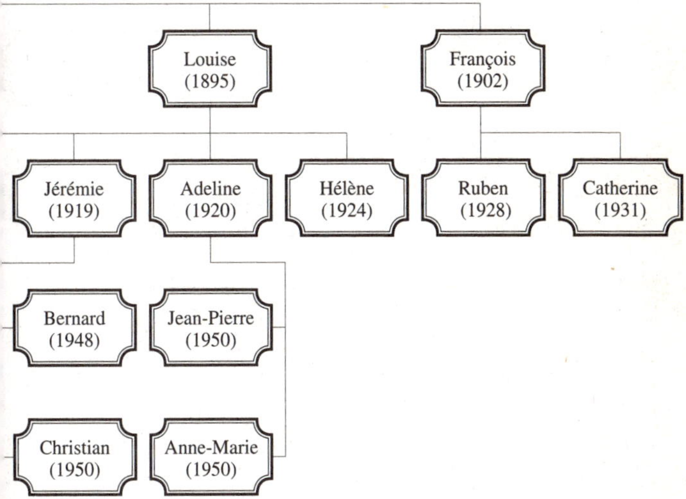
Louise (1895)
François (1902)
Jérémie (1919)
Adeline (1920)
Hélène (1924)
Ruben (1928)
Catherine (1931)
Bernard (1948)
Jean-Pierre (1950)
Christian (1950)
Anne-Marie (1950)

Première partie

Le temps accompli

I

Le grand départ

L'ENFANT REGARDAIT au loin disparaître le long ruban blanc qui ondoyait, insaisissable, comme une grande vague de l'océan. Rien ne perturbait son attention, pas même les aboiements du jeune chiot que son père lui avait offert peu avant Pâques, ni les exhortations de sa mère.

Tous les ans, Mathieu éprouvait la même douleur. Voir partir son père lui arrachait des larmes et le plongeait dans une attente déchirante qui ne cessait qu'au moment où il le savait sur le chemin du retour, avec ses brebis, ses chiens et son âne.

Pourtant la fête avait été joyeuse avant le départ. Il avait participé à la décoration des plus belles bêtes et s'était fait une joie immense de confectionner les pompons de laine multicolores qui étaient la fierté de son père quand il traversait les villages à la tête de son troupeau. Il l'imaginait en héros, acclamé par les foules en liesse, comme l'aimaient à le raconter ses camarades, qui, plus âgés, participaient déjà au long et mystérieux périple.

Sa mère le tira de sa rêverie :

« Il est temps de rentrer, Mathieu. J'ai de l'ouvrage qui attend à la maison. »

Le petit garçon ne broncha pas, le regard toujours rivé sur l'horizon.

« Attends un peu, je les vois encore.

– Ça ne sert à rien de rester plantés là. Nous les reverrons bientôt. Allez, viens !

– L'année prochaine, je partirai avec eux ! Moi aussi, je veux faire la draille !

– Tu n'as que cinq ans, Mathieu !

– Bientôt six !

– Les hommes n'ont pas le temps de s'occuper des petits enfants. Ils ont déjà beaucoup à faire avec les bêtes. »

Mathieu se retourna et fusilla sa mère du regard.

« L'année prochaine je serai un grand, puisqu'en automne je vais aller à l'école ! Papa me l'a promis. »

Adeline ne discuta pas. Elle prit son enfant par la main et l'emmena d'un pas décidé en direction du Soleyrol, la petite métairie qu'elle habitait.

Comme chaque année, elle avait accompagné Antoine, son mari, jusqu'à la sortie du village, et l'avait laissé au commencement de la draille[1]. Elle avait toujours l'âme en peine après le départ des bergers. Tandis que les hommes se réjouissaient d'emmontagner, les femmes se préparaient à passer cinq longs mois de solitude, privées de leurs époux et de leurs fils.

---

1. *Chemin de transhumance.*

Le grand départ

Au printemps, quand le vent se met à souffler, quand le ciel grivelé s'émaille de longues écharpes d'azur, alors commence le temps des grandes migrations. Les bêtes, plus que les hommes, sentent monter en elles l'appel des cimes et des hauts pâturages. Dans tous les villages du Languedoc et des basses Cévennes, la même fébrilité s'empare des bergeries qui, soudain, s'éveillent d'un long et monotone hivernage et se mettent à bruire du bêlement des agneaux. Les brebis retrouvent leur vigueur et appellent les béliers. La vie reprend, une année chassant l'autre, telles les eaux d'une rivière qu'alimente la fonte des glaces hivernales.

Pour Adeline, qui élevait seule ses trois enfants pendant qu'Antoine transhumait sur le causse, l'été n'était pas la meilleure saison. Elle se levait tous les jours, dès que l'aube s'immisçait entre les crêtes, et se couchait tard le soir, après avoir soigné les brebis malades.

Ce matin du neuf juin, elle peinait à la tâche. Les vives douleurs dans les lombes, qu'elle ressentait depuis quelques jours et qu'elle avait cachées à Antoine, lui confirmèrent ses craintes. Elle se confia à sa mère, venue l'aider à garder les enfants :

« Je crains d'être à nouveau enceinte. »

Marthe, vieillie par un douloureux veuvage, s'émut de sa confidence :

« Ma pauvre petite ! Comment ferez-vous donc avec quatre enfants en bas âge ? Antoine le sait-il ?

– Je ne lui ai encore rien dit. »

Adeline traversa la cuisine et alla s'asseoir au cantou.

« Mère, ajouta-t-elle, nous nous serrerons un peu plus. Là n'est pas la question. Ce qui me chagrine, c'est que nous vous avions promis de vous prendre avec nous. Depuis la mort de père vous êtes bien seule ! Mais comment faire à présent ? Cette maison est si petite !

– Ne t'inquiète pas. Je suis bien chez moi. Et je peux traverser le village pour venir jusqu'ici. Je garderai tes enfants pendant que tu es à ton ouvrage et que tu fais ton petit.

– Mère, vous êtes trop bonne. Il serait temps que vous vous reposiez !

– Je suis une vieille femme, mais je peux encore être utile. »

Marthe décrocha un chaudron du mur, alla le remplir à la citerne, puis le suspendit à la crémaillère de la cheminée et commença à éplucher des légumes pour la soupe. Adeline se rassit, envahie d'une immense fatigue.

« Si seulement mes frères étaient là ! Ils pourraient s'occuper de vous.

– Laisse donc tes frères là où ils sont. Ils ont eu raison de partir loin d'ici, où il n'y a rien d'autre à espérer que de servir un maître comme au temps des rois. Ernest est à Paris et je suis fière de ce qu'il est devenu. Quant à Fernand, là-bas en Algérie, il a plus de terres que le châtelain de Quérac. Il ne crèvera jamais de faim ! »

Marthe s'inquiétait pour sa fille. À la troisième naissance, il avait fallu aider Fabien à venir au monde, et l'accoucheuse avait craint des complications. Adeline s'était remise, par miracle disait-on, du déchirement que l'enfant lui avait causé.

« Depuis quand es-tu enceinte ?

– Huit semaines environ.

– Pourquoi as-tu attendu pour l'annoncer à Antoine ?

– Je ne voulais pas l'inquiéter avant qu'il endraille. Ça lui aurait gâché sa joie de regagner l'estive. C'est la seule récompense qu'il tire de son existence.

– Vous ne comptez donc pas, toi et les enfants ?

– Bien sûr que si ! Mais notre vie ici n'est pas toujours très rose. Nous dépendons trop du maître de Quérac. Il ne nous fait aucun cadeau. »

Marthe savait tout cela. Elle n'ignorait pas les souffrances endurées jour après jour, pour pouvoir rendre la part au maître après chaque agnelage, ni les vexations qu'Antoine devait supporter quand il rentrait de transhumance avec des bêtes manquantes. Il avait beau invoquer la foudre, les chiens errants ou le tournis, il devait prendre sur son propre bien pour les remplacer.

Quand il quittait le domaine de Quérac, son troupeau se composait d'environ cinq cents têtes, auxquelles s'ajoutait son bien propre : une trentaine de brebis et quelques chèvres que le maître l'autorisait à faire pâturer sur ses terres du causse. Trente brebis et quelques chèvres ! C'était toute la richesse d'Antoine Chabrol !

En tant que métayer, Antoine était lié par un contrat d'herbage très contraignant. Le bail étant renouvelable chaque année après la tonte de mai, le sort des siens était donc suspendu au bon vouloir du châtelain qui, à tout moment, pouvait le chasser de sa métairie. Aussi acceptait-il ses exigences sans rechigner, et sans montrer son ressentiment.

Le maître lui fournissait, comme c'était l'usage, le logis, les étables et leurs dépendances, ainsi que le troupeau, les sonnailles et tous les accessoires d'élevage. Pendant l'hivernage, il le laissait pâturer dans ses garrigues et lui abandonnait les feuilles de vigne après les vendanges.

En contrepartie, Antoine était seul responsable de ses bêtes. Il fournissait le sel, l'huile de cade et d'éclairage, et payait, à part égale avec le maître, les bergers qu'il engageait pour le seconder quand arrivait le temps de la transhumance. Au retour, il recevait la moitié des gains obtenus par la vente des agneaux, du lait et de la laine qu'il acheminait en personne sur le marché de Sommières.

Le domaine d'Auguste Donnadieu s'étendait au pied des Cévennes méridionales, au départ des grandes drailles collectrices. Il comprenait autant de vignobles que de garrigues où paissaient ses milliers de bêtes.

Le châtelain possédait encore des centaines d'hectares d'herbages et plusieurs bergeries sur le causse Méjean et en Margeride, ce qui lui permettait de contrôler le va-et-vient des troupeaux transhumants.

Charles Legarec, un Breton de l'Armor, faisait fonction de régisseur et s'occupait en personne du troupeau principal, celui que le maître ne confiait pas aux métayers. C'était un personnage taciturne, peu apprécié dans le village. Il se vantait partout de sa forte influence auprès du maître. Personne n'osait donc se plaindre de son sort, et la châtellenie de Quérac passait encore, à l'aube du XXe siècle, pour l'une des ces survivances anachroniques des temps féodaux.

Le vent du nord avait chassé les derniers nuages de pluie, et le ciel, rincé par les fortes bourrasques, annonçait les lourdes chaleurs de l'été. La montagne, tout endimanchée, s'apprêtait à accueillir les transhumants.

Le troupeau, ragaillardi par la liberté retrouvée, grimpait allègrement et, telle une onde naissante, grossissait au fur et à mesure qu'il traversait hameaux et villages. Aux environs de Saint-Hippolyte, Antoine rejoignit la draille provenant de Saint-Bauzille-de-Putois, et, après La Baraque, fit une halte prolongée à Colognac, gros bourg situé aux abords du parcours.

Ses bêtes ne passaient pas inaperçues. Ensonnaillées et empomponnées, les *menouns*[1] marchaient la tête droite, comme si elles avaient conscience de l'admiration générale. C'était chaque fois le même rituel, la même fête joyeuse. Quand arrivaient les troupeaux dans un grand tintamarre de sons de cloches et de bêlements, tous se bousculaient dans les ruelles du petit village cévenol. Antoine mettait un point d'honneur à passer le premier, dès le lendemain de la Saint-Médard, de même qu'il était toujours le dernier à redescendre du causse afin de profiter au maximum des herbages d'altitude.

À la sortie du village, il gagna un parc à moutons où il avait l'habitude d'enfermer ses bêtes, le temps

1. *Bêtes meneuses.*

de déjeuner en attendant Fernand Raïol, le berger qui l'accompagnait depuis de longues années. Inquiet de ne pas le voir arriver, il revint sur ses pas, seul, laissant son troupeau sous la garde de son apprenti et de ses chiens. Il se renseigna auprès des badauds qui attendaient le passage d'autres troupeaux venus de plus loin.

« Fernand ne t'accompagnera pas cette année, lui expliqua le maire de la commune qu'il rencontra en chemin. Il s'est fait engager par Legarec. »

Antoine fit mine de s'étonner. Le maire poursuivit :

« Legarec est passé dans tous les villages le long du parcours. Il a essayé de débaucher tous ceux qui endraillent avec les métayers de Quérac. J'ignore ce qui se passe au domaine, mais cela ne me dit rien de bon pour certains d'entre vous.

– Il faut que je lui parle ! Je ne peux pas monter seul. D'autres brebis doivent se joindre aux miennes.

– Je crains fort que tu ne trouves personne cette année. »

Le maire, aussi surpris qu'Antoine, n'en dit pas plus. Il invita son ami à boire un verre au Café de la Mairie, puis le laissa en compagnie de quelques vieux de la commune qui jouaient aux cartes à la table voisine. L'un d'eux, qui avait entendu leur conversation, se pencha vers Antoine et lui dit discrètement :

« Si tu veux voir le Fernand, petit, rends-toi chez le maréchal-ferrant. C'est là qu'il travaille avant d'endrailler.

– Je n'ai guère de temps à perdre, mais j'y cours ! »

Fernand Raïol était en train de ferrer un cheval. Il tenait dans sa pince un fer encore rougi par le feu et le martelait avec force sur l'enclume. Surpris, il tenta de s'expliquer :

« Ne m'en veux pas, Antoine. Tu sais comme la vie est dure ! Legarec m'a proposé d'endrailler avec lui, et il me donne beaucoup plus que tu ne pourras jamais me donner. Moi aussi j'ai une femme et des enfants, et ce n'est pas avec ce que je gagne à la forge que je peux tous les nourrir.

– Tu aurais dû m'en parler avant mon départ. On aurait pu s'arranger.

– Legarec ne m'a pas laissé le choix.

– Que veux-tu dire ?

– Tu sais bien que ma maison appartient à Donnadieu. »

Antoine, à court d'arguments, ne discuta pas.

« Quand mes fils seront grands, ajouta-t-il, dépité, je n'aurai plus besoin de personne pour m'accompagner ! »

Fernand n'entendit pas et, de rage, se remit à marteler le fer, sous les hennissements du cheval qui s'impatientait.

« Nous restons amis, n'est-ce pas, Antoine ? lança-t-il quand celui-ci lui eut tourné le dos et se fut déjà éloigné.

– C'est ça, restons amis ! » répondit Antoine, désabusé.

En son absence, une certaine agitation s'était emparée du troupeau. Malgré le savoir-faire des deux chiens, Bastien, le *traspastre*[1], avait du mal à maîtriser les bêtes. Une trentaine d'agnelles et quelques

1. *Apprenti berger.*

bedigues[1] se pressaient à la porte de l'enclos, voulant se mêler aux brebis d'Antoine. Celui-ci ne s'en émut pas, mais Bastien, qui avait assisté à la scène sans pouvoir réagir, semblait décontenancé. Antoine eut à peine le temps de lui expliquer la situation que Lucien Maistre arriva sur ses talons, tout essoufflé.

« *Bou Diou* ! Je ne sais pas ce qu'elles ont, elles m'ont échappé ! Elles ont senti tes bêtes et n'ont eu qu'une envie, se joindre à elles pour prendre la draille. Je crois bien que si on les laissait faire, elles monteraient à l'estive toutes seules. Par instinct. »

Antoine ne put s'empêcher de rire aux éclats.

« Tu oublies que les plus anciennes connaissent déjà le chemin.

– Pas les miennes. Cette année, je ne te confie que des jeunettes. Des *anhels*[2] et des *bedigues.*

– Je n'ai personne pour me seconder. Or quand j'aurai fini de collecter, d'ici que j'arrive au Villaret, j'aurai pas loin de quinze cents bêtes. Nous sommes trois d'habitude, plus Bastien !

– Je sais, coupa Lucien Maistre. Legarec est venu me démarcher. Mais je l'ai envoyé paître, enfin, si j'ose dire. Je ne mange pas de ce pain-là. Je n'aime pas ces salades. Que veut-il ? Avoir tous les petits éleveurs à ses pieds ?

– Et sans doute la peau de tous les métayers.

– C'est Donnadieu qui l'a envoyé ?

---

1. Ovins nés de l'année précédente, âgés de dix à dix-huit mois.

2. Agneaux et agnelles de l'année.

– Je l'ignore. Mais dès mon retour, j'en aurai le cœur net. Si Donnadieu ne veut plus de métayers, il n'a qu'à nous le dire et nous reprendre bêtes et bergeries.

– Ne t'énerve pas, petit. Je ne suis pas le seul à être de votre côté. Tu peux compter sur tous les petits éleveurs de la draille ; ils te confieront toujours leurs bêtes. Nous savons tous que tu es le meilleur maître-berger et, vois-tu, si un jour tu pouvais te passer de Donnadieu…

– Ça, c'est un rêve ! C'est impossible. Rien ne m'appartient et j'ai peine à joindre les deux bouts avec ce qu'il me laisse.

– Tu es jeune. Sois patient ! Ne manque surtout pas une occasion ! En attendant, je peux te confier mon fiston. Il t'aidera là-haut à l'estive. Les moutons, il connaît. Il n'a que quinze ans, mais il est déjà robuste comme un homme. »

Antoine remercia chaleureusement Lucien Maistre, qui était un ami de son père, et se remit en chemin sans tarder.

Le petit troupeau s'égrena à travers les blocs erratiques dévalés du Liron et fit une seconde halte à la fontaine Saint-Martin pour s'abreuver. Rien n'était plus merveilleux, aux yeux d'Antoine, que ces moyennes montagnes avant les premiers feux de l'été. L'or des genêts resplendissait dans un écrin de verdure et rivalisait d'éclats avec le cuivre roux des schistes et l'argent des boules de granite. Le spectacle changeait à chaque pas, au gré des cols et des vallées.

De part et d'autre des *serres*[1], des paysages en camaïeu s'étendaient à l'infini, témoignage d'un pays bien vivant. Les *faïsses*[2] aux contours tortueux reflétaient l'activité des hommes, encore nombreux dans toutes les Cévennes.

Antoine n'ignorait pas les difficultés de ces paysans besogneux qui, accrochés à leur mas ancestral, le voyaient passer avec envie. Cette envie, il la lisait dans leurs yeux, lui *lou pastre*[3] des cimes qui incarnait le voyage et la liberté. Parfois il était tenté de leur dire qu'il menait aussi une existence de serf attaché à la glèbe sans espoir de se libérer. Mais il ne se plaignait jamais et préférait semer un peu de rêve sur son passage, partout où ses moutons s'acheminaient, conscient que, pendant quatre mois, nul ne pourrait lui ôter ce que la montagne et le causse allaient lui offrir en partage.

En fin d'après-midi, alors que le soleil décochait encore des flèches de velours, il parvint à Camp-Barrat par le col des Fosses. Il rassembla son troupeau et se prépara à passer la nuit entre les énormes pierres séculaires, vestiges d'un ancien champ clôturé.

C'était toujours là sa première étape du soir, à l'écart de toute habitation, son premier contact avec la nature retrouvée, sa façon de reprendre la communion avec la draille. Tandis que la plupart des troupeliers se trouvaient en chemin un toit pour la

---

1. *Crêtes.*
2. *Terrasses cultivées et soutenues par des murs en pierre sèche.*
3. *Le berger.*

nuit, à Colognac ou dans un hameau voisin, le premier soir, il préférait dormir à la belle étoile entre ses chiens et son âne, près de ses brebis.

Quand la nuit eut recouvert le troupeau, il s'enveloppa dans sa cape doublée de laine, se blottit contre un rocher non loin des bêtes et invita ses jeunes compagnons à l'imiter. Au loin, une bise légère léchait la cime des arbres, tandis que la lune éclairait le sommet des montagnes et dessinait sur les rochers d'étranges silhouettes furtives qui semblaient veiller sur leurs hôtes d'un soir.

Antoine ne trouva pas immédiatement le sommeil. Le lieu où il avait l'habitude de faire sa première halte lui semblait si magique qu'il s'attendait toujours à voir des fées exaucer ses vœux les plus chers. Il se mit à prier, les yeux grands ouverts, ne sachant pas très bien s'il s'adressait à Dieu ou aux divinités enchanteresses qui, disait-on, hantaient ces endroits mystérieux.

II

Inquiétudes

AUX FEUX de la Saint-Jean le village avait coutume de se rassembler autour de l'immense bûcher dressé sur la place du *foirail*. La douceur de cette première nuit d'été, le vin et l'alcool qu'on buvait plus que d'habitude dès la journée de travail achevée, contribuaient à créer une atmosphère de liesse inégalable.

Les hommes se pressaient autour des tables dressées sous un immense velum, et commentaient bruyamment les dernières nouvelles colportées par ceux qui, descendus des villages cévenols, avaient vu défiler les nombreux troupeaux sur la draille. Les femmes se tenaient plus près du bûcher pour mieux surveiller leurs enfants qui ne cessaient d'alimenter le feu sacré afin qu'il dure le plus longtemps possible. Les plus âgés, trop fatigués pour rester debout pendant des heures, restaient à l'écart assis sur les vieux bancs de l'église, qu'on avait sortis pour l'occasion, et regardaient d'un œil amusé la jeunesse prendre la relève.

Les flammes apaisées, les plus vaillants sautaient au-dessus des braises, toujours trois fois, pour porter bonheur.

« Vont se brûler ! » ricanaient les anciens, qui avaient fait les mêmes prouesses au temps de leur jeunesse.

Quelques superstitieux ramassaient des brandons pour les répandre dans leur jardin afin d'éloigner les chenilles et les serpents, tandis qu'au petit matin les troupeaux qui n'étaient pas encore partis pour les hauts pâturages passeraient dans les cendres pour éviter le piétin.

Malgré l'absence d'Antoine, Adeline ne manquait jamais une fête de la Saint-Jean. Elle s'y rendait souvent avec sa meilleure amie, Adrienne Coste, l'épouse d'un autre métayer de Quérac et marraine de leur fille Marie. Les deux familles habitaient non loin l'une de l'autre, et les deux hommes s'entraidaient comme des frères pendant la période d'hivernage. Parti peu après Antoine faire la draille du Gévaudan, Joseph Coste avait laissé Adrienne avec ses deux enfants, guère plus âgés que ceux d'Adeline.

Dans l'état où elle se trouvait, celle-ci n'eut pas le courage de participer à la fête votive du village. Les occasions de se divertir étaient pourtant rares à Quérac. Les larmes aux yeux, elle repensait à cette soirée de la Saint-Jean au cours de laquelle Antoine lui avait fait la cour la première fois. Cela lui paraissait si proche encore, et cependant sept longues années s'étaient déjà écoulées et trois enfants étaient nés. Et bientôt le quatrième !

Quand Auguste Donnadieu leur avait proposé une place de métayers elle avait cru que le ciel s'ouvrait devant eux, que le bonheur ne cesserait jamais d'irriguer leur vie. Elle ne pensait qu'à son Antoine et aux beaux enfants qu'il lui ferait, comme on pense à seize ans quand la vie ne fait que commencer. Mais très vite, celle-ci leur avait montré son vrai visage.

Mariée très jeune à Antoine, Adeline n'eut guère le loisir de rêver, ni de goûter aux délices des prémices conjugaux. Mathieu était né un an après son mariage, et les conditions de vie et de travail que leur imposait Auguste Donnadieu ne leur avaient jamais permis de se préoccuper de leur bien-être.

Cependant, elle vivait depuis sept ans dans un bonheur comblé qu'elle n'aurait pas songé à remettre en cause. Jamais elle ne se plaignait, jamais elle ne reprochait à Antoine leurs liens de servitude envers un maître qui se croyait encore au temps des seigneurs. Jamais son amour n'avait faibli.

Juillet jetait déjà sur les collines sa lourde chape de plomb. Le ciel, embrasé dès les premières heures de l'aurore, se voilait de fines étoles de mousseline qui rendaient l'atmosphère encore plus asphyxiante. Dès dix heures le matin, bêtes et hommes recherchaient l'ombre des chênes et plongeaient dans une profonde léthargie jusqu'à l'orée du soir. Seules les cigales s'en donnaient à cœur joie, emplissant la garrigue de leur chant mélodieux, et semblaient être la seule source de vie à des lieues à la ronde.

Adeline souffrait des fortes chaleurs, comme chaque fois qu'elle était enceinte. Elle se calfeutrait à l'intérieur et ne sortait les bêtes que tard le soir, quand la fraîcheur redonnait vie à la bergerie.

En l'absence de son gendre, Marthe restait auprès d'elle. Chaque soir, elle partageait le lit de sa fille sur qui elle veillait sans relâche. Cette quatrième naissance ne lui disait rien de bon. Adeline lui paraissait encore bien faible pour affronter une telle épreuve. « Ils auraient pu attendre un peu plus, pensait-elle, Fabien a tout juste un an ! »

Les enfants d'Antoine et d'Adeline se suivaient à deux ans d'intervalle. Mathieu, l'aîné, allait sur ses six ans. C'était déjà un petit garçon très dégourdi, fier de son père, « le meilleur berger de tout Quérac ! » aimait-il proclamer devant ses camarades. Il passait tout son temps dans les jambes d'Antoine et connaissait toutes les brebis aussi bien que lui. Celui-ci n'avait pas besoin de lui expliquer ; Mathieu se contentait de regarder et il savait.

« Pas de doute, il fera un bon berger ! » avouait Adeline pour satisfaire son mari.

Mais, sans l'avouer, elle eût préféré que ses enfants échappent au triste sort qui les attendait.

Marie, la cadette, allait sur ses quatre ans. Toute menue, elle lui ressemblait beaucoup. Antoine s'extasiait devant elle comme devant une poupée. Il ne pouvait s'empêcher de la comparer à Adeline petite ; ses souvenirs d'elle au même âge étaient encore vivants dans sa mémoire.

« Comment peux-tu te rappeler de moi à quatre ans ? demandait-elle, toujours amusée par cette idée.

– J'en avais sept, et j'étais déjà amoureux de toi ! » répondait-il en plaisantant.

La petite Marie ne se détachait jamais de sa mère ; elle la suivait pas à pas, imitant chacun de ses gestes. Comme elle, elle voulait traire les chèvres et faire téter les jeunes agneaux sevrés à la bouteille de verre. C'était toujours un drame quand il fallait se séparer du jeune animal destiné à la vente quelques semaines plus tard. Jamais Adeline n'avait eu le courage de lui avouer que certains agneaux étaient destinés à la boucherie. Quand Marie la questionnait pour savoir ce qui advenait d'eux, elle répondait :

« Ils vont gambader dans la montagne avec les autres moutons.

– Alors, pourquoi papa ne les emmène-t-il pas lui-même ? »

Et Adeline s'évertuait à trouver des réponses qui puissent satisfaire sa petite fille sans éveiller en elle doute et tristesse.

Fabien, le petit dernier, avait tout juste un an et exigeait encore beaucoup de soins. Marie rendait service en le gardant pendant que sa mère s'absentait à l'étable, préparait les caillés ou partait au lavoir pour la lessive. Mais elle ne supportait pas de rester loin d'elle trop longtemps.

C'est pourquoi Marthe, qui avait suivi sa fille et son gendre à Quérac, venait régulièrement pour garder les enfants et seconder sa fille.

« Je n'ai plus que ça à faire à présent : regarder pousser mes petits-enfants ! » aimait-elle plaisanter.

Quand Adeline avait demandé à Antoine de prendre sa mère sous leur toit, celui-ci n'avait fait aucune objection.

« On lui donnera la chambre des enfants et j'aménagerai pour eux un coin du grenier. »

C'était sans compter sur une nouvelle naissance. Celle-ci venait perturber les plans d'Antoine, car la maison n'était pas très spacieuse : une cuisine où la cheminée tenait tout un pan de mur, sans confort ni commodité ; et deux petites chambres. Mathieu et Marie occupaient la plus petite des deux, Antoine et Adeline s'étant réservé la plus grande pour pouvoir y loger le berceau de Fabien. À l'étage, le grenier, tout aussi exigu, était rempli d'antiquités qui ne leur appartenaient pas. Antoine avait promis de demander à Auguste Donnadieu l'autorisation de le vider pour l'aménager dès son retour.

Dans la cour, une grosse citerne récupérait l'eau des toits. On y puisait celle-ci avec parcimonie, surtout l'été, car il arrivait que les pluies d'automne se fissent attendre et que la maigre source dont le bétail dépendait se tarît. Un second bâtiment, tout en longueur, faisait angle avec l'habitation : il comprenait l'étable des moutons et l'écurie des chèvres. Adeline fabriquait elle-même ses *pélardons*[1] dans une sorte de cave à demi enterrée sous la maison et à laquelle on accédait par un escalier de pierre extérieur. Enfin, un peu à l'écart, un dernier bâtiment servait de grange et de hangar pour le matériel.

Sur son domaine, Auguste Donnadieu, châtelain de Quérac, possédait une dizaine de bergeries de ce type qu'il louait à des familles de métayers.

---

1. *Petits fromages de chèvre.*

Les chaleurs du mois d'août chassaient celles de juillet, plus étouffantes encore. Depuis début juin, il n'était pas tombé une seule goutte de pluie, et sur la terre craquelée seules les plantes vivaces résistaient. L'air desséché était irrespirable, comme à l'entrée d'une forge, et quand le zénith approchait, un fleuve de feu se déversait dans les vignes, dans les champs cultivés, et s'immisçait dans les ruelles des villages.

Assoupie sur son lit à l'ombre fraîche de sa chambre, Adeline laissait vagabonder son imagination, en pensant au prénom de son futur bébé. « Si nous l'appelions Louis, cela ferait plaisir à Antoine. Le petit lui rappellerait son pauvre père. »

Puis elle s'assombrit : « Comment va-t-il prendre cette nouvelle naissance ? Il avait souhaité que Fabien soit le dernier ! (Puis s'assombrissant :) Trois enfants, avait-il déclaré à la naissance de son deuxième fils, ça fait déjà une belle famille ! Il faudrait s'arrêter là !

– Il ne tient qu'à toi, mon chéri », lui avait-elle alors répondu.

Leur amour était si absolu qu'elle craignait toujours de tomber enceinte. Certes, Antoine faisait attention, mais elle avait la hantise de l'irrémédiable. Depuis ses dernières relevailles, elle essayait bien de tempérer ses ardeurs, mais il savait si bien la charmer qu'elle succombait toujours à ses désirs.

Tout à coup, vers trois heures de l'après-midi, tandis que Fabien commençait à s'agiter dans son lit, quelqu'un frappa à la porte avec vigueur. Marthe somnolait dans son fauteuil. Elle réagit la première et demanda à l'inconnu de se présenter.

« C'est Legarec », fit le visiteur.

Adeline sursauta sur son lit : « Legarec ! Il n'est donc pas à l'estive ? »

« J'arrive, s'écria-t-elle pour éviter à sa mère d'aller ouvrir elle-même, j'arrive ! »

Elle remit de l'ordre dans sa tenue, refit sommairement son chignon d'un tour de main, enfila sa blouse et se dirigea vers la porte. Avant d'ouvrir, elle demanda :

« C'est pour quoi ?

– Ouvrez donc, je vous expliquerai. »

Adeline tourna la clé deux fois dans la serrure et entrouvrit la porte de chêne.

« Oui ?

– J'ai à vous parler. Je peux entrer ? »

Legarec s'introduisit dans la cuisine, regarda Marthe sans la saluer et se retourna vers Adeline :

« Le maître veut te voir.

– Moi ?

– Oui, toi. Ton mari est absent pour longtemps encore. C'est donc toi qu'il veut voir.

– Où ça, au château ?

– Je ne pense pas que le maître se déplacera jusqu'ici. Sinon, il ne m'aurait pas envoyé.

– Quand veut-il me voir ? insista Adeline.

– Maintenant. Il ne faut pas le faire attendre. C'est quelqu'un de très occupé, tu le sais bien. »

Legarec tourna les talons et, sur le pas de la porte, ajouta :

« Inutile de venir avec toute ta marmaille. C'est toi seule qu'il veut voir. »

Le bruit de son cheval au galop s'estompait déjà au loin, quand Adeline, très intriguée, se mit en route.

Auguste Donnadieu l'attendait dans son bureau, une belle pièce de style Louis-Philippe, dont tout un pan de mur était occupé par une immense bibliothèque.

« Dire que nous savons à peine lire, nous autres ! » songea-t-elle en attendant que le châtelain daigne lever les yeux vers elle.

« Je vous attendais », dit enfin celui-ci.

Adeline ne bougea pas.

« Approchez mon enfant, ajouta-t-il d'un ton paternaliste. Ne soyez pas effrayée. Je vous sens toute… comment dire… toute retournée. Ce décor, n'est-ce pas ? Vous n'avez pas l'habitude ! Ce ne sont que des vieux meubles et des livres que personne ne lit plus. »

Adeline, intimidée, presque tétanisée, se demandait ce que le maître avait à lui dire et craignait le pire. Celui-ci continuait à pérorer, semblant oublier l'objet de sa démarche. Au bout de quelques minutes qui semblèrent une éternité à la jeune femme, il se décida enfin :

« Voilà. Je vous ai fait venir, car vous et votre mari vous me chagrinez un peu. »

« Ça y est ! se dit Adeline. Il veut nous retirer la métairie. Il veut nous mettre dehors. C'est pour ça qu'il n'a pas voulu que je vienne avec les enfants. Pour ne pas se laisser attendrir. »

Donnadieu alluma un énorme cigare, souffla plusieurs fois de grosses volutes de fumée âcre, et poursuivit sans se soucier qu'il incommodait Adeline :

« J'ai ouï dire que vous aviez l'intention de mettre votre fils à l'école à l'automne prochain. C'est cela, n'est-ce pas ? »

Adeline ne répondit pas. « Ce n'est pas pour cette raison qu'il m'a fait venir ! » s'étonna-t-elle, incrédule.

« C'est cela, n'est-ce pas ? insista Donnadieu.

– Oui, Monsieur, bredouilla-t-elle. Mathieu est ravi par cette idée.

– Pas moi ! » coupa le maître, changeant soudain de ton.

Interloquée, Adeline ne sut que répondre. Elle ajouta, après quelques secondes d'hésitation :

« Maintenant qu'il y a un maître d'école dans notre village…

– Un de ces hussards noirs de la République ! Vous savez que je ne porte pas la gueuse en grande considération.

– Maître, mon mari ne fait pas de politique. Nous pensions qu'il serait bon que nos enfants aient de l'instruction.

– Pour être bergers, vos enfants n'ont pas besoin de savoir lire ni écrire. »

Adeline baissa les yeux et se retint de répliquer, rouge de colère.

« Si vous voulez donner de l'instruction à vos enfants, envoyez-les chez le curé. Il s'en occupera mieux que ces instituteurs de l'école laïque.

– C'est que nous sommes protestants, Monsieur.

– Je ne le sais que trop ! Mais sur mes terres, je ne veux pas entendre parler de cette communale, creuset de révolutionnaires et d'anarchistes. Vous m'entendez ! C'est le curé ou rien !

– Je dois en parler à Antoine.

– Votre mari aura vite fait de comprendre où est son intérêt. Entre donner du pain à ses enfants ou l'instruction du diable, je ne crois pas qu'il hésite longtemps. »

Atterrée, Adeline se tut et demanda l'autorisation de prendre congé.

Revenu à de plus agréables intentions, Auguste Donnadieu reprit son ton doucereux et retint encore Adeline un instant pour lui demander des nouvelles des siens. Mais, voyant que la jeune paysanne ne lui faisait guère de sourires, il n'insista pas. Il appela une domestique par le cordon de la sonnette et la fit reconduire sur le perron. Avant qu'Adeline eût disparu, il prit encore le temps de lui déclarer :

« N'oubliez pas, hein… le curé ! Sinon… »

Il n'acheva pas sa phrase. Adeline dévala le grand escalier sans se retourner et sortit sans dire un seul mot à la domestique dont le visage de marbre demeurait impassible.

« Que voulait-il ? » demanda Marthe dès qu'elle eut franchi le seuil de la porte.

Adeline expliqua la situation sans s'épancher.

« On n'est même plus maîtres de ses propres enfants ! répliqua Marthe. Je crains fort qu'Antoine refuse d'envoyer Mathieu chez le curé, même pour son éducation.

– Nous en reparlerons à son retour. »

La discussion en resta là. Plus jamais de tout l'été, il ne fut question de ce sujet entre les deux femmes.

Adeline prenait des rondeurs. Jour après jour, l'enfant annonçait sa venue en lui provoquant des nausées de plus en plus fréquentes, ce qui, avec les touffeurs de la fin de l'été, la rendait encore plus mal à l'aise. Presque chaque jour, elle se vidait de ses humeurs et s'affaiblissait lentement. Elle ne gardait guère qu'un repas sur deux et finit par ne s'alimenter que des soupes de sa mère.

« Tu devrais consulter un médecin, lui conseilla celle-ci. Tu ne tiendras jamais quatre mois de plus dans ces conditions. Mes tisanes de camomille n'y font plus rien. Je ne sais plus quoi faire pour te soulager. »

Marthe connaissait bien le secret des plantes. Au printemps et à l'automne, elle faisait grande provision de simples qu'elle faisait sécher longtemps et qu'elle conservait ensuite dans de grands bocaux de verre soigneusement fermés et étiquetés : menthe sauvage pour les vers des enfants, gentiane pour redonner des forces, aigremoine pour les refroidissements, mauve pour la fièvre inflammatoire. Elle détenait toute une pharmacopée dont elle était fière et dans laquelle elle puisait sans réserve chaque fois que l'un des siens en avait besoin. Les médecins de la ville n'étaient pas souvent venus chez elle, sauf pour la terrible maladie qui l'avait clouée au lit peu après la disparition de son mari.

Cette fois, elle était à bout de ressources. Plus aucune décoction ne faisait effet, ni les remontantes, ni les digestives, ni les calmantes. Force lui était de constater que sa fille avait besoin de l'aide d'un homme de science.

Les chaleurs du mois d'août s'éternisèrent encore en septembre. Chaque jour on attendait que souffle du sud un peu de fraîcheur. Mais la source du vent marin semblait tarie et les pluies d'automne tardaient à venir.

Cela faisait trois mois qu'Antoine était monté dans les hautes terres et qu'Adeline était sans nouvelles de lui. Habituée depuis longtemps à ses longues absences, elle s'était fait une raison de voir s'écouler les jours les plus longs de l'année sans lui. Ses enfants l'occupaient beaucoup, elle n'avait pas le temps de languir. Mais dès que les premières averses rafraîchissaient l'atmosphère, elle semblait renaître. C'était son printemps à elle, la saison des retrouvailles et du retour à la vie, celle où tous les siens étaient enfin réunis autour du cantou à écouter Antoine raconter ses histoires d'estive.

Dès qu'à la fin septembre redescendaient les premiers troupeaux, Mathieu commençait à s'impatienter et n'avait à la bouche que le nom de son père. À vrai dire, il ne comprenait pas pourquoi celui-ci tardait à arriver. Sa mère avait beau lui expliquer, chaque jour il guettait son retour et ne s'endormait jamais avant qu'elle ne lui eût affirmé qu'il se mettrait bientôt en route.

Adeline s'inquiétait : comment Antoine allait-il prendre la nouvelle de la naissance de son quatrième enfant ? Parti début juin, il ne verrait sa femme enceinte que deux mois, la délivrance étant attendue pour fin décembre, début janvier ; à peine aurait-il le temps de s'habituer à cette idée que l'enfant verrait le jour. Et qu'avait donc à lui dire Auguste Donnadieu de si important ? N'avait-il pas l'intention de durcir encore les clauses du contrat d'herbage ? Ou n'avait-il pas simplement l'intention de leur retirer la métairie ? L'inscription de Mathieu à l'école communale était sans doute un prétexte !

Peu à peu, Adeline se replia sur elle-même, et son état en pâtit. Marthe décida, sans la consulter, de faire venir le médecin de Saint-Hippolyte, le docteur Mayen.

Celui-ci ne trouva rien de très alarmant :

« Un peu d'anémie et beaucoup trop d'angoisse. Ce n'est pourtant pas la première fois que vous êtes enceinte ! Vous savez donc ce qui vous attend. Il faut réagir et vite vous retaper. Sinon, ce sera comme pour les brebis ; je ne vous apprends rien : si vous nourrissez mal la mère, l'agneau sera chétif. Je vais vous prescrire quelques remontants et un sédatif pour améliorer votre sommeil. Et au diable les remèdes de grand-mère et toutes les bondieuseries ! » ajouta-t-il, en jetant un regard moqueur en direction de Marthe.

Octobre se mit à la pluie. Un ciel d'ardoise assombrissait les crêtes, déchiré par de grandes estafilades de feu. Il faisait encore chaud pour la saison et le temps tourna à l'orage. Le marin secouait les feuillages de bronze qui viraient déjà au roux et redoublait de vigueur, poussant contre les reliefs des amas de plus en plus compacts d'écume sombre et menaçante.

Antoine ne tarderait pas à prendre la draille de retour. Adeline n'aimait pas le savoir seul, bon dernier à redescendre. Elle craignait qu'il ne se fît prendre par la tourmente ou par les premières neiges, comme cela lui était déjà arrivé sur les pentes de l'Aigoual. S'il tardait à rentrer pour mieux assurer la soudure de printemps, il languissait aussi de la retrouver et n'avait de cesse, en cette saison tardive, que d'être de retour au Soleyrol.

Mathieu n'avait pas fait sa rentrée à l'école. Sa mère avait préféré attendre la présence d'Antoine et avait eu beaucoup de mal à lui expliquer la raison de sa décision. Pour le petit garçon, l'idée d'aller à l'école était synonyme de faire partie des grands et d'avoir ainsi l'assurance de pouvoir accompagner son père à la prochaine remontée.

« Il me l'a promis, n'est-ce pas, Maman ? L'année prochaine, j'aurai sept ans. Je pourrai faire la draille ! »

Adeline laissa son fils à ses rêves. Elle souhaitait un autre avenir à ses enfants, un destin moins misérable. Le maître avait-il le droit de décider pour eux, de choisir leur chemin, de dicter sa loi et de les lier déjà à une existence qui ne leur permettrait pas de connaître le bonheur, le vrai, celui d'être libres ?

Ce matin de fin octobre, les premières fraîcheurs s'insinuaient déjà comme des lames de glace à travers les interstices des fenêtres. Adeline se réveilla en sursaut. L'enfant se tourna dans son ventre, semblant y prendre ses aises, et lui laissa une délicate sensation de caresse. Elle n'éprouva aucun mal, seulement un frôlement agréable, une sorte d'appel charnel tout en douceur. Son corps se détendit. Elle sourit, comme on sourit à un enfant, soulagée.

Elle sut alors qu'Antoine venait de prendre le chemin du retour.

III

Retour

L'AIR VIF DE NOVEMBRE pétrifiait déjà la surface du causse. L'herbe, rasée par les longs mois de pâturage, se brisait comme des cristaux de glace sous les sabots des bêtes qui cheminaient groupées pour mieux résister au froid. Le jour se levait à peine ; le ciel était encore tout étoilé. Le vent du nord annonçait les premiers frimas. Au dire des anciens, qui connaissaient bien les caprices du temps, l'hiver serait précoce.

La roche, fissurée comme un vieux cuir, apparaissait souvent à nu et prenait d'étranges teintes violacées sous la lumière rasante des premiers rayons. On distinguait à peine les dolines. La masse solide et rugueuse du causse était toute burinée de ces petites cuvettes argileuses où les paysans tiraient leurs maigres récoltes de seigle, d'orge et de blé. Sous les feux éclatants de l'été, celles-ci donnaient au vieux plateau l'aspect coloré d'un vaste jardin où l'or des blés se mariait avec l'émeraude des pâturages et le grenat des genévriers. Mais, quand la Toussaint approchait, le causse prenait ses habits de deuil et s'apprêtait à résister aux assauts répétés de l'hiver.

Antoine avait tardé jusqu'au dernier moment pour se remettre en route. Les autres troupeliers avaient déjà rejoint leur bergerie du bas pays quand il se décida à reprendre la draille et à quitter le plateau où seuls restaient les troupeaux des éleveurs du causse.

Fin août, début septembre, il s'était séparé des agneaux nés à l'estive et des brebis pleines. Pour cela, il avait dépêché son ami Paul Malbosc, qui avait résisté au débauchage de Legarec et lui était resté fidèle. Sa tâche achevée, Paul s'était empressé, comme toujours, de regagner l'estive pour terminer la saison et démontagner avec Antoine.

En tête, suivi de l'un de ses chiens, de son âne et de ses chèvres, celui-ci tirait le troupeau de son pas lent et cadencé, bardé de sa cape, de sa panetière et de son fouet dont il ne se servait que rarement. Le troupeau le suivait, tel un fleuve paresseux dont les eaux blanchâtres inondaient parfois les rives. Malgré les pompons et les sonnailles, les bêtes ne semblaient plus à la fête. Elles sentaient, elles aussi, que le temps de l'estive, celui de la liberté retrouvée, venait de s'achever et qu'elles rentraient pour un long et monotone hivernage.

À l'arrière, Paul poussait les traînardes et ramenait celles qui s'écartaient de la draille. Ses deux chiens rameutaient la troupe et n'hésitaient pas à mordiller le jarret des plus indisciplinées. Bastien et Victor, le fils de Lucien Maistre, se tenaient à ses côtés, prêts à contenir le troupeau quand le chemin s'élargissait et que les bêtes n'étaient plus endiguées.

La draille mal dessinée se diluait souvent dans le calcaire du causse. Des pierres plantées à espace régulier la jalonnaient et rappelaient aux bergers de ne pas laisser divaguer leurs troupeaux. Car les paysans riverains se méfiaient des éleveurs venus du bas pays et leur reprochaient de faire pâturer leurs bêtes en dehors de la zone autorisée. Antoine n'avait pas besoin de ces repères, sauf quand le brouillard ou les premiers flocons de neige masquaient la visibilité. Il connaissait la draille et jamais il ne se serait permis le moindre écart.

Depuis Hure, où se trouvait sa bergerie d'estive, le chemin était long et monotone jusqu'au col du Perjuret qu'il rejoignait par la Bégude Blanche et Font de Galy. Sur le plateau, certes, il n'y avait pas d'obstacle naturel. La steppe, brûlée par la fournaise de l'été et rabougrie par les premiers froids, était uniforme à des lieues à la ronde, et, quand les jours commençaient à s'engrisailler, elle se fondait à l'horizon sous le ciel plombé. Mais avant d'atteindre le col, il fallait craindre l'arrivée brutale d'un vent de tempête, ce qui était fréquent dès que novembre chassait les dernières douceurs de l'automne. Il valait mieux alors regrouper le troupeau et trouver refuge près d'une ruine ou d'un hameau qu'on atteindrait à l'oreille grâce au son étouffé d'un clocher de tourmente.

La cime de l'Aigoual était déjà couverte de neige. Le temps avait changé brutalement au passage du col. Les vents d'ouest chassaient devant eux un cortège d'épais nuages grisâtres. La température était tombée et des crépitements semblaient rompre la glace du ciel. À Cabrillac, les premiers flocons se mirent à virevolter au-dessus du troupeau que les hommes pressaient devant eux pour traverser le village. Celui-ci était désert : il n'y avait pas âme qui vive dans les ruelles ni sur la place de la loue des bergers. Quelques chats, emmitouflés dans leur pelage, filèrent, apeurés, lors du passage des brebis dont les bêlements ricochaient sur les murs des maisons repliées sur elles-mêmes.

Antoine accéléra l'allure, de peur que la tempête ne se déchaînât avant l'étape du soir. Il était rare de rencontrer la neige lors de la descente vers le bas pays. Mais l'Aigoual était un géant redoutable, imprévisible, capable de souffler le chaud et le froid d'un jour à l'autre. En hiver, son sommet était inaccessible, et les hameaux tapis sur ses pentes devaient attendre la fonte tardive du printemps pour être libérés de leur prison d'albâtre.

Le soir du premier jour, Antoine fit halte chez des amis à la ferme de Fons. Ses bêtes n'avaient pas trop souffert de la neige qui, finalement, n'était pas tombée en abondance. Il en fut soulagé, car il craignait en cette saison que les plus fragiles ne pâtissent sous leur toison détrempée.

Ses hôtes l'attendaient, sans avoir été prévenus, sachant très bien que « lou pastre Chabrol », comme ils l'appelaient entre eux, passerait d'un jour à l'autre, dès que l'Aigoual aurait revêtu son habit d'hiver.

« Un jour, lui dit Baptiste Vieljeuf, tu resteras bloqué ici par un mètre de neige, à vouloir descendre si tard ! Tu devrais te méfier. Ton pauvre père que j'ai bien connu te l'aurait dit mieux que moi. Lui qui a fait la draille pendant plus de cinquante ans, jamais ça ne lui est arrivé. Mais il était plus prudent que toi ; jamais il n'attendait la Toussaint pour démontagner.

– Je ne le fais pas par plaisir. Mais tant que je peux tirer sur les pâturages du causse, c'est autant de gagné sur le restant de l'année. »

Baptiste ne discuta pas, trop heureux de retrouver un ami pour une nuit.

Depuis son enfance, il en avait vu passer des troupeaux et des bergers sur la draille ! La plupart faisaient halte chez lui, dans sa grande ferme, où il élevait aussi quelques brebis et un beau troupeau de vaches laitières. Il accueillait volontiers les transhumants à qui il proposait un coin de bergerie pour les bêtes, le toit et le couvert pour les hommes. Sa table était toujours bien garnie : charcuteries, ragoûts, fromages de chèvre, de brebis ou de vache, rien ne manquait. À la fin du repas, Baptiste sortait une bouteille d'eau-de-vie, poire ou prune selon son humeur, et quand les oreilles de ses convives commençaient à chauffer, il se répandait en longues palabres, rappelant tous ses souvenirs de transhumance. Puis on se séparait, heureux, pour une bonne nuit de sommeil. Le maître-berger était logé sous le toit familial, dans une petite chambre que son hôte tenait toujours prête. Les bergers et les traspastres, eux, avaient droit à un coin du fenil, au-dessus de l'étable, et profitaient de la chaleur des bêtes quand dehors l'eau commençait à se cristalliser dans les seaux.

Dès le deuxième jour, le troupeau commença à diminuer au passage des *triadors*[1]. Prévenus qu'Antoine avait repris la draille, les petits propriétaires récupéraient leurs brebis, heureux de constater qu'elles avaient bien profité des gras pâturages. Antoine y gagnait un ou deux agneaux, ce qui lui permettait d'accroître son propre cheptel au fil des ans ou de se faire un peu d'argent en les revendant à un maquignon lors de la foire d'hiver.

À Aire-de-Côte, le ciel se dégagea et se teinta d'azur. Le froid s'estompa et la douceur enveloppa de nouveau la draille. La montagne avait revêtu ses couleurs d'automne : l'or avait fait place au bronze et au cuivre, et déjà à l'horizon certains arbres se dessinaient à l'encre de Chine. Le sol exhalait des parfums de pluie et de terre fraîchement remuée par les sabots des bêtes. Les genêts éclaircis par les premiers feux d'écobuage brandissaient leurs moignons calcinés et répandaient une odeur âcre de cendre qui prenait à la gorge. Au fur et à mesure que le troupeau cheminait, sans cesse délesté à chaque triage, le Midi reprenait le dessus et l'hiver cédait du terrain. Antoine le ressentait : les bêtes montraient plus de vigueur et, comme la houle, le long cortège ondoyait, tantôt agglutiné dans les étranglements, tantôt relâché quand il n'y avait pas d'obstacle.

Après le col du Pas, la draille se resserre, les bêtes doivent cheminer à la file indienne. La Cévenne s'offre alors dans toute sa splendeur et la palette d'automne rivalise avec celle du printemps. À chaque

1. Haltes de triage.

voyage, Antoine admirait les vastes étendues de prairies et de châtaigneraies dont les feuillages marbrés de roux se découpaient sur les coteaux aménagés en terrasses. Par endroits, les faïsses épousent si étroitement les contours tortueux de la montagne qu'elles lui donnent un étrange aspect de rizière. La présence de l'homme est omniprésente, mais le silence et la solitude règnent en maîtres sur les crêtes que seuls surveillent les aigles et les buses de leur vol majestueux.

Parvenu à Bonperrier, Antoine enferma le troupeau dans le parc à moutons séculaire aménagé sur la draille. Non loin, une ancienne bergerie aux murs de pierres grises et au toit de lauzes dominait une zone d'herbages d'un vert éclatant, fumé par le pacage des troupeaux.

Quand les bergers eurent fini de trier les brebis, Antoine et Paul se remirent aussitôt en route, laissant le gros du troupeau sous la garde des deux apprentis.

Le soleil de novembre disparaissait derrière les crêtes, baignant la montagne d'une lumière violacée. La fraîcheur du soir s'insinuait à travers les pierres disjointées des maisons. Au-dessus des cheminées, d'épaisses fumées bleues hésitaient à s'élever dans le ciel assombri et restaient accrochées au faîte des toits, écrasées par la chape de froid.

« Nous ne t'attendions plus ! s'étonna Martial Deleuze quand il vit arriver son ami avec ses brebis. Je commençais à croire que tu ne viendrais plus !

– Tu sais bien que je ne pourrais jamais passer à Bonperrier sans venir chez toi. De plus, je n'ai pas l'habitude de conserver le bien d'autrui. Rentrons les bêtes, nous discuterons après. »

Paul aida Antoine à enfermer le petit troupeau dans la bergerie.

« Je séparerai celles d'Hubert Lasalle demain matin, fit Martial. Ne t'inquiète pas, j'aurai vite fait le tri. »

Les trois hommes ne traînèrent pas dehors. Un plantureux souper les attendait dans la cuisine. La pièce était sombre, éclairée par la seule cheminée et par une lampe à huile.

Martial sortit aussitôt des verres de son vaisselier et une bouteille de cartagène[1].

« Buvons quand même un verre à l'amitié ! fit-il.

– Quelque chose te chagrine ? » s'inquiéta Antoine.

Martial reposa son verre et évita de croiser le regard de son ami.

« Ce que j'ai à te dire, petit, n'est pas très agréable.

– Parle, voyons ! Tu sais bien qu'entre nous on peut tout se dire.

– C'est à cause de Donnadieu.

– Nous y voilà ! Il y a longtemps que je n'avais pas entendu parler de lui. Je l'avais presque oublié. Mais il est vrai que nous approchons de l'Asclier et qu'au-delà du col nous entrons dans son fief. Qu'est-ce qu'il te veut Donnadieu ?

– Son régisseur est venu me voir pendant l'été. Il m'a interdit dorénavant de te confier mes moutons.

– De quel droit ?

– Parce que tu les fais pâturer sur les terres du châtelain à l'estive.

1. *Vin doux fabriqué avec du moût et de l'eau-de-vie.*

– Nous avons toujours été d'accord sur cette clause ! C'est dans le contrat. Et je rends largement ma part en retour. »

Antoine se retrouvait confronté au problème qu'avait soulevé Lucien Maistre quatre mois plus tôt. Malgré ce qu'il lui avait appris, et hormis la défection de Fernand Raïol, rien n'était venu perturber sa campagne d'estive, et il avait presque oublié les ouï-dire qui avaient couru le long de la draille. Mais cette fois, il devait bien se rendre à l'évidence : le régisseur manœuvrait derrière son dos.

« Que feras-tu l'année prochaine ? demanda-t-il d'un air inquiet.

– Je n'aurai pas le choix. Et toi non plus, si tu veux continuer à travailler sur le domaine de Quérac.

– Je ne suis pas un serf et je n'appartiens pas à Donnadieu ! »

Martial, gêné, ne répondit pas. Il saisit la bouteille de cartagène et remplit de nouveau les verres.

« Et toi, Paul, qu'en penses-tu ? Tu ne dis rien ? »

Paul Malbosc resta évasif. Antoine le regarda fixement et comprit qu'il ne disait pas tout ce qu'il savait.

« Toi aussi ! Tu me lâcheras donc l'année prochaine !

– C'est toi qui m'embauches, Antoine. Je ferai comme tu voudras. Ou plutôt comme tu pourras. Mais je crains fort que, si tu t'opposes à Donnadieu, tu n'aies plus les moyens de me prendre avec toi.

– Alors, toi aussi ! répéta Antoine, atterré.

– Je n'ai pas dit ça. Si Donnadieu te le permet, nous endraillerons ensemble. Legarec ne me fait pas peur.

– Il est donc venu te voir !

– J'ai fait la sourde oreille.

– Jusqu'à quand pourras-tu lui résister ?

– Tant que tu pourras lui tenir tête. »

Tôt à l'aube, Antoine reprit la draille. À Colognac, il se sépara du jeune Victor et descendit vers Durfort sans rencontrer d'obstacle. En chemin, il ne pensa qu'à Adeline et aux enfants qu'il avait hâte de retrouver après une si longue absence.

Son esprit cependant était accaparé par l'idée de devoir affronter Donnadieu. Il craignait que leur entrevue se termine mal. Paul, derrière lui, se taisait. Au fur et à mesure qu'ils approchaient de l'arrivée, son visage s'assombrissait et ses yeux évitaient de croiser ceux d'Antoine.

À la sortie du village, là où le domaine du maître s'étendait à perte de vue, Antoine distingua sa petite métairie, le Soleyrol, sous un ciel en demi-teinte. Le soir tombait et étirait l'ombre des arbres le long des chemins. La garrigue paraissait rabougrie ; l'aspic, les cistes, les romarins étaient revêtus d'un voile de cendre, et sur les chênes les feuilles se recroquevillaient dans leur duvet d'hiver, racornies par les trop fortes chaleurs.

Dans la bergerie, Mathieu fut le premier à entendre tinter au loin les sonnailles du troupeau. Il délaissa Marie avec qui il jouait, ne dit rien et se dirigea vers la porte pour mieux entendre. Marthe ne prêta pas attention et continua à filer la laine sur son rouet. Adeline, malgré son état, était auprès de ses chèvres et s'occupait de la traite du soir.

« Ça y est ! Ils arrivent ! s'écria le petit garçon. Je les entends. Papa est de retour. »

Sans attendre, il courut sur le chemin en direction du troupeau qui grossissait à vue d'œil. Toute la maison fut en émoi. Marie alla prévenir sa mère, tandis que Marthe, abandonnant son ouvrage, prit Fabien dans ses bras pour attendre son gendre sur le seuil de la porte. Adeline, au comble de la joie, en renversa son seau de lait et se précipita à son tour au-devant d'Antoine. Elle s'arrêta sous le grand chêne où ils avaient l'habitude de flâner le soir, dès les premiers beaux jours. Elle s'assit sur le tronc d'arbre qui leur servait de banc et attendit, le cœur battant, que défilât son héros à la tête de ses troupes victorieuses.

C'était toujours le même rituel. Antoine quittait le devant du troupeau pour aller à sa rencontre ; puis, sans prononcer un mot, ils retrouvaient ensemble, au premier baiser, toutes les voluptés endormies par les longs mois de séparation. Enlacés l'un à l'autre comme de nouveaux amants, ils regagnaient alors la bergerie où les enfants trépignaient d'impatience.

Mais cette fois, quand il regarda en direction du grand chêne et aperçut Adeline, il eut une seconde d'étonnement. La silhouette de sa jeune femme s'était alourdie. Celle-ci semblait éprouver une certaine gêne à rester assise sur le tronc inconfortable. Au fur et à mesure qu'il s'approcha d'elle, ses craintes se confirmèrent.

Adeline se leva et fit quelques pas vers lui. « Comment va-t-il réagir ? » se demanda-t-elle.

Antoine, un large sourire aux lèvres, lâcha le fouet qu'il tenait encore à la main et ouvrit ses bras.

« Adeline, ma chérie, quelle merveilleuse surprise pour mon retour ! »

Elle se troubla, bredouilla quelques mots et, se réfugiant tout contre lui, se mit à pleurer.

« Tu ne vas pas me croire, mais je craignais tes reproches.

– Comment peux-tu penser cela ? »

Mathieu, à son tour, se précipita au-devant de son père et, de joie, se jeta dans ses bras. Derrière lui, la petite Marie, que l'événement intimidait, n'osait bouger.

« Alors, Marie, tu ne me sautes pas au cou ? »

La petite fille sortit de sa réserve et s'avança.

« Tu es bien comme ta maman ! Pleine de retenue, mais si délicieuse ! »

Les premières effusions passées, Antoine alla saluer sa belle-mère et se dirigea vers le berceau de Fabien. L'enfant le regarda d'un air curieux, comme si ces cinq longs mois d'absence lui avaient fait oublier que l'homme qui le tenait dans ses bras était son père.

Revenant à sa tâche, il alla aider Paul à trier les brebis dans l'enclos. Ils les firent passer une par une entre les claies disposées à l'entrée de la bergerie et séparèrent celles du maître.

Grâce aux naissances tardives qui eurent lieu à l'estive et aux brebis gagnées par le collectage, Antoine possédait maintenant une quarantaine de bêtes, soit une dizaine de plus qu'avant son départ.

« À ce rythme-là, fit-il en s'adressant à Paul, j'en ai pour la vie avant de posséder un vrai troupeau !

– Il faut un début à tout.

– Si les petits éleveurs se détournent de moi, je ne vois pas comment je pourrai y arriver ! »

Paul paraissait troublé. Il se détourna, puis reprit :

« Vous les métayers, vous devriez vous organiser. Donnadieu a besoin de vous.

– Nous ne sommes pas irremplaçables.

– Vous lui rapportez trop pour qu'il vous remplace par des journaliers.

– Je n'en suis pas persuadé !

– Les salariés, c'est moins sûr que les métayers.

– Pourquoi donc ?

– Ils ne sont attachés à personne. Ils s'offrent toujours au meilleur offrant. Un jour ici, un jour là.

– Justement, le maître peut choisir qui il veut et quand il veut. Il a les mains libres.

– Détrompe-toi. Depuis qu'on leur a donné le droit d'être syndiqués, ils sont une menace pour leurs patrons. Non, crois-moi, Donnadieu ne mettra jamais tous ses œufs dans le même panier. C'est un homme avisé qui ne s'est pas lancé dans le monde des affaires sans réfléchir.

– J'aimerais te croire.

– Il mise beaucoup sur son vignoble. Mais si ses vignes tournaient mal, vous serez toujours sa roue de secours, l'assurance qu'il n'aura pas tout perdu. »

Antoine écoutait attentivement son ami. Il savait en effet que les ouvriers avaient créé une confédération syndicale, la CGT, et il se réjouissait de voir le monde des petits s'organiser pour mieux lutter contre les riches. Alors pourquoi pas eux, les gueux des campagnes, les va-nu-pieds et les croquants des temps modernes ?

Il n'avait pas le cœur à discuter plus longtemps. Les bêtes une fois triées, il rentra chez lui et se consacra à sa famille. Marthe laissa le jeune couple à son plaisir de se retrouver et emmena le petit Fabien dormir chez elle pour soulager Adeline.

Quand ils furent au lit, montrant sans fausse pudeur son ventre rond, celle-ci proposa :

« J'ai pensé qu'on pourrait l'appeler Louis, comme ton père.

– Et si c'est une fille ?

– Ce sera un garçon !

– Cela n'est pas certain.

– Alors, nous l'appellerons Louise. »

Antoine était ravi à l'idée d'être père pour la quatrième fois.

« Deux garçons et deux filles, ce serait très bien tout compte fait », dit-il en prenant Adeline dans ses bras avant de s'endormir.

Le lendemain, il se rendit sans tarder au château. Legarec le reçut sans égard et lui demanda d'attendre dehors. Auguste Donnadieu n'avait pas l'habitude de recevoir ses métayers à l'intérieur de sa demeure. Une petite dépendance située près des étables servait de lieu de réunion quand il regroupait son personnel pour déterminer les plans de pâturage dans ses garrigues.

Le châtelain parut enfin sur le perron, botté, la cravache à la main, prêt à enfourcher son cheval.

« Ah, Chabrol ! lança-t-il à l'adresse d'Antoine, je vous attendais. »

Il descendit quatre à quatre les marches du grand escalier de pierre et entraîna son métayer vers la remise, Legarec sur ses talons.

« Nous avons à mettre au point plusieurs choses importantes, ajouta-t-il. Mais d'abord, comment s'est passée l'estive cette année ? Le troupeau a-t-il bien profité ? J'espère que vous n'avez perdu aucune brebis !

– Aucune, Monsieur. Il y aura même beaucoup de naissances au prochain agnelage. J'ai fait redescendre beaucoup de brebis pleines en septembre.

– Je l'ai constaté en effet. »

Donnadieu n'hésita pas longtemps.

« Voilà : j'ai deux choses à vous dire, qui ne sont pas à discuter. »

Antoine se renfrogna, mais ne dit mot, habitué à se taire devant les ordres autoritaires de son maître.

« D'abord, fit celui-ci, il est hors de question que vous mettiez votre fils Mathieu chez les laïques. Chez moi personne ne fréquentera jamais cette école du diable. J'ai dit à votre femme que l'abbé Chabert se chargerait très bien de l'éducation de vos enfants, si vous avez l'intention de leur apprendre à lire et à écrire. Ce qui ne me semble pas très utile dans votre situation… mais qu'importe après tout ! »

Antoine ne s'attendait pas à cette injonction. Il avait bien envie de défendre son opinion. On était en république depuis vingt-cinq ans et la liberté d'expression avait triomphé sur les barricades. Mais il avait conscience qu'en ce siècle finissant, bien des luttes restaient inachevées, et il déplorait que les puissants fissent toujours usage de leur droit régalien, comme par le passé.

Le châtelain poursuivit :

« D'autre part, l'année prochaine, vous n'irez plus estiver au Villaret. J'ai décidé de réserver ce domaine du causse à mon propre troupeau. Il a besoin de plus vastes espaces, et la bergerie y est tout à fait appropriée. M. Legarec se chargera des transformations. Je veux l'agrandir pour qu'elle puisse accueillir plus de bêtes encore. D'ailleurs il a contacté certains éleveurs le long de la draille. J'ai proposé de racheter leurs brebis à un bon prix. J'ai l'intention de doubler encore mes effectifs. Beaucoup ont semblé séduits par mon offre. »

Antoine écoutait sans broncher. Ainsi telle était l'explication ! Donnadieu voulait supprimer la concurrence que lui faisaient les petits éleveurs de la montagne. Il désirait rester seul à faire la transhumance sur la draille de l'Aubrac jusqu'au causse. Avait-il l'intention d'en faire autant sur celles du Gévaudan et de la Margeride par où passaient une partie de ses autres métayers ? Tout devenait limpide à présent.

Inquiet, Antoine osa une question :

« Où donc irai-je estiver ? Vos métayers font déjà les autres drailles ; je ne peux marcher sur leurs traces !

– Vous ne marcherez pas sur leurs traces. J'ai loué de vastes herbages sur le plateau de l'Aubrac. L'herbe y est grasse. Rien à voir avec cette lande calcaire du causse. Vous y passerez du bon temps. Certes, la bergerie est moins confortable et il vous faudra souvent dormir dans une cabane, mais les bêtes y trouveront leur compte.

– C'est à trois jours supplémentaires de marche. Il faudra toute une semaine pour y arriver !

– Vous êtes jeune, Chabrol ! Et vos bêtes me semblent en pleine forme. »

Il n'y avait pas à discuter. Auguste Donnadieu entendait accroître ses affaires et visait à s'étendre toujours plus loin, vers ces régions où convergeaient tous les chemins de transhumance du bas Languedoc. Il prétendait contrôler tous les flux de troupeaux, pour mieux assurer son monopole sur le commerce de la viande et du lait.

Ce fut son dernier mot. Il s'enquit poliment de l'état d'Adeline et remercia Antoine, en le prévenant qu'il passerait le lendemain au Soleyrol constater l'état du cheptel et donner ses directives pour l'agnelage.

Antoine regagna sa demeure d'un pas hésitant. Il bouillonnait de rage : la simple pensée qu'il avait été dans l'incapacité de répliquer au maître décuplait sa colère.

« Un jour, je partirai, c'est sûr ! se dit-il. Je partirai ! »

La garrigue blanchissait sous le pâle soleil de novembre. Le thym, la lavande gardaient cachés leurs effluves pour le prochain printemps. Une odeur de terre morte et humide stagnait au-dessus des champs labourés et entre les rangées de vigne dont les ceps dépouillés dressaient vers le ciel leurs sarments décharnés. Les dernières nuées d'oiseaux se rassemblaient autour des pins parasols et tournoyaient au-dessus de leurs cimes évasées, pour une dernière envolée avant le grand voyage.

Antoine rêvait déjà de reprendre la draille pour se sentir vraiment libre, même si cette liberté lui était concédée par celui qui le tenait en laisse.

IV

Le châtelain de Quérac

AUGUSTE DONNADIEU avait des ambitions démesurées. Non content de posséder presque toutes les terres de la commune, il voulait devenir le plus grand éleveur des Cévennes, celui par qui chaque paysan devrait passer pour avoir le droit de faire estiver ses bêtes dans les hauts pâturages. Pour cela, il lui fallait contrôler toutes les drailles, chemins de passage obligés des troupeaux.

La concurrence était réelle et nombre de petits éleveurs n'entendaient pas se voir racheter leurs bêtes, ni même se faire interdire l'accès aux terres d'estive. Mais, face à la puissance de l'argent, beaucoup se sentaient désarmés et ne pouvaient qu'associer leur bonne volonté pour opposer un début de résistance. Certains, appâtés par le gain ou démunis, avaient déjà accepté de vendre leurs brebis au châtelain. Une rentrée fraîche d'argent, aussi rapide, avait été bien tentante, d'autant que Legarec proposait toujours plus que le cours normal des bêtes sur pied. Quelques-uns, pensant réaliser une bonne affaire, avaient imaginé utiliser une partie de la somme ainsi encaissée pour racheter aussitôt de jeunes agneaux et reconstituer rapidement leur cheptel.

C'était ignorer le sens des affaires du châtelain qui, partout sur les marchés, faisait monter les cours par ses offres alléchantes.

« Il va tous nous asphyxier ! » se plaignaient les petits propriétaires qui osaient lui résister.

Peu à peu, il les contraignait soit à s'en remettre à lui, soit à trouver toujours plus haut et plus loin de nouveaux pâturages d'estive.

Le châtelain de Quérac tenait sa fortune de son père, le baron Philémon Donnadieu, qui possédait de nombreux hectares de vignoble. Il en avait hérité après sa mort, étant son seul descendant.

Vingt ans plus tôt, la crise du phylloxéra avait failli ruiner sa famille. Auguste était à l'époque un jeune homme d'une vingtaine d'années qui ne se destinait pas à la viticulture – encore moins à l'élevage. Parti étudier à Paris, où il pensait faire carrière dans la haute administration de l'Empire, il avait été surpris par la défaite de l'Empereur face aux troupes prussiennes, et plus encore par la proclamation de la République. Le bain de sang de la Commune l'avait conforté dans l'idée que le nouveau régime était le pire des maux que la France pût connaître. Et lorsque tout espoir de voir restaurer l'Empire, qu'il regrettait, se fut envolé, il abandonna son projet de faire carrière dans l'administration de l'État, ne voulant surtout pas devenir lui-même un valet de la République, cette « gueuse » qui ne tarderait pas à être renversée, au dire de ses amis bonapartistes.

Il était rentré dans son Languedoc natal et avait repris sa place au château, pour le plus grand contentement de son père. Celui-ci espérait en effet que son fils reprendrait après lui les rênes du domaine, afin de ne pas laisser tomber l'héritage en désuétude. Mais le jeune Auguste n'était pas très attiré par les affaires et, à l'époque, il ne s'intéressait que de très loin aux vignes familiales qui lui assuraient pourtant son train de vie.

La situation du châtelain n'était guère florissante, et le château n'avait pas partout fière allure, tant les travaux se révélaient nécessaires pour le maintenir en état. La domesticité y était réduite au minimum, et les hommes d'entretien n'étaient que des journaliers embauchés à la tâche. Le parc était à l'abandon et une aile entière du manoir restait fermée faute de réparations. Le vignoble assurait les seules rentrées d'argent, mais ces dernières couvraient à peine les frais que le vieux Philémon était contraint d'engager chaque année pour maintenir son activité et honorer sa maison.

Celle-ci ne semblait promise à aucun avenir. Veuf depuis de nombreuses années, Philémon Donnadieu n'avait qu'un fils et ne s'était jamais remarié. C'est avec résignation qu'il avait accepté les intentions d'Auguste, quand celui-ci était monté à Paris. La châtellenie de Quérac allait s'éteindre. Il s'en était fait une raison.

Avec la fin de l'Empire, une lueur d'espoir avait donc ranimé le cœur du vieux baron, qui, secrètement, pensait déjà que le vent avait tourné au-dessus des toits moussus de son antique manoir.

Une fois rentré à Quérac, Auguste, se trouvant subitement désœuvré, épaula son père pour renflouer le domaine. Mais il n'avait ni la simplicité ni le contact direct avec ceux qui travaillaient sur ses terres. Autant Philémon avait toujours fait preuve d'humanité envers son personnel et ses familles de métayers, autant Auguste montrait à leur égard beaucoup de froideur et de distance. Son port altier, son verbe glacial le donnaient pour un être sans cœur, mu par ses seules ambitions. Il ne cessait de reprocher à son père, qui l'écoutait, de laisser trop de liberté à ses paysans. Selon lui, le régisseur de ses vignobles était bien trop proche de ses journaliers et ne les commandait pas avec toute l'autorité nécessaire.

« Il y a trop de laisser-aller, Père ! Nos vignes pourraient produire davantage avec plus de rigueur dans le travail des hommes et dans votre propre gestion. »

Philémon, trop heureux d'avoir retrouvé un fils, acquiesçait sans rien dire, prétextant que son âge ne lui permettait plus de faire face aux difficultés de la vie moderne.

« Il faudrait un homme jeune comme toi à la tête de ce domaine. Je te laisse ma place si tu le désires. Mais cela signifie que tu renonces à la vie parisienne. »

Auguste n'avait pas envisagé son avenir rivé aux vignes de ses aïeux, ni aux toits délabrés de leur château. Il avait toujours rêvé d'un destin plus ambitieux, de devenir grand commis de l'État, diplomate ou ambassadeur. La vie morne et recluse de son père lui paraissait refléter un âge suranné datant de l'Ancien Régime, une époque où les hobereaux des provinces françaises étaient la risée des grands seigneurs de la cour. Avec l'Empire, la France était entrée dans l'ère de la modernité, celle des usines et des chemins de fer, et l'Amérique avait déjà ouvert de nouvelles frontières. Grâce à l'autorité de l'Empereur, le pays s'était hissé dans le cercle des grandes nations, et chacun pouvait désormais assouvir ses propres ambitions.

Voilà pourquoi Auguste avait hésité à accepter la proposition de son père, craignant de se voir confiné à tout jamais dans un univers d'une autre époque, contraint de vivre dans un milieu issu d'un monde révolu.

Mais la crise du phylloxéra, au début des années soixante-dix, précipita sa décision. Le Gard et l'Hérault furent parmi les premiers départements touchés par le parasite qui s'attaquait aux racines de la vigne. Les dégâts furent à l'image de la catastrophe. Philémon crut y échapper, ses terres étant situées à l'écart de la vallée du Rhône d'où le mal semblait provenir. Mais quand, un jour, son régisseur fit irruption dans la salle de réception du château sans se faire introduire, Philémon comprit que l'ennemi était entré sur ses terres.

« Ça y est ! s'était écrié le régisseur. Toute une rangée est déjà atteinte. »

Le vieux châtelain fut consterné.

« Je n'avais pas besoin de cela ! Je suis ruiné ! se plaignit-il. Jamais je n'aurai la force de lutter. »

La maladie se propagea rapidement. Tous les viticulteurs furent touchés, les uns après les autres, les grands comme les petits. Tous retrouvèrent des élans de solidarité qui effacèrent des siècles d'inégalité. Il n'était plus question de nantis et de miséreux, de propriétaires et de journaliers. La ruine des uns ferait le malheur des autres. Chacun en était persuadé. Il fallut s'entraider pour parer au plus pressé, sauver ce qui pouvait l'être encore, aller travailler chez les voisins pour donner la main, sans qu'il fût question de gain. Toute une fourmilière en danger tentait de survivre face au désastre.

Certains noyèrent leurs vignes sous des tonnes d'eau afin d'exterminer les pucerons diaboliques. D'autres firent venir des charrues spéciales pour introduire dans le sol infecté du sulfure de carbone. Mais rien ne parvenait à exterminer le parasite.

Auguste Donnadieu ne se fit pas prier par son père pour lui venir en aide. Vu l'énormité de la catastrophe, il prit en main la direction des opérations et recommanda à tous les gens du domaine de se mettre sous ses ordres. Il se dépensa sans compter et travailla en personne dans les vignes à côté de ses journaliers, botté et manches retroussées, n'hésitant pas à prendre lui-même la charrue, à arracher les ceps contaminés, à tenir réunion sur réunion avec ses hommes au milieu des terres, par tous les temps. Sa détermination fit autorité et rassura tous ceux qui ne savaient plus à qui s'en remettre devant l'ampleur du cataclysme.

Malgré son acharnement, il dut s'avouer vaincu. La maladie annihila la récolte et détruisit une grande partie du vignoble. Philémon crut arrivée la fin du monde, de son monde, celui que son père, baron d'Empire, avait forgé de ses propres mains.

« C'est la ruine ! Nous n'avons plus rien pour vivre », s'était-il plaint, submergé par le désespoir.

Le vieil homme ne s'en remit jamais. Il mourut quelques mois plus tard, après que la tempête eut dévasté toute la région. Auguste se retrouva seul à vingt-cinq ans, héritier d'un titre que les lois de la République avaient contribué à ternir, et à la tête d'un domaine que la maladie avait dégradé et rendu stérile.

Cependant, il redressa la tête, bien décidé à redorer son blason, en dépit d'un régime qu'il haïssait et d'un héritage déprécié. Retrouvant toute son énergie, il arracha les vignes devenues improductives et fit place nette. Partout sur le domaine, des brasiers, sans cesse alimentés par les ceps arrachés à la terre, s'élevaient dans le ciel endeuillé de lourdes fumées noires. La garrigue véhiculait des odeurs de cendres mêlées parfois à celles de la chair rôtie des animaux pris dans la tourmente purificatrice. Les collines, à l'horizon, s'assombrissaient sous un voile de suie épais comme une coulée d'asphalte.

À force d'acharnement et de courage, Auguste parvint à libérer la terre de sa vermine. Mais il fallut alors compter sur le temps pour reconstruire ce que la malédiction avait détruit.

Il fut l'un des premiers à replanter des porte-greffes américains, qui, disait-on, résistaient à la maladie. Il remplaça les jacquez et les solonis d'origine, mal adaptés au calcaire des garrigues, et fit greffer des aramons et des carignans qui, à défaut de qualité, donnaient de gros rendements et une forte coloration.

Le vignoble de Quérac retrouva bientôt fière allure. Donnadieu profita même de la catastrophe : beaucoup de petits viticulteurs, en effet, furent ruinés et vendirent leurs terres. Il les racheta toutes à bon prix. C'est à cette période qu'il commença à agrandir son domaine.

Toutes les vignes attenantes aux siennes finirent par lui appartenir. Sa convoitise n'avait d'égale que son orgueil d'avoir réussi là où les autres avaient échoué. Dans la région, il devint l'exemple même du savoir-faire et du bon sens, et les appuis ne lui manquèrent pas dès lors qu'il eut besoin des services de l'administration, ici pour détourner un chemin, là pour créer une route d'accès ou édifier de nouveaux bâtiments. Le préfet lui-même le tenait en haute considération et fermait les yeux sur ses appartenances politiques peu conformes à l'idéal républicain qui venait d'être confirmé.

Mais très vite les vignes ne lui suffirent plus. Il acquit des hectares de garrigue qu'il loua en pâturage d'hiver aux éleveurs de la commune et il commença à s'intéresser aux herbages du haut pays.

Lorsque le mildiou à son tour s'abattit sur le vignoble languedocien, quelques années plus tard, il crut ses efforts réduits à néant. Les pluies de printemps et la douceur de l'air favorisèrent le développement du champignon. Dès que les premières feuilles se teintèrent de roux, de nouveau un vent de panique souffla sur la région. Cette fois, il ne fallait pas laisser détruire la récolte.

Auguste Donnadieu employa les grands moyens. Il fit venir d'Espagne de nombreux journaliers et lui-même, du lever au coucher du soleil, il montra l'exemple : la poudreuse à la main, il ne cessait d'aller et venir dans les rangées de vigne où l'odeur du soufre se répandait comme un vent de pestilence après l'épidémie. Tant et si bien qu'il sauva son vignoble et sa récolte.

Toutefois, cette année-là, les vendanges furent moins abondantes que les années précédentes, et ses ressources en souffrirent. Certes, il s'en était encore sorti, mais une autre catastrophe lui aurait été fatale, tant il s'était endetté pour acquérir de nouvelles terres.

L'idée lui vint alors de mettre une deuxième corde à son arc, afin de diversifier les sources de ses revenus. Il se lança dans l'élevage ovin avec la même frénésie. Il exigea de ses métayers qu'ils se consacrassent uniquement à cette activité et réserva le travail de la vigne aux seuls journaliers. Il acheta des centaines de têtes de bétail qui devinrent très vite des milliers. Il embaucha un nouveau régisseur, le Breton Legarec, qu'il chargea de sélectionner les meilleures bêtes. En quelques années, ses troupeaux envahirent les drailles cévenoles les unes après les autres, toujours plus nombreux, et ses bêtes firent très vite référence sur les foires et les marchés.

En même temps, il se lança dans la production de vin de table, dont il comprit très vite l'avenir avec le développement de la classe ouvrière. Peu soucieux de la qualité, il visa la quantité. En 1884, il profita de la nouvelle législation, et, malgré les protestations des petits viticulteurs qui craignaient la chute des cours à cause de l'augmentation de la production, il fit procéder au sucrage de ses vins de deuxième presse.

Depuis, ses foudres étaient toujours pleins. Chaque automne, une forte odeur de moût envahissait la plaine, épaisse et sucrée comme un sirop de miel. Il commercialisait lui-même son meilleur vin, qu'il destinait à ses clients les plus prestigieux : restaurateurs, hommes d'affaires, hommes politiques. Son courtier, un individu peu scrupuleux, vendait aux négociants le vin de sucrage destiné aux grandes villes de France.

Petit à petit, la fortune d'Auguste Donnadieu devint colossale, malgré la forte concurrence des vins d'Algérie et celle des grandes régions d'élevage. Il ne regretta jamais d'avoir sacrifié sa carrière de grand commis de l'État à celle d'homme d'affaires. Il passait, à des lieues à la ronde, pour le nouveau baron de Quérac, celui qui sut redresser l'étendard et redorer le blason de cette famille de noblesse d'Empire dont le renom faisait encore référence en cette dernière décennie du siècle.

À quarante ans, il songea enfin à se marier, pour assurer sa descendance. Il épousa la fille d'un patron métallurgiste d'Alais [1], dont il investit aussitôt la dot dans l'achat de nouvelles terres. Un an après leur mariage, son épouse, Hortense, de quinze ans sa cadette, lui donna un fils, qu'ils appelèrent Guillaume Philémon en souvenir du vieux châtelain décédé, puis une fille, Julie, deux ans plus tard.

La famille Donnadieu était reconstituée et pouvait envisager l'avenir sereinement.

---

1. *Ancienne orthographe pour Alès jusqu'en 1926.*

V

Délivrance

LES BÊTES avaient revêtu leur toison d'hiver, épaisse et drue, et repris le rythme des sorties journalières vers les pâturages de garrigue. Chaque matin, dès neuf heures, Antoine les sortait de leur léthargie et ouvrait en grand les portes de la bergerie.

Noël approchait. Le ciel s'était couvert d'un voile opaque, épais comme une fourrure de laine. Le froid s'insinuait en lames d'acier sous les portes et les fenêtres, et les vitres étaient déjà toutes constellées de givre. Dehors, un silence étrange avait envahi la campagne. Seuls les merles, à la recherche de quelques baies, rompaient de leur vol saccadé l'immobilité de l'air. À l'horizon, le calcaire des collines se fondait dans la grisaille.

Adeline arrivait au terme de sa grossesse. Elle s'épuisait chaque jour davantage malgré l'aide de Mathieu. Celui-ci n'était pas allé à l'école à l'automne, à sa grande déception. Il secondait sa grand-mère comme il pouvait, du haut de ses six ans. Marthe, en effet, remplaçait sa fille dans ses travaux les plus pénibles, craignant que son bébé n'arrivât avant l'heure.

Antoine ne rentrait qu'à la tombée du soir, après avoir installé son parc mobile dans les vignes où il devait des nuits de *fumature*[1]. Mais, n'aimant pas laisser son troupeau seul trop souvent, loin du Soleyrol, il dormait parfois dans une de ces antiques cabanes de berger, en hiver comme en été.

Malgré les menaces du ciel, il installa son parc sur les terres d'Adrien Fontane, un petit vigneron de la commune. Il sépara les brebis les plus fragiles et les confia à son apprenti berger.

« Tu préviendras Adeline que je rentrerai demain. Qu'elle ne s'inquiète pas ! Je serai là pour la veillée de Noël. »

Antoine appréciait ces nuits de fumature, où la vigne exhalait l'odeur d'humus et de raisin fermenté oublié sur les sarments. Les bêtes labouraient la terre humide de leurs sabots et y mêlaient leur propre odeur de suint et de laine. Ces effluves étaient la marque inaltérable de son appartenance à cette vie passée tout entière au contact de la nature, et rien n'aurait jamais pu l'en détourner.

Malgré les difficultés, les vexations, les envies de révolte qui sourdaient souvent en lui, il reconnaissait qu'à bien des égards le ciel lui faisait une faveur en lui offrant tant de richesses et de beautés. Il n'enviait pas les conditions de vie de ses amis, partis travailler

1. *Autorisation de laisser paître le troupeau, la nuit, sur les terres (prairies, vignes...) d'un propriétaire foncier, qui profiteront ainsi du fumier laissé par les bêtes.*

dans les mines d'Alais. Lui, qui ne vivait que dans l'attente de repartir chaque printemps sur les cimes à la tête de son troupeau, ne pouvait imaginer descendre chaque matin dans les sombres entrailles de la terre et n'avoir que la noirceur du charbon pour unique horizon. Certes, Auguste Donnadieu était dur en affaires, et Legarec se complaisait souvent à lui rendre la vie plus difficile encore, mais il gardait l'espoir qu'un jour il pourrait se passer d'eux et prouver que le temps n'était plus à la servitude.

Méticuleusement il dressa les claies du parc autour de la parcelle de vigne à fumer. Les brebis se pressèrent les unes contre les autres, sentant le froid s'insinuer sous leur toison. Rex, le chien de garde, les regardait s'agglutiner toutes seules sans qu'il eût besoin d'intervenir. Puis, l'enclos étant fermé, de lui-même il partit en faire le tour, comme pour vérifier qu'aucune bête n'était restée à l'extérieur. Son travail achevé, il alla se coucher sur le seuil de la *capitelle*[1] où Antoine avait installé ses affaires pour la nuit. Ce n'était pas très confortable, mais l'abri était en pierre et il y avait de la paille fraîche pour dormir.

Il s'apprêtait à extraire de son sac son repas du soir, quand il entendit au-dehors le bruit d'un attelage. D'instinct, Rex se leva et dressa les oreilles. Antoine sortit, intrigué, et regarda au fond de la vigne. Sur le chemin d'accès, une jardinière attendait dans la demi-obscurité. Une jeune femme en descendit, munie d'un panier. Elle releva le pan de sa robe et s'avança à pas hésitants en direction de la cabane.

1. *Abri de berger.*

Antoine alla à sa rencontre, ordonnant à Rex de ne pas bouger.

« Vous êtes Antoine ? demanda l'inconnue.

– Oui, c'est moi.

– Je vous apporte votre repas pour ce soir et demain midi. Je suis Mathilde, la fille d'Adrien Fontane. Mon père vous envoie ce panier. Il s'excuse de ne pouvoir venir en personne, mais il est cloué au lit par une mauvaise fièvre. »

Antoine s'avança vers la jeune fille qui pouvait avoir seize ans. Très impressionné par la beauté de son visage et l'éclat de ses yeux, il balbutia :

« Il ne fallait pas… J'avais ce qu'il faut.

– C'est mon père qui a insisté. Vous y avez droit, m'a-t-il dit. C'est la coutume. »

Tout en parlant, elle s'approcha d'Antoine pour déposer le panier sur la table de pierre érigée à l'entrée de la cabane.

« Je ne savais pas qu'Adrien avait une fille, fit ce dernier pour donner le change.

– Je vivais chez mes grands-parents à Saint-Hippolyte. À la mort de ma mère, je n'avais que deux ans. Mon père ne pouvait pas s'occuper de moi. »

Antoine ne disait rien, intimidé par la présence de la jeune fille.

« Je suis revenue l'aider, poursuivit-elle. Il a besoin d'une femme pour tenir sa maison.

– Je comprends. Vous le remercierez de ma part. Je passerai le voir dès que j'aurai un moment. »

Mathilde ne bougeait pas et semblait attendre quelque chose qui ne venait pas. Elle regardait Antoine comme s'il allait lui annoncer ce qu'au fond d'elle-même, son être, soudainement retourné, espérait. Son corps tout entier s'était cristallisé dans une douce et agréable immobilité et n'attendait que le moment où, d'un geste, d'une parole, d'un simple regard, il allait lui donner le signe de l'abandon. Son cœur, chaviré, battait à se rompre et l'empêchait de réagir.

Antoine s'aperçut du trouble de la jeune fille. Il brisa aussitôt le miroir dans lequel elle semblait le regarder.

« Je vous raccompagne jusqu'à votre voiture, fit-il. Il fait nuit maintenant, vous pourriez vous tordre les chevilles, chaussée comme vous l'êtes. »

Mathilde ne répondit pas, mais sentit monter en elle un immense bonheur. Une centaine de mètres seulement les séparaient du chemin. Elle eut l'impression que cela durerait une éternité. Antoine n'osa pas la soutenir pour l'aider à cheminer dans la terre labourée. Seuls parfois leurs bras se frôlaient, et cela lui suffit pour lui faire perdre la raison.

Resté sur le seuil de la cabane, Rex aboyait sans hargne, croyant sans doute que son maître allait l'abandonner. Il hésita à le rejoindre et fit mine de partir lui aussi.

« Rex, tais-toi ! » lui lança Antoine en tournant la tête dans sa direction.

Le jeune briard obéit et s'assit, l'œil rivé sur les deux silhouettes qui s'éloignaient.

Antoine aida Mathilde à remonter sur le siège de sa jardinière et lui tendit les rênes.

« Rentrez vite. Votre père vous attend. »

La jeune fille se troubla pour lui dire au revoir, fit claquer les lanières de cuir au-dessus de la croupe du cheval et s'éloigna sans oser se retourner, malgré l'envie qu'elle en éprouvait.

Quand Adeline sentit les premières douleurs, tôt le lendemain matin, elle se précipita dans la chambre de sa mère.

« Ça y est ! s'écria-t-elle, tout affolée. Je crois bien que c'est pour aujourd'hui. »

Marthe tenta de la calmer et lui ordonna de retourner au lit.

« Tant que tu n'as pas perdu les eaux, rien n'est encore commencé.

– Le bébé n'arrête pas de donner des coups de pied ! Il veut sortir. J'en suis certaine. Il faut aller chercher Adrienne et prévenir Antoine. »

Adrienne Coste avait déjà assisté Adeline pour la naissance de Fabien. Elle s'y entendait pour délivrer les futures mamans et avait parfois fort à faire dans le village, où on la préférait à la vieille Émilienne, dont les mains commençaient à trembler. Marthe réveilla Mathieu et lui ordonna d'aller prévenir son père. Puis elle s'habilla pour aller chercher Adrienne.

Dehors, la plaine et les collines étaient enfouies sous un tapis immaculé. Les pins parasols croulaient sous la neige, tandis qu'au loin la forêt de yeuses ne formait plus qu'un étrange moutonnement qui cascadait depuis la cime éloignée des montagnes. Le ciel s'ouvrait, encore tout scintillant d'étoiles.

Au moment de partir, Marthe eut un moment d'hésitation. Le chemin qui menait à la métairie des

Coste avait disparu sous la neige. « Bon sang ! se dit-elle, je me fais vieille ! Je ne parviens même plus à reconnaître ma route. »

Elle rentra de nouveau dans la cuisine où le froid s'était engouffré, prit un second châle de laine et s'y emmitoufla.

« Prends garde de te perdre ! dit-elle à Mathieu qui, mal sorti de sa nuit de sommeil, enfilait ses sabots en bâillant. Un cheval n'y retrouverait pas le chemin de son écurie. Sais-tu où se trouve ton père ?

– Dans la vigne d'Adrien Fontane, je crois.

– Mon Dieu ! se plaignit Adeline du fond de sa chambre. C'est à l'autre bout de la commune. La neige l'aura bloqué avec ses bêtes. Il se sera fait surprendre.

– Il faut quand même aller le prévenir. »

Marthe et Mathieu se mirent en route, chacun de leur côté. Les traces de leurs pas s'enfonçaient dans la neige, vite balayées par l'*aouro*[1] qui s'était mis à souffler. La campagne était déserte, paralysée sous l'étole d'hermine, dans une trompeuse uniformité.

Marthe n'eut aucun mal à retrouver le chemin de la métairie des Coste. Ceux-ci étaient à peine sortis du lit quand elle frappa à leur porte. Joseph s'étonna de la voir de si bon matin.

« Bou Diou ! Qu'est-ce qui vous amène, Marthe, par un temps pareil ?

– Ma fille va accoucher d'un moment à l'autre. Je venais prévenir Adrienne pour qu'elle ne tarde pas à venir. »

---

1. Vent du nord.

Celle-ci enfila aussitôt son manteau et son châle et se mit dans les pas de Marthe. Quand elles parvinrent au Soleyrol, le coq chantait à s'en rompre la gorge. Adrienne y vit le signe d'un bon présage.

« Alors, ma grande ! fit-elle en entrant. Tu vas nous le faire avant ce soir, ce beau bébé ! »

Adeline grimaçait de douleur.

« Ne t'inquiète pas, je resterai auprès de toi le temps nécessaire. Toute la nuit, s'il le faut.

– Ce n'est pas possible, gémit Adeline. Ce soir, c'est la veillée de Noël. Tu dois rester avec les tiens ! »

Une violente contraction l'interrompit. Elle retint sa plainte, mais la souffrance se lisait sur son visage comme dans un livre.

« J'ai une meilleure idée, proposa Adrienne. Nous fêterons Noël tous ensemble, quoi qu'il t'arrive. Joseph et les enfants n'auront qu'à venir ici.

– Ton idée est excellente, acquiesça Marthe, soulagée. Je ne me voyais pas mettre le petit au monde moi-même. »

Tandis que les deux femmes préparaient ce qui était nécessaire à la délivrance d'Adeline, Mathieu cheminait lentement dans la neige épaisse. À chacun de ses pas, il s'enfonçait jusqu'à mi-mollet et peinait à reprendre haleine. Après avoir contourné le village, il infléchit sa course vers la droite, en direction de l'étang où Antoine avait l'habitude d'abreuver ses bêtes quand il rentrait à la bergerie. Celui-ci avait gelé depuis quelques jours et, recouvert par la neige, disparaissait dans le morne paysage glaciaire.

L'enfant perdit ses points de repère. Il hésita, cherchant au loin ce qui pouvait le guider, s'engagea entre deux rangées de cyprès qu'il crut reconnaître et s'éloigna de plus en plus dans la blanche solitude.

Cette nuit-là, Antoine ne s'était pas réveillé et avait oublié de tourner le parc à moutons. Bien emmitouflé dans sa cape sur un épais matelas de paille, il avait sombré dans le sommeil, l'esprit perturbé par la visite de Mathilde.

Tout en mangeant ce qu'elle lui avait apporté, il n'avait pu ôter son image de son esprit. Il l'avait profondément troublée – il en était conscient. Certes, son cœur n'avait pas bronché, mais il avait été touché par sa réaction qui, en filigrane, avait trahi ses sentiments naissants. Il en était flatté et navré à la fois. Car il s'en voulait d'avoir fait naître de vaines espérances dans le cœur d'une jeune fille à peine sortie de l'adolescence. De plus, malgré lui, il se sentait coupable de trahison envers Adeline qu'il aimait pardessus tout. C'était la première fois que l'image d'une autre s'implantait ainsi en lui. Il eut beau tout faire pour l'effacer, plus il s'acharna, plus il eut l'impression qu'elle s'y incrustait. Jamais, cependant, il ne se mit à imaginer quoi que ce soit qui pût contrevenir à ses principes.

À force de vouloir chasser la frêle silhouette de Mathilde au fin fond de ses oublis, il finit par trouver le repos. Ses traits s'estompèrent et il ne sut plus tout à fait si elle était sortie d'un rêve ou de la réalité.

Au petit jour, Rex se réveilla le premier et lécha la main de son maître encore tout endormi. Il se mit à japper comme pour lui signifier qu'un danger les menaçait. Antoine se redressa d'un bond, prit son chien entre ses mains et le caressa vigoureusement.

« Eh bien, mon vieux ! Toi aussi tu as fait un mauvais rêve ! »

Rex fit mine de sortir tout en continuant à pousser des petits cris aigus.

« D'accord, je vais t'ouvrir. »

Antoine s'attendait à voir son chien bondir dehors. Au contraire, au moment même où il saisit la clenche, Rex recula. Il comprit alors en une fraction de seconde qu'une catastrophe était arrivée.

« Bon sang ! s'exclama-t-il. La neige ! Je me suis laissé surprendre. »

Il sortit aussitôt, Rex bondissant dans ses traces pour ne pas se faire ensevelir.

« Les brebis, vite les brebis ! »

Dans leur parc, celles-ci s'étaient agglutinées en bordure de la vigne, sous un gros chêne rouvre, le seul refuge qu'elles avaient trouvé pour se protéger de la tourmente. Leur toison était trempée, les pauvres bêtes semblaient transies.

« Il faut vite rentrer à la bergerie », dit Antoine en s'adressant à son chien.

Il commença à repousser les claies du parc. Les brebis ne bougeaient pas, pressentant sans doute la difficulté qu'elles auraient à se frayer un chemin dans la neige. Rex aida son maître à les y contraindre. Mais d'instinct elles restaient regroupées, comme si, devant le danger, elles ne faisaient plus qu'un seul être, obéissant à une volonté unique. Antoine faillit baisser les bras devant leur entêtement à ne pas vouloir sortir de l'enclos, aucune ne prenant la première l'initiative. Alors, il s'approcha d'un *menon*[1], l'appela et lui parla comme à un être humain :

« Br, br, beyci, bien… Viens ici, viens. Montre le chemin, on rentre à la maison. »

Le vieux mouton se mit à se mouvoir. Aussitôt le troupeau s'ébranla derrière lui et, lentement, Antoine ouvrant la route, le long ruban blanc se déroula, se fondant dans le tendre glacis encore intact.

Bien que la neige masquât toutes les aspérités du sol et rendît le paysage identique à des lieues à la ronde, Antoine parvint sans difficulté à rester sur le bon parcours. Pour gagner du temps, il décida de traverser le village plutôt que de le contourner comme il en avait l'habitude. Parvenu au moulin, il quitta le chemin et rejoignit les premières maisons.

Le village, malgré l'heure tardive de la matinée, était encore tout engourdi, paralysé par le froid et le carcan neigeux qui le tenait prisonnier. Quand le troupeau parvint devant l'église, dix heures sonnaient au clocher. Les brebis s'éparpillèrent sur la place devant le parvis, foulant la neige de leurs sabots. Celle-ci se transforma aussitôt en une boue liquide couleur de tourbe. Des curieux sortirent sur le pas de leur porte, attirés par le charivari et le bêlement des bêtes.

Antoine fit une pause, pour attendre les traînardes. Joseph Coste surgit alors d'une ruelle adjacente, suivi de son chien de berger, et fonça droit sur son ami.

1. Ou menoum, mouton meneur, chargé de conduire le troupeau transhumant.

« Tu tombes bien, Antoine ! Je partais à ta recherche.

– Qu'est-ce qu'il t'arrive ?

– Adrienne est partie tôt ce matin pour aider ta femme à accoucher.

– Accoucher !

– Vu la neige, j'ai cru préférable de venir te chercher. Mais je vois que tu m'as devancé.

– Adeline va accoucher aujourd'hui !

– Si ce n'est pas déjà fait à l'heure qu'il est ! Je t'accompagne. Dépêchons-nous ! »

Les deux hommes regroupèrent le troupeau et se remirent en chemin sans tarder, sous l'œil amusé des enfants de cœur qui, attirés par le bruit des brebis, étaient sortis de l'église où ils préparaient la veillée de Noël.

Au Soleyrol, c'était la consternation. L'enfant se présentait mal. Adrienne ne parvenait pas à mettre un terme aux souffrances de son amie et craignait qu'il ne fallût appeler le médecin. La pauvre Adeline gisait sur son lit, exténuée, le regard fixé au plafond de sa chambre, dans l'attente de la délivrance. Les contractions se multipliaient, mais le bébé ne parvenait pas à se retourner.

« Il doit être empêtré dans le cordon, dit Adrienne. Il faut aller chercher le médecin. Lui seul saura ce qu'il faut faire. Moi, j'avoue ne pas savoir. À moins que la vieille Émilienne…

– Non, pas elle ! interrompit Adeline. Je ne tiens pas à ce qu'elle sacrifie mon enfant pour me sauver. Envoie donc chercher le docteur. »

Antoine et Joseph arrivèrent au moment où Marthe s'apprêtait à se remettre en route. En deux mots, elle leur expliqua la situation.

« Il n'y a pas de temps à perdre », coupa Antoine.

Sans même venir voir sa femme, il se rua en direction du village. En chemin, il rencontra un ami qui se proposa de se rendre sur-le-champ à Saint-Hippolyte avec son cheval, afin de ramener le docteur Mayen. Il fallait bien compter une bonne heure, car la commune était éloignée de plusieurs kilomètres.

« Fais vite, lui dit Antoine en le remerciant. Ma femme est à bout de forces. »

Quand il rentra à la bergerie, Adeline s'était assoupie, morte de fatigue. Adrienne et Marthe lui prodiguaient tous leurs soins, mais craignaient le pire. L'enfant avait cessé de bouger, comme si, de lui-même, il avait finalement renoncé à vivre.

« Où est Mathieu ? s'inquiéta Marthe. Il n'est pas avec toi ! »

Dans la tourmente, personne n'avait remarqué l'absence du petit garçon. Antoine jeta un regard d'incompréhension à Joseph, qui se réchauffait, assis au cantou, puis s'inquiéta à son tour.

« Mathieu ! Où est-il en effet ?

– Nous l'avons envoyé te chercher tôt ce matin pour que tu reviennes le plus vite possible. Nous pensions qu'il était avec toi.

– Je ne l'ai pas vu. C'est Joseph qui est venu à ma rencontre pour me prévenir. Mais j'étais déjà en chemin. Nous nous sommes rencontrés au village.

– Il est midi ; ça fait plus de trois heures qu'il est parti. Il devrait déjà être de retour !

– Avec cette neige, il aura été retardé, dit Joseph sans conviction. Attendons encore.

– Il ne faut guère plus d'une heure pour rejoindre la vigne d'Adrien Fontane. Pourvu qu'il ne lui soit rien arrivé en route ! Dès que le docteur sera là, je partirai à sa recherche. »

Au-dessus de la plaine immobile et blanche, le ciel s'était refermé, plombé par les nuages. De rares oiseaux voletaient d'un buisson à l'autre. Parfois un lapin de garenne osait une sortie et marquait le tapis d'ouate de ses empreintes éphémères.

À son arrivée, le docteur Mayen prévint Antoine :

« Vous connaissez les risques qu'encourt le bébé, si je dois utiliser les fers ? Je ne peux vous garantir que tout se passera bien.

– Faites ce qu'il faut en votre âme et conscience, Docteur. Mais sauvez ma femme, je vous en conjure. Pour ma part, je ne peux rester là à ne rien faire, pendant que mon fils est perdu dans toute cette neige depuis plus de cinq heures. »

Antoine se mit en route avec Joseph, sans avouer à Adeline la raison de son inquiétude. Ensemble, ils refirent le chemin que Mathieu avait emprunté pour aller prévenir son père. Le vent avait effacé les traces qu'il avait laissées derrière lui et rien ne marquait plus son passage. Des flocons lourds et collants comme de la poix se mirent à tomber, obstruant l'horizon, réduisant la visibilité. Rex, qu'Antoine avait emmené, ne cessait d'aboyer et cherchait son jeune maître derrière chaque buisson, dans chaque anfractuosité.

« J'espère qu'il a bien suivi le chemin et qu'il n'aura pas pris une mauvaise direction. »

Joseph tenta de rassurer son ami :

« S'il s'était perdu, il aurait fait marche arrière. Au pire il aurait piqué droit vers le village. Le clocher se voit de loin.

– À moins qu'il ait coupé à travers les terres et qu'il n'ait pas vu l'emplacement de l'étang ! ajouta Antoine, terrifié. Il y a une fine couche de glace à sa surface, et la neige en dissimule les contours.

– L'étang est trop à l'écart du chemin ! Mathieu connaît le terrain aussi bien que toi et moi. »

Antoine finit par communiquer ses craintes à Joseph. Ils partirent aussitôt en direction de l'étang dont les rives et la surface disparaissaient sous l'épais manteau neigeux.

Pendant ce temps, Adeline, réveillée à nouveau par les contractions, s'en était remise aux mains du médecin. Celui-ci prépara les fers.

« Je ne veux pas que mon enfant naisse infirme ! Je ne veux pas ! s'écria-t-elle en réclamant la présence de son mari.

– Antoine va bientôt rentrer, dit Marthe pour la calmer. Il ne va pas tarder.

– Pourquoi est-il parti ? »

Marthe mentit à sa fille pour ne pas accroître son inquiétude.

« Il est chez Joseph avec Mathieu. Une brebis… comme toi… qui a des difficultés à mettre au monde son petit. Mais tout se passera bien. Ne crains rien.

– Je veux l'attendre. Je veux qu'il soit là quand mon bébé viendra. »

Adeline résistait de toutes ses forces.

« J'ai deux ou trois visites à faire dans le village, dit le médecin. Je reviendrai dans une heure ou deux. Cela peut encore attendre. Mais si d'ici là votre mari n'est pas rentré… »

Il n'acheva pas sa phrase, referma sa mallette et sortit en maugréant contre le mauvais temps.

La surface de l'étang était intacte, personne n'avait brisé la glace. Antoine en fut soulagé.

« Il faut rejoindre la cabane. Il m'attend peut-être là-bas, tout bêtement. »

Joseph n'était pas de cet avis. Si Mathieu n'avait pas trouvé son père, il serait revenu, pensait-il.

Rex filait droit devant les deux hommes, reniflant sans arrêt. Il semblait avoir retrouvé l'odeur familière de son ami. À ses aboiements, Antoine comprit qu'il ne s'était pas trompé. Le chien piqua en direction du cabanon et, sans hésitation, se mit à gratter à la porte.

« Il a reconnu ton odeur, dit Joseph. Pourquoi le petit serait-il dans cette cabane alors qu'il doit se douter qu'on le cherche partout à cette heure-ci ? »

Antoine n'écoutait plus. À grandes enjambées, il dévala le chemin où il avait raccompagné Mathilde la veille au soir et, sans prendre le temps d'arriver, il se mit à appeler à tue-tête :

« Mathieu ! Tu es là ? C'est moi, papa. Réponds-moi ! »

D'un geste brutal, il ouvrit la porte de la cabane : Mathieu dormait, affalé dans la paille, épuisé et transi.

Il prit son fils dans ses bras, le frictionna vigoureusement pour le réveiller et le réchauffer. L'enfant ne réagit pas, toujours plongé dans le sommeil.

« Bon sang, qu'est-ce qu'il a ? s'inquiéta Antoine.

– Il est à bout de forces et le froid l'a engourdi.

– Vite, Joseph, allume le feu. Il faut le sécher. Sinon il prendra mal. »

Joseph s'exécuta. Il prit quelques morceaux de bois sec et de la paille, et fit une flambée dans la cheminée.

Mathieu reprit lentement ses esprits, et trouva étrange de se réveiller dans les bras de son père, tout déshabillé et emmitouflé dans sa cape de laine.

« Mathieu, mon petit Mathieu ! Tu m'as fait peur. Mais tout est fini maintenant. Nous allons rentrer à la maison. »

Au Soleyrol, le docteur Mayen, revenu de ses visites, s'apprêtait à délivrer Adeline. Adrienne l'assistait. Marthe tenait les enfants à l'écart, pour qu'ils ne soient pas apeurés par les cris éventuels de leur mère.

« Nous ne pouvons plus attendre, Adeline. Chaque seconde supplémentaire peut vous mettre en danger. Il faut que j'aille chercher ce petit, puisqu'il ne veut pas venir à nous tout seul. »

Les larmes aux yeux, livide, Adeline ne répondit pas et s'abandonna aux mains du médecin. Adrienne amena les bassines d'eau chaude, du linge propre, et se planta à côté de son amie, en lui tenant la main.

À ce moment précis, Antoine, Mathieu et Joseph firent irruption dans la maison.

« Où est Adeline ? s'écria Antoine, semblant oublier qu'elle ne pouvait être ailleurs que sur le lit où il l'avait laissée.

– Le docteur s'apprête à l'accoucher », lui répondit Marthe en se jetant sur Mathieu.

Sans prévenir, Antoine entra dans la chambre et, d'un geste, écarta le docteur qui avait déjà les fers à la main.

« Adeline, ma chérie, je suis là, avec Mathieu. Tout va bien. »

Il posa sa main sur son ventre arrondi et tendu, la caressa, lui épongea le front, la caressa de nouveau.

« Tout va bien, répéta-t-il, je suis là.

– Il faut me laisser faire maintenant, interrompit le médecin. Il n'est plus temps de tergiverser. »

Alors le ventre d'Adeline se mit à ondoyer. Pour la seconde fois, elle perçut en elle une douce caresse qui lui procura une profonde sensation de bien-être, une sorte d'appel intérieur, presque un cri, une parole. L'enfant venait de se retourner et indiquait son intention de paraître.

Le médecin, médusé, n'en croyait pas ses yeux. Il reposa ses instruments barbares, soulagé de ne pas devoir imposer la plus horrible torture à un petit être qui ne voulait rien d'autre qu'attendre la présence de son père, pour lui tendre les bras au moment où il verrait le jour.

VI

Le nouveau siècle

LA VIE AVAIT REPRIS son cours. Aux chaleurs écrasantes des étés, pendant lesquels la garrigue crépitait sous le bruit des insectes, succédèrent des automnes aux fortes senteurs de futaille, où tout un monde de journaliers s'activait dans les vignes du domaine de Quérac.

À entendre chanter les jeunes filles dans les rangées de vigne, il semblait à Adeline que la vie y était bien plus facile que celle qu'elle menait auprès des bêtes, dans l'attente continuelle de son mari absent depuis la Saint-Médard. Et quand elle écoutait les vignerons faire la fête, le dernier soir des vendanges, elle ne pouvait s'empêcher de les envier, même si elle savait qu'Auguste Donnadieu les traitait avec mépris et exigeait beaucoup d'eux.

Elle n'avait pas l'esprit joyeux, Adeline, quand, la veille du départ des troupeaux, tout le monde s'affairait autour des bêtes pour les décorer et les ensonnailler. Le temps de la transhumance était pour elle celui de la grande solitude. Chaque été elle éprouvait la même tristesse, la même déchirure de voir partir l'homme qu'elle aimait rejoindre celle pour qui son cœur vibrait dès qu'arrivaient les beaux jours : la montagne parée de ses verts pâturages et de son vent de liberté. Aussi s'assombrissait-elle, quand les cistes, les romarins et les cades exhalaient leurs parfums épicés, quand les eaux de la rivière miroitaient sous les premiers assauts du soleil. Et elle ne trouvait de force, pour lutter contre la longue attente qui s'annonçait, qu'en se consacrant corps et âme à ses quatre enfants qui devenaient alors son unique raison d'être.

Louise était née le soir de Noël. Pour Antoine, ce fut le plus merveilleux cadeau. Au comble du bonheur, il avait déclaré maladroitement et sans arrière-pensée :

« Deux petits gars pour faire la draille avec leur papa, et deux filles pour tenir compagnie à leur maman ! »

Ainsi, à ses yeux, était l'ordre des choses.

Plusieurs années s'étaient écoulées. Antoine perpétuait ce que son père lui avait transmis et ne remettait pas en cause son genre de vie, même s'il avait conscience des sacrifices qu'il demandait à Adeline. Mais il était persuadé que les rapports entre les grands propriétaires et les petits paysans allaient être bouleversés à l'orée du XXe siècle qui approchait. La République était installée depuis bientôt trente ans. Le temps était maintenant aux grandes mutations sociales amorcées par les lois des deux dernières décennies.

Pendant les veillées en compagnie de son ami Joseph, il lui arrivait souvent de s'enflammer, tant il mettait de passion dans ses propos. Il prenait alors des intonations de tribun qui faisaient craindre qu'un jour il ne parvienne plus à se contenir face à un Legarec toujours aussi méprisant, ou face au maître lui-même.

Adeline n'aimait pas que Mathieu entende ces discussions d'adultes. Elle craignait qu'elles ne fissent de lui, plus tard, un révolté, un de ces exaltés prêts à sacrifier leur vie et à faire le malheur des leurs pour défendre leurs idéaux. Elle espérait pour ses enfants une autre existence, un autre univers que celui des bêtes et des étables, des drailles et des pâturages, de l'odeur du fumier et du suint. Mais il lui était difficile de faire comprendre à Antoine, pour qui c'était là toute sa vie, que ses enfants devraient avoir d'autres ambitions.

Elle n'avait pas abandonné l'idée de les mettre à l'école. Si Mathieu y avait échappé – Antoine n'ayant pas voulu entendre parler du curé Chabert –, elle gardait l'espoir qu'Auguste Donnadieu finirait par fléchir pour Marie, qui allait sur ses huit ans.

C'était méconnaître l'orgueil démesuré du maître, blessé de voir son monde chanceler sur son piédestal. Ses affaires cependant marchaient bien, même si elles subissaient de plein fouet la concurrence des grands viticulteurs du Midi. L'Aude et l'Hérault, en effet, inondaient le pays de leurs vins de table, et les cours ne cessaient de baisser.

La première année du nouveau siècle connut un record de production. Les caves étaient pleines et les surplus des années précédentes n'étaient toujours pas écoulés. Auguste Donnadieu craignit un effondrement des cours et sentit la puissance de son empire vaciller. Il eut beau exiger de son courtier de rester ferme et de ne pas vendre à moins de 10 francs l'hectolitre, il fut contraint de se dessaisir de son vin à moitié prix.

Sur les drailles cévenoles, il ne rencontrait aucune concurrence. La plupart des petits éleveurs s'en étaient remis à lui, et ses troupeaux, forts de milliers de bêtes, remontaient à chaque printemps en direction de l'Aubrac, de la Margeride et du Gévaudan. Aussi les métayers de son domaine avaient-ils de plus en plus de mal à collecter sur leurs parcours des petits troupeaux complémentaires.

Legarec et ses bergers accaparaient les plus belles brebis. Et quand Antoine vendait aux maquignons ce qu'il lui laissait, il était souvent contraint d'accepter des prix bien en dessous de ceux pratiqués sur les foires.

Tandis qu'Adeline et Adrienne filaient la laine sur leur rouet ou reprisaient quelques vieux vêtements de travail, assis au cantou, les hommes commentaient l'actualité dont les journaux se faisaient l'écho. Leur espoir avait grandi avec la constitution d'un ministère de « Défense républicaine ». Et l'arrestation des chefs nationalistes, traduits devant la Haute Cour, avait été ressentie à Quérac comme un nouvel échec des amis du châtelain, qui avait pris la cause des antidreyfusards.

« Trois révolutions et trente ans de république, affirmait Antoine, toujours aussi exalté, je te le dis, mon vieux Joseph, on la tient la victoire ! Et pour toujours. Ce siècle sera le nôtre et celui de nos enfants ! »

Joseph, plus tempéré, mais tout aussi convaincu que son ami, l'écoutait sans l'interrompre. Il acquiesçait de la tête en tirant sur sa pipe de grosses bouffées de fumée âcre.

« Tu nous empestes, Joseph ! lui reprocha sa femme. Et tu intoxiques les enfants.

– Tu vois, plaisanta Antoine, bientôt les femmes nous empêcheront de faire ce qu'on veut ! Ça aussi, ce sera le XXe siècle : l'égalité de l'homme et de la femme. Quand elles seront toutes émancipées, nous n'aurons plus notre mot à dire !

– Pour l'instant, nous en sommes loin ! répliqua Adeline en souriant, car elle savait que son mari ne croyait pas ce qu'il disait. Et Dieu sait que vous faites toujours ce que bon vous semble. Dire que nous ne pouvons même pas encore voter !

– C'est un fait ! reconnut Joseph en débourrant sa pipe sur les braises de la cheminée. C'est pas bien normal ! »

Touché au vif, Antoine reprit :

« Quand la gauche triomphera, vous l'obtiendrez votre droit de vote, et bien d'autres libertés encore. »

Les deux hommes ne cachaient pas leurs sympathies politiques. Joseph, plus modéré, se sentait proche des radicaux de Clemenceau. Antoine, lui, souhaitait une France plus ancrée à gauche, et reportait tous ses espoirs sur Jaurès et les socialistes. Mais jamais les deux hommes ne s'opposaient. Au contraire, ils trouvaient toujours un terrain d'entente, quand ils affirmaient que l'ennemi des « miséreux », auxquels ils se disaient fiers d'appartenir, s'incarnait en la personne d'Auguste Donnadieu.

Celui-ci en rabattait depuis que ses affaires s'affaiblissaient.

« Aujourd'hui, ce sont ses vignobles, et demain ? fit Antoine.

– Il a encore beaucoup de réserve, et sa situation est loin d'être désespérée. »

Joseph n'ignorait pas que le maître devrait tenir compte, sans s'opposer, de la loi que Millerand venait de faire voter. Celle-ci limitait la journée de travail à dix heures et renforçait le rôle des syndicats. Il ajouta :

« Dans notre situation, cette loi n'aura aucun impact. La journée sera toujours celle du cadran solaire.

– Le monde est en train de bouger, objecta Antoine. Aujourd'hui les ouvriers obtiennent gain de cause, demain ce sera notre tour. Un jour, la terre reviendra aux petits paysans et les herbages aux petits éleveurs. Nous chasserons les grands propriétaires.

– Tu veux refaire la Révolution !

– Ce ne sera pas nécessaire. Les élections et la loi suffiront. Mais s'il le faut, oui, je suis prêt à me battre comme nos ancêtres pour défendre nos droits et nos libertés.

– Antoine, tu devrais taire tes convictions devant les enfants, coupa Adeline. D'ailleurs il se fait tard, je vais les mettre au lit. »

C'était souvent ainsi que se terminaient les veillées, avant que ne revienne le temps des grandes migrations qui calmait les ardeurs des hommes et rendait les femmes moroses. Les enfants, bercés par les histoires de leurs mères, étaient nourris des exaltations de leurs pères, et comprenaient déjà que le château était l'objet de leurs luttes futures, le symbole du combat de leurs parents pour obtenir le simple droit de vivre décemment.

En 1901, quand Waldeck-Rousseau fit voter la loi sur la liberté associative, la vague anticléricale déferla de nouveau sur le pays. Ce qui ne fut pas sans déplaire à tous ceux qui, comme les Chabrol, appelaient de leurs vœux le triomphe de l'école laïque. Alors, quand Adeline apprit que le curé Chabert n'avait plus le droit de faire la classe, elle se réjouit et se remit à espérer pour ses enfants.

Les pluies d'équinoxe avaient accéléré les frondaisons et permis à la terre de se gorger d'eau avant les grosses sécheresses. À l'horizon, les crêtes des montagnes restaient tapies sous un voile discret de brume, comme pour mieux dissimuler leur secret et attiser l'envie des bergers de reprendre le chemin des hauts pâturages.

À la fin du printemps, le mistral cessait de rincer le ciel de ses derniers nuages. Il ne restait plus à l'horizon que de fines dentelles de mousseline. Les Cévennes apparaissaient dans toute leur splendeur, proches et profondes, magiques et mystérieuses, sombres et cependant pleines de lumières intérieures. Leurs serres surplombaient sans démesure et sans orgueil les valats enchevêtrés, où la vie s'activait comme dans les ruches dès que l'hiver retirait sa chape de froid. À l'austérité, tout apparente, succédait un rayonnement sans égal : la lumière ruisselait sur les pierres colorées des mas séculaires, et les vieux châtaigniers reprenaient leur parure d'éternité.

C'était l'appel, le grand frémissement. L'esprit de la montagne s'insinuait dans celui des hommes. Les drailles étaient comme les bras d'une femme, envoûtantes et charnelles. Elles attiraient les bergers et les retenaient, se faisaient câlines et perverses, ne les relâchaient que lorsqu'elles n'avaient plus de chaleur à leur donner, et pour mieux les reprendre.

Ceux-ci le savaient et ne pouvaient cacher leur attirance. Leurs épouses, résignées mais confiantes, certaines qu'ils leur reviendraient toujours plus fidèles, les aidaient à préparer le grand départ, le cœur contrit, mais avec le même amour que celui qui unissait l'homme à sa montagne.

Antoine avait enfin décidé d'emmener Mathieu. À douze ans, celui-ci était capable maintenant de parcourir de longues distances. Il accomplissait déjà une grande part de travail à la bergerie ou dehors, par tous les temps. Ce dernier hiver, pour l'habituer à vivre comme un vrai berger, Antoine l'avait gardé près de lui pendant les nuits de fumature. Ensemble, ils avaient dormi dans des cabanes dont certaines n'avaient pas le confort de celle d'Adrien Fontane. Auprès de son père, Mathieu se sentait devenir un homme, et il en éprouvait une grande fierté.

Adeline, sans le montrer, se désolait de voir son fils prendre inexorablement la relève d'Antoine. Elle reportait tous ses espoirs sur ses filles et sur Fabien, mais elle craignait que celui-ci ne suivît le même chemin que son frère. L'enfant, qui allait sur ses sept ans, montrait déjà beaucoup d'attirance pour le monde merveilleux de la transhumance. Et comme Mathieu à son âge, lui aussi rêvait déjà de prendre la draille.

« Il est temps que nous les mettions tous à l'école, affirmait Adeline, chaque fois que la discussion revenait sur le sujet.

– Pour Mathieu, ce ne sera plus la peine, lui opposait Antoine. Il est trop tard. Et j'ai trop besoin de lui maintenant. »

Adeline s'était résignée et avait accepté, la mort dans l'âme, que son aîné fasse son apprentissage de berger.

Les bêtes avaient été tondues au début du mois de mai, pour que leur toison ait le temps de repousser avant l'estive. Les *tondailles* avaient donné lieu, comme chaque année, à de grandes réjouissances en présence de tous les métayers et de leur famille. Les *tondaires*[1] étaient revenus de Saint-Martial, où leur réputation n'était plus à faire. Avec dextérité, de leurs *forces*[2] tranchantes, ils avaient ôté des brebis leur épaisse toison. Ce jour-là, ce fut pour Mathieu un avant-goût de son futur départ. Depuis, il ne vivait que dans l'espoir d'emmontagner.

Les brebis venaient de passer leur dernière journée dans la garrigue. Le lendemain, elles allaient prendre la draille.

Bastien, l'ancien traspastre, avait l'air attristé.

---

1. *Tondeurs professionnels.*
2. *Sorte de ciseaux à tondre.*

« C'est ma dernière transhumance avec ton père, expliqua-t-il à Mathieu. L'année prochaine, c'est toi qui me remplaceras.

– Pourquoi donc ?

– L'armée m'attend dès mon retour. Ce sera donc toi le nouveau traspastre. Fais honneur à ton père ! Je te montrerai ce qu'il te faudra savoir pour éviter les pièges de la montagne. »

En cette veille de départ, Antoine rentra ses brebis plus tôt que d'habitude. Il fallait les décorer, et il n'aurait pas failli à la coutume sauf en cas de deuil. Bastien et Mathieu, toute la journée, avaient apprêté les colliers, les sonnailles et les pompons de laine aux couleurs vives destinés aux menons et aux plus belles brebis. Les colliers de micocoulier, tous gravés aux initiales d'Antoine, étaient alignés devant la bergerie, certains peints, d'autres non. La plupart étaient anciens et avaient été réparés de multiples fois. Les sonnailles, toutes astiquées, réfléchissaient la lumière dorée du soir ; elles étaient la fierté d'Antoine, la marque de la valeur de son troupeau. C'est elles qui entameraient le chant du départ une fois accrochées au cou des bêtes. Quant aux pompons, les femmes les avaient soigneusement préparés pendant les longues soirées d'hiver, et les enfants s'étaient fait une joie immense d'aider leur mère à les nouer dans les toisons.

Paul Malbosc, resté fidèle à Antoine, fit sortir les brebis de la bergerie une par une, et à leur passage les hommes leur fixèrent colliers et sonnailles, de gros *dralhons* et des *clapes* pour les *menons* et les béliers, des *piques* et des *clochardes* plus légères pour les autres.

Mathieu ne savait plus où donner de la tête. C'était pour lui plus qu'une fête, un véritable adoubement après lequel il serait enfin consacré berger et passerait aux yeux de ses camarades pour l'un des leurs. Il ne cessait de s'activer.

Fier de son fils, Antoine le laissait faire, d'un œil amusé, n'espérant qu'une chose : qu'il soit capable de marcher huit jours durant derrière lui, sans broncher.

Le ciel s'ouvrait à peine sur la plaine nimbée d'une pâle lumière émergée des horizons lointains. La fraîcheur emperlait de rosée les sarments feuillus des vignes et amplifiait les parfums évanescents des plantes aromatiques. Le monde semblait avoir été créé par un tel matin magique et s'éveiller à la vie à peine éclose. Le chant mélodieux des oiseaux n'était couvert que par les sonnailles aigrelettes qui commençaient à s'agiter, prémices du grand départ.

Mathieu ne dormit pas beaucoup cette nuit de la Saint-Médard, l'esprit trop excité à l'idée de prendre la draille. Il avait tenu à préparer lui-même son sac de voyage. Avec une fierté sans égale, il l'avait déposé à côté de celui de son père. Ce dernier lui avait offert un bâton de berger sculpté dans une branche de micocoulier. Nul cadeau ne lui fit jamais autant plaisir. Il ne s'en dessaisit pas de toute la nuit.

À l'aube, quand il entendit Antoine se lever le premier, il sauta de son lit sans attendre et vint s'asseoir comme un homme sur le banc de la cuisine.

« Tiens, petit, lui dit son père en lui tendant une tasse de café noir. Ça te tiendra éveillé. »

Mathieu prit le bol, y trempa une large tranche de pain bis et but à petites gorgées en faisant la grimace.

« C'est bon, dit-il, mais c'est amer !

– Tu t'y habitueras. Tous les hommes boivent du café le matin pour se donner un coup de fouet. »

Dans le parc, les moutons se pressaient. Si par malheur une claie venait à céder, ils partiraient, menons en tête, et retrouveraient d'instinct le chemin des cimes. Paul et Bastien, qui avaient dormi dans la bergerie, mettaient une touche finale aux préparatifs. Ils avaient bâté l'âne et chargé les bagages, la réserve d'huile de cade et l'eau pour le premier jour.

À cinq heures, Antoine donna le signal du départ. Adeline, accrochée à son bras, retenait ses larmes et faisait, malgré elle, ses dernières recommandations. Elle avait beau être habituée, elle ne se faisait jamais à cette séparation qu'elle vivait comme une déchirure, chaque année plus cruelle.

« Prends bien soin de Mathieu, qu'il ne lui arrive rien !

– Prends soin aussi de toi. Fabien veillera sur vous, c'est lui maintenant le petit homme de la maison ! »

Adeline esquissa un sourire. Elle savait que le cœur d'Antoine était rempli de joie et ne voulait pas l'attrister au dernier moment par ses craintes et son envie de le voir vite revenir.

Dans la cour, Auguste Donnadieu inspectait le troupeau, accompagné de son régisseur. Celui-ci vérifiait les marques que les bêtes portaient aux oreilles et les comptait, tandis que Bastien les faisait sortir du parc l'une derrière l'autre.

« C'est bien, Chabrol ! fit le maître d'un air ravi. Ramenez-les-moi aussi jolies que vous ne les emmenez ! Et bonne route ! »

Antoine prit son âne par la bride et alla se placer à la tête du troupeau qui commençait déjà à s'étirer. Les chiens se mirent aussitôt à l'œuvre. Mathieu, fier comme Artaban, se plaça derrière l'âne ; Bastien et Paul fermèrent la marche. Adeline, entourée de ses trois autres enfants, accompagna le troupeau jusqu'à la sortie du hameau. Puis, après un dernier adieu, elle s'en revint aussitôt à la métairie pour ne pas accroître sa peine.

Le ruisseau de laine se déversa sur la draille, serpentant entre les collines. Les sonnailles cristallines se perdirent peu à peu dans le petit matin déjà empourpré par les feux ardents du ciel.

La vie ainsi rythmée par les départs et les retours des hommes semblait ne jamais devoir s'interrompre et s'inscrivait dans l'ordre immuable des choses. Adeline en était à la fois rassurée et attristée. Elle n'imaginait pas comment son existence aurait pu un jour s'infléchir vers un autre destin. Son chemin lui paraissait bien tracé et elle craignait qu'il ne le fût aussi pour ses enfants. Ce n'étaient pas les exhortations d'Antoine contre la puissance des grands qui lui donnaient l'espoir qu'un jour proche, un monde nouveau naîtrait à la lueur d'un de ces matins où Dieu semblait avoir refait la Création.

Deuxième partie

Le temps des menaces

VII

Premier voyage

IL AVAIT FIÈRE ALLURE, le troupeau d'Antoine Chabrol quand il partait à l'estive ! Malgré le mal que s'était donné Legarec pour récupérer les petits troupeaux le long de la draille, il grossissait d'étape en étape, ici d'une dizaine de brebis, là d'une vingtaine. Et c'était toujours la même fête quand il traversait les hameaux où on l'attendait avec impatience.

Dès le départ, Antoine dut freiner l'allure des menons trop pressés de gagner les hautes terres. La route était longue, très longue depuis qu'il était obligé d'estiver en Aubrac. Derrière lui, le cortège se mit rapidement dans son pas. Il fallait éviter de distancer la *curaille,* ces brebis vieilles ou affaiblies qui se traînaient à l'arrière et que les chiens devaient sans cesse ramener vers le gros du troupeau.

Les chèvres, qu'Antoine emmenait pour disposer d'un peu de lait frais et fabriquer ses pélardons, ouvraient la marche, suivies de Fanfan, l'âne de Mathieu. La pauvre bête croulait sous la charge, tant le sel destiné aux brebis lui pesait sur l'échine. Pour ne pas lui en rajouter, les hommes portaient eux-mêmes leur bagage, repas pour la route et linge de rechange pour les cinq mois d'estive. Mathieu, trop heureux d'être enfin du voyage, avait refusé de faire exception et portait non sans fierté son lourd paquetage, tout en tirant Fanfan par la bride.

Bastien lui avait si souvent décrit les menus détails du parcours, ses pièges et ses dangers, ses merveilles et ses lieux mystérieux, qu'il avait l'impression de reconnaître la draille à chacun de ses pas, comme s'il l'avait déjà faite maintes et maintes fois. Cependant, il s'extasiait à chaque détour et ses yeux ravis ne savaient où se poser, tant était insatiable son appétit de découvrir le monde de ses rêves. Par moments, les cris que lançaient les bergers derrière lui pour récupérer quelque brebis aventureuse le ramenaient à la réalité, mais très vite il se laissait de nouveau accaparer par le monde enchanteur qui s'offrait à lui.

Parvenu à Colognac, Antoine fit halte pour récupérer le troupeau de Lucien Maistre. Celui-ci était parvenu à convaincre ses amis, les petits éleveurs, de ne pas se dessaisir de leurs bêtes au profit de Legarec et de continuer à les confier à Antoine. Aussi plusieurs centaines de brebis supplémentaires s'étaient-elles jointes aux siennes dès cette première étape.

Le lendemain, ce n'était pas moins d'un millier de moutons qui se pressaient au col de l'Asclier. Le ruisseau de laine blanche était devenu rivière au fil de son cheminement ; bientôt ce serait un fleuve qui dévalerait d'un serre à l'autre, sans cesse alimenté par d'autres émissaires sortis des valats cachés de la montagne.

Le troupeau s'égrena avec prudence le long du serre de Borgne, puis plongea sur le col de l'Homme Mort. Le chemin était parfois escarpé et étroit, et il fallait veiller à ce que les jeunes brebis ne se blessassent pas en se poussant les unes contre les autres. Antoine craignait toujours, dans ces passes resserrées, que l'une d'entre elles ne tombât en bas d'un rocher et qu'il ne fût obligé de l'abattre sur place.

La draille s'élargit ensuite sur le plateau du Coulet. Les bêtes en profitèrent pour s'égailler. À l'étape de Bonperrier, une fois le troupeau rassemblé dans le parc à moutons, Antoine laissa Mathieu en compagnie de Bastien et descendit passer la nuit chez son ami Martial Deleuze au hameau de la Bessède.

Tôt le lendemain matin, il reprit la draille après avoir collecté une centaine de brebis supplémentaires montées d'Ardaillès ; puis il prit la direction du col du Pas. C'est parvenu à cet endroit qu'il savourait les plus infimes instants de sa liberté retrouvée. Encore proche du départ, et le cœur déjà teinté de tristesse d'avoir dû se séparer d'Adeline, il se consolait devant la majesté des paysages. Ce réconfort lui procurait un plaisir intime : une sensation aigre-douce à chaque pas qui l'éloignait d'Adeline mais le rapprochait du but. Et plus il progressait sur la draille, plus son bonheur grandissait, car il se sentait enfin redevenu un homme libre.

En vue du hameau de Faveyrolle, la draille se rétrécit et se raidit. Le rocher saillant se délite et s'éboule, obligeant à de grandes enjambées. Il n'était pas possible de contourner la difficulté par les hauteurs, comme c'était parfois le cas. Le troupeau ralentit sa course. Les menons, les uns après les autres, se frayèrent un passage entre les roches, bloquant derrière eux le reste du troupeau. Par leurs aboiements menaçants, les chiens empêchèrent les brebis inconscientes du danger de s'éloigner sur les bas-côtés. Antoine, monté le premier, appela d'une voix ferme celles qui hésitaient.

« Fais claquer ton fouet, lança-t-il à Mathieu posté au pied de l'escarpement. Au-dessus de leur tête. Ne les effraie pas ! Elles vont monter toutes seules. Encourage-les ! »

Mathieu se mit à siffler, puis à claquer la langue.

« Br… br… beyci, beyci bien ! »

Antoine sourit de le voir appeler les brebis à la manière qu'il avait de s'adresser à elles quand il s'en approchait dans la bergerie.

« Prends garde qu'elles ne te renversent !

– Ne vous en faites pas, Père, j'ai l'œil. »

Le troupeau s'était agglutiné et les bêtes commençaient à s'impatienter, d'autant plus que de part et d'autre de la draille il n'y avait rien à brouter. Paul et Bastien retenaient à l'arrière la moitié d'entre elles, surveillant de près les plus jeunes, les bedigues âgées d'un an, encore fragiles et qui n'avaient jamais fait la draille.

Les dernières étant passées sans trop de peine, Antoine rassembla le troupeau et le laissa chômer à l'ombre de quelques vieux châtaigniers. C'était son lieu de rendez-vous habituel pour le collectage des bêtes du hameau de Faveyrolle dont les toits de schiste lançaient des éclats d'or et de lumière dans le creux de la combe. Malgré la saison, les cheminées fumaient encore et exhalaient dans l'atmosphère une douce odeur de bois qui replongea Antoine dans la Cévenne profonde, ce pays dur et austère où la vie se gagnait aussi difficilement que dans les garrigues d'où il venait.

Un paysan du hameau montait, à pas tranquilles, en tête d'une petite centaine de brebis dont les sonnailles aigrelettes tintaient avec allégresse. Aimé Feygerol était un vieux berger qui ne faisait plus la draille depuis longtemps. Perclus de rhumatismes, il avançait, plié en deux, et ne pouvait se redresser pour regarder devant lui. Son horizon avait toujours été la terre sur laquelle il marchait. Il n'avait pas besoin, disait-il, de voir plus loin que là où son *luchet*[1] s'enfonçait dans le sol. C'était sa manière d'expliquer qu'il retournerait bientôt à la poussière dont il était pétri et, en bon Cévenol, il attendait la mort comme une fidèle compagne.

Antoine était toujours heureux de le rencontrer.

« Alors, Toinou, lui dit amicalement le vieil homme, toujours le premier à monter à l'estive ! Tu ne perds pas un seul jour ! Fais attention à tes bêtes, le temps va tourner. Tu connais le dicton : “Quand la chuita canta de jour, avèm la plueja avant tres jours.”[2] Eh bien ! je l'ai entendue la chouette. *Amaï*, mes rhumatismes non plus ne me trompent pas. Le temps est à la pluie. Il pleuvra *belèu*[3] avant ce soir. »

---

1. *Bêche à dents.*
2. *Quand la chouette chante le jour, nous avons la pluie avant trois jours.*
3. *Peut-être.*

Antoine n'avait pas besoin des prédictions du vieil Aimé. Lorsque l'Aigoual portait son chapeau de nuages ou de brume, ce n'était pas bon signe. Il décida de ne pas s'attarder davantage et lança ses moutons vers le col du Pas le long des traversiers. À chaque triador, des bêtes nouvelles se joignaient au gros du troupeau. Quelques poignées de main, quelques nouvelles des mas isolés. Et il repartait aussitôt. Il notait sur son carnet de route, par des signes qui lui étaient propres, le nombre de brebis qu'on lui confiait. Parfois le propriétaire des nouvelles venues l'accompagnait jusqu'au carrefour suivant, puis laissait filer le troupeau à regret, tâchant jusqu'au dernier moment de reconnaître ses propres brebis vite noyées dans le flot laineux mal endigué.

La draille montait insensiblement, mais les genêts ralentissaient parfois l'allure des bêtes qui ne demandaient qu'à s'en écarter pour aller manger les jeunes pousses dont elles étaient friandes. À midi, comme prévu, Antoine fit halte à Aire-de-Côte, au pied de l'Aigoual, étape habituelle des troupeaux issus de la région de Ganges et qui estivaient sur le massif montagneux. Il n'aimait pas trop s'attarder aux abords de ce toit des Cévennes, surtout quand le ciel était menaçant : les sautes d'humeur du temps y étaient fréquentes, et les forestiers se heurtaient de plus en plus souvent aux transhumants.

Depuis plusieurs décennies, le massif de l'Aigoual était l'objet d'une politique de reboisement menée par les Eaux et Forêts. Ses pentes, dénudées par des siècles de défrichement agressif, n'étaient plus que ravines décharnées où les eaux de ruissellement creusaient sans relâche des rides profondes dans le granit de ses flancs. Les meilleures essences, dont certaines remontaient à l'époque de Colbert, avaient disparu face à l'appétit féroce des verriers, au besoin des mines et des compagnies ferroviaires. À cela s'ajoutaient les paysans qui brûlaient du bois toute l'année pour leurs besoins quotidiens, et les éleveurs locaux pour qui déboiser permettait d'accroître l'aire d'extension des pâturages.

Antoine reconnaissait volontiers le bien-fondé de la politique de reboisement et était le premier à s'inquiéter du surpâturage. Une telle pratique se retournait toujours contre ceux qui l'exerçaient. Mais en tant que berger, sa position était délicate. Plusieurs fois déjà, il avait été contacté par des éleveurs locaux, pour manifester avec eux contre les directives administratives qui les obligeaient de plus en plus à respecter certains périmètres de reboisement. Jamais, cependant, il n'avait accepté de se livrer à des dégradations ni de laisser pâturer ses bêtes en dehors des zones autorisées. La draille ! Il ne connaissait que la draille, bien délimitée pour le passage des transhumants. Il ne s'était pas fait que des amis sur les flancs de ce sombre massif montagneux, et d'aucuns lui reprochaient parfois d'être avec les forestiers qu'ils qualifiaient de « technocrates-parisiens-qui-ne-connaissent-rien-aux-besoins-des-autochtones ».

Le problème n'était pas aussi simple. Car derrière les bergers les plus déterminés se dissimulaient des intérêts étrangers à la région. Beaucoup de troupeaux appartenaient à de riches propriétaires de Provence et du Languedoc – et, en ce sens, travaillant pour

Auguste Donnadieu, Antoine se trouvait en porte-à-faux quand il osait s'opposer à ses collègues venus le débaucher. De plus, les laitiers de Roquefort veillaient jalousement à défendre leurs intérêts, ainsi que les tanneurs et autres négociants en cuir de Millau.

Pour la plupart, le reboisement était considéré comme une entrave au développement économique, un frein à l'essor du commerce moderne, un luxe de partisans de la nature qu'on s'évertuait à décrier en les faisant passer pour de doux rêveurs.

Mais là où étaient cachés les intérêts des puissances de l'argent, il ne pouvait y avoir de place pour les petits. Antoine se méfiait des mouvements d'humeur des éleveurs locaux trop souvent manipulés, et qui, de Valleraugue à l'Espérou, de Prat-Peyrot à Camprieu, venaient à lui pour lui asséner la bonne parole et l'inciter à s'élever contre l'administration des Eaux et Forêts.

Pendant que les bêtes paissaient dans les vastes enclos, Antoine et ses deux bergers s'entretinrent à l'écart de Mathieu. L'année précédente, à la même époque, ils avaient reçu la visite de plusieurs éleveurs venus d'un peu partout sur le massif forestier. La discussion avait été houleuse et avait mal tourné. Échauffés par une réciproque incompréhension, les hommes en étaient presque venus aux mains, et c'est sous les menaces, les quolibets et des jets de pierres qu'Antoine et ses compagnons étaient parvenus à rejoindre, non sans mal, l'étape du soir près de Cabrillac.

« Nous ne sommes que trois cette année, dit Paul Malbosc. S'ils reviennent en nombre, comme ils l'ont affirmé l'automne dernier, nous ne pourrons les empêcher de disperser les bêtes. Nous ferions peut-être mieux de les écouter plutôt que de nous opposer.

– Jamais ! s'écria Antoine, outré. Jamais je ne leur céderai sous la menace. Je ne courberai pas l'échine devant des chiens galeux qui ne font que le jeu de leurs maîtres !

– Que ferons-nous s'ils s'attaquent aux bêtes et les dispersent ? interrompit Bastien. Nous ne pourrons jamais les rassembler toutes avant la nuit. Nous en perdrons beaucoup ! Ce sera une catastrophe.

– Nous ne perdrons aucune bête, et nous ne suivrons pas ces meneurs ! »

Tandis qu'ils mettaient les choses au point, un homme sortit des taillis sans que personne ne se fût aperçu de sa présence et s'approcha d'eux. Il portait des bottes de cheval et une chemise de flanelle sur un pantalon de grosse toile. Son chapeau de feutre à large bord lui donnait un air de chasseur de fauves tout droit sorti d'une réserve africaine.

« J'ai entendu de loin les sonnailles de vos bêtes, je suis descendu aussitôt. »

L'inconnu reprit sa respiration, puis continua :

« J'ai couru le plus vite possible pour vous prévenir. Mais j'ai fait une chute malencontreuse. Une branche en travers du chemin ! Mon cheval s'est tordu une patte. Il boite. J'ai dû le laisser dans la forêt. »

Les trois bergers, surpris, écoutaient sans bouger.

« Au fait, je me présente : Clément Leduc. Je suis ingénieur des Eaux et Forêts. Je descends de l'Aigoual exprès pour vous rencontrer. »

Antoine se leva du tronc d'arbre où il était assis, rangea son Opinel dans sa poche et se présenta à son tour :

« Antoine Chabrol, berger à Quérac.

– Je sais, répondit l'ingénieur. Je suis au courant. »

L'homme était de grande taille, d'allure sportive et tout en muscles. Âgé d'une trentaine d'années, il portait la sympathie sur son visage. Cependant, Antoine resta méfiant et se sentit mal à l'aise devant le représentant de ceux que les bergers combattaient avec acharnement.

« S'ils me voient avec lui, pensa-t-il, ils auront vite fait de croire que je suis passé à l'ennemi ! »

« Que puis-je pour vous ? demanda-t-il.

– Vous, rien ! Mais moi je peux vous éviter des ennuis.

– Que voulez-vous dire ?

– Vous n'êtes pas en sainteté dans la région, d'après ce qu'on m'a rapporté.

– Je n'écoute pas les ragots ! Je suis mon chemin selon mes convictions.

– C'est tout à votre honneur ! Ne vous méfiez pas de moi, monsieur Chabrol ! Je ne suis pas venu pour vous gagner à une cause qui peut paraître, à première vue, contraire aux intérêts des vôtres. Je crois savoir que vous n'appréciez pas les outrances de certains éleveurs de l'Aigoual qui se font un réel plaisir de souffler le vent de la révolte. Ils sont allés jusqu'à incendier la forêt pour la faire reculer, espérant ainsi étendre leurs pâturages. Mais le feu ne fertilise qu'une fois. Ensuite, l'eau emporte tout sur son passage. Et l'Aigoual en regorge !

– Vous ne m'apprenez rien. Si c'est cela que vous êtes venu me dire, vous me faites perdre mon temps. J'ai encore une longue route à parcourir d'ici ce soir. Venez-en au fait. Que voulez-vous ?

– Vous avertir que ces "enragés" – c'est ainsi qu'ils se nomment eux-mêmes – ont décidé de vous empêcher de passer à travers la forêt. Par quel moyen ? Je l'ignore. Mais depuis quelque temps des incendies de forêt ravagent le massif sans qu'on ait pu mettre la main sur les incendiaires. Nos pins d'Alep ont été décimés, nos hêtraies sont endommagées. Nous ne pouvons intervenir partout à temps pour arrêter les dégâts. On se croirait revenu vingt-cinq ans en arrière, à l'époque où l'on a entrepris le reboisement. Les gens s'affrontent toujours pour les mêmes causes, comme si jamais personne ne comprenait que les intérêts des uns sont à long terme les intérêts des autres.

– Je n'ai malheureusement pas d'autre solution que celle de suivre la draille, comme je l'ai toujours fait jusqu'à présent. Je ne peux rester bloqué ici avec mes bêtes, ni redescendre. Je vais en Aubrac et ce n'est pas une bande d'"enragés", comme vous dites, qui m'arrêtera !

– Méfiez-vous du feu, quand vous serez dans la forêt ! Les moutons n'aiment pas les émotions fortes !

– Que me conseillez-vous d'autre ?

– Prenez par le nord, par le col Salidès.

– Vous n'y pensez pas ! On m'attend à la ferme de Fons ce soir. Je ne peux m'écarter de mon chemin habituel.

– Je vous aurai prévenu. J'espère qu'il ne vous arrivera rien. Nous avons besoin de gens raisonnables comme vous pour accréditer le bien-fondé de notre travail. Éleveurs et forestiers peuvent cohabiter sans heurts. J'en suis convaincu. Nous en sommes la preuve tous les deux. »

L'ingénieur des Eaux et Forêts tendit la main à Antoine, salua ses compagnons et partit par le chemin d'où il était venu.

« Étrange personnage ! fit Bastien, sans attendre que l'inconnu ait disparu. Je me demande d'où il sort, habillé comme dans un cirque ! »

Antoine resta songeur quelques instants, se demandant s'il ne commettait pas une erreur à s'entêter comme il venait de le montrer. Puis, se ressaisissant, il donna l'ordre de rassembler le troupeau, appela Mathieu, qui se distrayait avec Fanfan, et prit place devant les bêtes.

« En route ! Ne traînons plus ! »

La draille était bien tracée et s'enfonçait sans détour dans la forêt. En cette saison les frondaisons étaient luxuriantes et le mélange des essences répandait des effluves qui n'échappaient jamais à Antoine. Les fougères maintenaient en surface une odeur acide d'humus que l'humidité exacerbait, tandis que les rayons infiltrés du soleil finissaient de sécher les feuilles d'automne sur les abords des chemins.

Plus que d'habitude Antoine resta aux aguets. Il marcha d'un bon pas, jetant derrière lui de fréquents regards pour mieux s'assurer que sa troupe ne se laissait pas distancer. « Plus vite nous sortirons de la forêt, songea-t-il inquiet, mieux cela vaudra ! »

Après le col de l'Estrade, la draille enchâssée dans les arbres suit un versant boisé qui domine une combe, avant de longer la ligne de crête. Les oreilles à l'écoute, Antoine perçut un bruit sourd venant d'en bas, une sorte de ronflement presque imperceptible. Puis ce furent des crépitements, des branches qui craquent ou se fendillent, un chuintement de sève qui monte et regorge, qui bout et se répand. Il respira à pleins poumons, arrêta ses pas quelques secondes. Aucun doute, une odeur de fumée montait de la combe. Bientôt il aperçut les premières fumerolles qui s'échappaient des taillis, alourdies par l'humidité, rampant insidieusement entre les fougères, comme des reptiles guettant leurs proies.

Les brebis sentirent aussitôt le danger et se pressèrent les unes contre les autres, provoquant un tintamarre de sonnailles et de bêlements entremêlés. Les chiens, affolés, ignorant la cause de ce soudain remue-ménage, ne cessaient d'aboyer et les excitaient encore plus.

Seul Mathieu n'avait pas encore compris la réelle mesure du danger. Il ne bronchait pas, mais il avait toutes les peines du monde à faire avancer Fanfan, qui refusait d'obéir. À l'arrière, les deux bergers ne contenaient plus le troupeau. Paul alors remonta en direction d'Antoine, usant de son fouet pour se frayer un passage.

« Il faut atteindre la crête le plus vite possible. De l'autre côté, nous serons davantage à l'abri. »

Antoine acquiesça.

La catastrophe s'amplifiait. Un nuage opaque de fumée recouvrit bientôt le massif. Hommes et bêtes semblaient piégés dans une nasse inextricable. Le front des flammes était maintenant visible. Des taillis, le feu s'insinuait entre les troncs, léchait la futaie, enflammait les frondaisons et se répandait d'un arbre à l'autre. Les branchages, telles des torches assassines, s'effondraient en projetant dans les airs des flammèches incendiaires qui communiquaient le fléau partout à la ronde.

Le feu remontait de la combe sans rien laisser sur son passage. Il n'était plus qu'à une centaine de mètres de la draille. Les bêtes sentaient déjà la chaleur des flammes les tenailler et commençaient à s'affoler, d'autant qu'au même moment le ciel à son tour se mit à menacer. Des coups de sabre entaillèrent l'épais couvercle de nuages accumulé au-dessus de la montagne. Un grondement rauque ricocha d'une crête à l'autre, suivi d'une trombe d'eau qui se déversa violemment comme pour mieux éteindre le feu dévastateur. Celui-ci, pris soudain sous un véritable déluge, s'affaiblit et arrêta sa progression. Petit à petit, les flammes perdirent de leur virulence, les fumées en revanche redoublèrent, mais c'était là le signe de l'extinction du fléau. La pluie salvatrice ne cessa pas pendant un long moment, pour le plus grand bonheur d'Antoine qui en profita pour accélérer l'allure.

Parvenu au Plan du Gout, il changea de versant et descendit sans tarder au fond du valat. Hors de danger, il aperçut avec soulagement les toits de lauzes de la ferme de Fons.

« Nous l'avons échappé belle », déclara-t-il une fois le troupeau mis à l'abri dans la bergerie.

Puis s'adressant à Mathieu :

« Pour ta première transhumance, on peut dire que tu as reçu le baptême du feu ! »

Les deux bergers se mirent à rire en tapant le jeune traspastre dans le dos pour lui signifier qu'à présent il était entré dans le monde des grands.

VIII

Les vendanges

QUAND ANTOINE S'ÉLOIGNAIT DANS ces hautes terres qu'Adeline ne connaissait que de nom, la vie à Quérac reprenait ses quartiers d'été. Écrasés le jour sous un soleil de plomb, les villages des garrigues ne retrouvaient vie qu'à la tombée du jour, quand la lumière rasante du soir enluminait les pierres d'or et de feu, quand la chaleur s'esquivait et laissait respirer la terre asséchée.

Après le départ des derniers troupeaux, conduits par un Legarec jamais trop pressé de quitter le domaine, le château ne vibrait plus qu'au rythme coloré et joyeux des travaux du vignoble. Partout on s'activait à préparer les vendanges. Donnadieu veillait en personne à ce que le calendrier et la répartition des tâches ne souffrissent d'aucune négligence. Les équipes étaient constituées bien avant le grand jour et chacun devait être à son poste au moment où le maître donnerait l'ordre de commencer.

En attendant, il fallait sulfater, soufrer, être attentif à la moindre moisissure. Les femmes, des Espagnoles pour la plupart, passaient dans les rangées de vigne pour ôter un par un les grains malades. Donnadieu interdisait de les jeter à même le sol qui devait rester intact de toute pourriture et de toute mauvaise herbe. Les hommes labouraient la terre, arrachant l'ivraie du soc de leur charrue. Le soir, ils brûlaient les éléments indésirables en un grand feu purificateur. La crainte d'un autre fléau incitait le châtelain à prendre mille précautions et le poussait à maintenir ses ouvriers toujours en alerte.

Les Espagnols qu'il embauchait depuis plusieurs années étaient des Catalans de la région de Barcelone. Certains avaient des parents dans le sud de la France et se sentaient comme chez eux dans ces régions de vignoble du Midi. Ils y arrivaient en groupe, par familles entières, les premiers dès le début de l'été, quand il fallait commencer à préparer les vignes et à nettoyer les caves. À Quérac, ils logeaient dans les dépendances du château que Donnadieu avait fait aménager à leur intention, non loin de la métairie des Chabrol.

Au bord du soir, quand les hommes étaient revenus des vignes et que les femmes se mettaient à la cuisine, Adeline pouvait entendre leurs cris joyeux et leurs conversations chantonnantes. En prêtant l'oreille, elle parvenait à comprendre certaines bribes de phrase dont les mots ressemblaient parfois au patois qu'elle parlait encore avec sa mère. L'odeur des plats cuisinés qui se répandait, tard la nuit, jusqu'à sa porte, les chants que les hommes finissaient toujours par entonner quand la lune éclairait le firmament, créaient une ambiance de fête à laquelle elle aurait aimé participer.

Un soir, alors que les enfants étaient couchés et que Marthe s'était assoupie dans son fauteuil, elle s'approcha du château d'où parvenait le joyeux tintamarre. Des hommes jouaient de la guitare et chantaient ; des femmes dansaient le flamenco en claquant leurs talons sur un plancher de bois improvisé, à la manière des Andalouses ; des enfants assis en rond autour des adultes tapaient des mains en un rythme effréné et poussaient des exclamations de joie. Impressionnée, Adeline resta cachée derrière un muret, retenant sa respiration de peur d'être surprise à épier.

« Comme ils sont heureux, tous réunis ! » songea-t-elle.

Elle oubliait que c'était bien souvent la misère qui les chassait de leurs villages et les contraignait à venir travailler en France, où on les payait très peu.

Car Auguste Donnadieu ne leur donnait rien pour rien et tirait profit de cette main-d'œuvre étrangère : pas de contestation, pas de syndicat, de faibles coûts salariaux. Il pouvait les renvoyer selon son bon plaisir, aussitôt d'autres arrivaient pour prendre la relève.

Mais Adeline ne voyait que leur bonheur de façade et ne souhaitait qu'une chose : que l'été s'achevât au plus tôt.

Un soir, elle s'était approchée un peu plus que d'habitude, ayant perdu la mesure du temps – l'heure était déjà bien avancée. Un des hommes du groupe qu'elle épiait la surprit.

« Ne restez pas là toute seule, dans le noir, fit l'Espagnol en lui souriant. Venez vous joindre à nous. Nous ne sommes pas des sauvages ! »

Toute bouleversée, elle bredouilla quelques mots pour s'excuser, en jurant de toute son âme qu'elle ne faisait pas de mal et que seul le bruit l'avait attirée.

« Ne vous excusez pas, Mademoiselle, il n'y a pas de honte à regarder les gens s'amuser. Venez plutôt vous amuser avec nous.

– Je ne peux pas, j'ai laissé mes enfants seuls », mentit Adeline, très gênée.

L'homme reprit :

« Excusez-moi ! Je vous avais pris pour une demoiselle. Vous me paraissez si jeune ! Vous avez déjà des enfants ?

– Quatre, dont un grand garçon de douze ans.

– Alors, il fallait dire “madame”.

– Adeline ! Je m'appelle Adeline.

– Moi, c'est José. Et je n'ai pas d'enfant ! »

José entraîna Adeline vers ses amis, qui la regardèrent en souriant sans s'arrêter de jouer ni de chanter. Un grand feu crépitait au centre de leur ronde et éclairait leurs visages. Elle reconnut certains d'entre eux, car il lui arrivait de se promener aux abords des vignes avec ses chèvres à la tombée du jour. Cependant, jamais elle ne leur avait parlé.

Une vieille Espagnole, tout de noir vêtue, l'appela et l'invita à s'asseoir. Elle lui tendit une assiette de riz et de légumes.

« Mange, petite, lui dit-elle avec un fort accent. Et bois un peu de vin. Ça te donnera des forces. »

Adeline n'osa refuser et saisit l'assiette et le verre que lui offrait José.

« Votre mari n'est pas avec vous ? s'enquit celui-ci.

– Il est parti en transhumance. Il est berger. Nous élevons des moutons pour le châtelain de Quérac. »

José s'assit près d'elle. Sous la chaleur du feu de joie, le vin aidant, la jeune femme finit par oublier sa tristesse et se laissa emporter par les flots de paroles du bel Espagnol.

Il était très tard quand les flammes s'éteignirent d'elles-mêmes. La fraîcheur de la nuit eut raison des chants et des longues palabres. Chacun rentra se coucher, conscient qu'à l'aube le maître les attendrait pour une dure journée de travail. José voulut raccompagner Adeline. Celle-ci, l'esprit encore tout embrouillé, refusa son offre. La métairie était à deux pas. Elle ne risquait rien à rentrer seule. L'Espagnol n'insista pas et la laissa partir en la regardant jusqu'au moment où sa silhouette disparut dans la nuit.

Parvenue aux abords de la bergerie, Adeline sortit brutalement du bonheur enivrant qui l'avait envahie l'espace d'une soirée. Elle éprouva soudain des remords en pensant à Antoine.

Dans son dos, tapie derrière un chêne, une ombre furtive, restée aux aguets, s'évanouit à l'instant même où la jeune femme ouvrit sa porte et rentra chez elle.

Des semaines s'écoulèrent, dans l'accablante touffeur de l'été. Les préparatifs des prochaines vendanges battaient leur plein. Au dire d'Auguste Donnadieu, la récolte serait bonne si la chaleur persistait et s'il ne pleuvait pas trop tard. En juillet et en août la pluie est toujours bénéfique. Elle permet aux grappes de se gorger de jus, tandis que le soleil apporte le degré nécessaire. Mais si la sécheresse et la canicule s'installent et perdurent, les grappes se racornissent et sont moins généreuses. Les caprices du ciel, le châtelain de Quérac les craignait autant que les grands fléaux qui avaient ravagé le Languedoc au siècle précédent. Il n'hésitait pas, quand la récolte n'avait pas été à la hauteur de ses espérances, à utiliser des pratiques peu conformes à l'art du métier. Le sucrage, toléré depuis près de vingt ans, n'était toujours pas interdit. Il y recourait chaque fois qu'il le jugeait utile.

Toutefois, il ressentait de plus en plus les limites de telles pratiques : de même que le surpâturage se retournait fatalement contre les éleveurs eux-mêmes, le mouillage et le sucrage des vins ne permettaient pas une bonne régulation de l'offre et de la demande, et participaient à la baisse constante de la qualité et des prix. Or l'année précédente, les récoltes avaient été abondantes dans tout le Midi et les cours s'étaient effondrés à 5 francs l'hectolitre. Certes, les quantités que le châtelain de Quérac répandaient sur le marché lui permettaient encore d'amasser des gains substantiels, mais, en cette première année du siècle, ses bénéfices avaient fondu comme neige au soleil, et ce n'est pas sans une certaine inquiétude qu'il surveillait ses hectares de vigne à la veille des nouvelles vendanges.

Charles Legarec étant redescendu depuis peu de l'estive, il le dépêcha aux quatre coins de la région afin de racheter sur pied les futures récoltes des petits viticulteurs. Il espérait ainsi mieux contrôler les cours lorsque les vins seraient sur le marché, quitte à retenir dans ses foudres nombre d'hectolitres pour raréfier l'offre artificiellement et faire grimper les prix. De telles pratiques n'étaient pas illégales. Mais Donnadieu agissait avec les vignerons comme il agissait avec les petits éleveurs : propositions, assurances, menaces. C'est ainsi qu'il bâtissait sa fortune et croyait redorer le blason de sa famille. Il ne se souciait guère des mouvements de colère qui commençaient à s'élever un peu partout. Ce n'était encore qu'une brise légère, mais elle annonçait déjà le grand vent de tempête qui déferlerait bientôt sur tout le Languedoc.

« La classe ouvrière a découvert le vin, disait-il, il faut donc lui en donner. Le vin n'est pas l'apanage des dieux ni des riches ! Peu importe la qualité ! Ce qu'il faut assurer, c'est la quantité. »

Il se donnait ainsi bonne conscience, et voulait prouver qu'il faisait à sa manière œuvre sociale. Mais, dans la région, personne n'était dupe. Et si d'aucuns profitaient de ses meilleurs crus – ceux qu'il écoulait avec parcimonie et à prix élevé – personne n'ignorait qu'il pratiquait la politique du pire, et qu'il était prêt à tout pour s'enrichir.

Le soleil embrasait les vignes. Septembre promettait encore de fortes chaleurs, et les pluies attendues dans le courant de l'été n'étaient pas au rendez-vous. L'air, épais et sucré, se répandait en lourds effluves. Les ceps ployaient sous les grappes charnues et une forte odeur d'alcool enveloppait déjà le vignoble.

Donnadieu faisait contre mauvaise fortune bon cœur. Il racontait à qui voulait l'entendre que si la quantité risquait d'être insuffisante, la qualité des moûts permettrait peut-être de réaliser la première grande récolte du siècle.

À la cave, tout était prêt : foudres et tonneaux nettoyés, pressoirs graissés, fouloirs ajustés, petit matériel réparé. Rien n'avait été négligé. Les équipes étaient au grand complet : les femmes et les enfants au ramassage, les hommes aux comportes et à la presse. Une fois commencée, la campagne devait être achevée en deux semaines. Il fallait faire vite pour éviter les pluies d'équinoxe qui, parfois, tombaient plus tôt que prévu.

Chaque jour, Auguste Donnadieu se rendait lui-même dans ses vignes pour constater le degré de maturité des fruits, impatient de donner le signal de l'attaque. Legarec le suivait comme son ombre. Il lui demandait souvent conseil, tout en sachant qu'il ne tiendrait pas compte de son avis si celui-ci différait du sien. Le régisseur ne contrariait jamais son maître et, en serviteur zélé, il devinait toujours ce que celui-ci attendait de lui. Aussi les réponses qu'il lui fournissait ne faisaient-elles que conforter ses idées, ce qui permettait au châtelain de gratifier son employé d'un : « Vous avez raison, Legarec » apparemment plein de gratitude.

Dans les vignes comme dans les métairies, le Breton jouissait d'une autorité que tout le monde craignait. Il en abusait parfois, surtout avec les femmes célibataires sur qui ses pressions finissaient souvent par aboutir. Il se gardait bien en effet de s'en prendre aux épouses, très conscient que la jalousie des Espagnols pouvait se retourner contre lui et mettre une fin brutale à ses frasques aventureuses.

Chacun, sur le domaine, savait qu'il tenait son monde sous sa coupe. Mais personne ne disait mot, de crainte de perdre aussitôt son emploi. Le châtelain feignait de ne rien voir et refusait de prêter l'oreille à la moindre rumeur. Tant que le régisseur exécutait ses ordres et lui rendait compte avec exactitude de son travail, peu lui importaient les méthodes par lesquelles il remplissait sa tâche.

Une nouvelle vague d'air brûlant venue du sud avait submergé les coteaux. L'été torride ne finissait pas de traîner en longueur. Legarec était d'avis de commencer à vendanger, estimant que le raisin ne pouvait attendre davantage. Mais l'excitation de son maître lui faisait comprendre que celui-ci n'était pas de son avis. Il se tut et préféra lui confirmer que plus tard on récolterait, meilleur en effet serait le vin. Donnadieu, qui, de toute façon, n'écoutait que ce qu'il avait envie d'entendre, acquiesça.

L'équipe des saisonniers commençait à s'impatienter, craignant qu'à force d'attendre ils ne fussent contraints de vendanger sous la pluie, ce qui n'était agréable pour personne : patauger dans la boue, tout ruisselants, les yeux ennoyés, les mains glissantes et maladroites ; le raisin gorgé d'eau, déjà à moitié abîmé ; dans de telles conditions, les vendanges se transformeraient rapidement en débâcle et prendraient l'allure d'une défaite tant les cœurs ne seraient plus à l'ouvrage. Cela était déjà arrivé dans le passé, et les réactions du maître et de son régisseur avaient été aussi imprévues qu'injustes. Car c'était à celui des deux qui accusait le plus les hommes d'être des incapables, les femmes des paresseuses, les enfants des bons à rien, et de les rendre responsables de tous les maux engendrés par leur manque de prévoyance.

Bientôt le ciel se teinta de larges traînées de cendre. Le marin se leva, apportant un peu de fraîcheur. L'air cristallin se brouilla et les collines à l'horizon se diluèrent comme dans un mirage. Le soir, quand la brise eut déversé ses douceurs, des éclairs métalliques se précipitèrent sur les terres arides. Cela dura deux ou trois jours : des orages secs, sans une goutte d'eau.

Les saisonniers se demandaient si le châtelain n'avait pas perdu la raison. Attendre plus longtemps leur semblait être un défi inutile face aux éléments, un pari perdu d'avance.

Le soir du troisième jour, Donnadieu réunit ses équipes et, au grand soulagement de tous, ordonna le début des vendanges pour le lendemain matin.

Dans les rangées de vigne régnait une grande fébrilité, car la crainte de l'orage était à son comble. D'ordinaire les chants catalans emplissaient la campagne, et la joie des hommes s'entendait à des lieues à la ronde. Tant que le travail avançait à son rythme, Auguste Donnadieu relâchait la bride et ordonnait à Legarec de se montrer conciliant quant aux habitudes des saisonniers comme celle de se faire *mascarer*. Ainsi, lorsqu'une jeune fille oubliait une grappe entre les feuilles, c'est dans les rires et les plaisanteries qu'elle rentrait, le soir, le visage barbouillé de raisin, à la grande joie de ses amis et dans l'indifférence méprisante du régisseur.

Celui-ci n'aimait pas ces chahuts bon enfant qui faisaient perdre du temps et perturbaient le travail. De même, il appréciait peu ces soirées qui traînaient en longueur après les lourdes journées de récolte : le lendemain, les hommes, fatigués, travaillaient moins vaillamment. Ces coutumes, pratiquées dans toutes les régions viticoles, il les déplorait, lui qui venait d'un pays froid où l'on ne mélangeait pas le travail et l'amusement. En son for intérieur, il donnait tort à son maître de permettre de telles pratiques sur ses terres. Mais il prenait bien garde de ne pas lui en parler.

La pluie ne tomba qu'aux tout derniers jours des vendanges, seulement le soir, quand l'atmosphère alourdie devenait irrespirable et suffocante. Après l'orage, le ciel semblait de velours. Ce fut un soulagement pour tout le monde.

La récolte ne pâtit guère des averses. Bien que les grappes fussent encore gorgées d'eau le matin, au retour des premiers charrois le degré d'alcool fut excellent. Finalement, Auguste Donnadieu honora ses commandes, gardant l'espoir que les prix se maintiendraient, ce qui annoncerait l'amorce d'une reprise des cours.

Mais une fois de plus, partout ailleurs, les récoltes avaient été très abondantes. Les cours restèrent à leur niveau d'étiage. Or il ne pouvait compter stocker davantage son vin de l'année qui, accumulé aux invendus des années précédentes, encombrerait ses caves. Alors, la mort dans l'âme, il donna l'ordre de vider une partie de ses foudres dans les ruisseaux de son domaine afin de faire de la place et de raréfier le vin mis sur le marché.

Pour faire face à ses créanciers et réduire son manque à gagner, il décida de vendre une partie de son cheptel, dès que se tiendraient les foires d'automne. Au préalable, il jugea bon d'avertir ses métayers de sa décision, car c'était de leur bétail qu'il entendait se dessaisir.

Il n'attendit pas le retour d'Antoine pour les convoquer au château.

« Celui-là traîne trop à redescendre, déclara-t-il à son régisseur. Il apprendra ma décision quand il daignera rentrer. Sa femme lui expliquera. Qu'on aille la prévenir ! »

Vendre une partie des bêtes de ses métayers revenait à amoindrir leurs revenus et à les inciter à partir. Donnadieu en était conscient. Mais pour l'avenir, il préférait miser sur la vigne plutôt que sur les moutons, dont les profits lui semblaient à court terme moins bien assurés, étant donné la concurrence des pays de l'Empire britannique.

Début octobre, quand il fut certain que les cours du vin ne grimperaient plus, il réunit ses métayers et leur fit part de ses intentions. Adeline était venue au château en compagnie de Joseph Coste, tout juste rentré de l'estive. Médusée par la décision du châtelain, elle ne put contenir son étonnement devant tout le monde.

« Vous nous privez de la moitié de notre gagne-pain ! Comment parviendrons-nous à assurer l'existence de nos familles ? »

Dans le hangar qui tenait lieu de salle de réunion, un bruit sourd de mécontentement et d'approbation s'éleva. Les métayers se regardèrent sans oser prendre la parole comme venait de le faire Adeline. Charles Legarec les fit taire aussitôt.

« Je connais vos difficultés, reprit Donnadieu. Mais les temps sont durs pour tout le monde. Moi aussi j'ai des impératifs et des engagements à tenir. Les créanciers ne me feront pas crédit. »

Une rumeur s'éleva de nouveau dans la salle, traduisant l'incrédulité des métayers.

« Ça suffit ! éructa le régisseur. Quand le maître vous parle, taisez-vous et écoutez-le !

– Laissez, monsieur Legarec », poursuivit Donnadieu, qui ne perdait pas son sang froid.

Puis s'adressant à nouveau à ses métayers :

« Je ne veux pas nuire à vos intérêts. Croyez-moi, je suis navré d'en arriver à une telle extrémité. Mais je dois vendre, c'est tout. Si certains d'entre vous désirent me racheter leurs bêtes avant que je les mette en vente sur les foires, je leur accorderai un bon prix, eu égard que c'est vous qui les élevez. Sur le marché, je les vendrai plus cher. »

Les métayers se consultèrent aussitôt. Le ton monta. Les uns trouvèrent la proposition intéressante ; d'autres, plus méfiants, ne voyaient pas comment ils pourraient financer une telle dépense.

Adeline, en l'absence d'Antoine, ne pouvait rien décider. Joseph, lui, était partisan d'acheter un maximum de bêtes. Il demanda à son amie de le rejoindre le soir même à la Castanède.

« Messieurs, finit par ajouter le châtelain, je ne vous demande pas une réponse immédiate. M. Legarec passera vous voir, les uns après les autres, et me fera part de votre décision. Il va de soi que, si vous devenez propriétaires d'une partie de vos bêtes, vous pourrez toujours estiver sur mes terres. Rien ne changera donc pour vous, sinon qu'il faudra revoir vos contrats. »

Auguste Donnadieu leva la séance et pria son régisseur de commencer les pourparlers.

Le soir même, Adeline confia ses enfants à la garde de sa mère et se rendit chez les Coste.

« Voilà ce que je propose, expliqua Joseph. Nous ne sommes pas assez riches, ni vous ni nous, pour acheter la moitié de nos bêtes. En revanche, nous pourrions nous unir pour constituer un troupeau en commun.

– Le maître n'acceptera pas de nous laisser nos deux métairies. L'une de nos deux familles devra céder la sienne et partir.

– Pas si nous trouvons le moyen de lui acheter un maximum de brebis, y compris en vendant celles que nous possédons déjà.

– Où trouverons-nous le reste de l'argent ? Nous avons bien quelques économies, mais pas assez pour acheter la moitié des bêtes. De toute façon, je dois en parler à Antoine. J'espère que le maître attendra son retour.

– D'ici là, réfléchissons aux solutions et faisons nos comptes. Je vais envoyer quelqu'un prévenir ton mari pour qu'il avance son départ. »

Adeline était sans espoir. Elle savait qu'Antoine ne pourrait pas faire une telle mise de fonds. Mais elle préféra taire son inquiétude pour ne pas décourager son ami.

Malgré l'heure tardive, elle rentra chez elle, seule, l'esprit troublé. Le châtelain, en effet, ne laissait guère d'illusion quant au sort qui attendait la plupart de ses métayers.

Parvenue aux abords du Soleyrol, elle sentit une présence derrière elle. Elle se retourna machinalement, mais ne vit qu'une ombre qui se profilait dans le clair de lune. Celui-ci argentait la garrigue et créait une atmosphère irréelle, une vision de rêve en gris et noir, où les formes fugitives se dessinent en filigrane. Un craquement de bois sec la fit sursauter, suivi d'un bruit sourd de bottes qui traînent sur la terre chaude. Elle accéléra le pas de crainte d'être suivie par un rôdeur malintentionné. Elle n'ignorait pas que le Breton aimait s'attarder la nuit, près des vignes et des bergeries. Le regard qu'il portait sur les femmes du domaine en disait long sur ses pensées perverses, et le harcèlement qu'il exerçait à l'insu de son maître était connu de tous.

Son cœur battait à se rompre, le sang lui montait à la tête et tambourinait ses tempes douloureuses à lui faire perdre de vue le chemin de la métairie. Prise de panique, elle se mit à courir comme une folle, toujours plus vite, ne sachant plus où ses pas la conduisaient.

« Laissez-moi ! Laissez-moi ! s'écria-t-elle. Je vous en conjure, laissez-moi ! »

Elle ne s'aperçut pas qu'elle avait quitté le chemin et qu'elle s'éloignait de sa demeure. Elle courut dans la plus totale inconscience, au milieu des vignes dont les ceps à moitié effeuillés entremêlaient leurs sarments pour mieux la retenir prisonnière. Elle heurta une souche du pied et s'effondra brutalement. Elle se recroquevilla, ferma les yeux et s'attendit au pire.

Elle resta ainsi prostrée un long moment. Puis une voix d'homme, douce comme une gorgée de miel, la sortit de sa terreur.

« Adeline ! Que faites-vous là, toute seule dans la nuit ? Et dans quel état êtes-vous ! »

Tétanisée par la frayeur, elle ne parvint pas à se détendre malgré le réconfort que la voix tentait de lui procurer. Celle-ci, teintée d'un accent étranger, se fit plus rassurante encore :

« Vous me reconnaissez, n'est-ce pas ? C'est moi, José, votre ami. Vous n'avez rien à craindre. Relevez-vous ! »

Adeline tourna son visage vers l'Espagnol et se redressa lentement. Puis, d'un geste brusque, comme si elle venait de découvrir ce qu'elle craignait, elle tourna les talons et s'enfuit à toutes jambes. José la poursuivit et n'eut aucun mal à la rattraper.

« N'ayez pas peur, voyons ! Je ne vous veux aucun mal. »

La jeune femme resta muette. Aucun son ne parvenait à sortir de sa bouche, tant était immense sa stupeur. Voyant qu'il ne parviendrait pas à la faire parler, José lui proposa de la raccompagner jusque chez elle.

Adeline se laissa faire. Elle semblait avoir perdu la raison. Ses yeux vagabondaient dans tous les sens, cherchant quelqu'un qui puisse l'aider ou aller prévenir qu'on l'emmenait de force.

Peu à peu, grâce aux paroles rassurantes de José, elle se calma et se ressaisit. Son attitude se fit moins farouche. Elle reprit ses esprits, mais ne put adresser aucune parole à son ami.

Parvenue sur le seuil de sa maison sans avoir prononcé le moindre mot, elle se retourna vers son compagnon et lui caressa le visage du bout des doigts. Elle esquissa un sourire, fit mine de le repousser, puis rentra précipitamment sans plus d'explication.

Dans la cuisine, Marthe s'était assoupie dans son fauteuil, la petite Louise dans les bras. Dans leur chambre, Fabien et Marie étaient à cent lieues de se douter que leur mère venait d'échapper de peu aux griffes d'un loup qui rôdait depuis longtemps autour de leur bergerie.

IX

L'estive

ANTOINE ÉTAIT LOIN d'imaginer ce qui se passait au domaine en son absence. Loin de Quérac, il ne se souciait que d'Adeline, dont il n'ignorait pas les états d'âme. Quatre mois s'étaient écoulés depuis son départ. Quatre mois pendant lesquels il avait tenté d'oublier tous ses problèmes et avait vécu en homme libre. Car, là-haut, à l'estive, il était son propre maître et n'avait de comptes à rendre à personne, même s'il savait qu'au retour il devrait affronter Auguste Donnadieu.

À l'aller, la fin du voyage s'était déroulée sans autre incident. Au-delà de l'Aigoual, la rivalité entre bergers et forestiers ne fut plus qu'un mauvais souvenir.

Une fois passé le causse, les vastes espaces battus par les vents d'ouest s'offraient à lui et ouvraient l'horizon sur un autre monde, celui des prairies aux contours infinis, où la terre gorgée d'eau par les neiges de l'hiver et les pluies de printemps ne craquelle jamais. On n'y connaissait ni la sécheresse ni les fortes canicules, et si les causses étaient encore des régions au climat rude en été comme en hiver, les montagnes de l'Aubrac, avec leurs gras pâturages, apparaissaient comme une terre d'oasis pour tous ceux qui montaient des garrigues écrasées par le soleil.

Malgré la longueur du parcours, les bêtes semblaient entendre l'appel de ces terres bénies bien avant d'y parvenir. À l'approche du Tarn, qu'il traversait à Sainte-Énimie, Antoine éprouvait de plus en plus de difficulté à les contenir derrière lui. Les brebis poussaient les menons toujours plus vite, les chèvres semblaient devenir folles tant elles prenaient prétexte du moindre buisson pour s'écarter de la draille. Les chiens ne savaient plus où donner de la tête pour ramener les bêtes les plus agitées dans le gros du troupeau. Seul Fanfan suivait paisiblement son chemin dans l'ombre de Mathieu, qui ne perdait pas une occasion pour le gratifier de quelques châtaignons.

Plusieurs haltes étaient encore nécessaires pour atteindre le bout du voyage. Après le Tarn, le troupeau remonta sur le causse de Sauveterre et franchit le Lot au pont de Salmon. Antoine faisait là une pause de deux nuits avant d'attaquer la dernière étape vers le sud de l'Aubrac. Dans la région de Montézieu, des paysans lui offraient l'hospitalité en échange de quelques nuits de fumature. Les hommes enfermaient les moutons dans les parcs mobiles et passaient la nuit dehors dans d'antiques cabanes de berger. Mathieu, tout à son émerveillement, était ravi de dormir dans ces sortes de roulottes primitives. Construites en planches et munies de roues, ces cabanes offraient un confort des plus rustiques, mais elles préservaient de la pluie et de la fraîcheur nocturne.

« Tu n’as pas tout vu, lui avait expliqué Bastien. Là-haut, en Aubrac, tu auras l’occasion de dormir dans un cercueil.

– Un cercueil ! Tu plaisantes !

– Pas du tout. C’est une cabane portative, sans roues, qu’on déplace plus facilement. Une sorte de coffre où l’on n’a que la place de s’allonger. On appelle ça un cercueil.

– C’est lugubre.

– Je trouve ça drôle, au contraire ! Mais n’aie crainte, on ne t’enterrera pas avec !

– Dieu merci ! Mais j’aimerais autant dormir à la belle étoile, emmitouflé dans ma cape.

– Quand le froid te transpercera jusqu’à la moelle ou quand tu entendras des bruits bizarres autour de toi, tu seras bien content de pouvoir te réfugier dans ton cercueil. »

Les deux jeunes garçons aimaient plaisanter en s’effrayant l’un l’autre. Malgré leur différence d’âge, ils s’entendaient comme larrons en foire et l’on eût dit deux frères, à les voir toujours ensemble dès que la pause du midi ou du soir leur permettait de se retrouver.

La voie de l’Aubrac suit ensuite une longue crête et traverse la forêt de Baronte. À la Croix du Loup, l’altitude augmente, la montagne s’assombrit et, malgré la saison, le froid s’abat encore sur les bêtes et les hommes dès que le soleil décline derrière l’horizon.

Il ne faisait pas bon traîner sur ces hauteurs boisées, pleines de légendes inquiétantes que rappellent parfois les noms des lieux-dits. Les brebis semblaient d'elles-mêmes ne pas vouloir s'attarder sur la draille, et c'est un long défilé au pas cadencé qui traversait la forêt au son des drahlons, des clapes et des redons. Les *castrats*[1] ouvraient le chemin ; dociles, ils obéissaient à la voix du maître-berger ; craintifs, ils comprenaient d'eux-mêmes quand celui-ci désirait accélérer l'allure. Même la curaille ne restait pas trop à l'arrière et rattrapait vite le reste du troupeau au moindre claquement de langue de Bastien ou de Paul, qui fermaient la marche. Dans cette région forestière, ce n'était pas des hommes que provenait le danger. La forêt n'y était pas l'objet d'une politique de reboisement comme celle de l'Aigoual, et les heurts entre transhumants et forestiers y étaient inexistants. La crainte venait plutôt des éléments naturels, car le mauvais temps pouvait surprendre les troupeaux à tout moment et les contraindre à devancer la halte, ce qui n'était pas toujours possible. Dans ce cas, sous la pluie battante ou dans le brouillard, il fallait poursuivre sur la draille, parfois tard le soir, et passer la nuit transpercés par le froid et l'humidité. Les hommes alors dormaient à peine, l'œil rivé sur la montre, et attendaient l'aube avec impatience.

Le voyage durait huit jours. Après la liesse du départ et l'exaltation due à la liberté retrouvée, la fatigue finissait par l'emporter et l'éloignement leur rappelait vite qu'ils n'étaient pas chez eux dans ce pays rude où ils se sentaient soudain devenus des étrangers.

---

1. *Moutons mâles castrés.*

L'estive en Aubrac se déroulait comme sur le causse. La vie y était lente, régulière, à la mesure du temps, rythmée par les bêtes, souvent monotone, car chaque jour ressemblait au précédent, quand rien ne venait la perturber. Le matin, on sortait les bêtes pour les conduire vers les bons herbages, ceux qu'Antoine avait choisis dans son plan de pâturage établi en fonction du temps et de la végétation. Les premières semaines, il choisissait de préférence les terres où les jeunes plantes et l'herbe nouvelle, pas trop haute, abondaient ; les brebis en étaient gourmandes. Les jours de pluie, il fallait éviter les prairies trop vite inondées. Les jours de grand soleil, on conduisait les bêtes dans les prés boisés afin de leur permettre de *chorrer*[1] à l'ombre des feuillages.

Chaque berger s'occupait d'une partie du troupeau, si bien que toute la journée se passait pour chacun d'eux dans la plus grande solitude, tant les espaces s'étendaient à l'infini. Seul Mathieu restait toujours en compagnie de Bastien, à qui Antoine avait confié la tâche de faire de lui un bon berger.

« Je n'aurai aucun mal pour cela, lui avait-il avoué. J'ai l'impression qu'il connaît déjà tout ce que j'ai à lui apprendre. »

Mathieu en effet sentait ce qu'il fallait faire en toute occasion. D'instinct, alors que la vie à l'estive n'avait pas grand-chose à voir avec ce qu'il faisait chez lui à Quérac, il avait le geste précis, le réflexe approprié,

1. Chômer, les brebis paissent, immobiles, écrasées par le soleil, à l'ombre des arbres.

l'attention aiguisée, et il faisait preuve d'un savoir qu'il semblait avoir acquis depuis de longues années.

Le soir, au retour, les hommes riaient de bon cœur à l'entendre compter ses moutons, perché sur la barrière du parc. Les bêtes passaient une par une sous ses yeux que rien ne venait troubler.

« Un, deux, trois… neuf, taille ! clamait-il fièrement, tandis que Bastien entaillait son bâton au dixième mouton.

– Avec lui, pas de danger qu'une brebis s'égare ! dit Paul en touchant du coude son ami, d'un geste amical.

– Il est à bonne école en compagnie de Bastien.

– Tel père, tel fils ! Il ne sera pas dit que le fils d'Antoine Chabrol sera un mauvais berger. »

Antoine était fier de son fils, qui, à douze ans, aurait pu en montrer à de plus âgés que lui. Et ce n'était pas l'envie qui lui manquait, au bord du soir, quand chacun commençait à s'assoupir, de venir près de lui pour l'encourager et lui parler tendrement, comme un père, et non plus comme un maître-berger. Mais il ne voulait pas s'attendrir, ni dévoiler à Mathieu des sentiments qui auraient pu nuire aux relations d'homme à homme qu'il tenait à entretenir avec lui comme avec les autres. Car, parfois, Antoine devait se montrer ferme et prendre des décisions qui n'incombaient qu'à lui. C'était à lui seul en effet qu'Auguste Donnadieu demandait des comptes.

Les conditions de vie aux Burons, où celui-ci avait loué et acheté des hectares de pâturages, étaient plus rudes que dans sa bergerie du causse. Située en plein cœur du massif montagneux, à quelques lieues du village d'Aubrac, la bergerie qu'il avait destinée à son métayer était d'un confort très sommaire. C'était en réalité une vieille ferme d'élevage bovin abandonnée, dont les murs tombaient en ruine, campée au centre de prairies mal drainées. Les moutons n'aiment guère l'humidité ni l'eau stagnante, source de toutes sortes de maladies véhiculées par des parasites. Mais le châtelain n'avait pas prêté attention à ces détails et s'était hâté d'obtenir au meilleur prix tout ce qui était à vendre à l'époque. Antoine, mis devant le fait accompli, s'était accommodé tant bien que mal de sa nouvelle bergerie qu'il avait aménagée petit à petit à chacune de ses remontées.

Quand le temps le permettait, il préférait cependant ne pas rentrer le soir aux Burons et il passait la nuit auprès de ses bêtes, car les meilleurs herbages se situaient loin de la bergerie. Il avait prévenu Mathieu qu'il devrait souvent dormir dehors et qu'il risquait de souffrir, au début, de ces pénibles conditions d'existence. L'enfant, fier d'être mis à l'épreuve comme un homme, n'avait pas rechigné :

« Père, je ne vous décevrai pas. »

Antoine frappa gentiment son fils sur l'épaule, fit un pas en avant et faillit le prendre dans ses bras. L'enfant, devinant d'instinct la pensée secrète de son père, se recula pour éviter des effusions inutiles et ajouta :

« Je vous aime, Père.

– Je t'aime aussi, fils », répondit Antoine, les yeux humides.

Jamais Mathieu ne se plaignit, jamais il ne faillit à la tâche. Toujours prêt à obéir aux ordres, il abattit autant de travail qu'un homme, pour le plus grand plaisir de Bastien qui, de ce fait, se reposa sur lui sans profiter de la jeunesse de son ami.

Un soir, alors que tout le troupeau devait rentrer à la bergerie, Antoine confia à Mathieu la charge d'aller répandre le sel avant l'arrivée des bêtes. Accompagné de Fanfan, rebâté pour l'occasion, il alla seul déposer le gros sel sur les larges pierres plates qui jalonnaient le chemin du retour, juste après l'étang dans lequel Antoine avait l'habitude de laisser les bêtes se désaltérer. Pour éviter que celles-ci ne boivent trop, il les abreuvait avant de les laisser manger le sel, puis il les rentrait immédiatement dans les étables.

C'était une tâche que le jeune traspastre n'appréciait pas, car, à force de plonger les mains dans les sacs de sel, ses doigts finissaient par le brûler, sa peau échauffée par craqueler, ses chairs meurtries par saigner. Mais il acceptait sans rechigner, pensant qu'il fallait en passer par là pour s'endurcir et devenir un homme.

À peine eut-il déposé le dernier tas de sel, qu'il vit fondre sur lui deux hommes dans la force de l'âge, accompagnés de deux molosses qui aboyaient à pleine gueule. Surpris, Mathieu eut un geste de recul, puis attendit, sur ses gardes, de savoir ce que les deux inconnus lui voulaient. Le plus âgé, dont le visage était barré d'une énorme moustache, arrêta les chiens qui tiraient de toutes leurs forces sur leur laisse.

« C'est toi le fils du maître-berger ? demanda-t-il d'une voix bourrue.

– Je suis le fils d'Antoine Chabrol.

– Eh bien ! tu diras à ton père qu'à partir de maintenant, je ne veux plus voir ses bêtes boire dans mon étang. »

Mathieu ne répondit pas, ne comprenant pas quel mal il y avait à laisser les brebis se désaltérer dans cet étang situé non loin de la bergerie.

« Cet étang m'appartient. S'il continue, il aura affaire à moi ! »

Le plus jeune, son fusil en bandoulière sur l'épaule, ajouta en tapotant la crosse de son arme :

« Et qu'il ne s'avise pas à faire la sourde oreille ! »

Les deux hommes s'éloignèrent comme ils étaient arrivés, laissant Mathieu sans réaction.

Quelques heures plus tard, celui-ci fit le récit de l'incident à son père dans ses moindres détails. Pour la première fois, l'enfant, mis en garde par les deux hommes, s'était senti en danger et comprit que les transhumants n'avaient pas partout que des amis.

Antoine eut beau chercher qui pouvait lui en vouloir ainsi, au point d'apeurer un enfant en le menaçant de son fusil, il ne trouva aucune explication. Il connaissait bien les habitants de la région, et, même si on le tenait un peu à l'écart, lui le Cévenol, protestant de surcroît, il ne se connaissait pourtant aucun ennemi dans ce pays très catholique.

« Que décides-tu ? demanda Paul, inquiet.

– Nous n'allons pas nous laisser intimider. Cet étang n'appartient à personne. De plus, c'est le seul où nous pouvons abreuver nos bêtes sans faire un grand détour. Nous ne changerons pas nos habitudes. »

Ainsi en fut-il décidé. Le lendemain, Antoine laissa divaguer son troupeau sur les bords de l'étang avant de rentrer à la bergerie.

« Je vous l'avais bien dit, fit-il à ses hommes pour les rassurer. Il ne s'est rien passé. Nous ne risquons rien, car nous ne sommes pas dans notre tort.

– Il serait plus prudent de garder avec nos fusils, objecta Bastien. On ne sait jamais. Ils étaient armés.

– Nous n'allons pas envenimer les choses pour une paire d'excités. Si ces hommes ont quelque revendication à présenter, qu'ils viennent m'en parler plutôt que de s'adresser à un enfant comme des lâches. Nous aviserons. »

La discussion fut close. Il ne fut plus question de l'incident pendant plusieurs jours. D'autant que durant trois nuits successives, hommes et bêtes restèrent dans les herbages situés à la périphérie du domaine. Là-bas, les points d'eau étaient plus nombreux et personne ne vint leur en contester l'usage.

Les nuits étaient belles en ce milieu du mois d'août. Le ciel criblé d'étoiles se lisait comme un livre grand ouvert, que la lune éclairait pour mieux en souligner la profondeur. Bastien, passionné d'astronomie, avait appris par lui-même le nom des constellations et les montrait à Mathieu en termes évocateurs. Allongés sur le dos dans l'herbe fraîche, les jambes repliées, la tête renversée, les deux complices oubliaient l'espace d'une soirée les vicissitudes de leur dur métier.

« Regarde là-bas, fit Bastien en tendant le bras comme pour se saisir d'une étoile. C'est la Grande Ourse en forme de chariot. Celle-là, c'est la Petite

Ourse avec l'étoile Polaire. Là-bas, c'est Andromède et Cassiopée. Plus loin encore, c'est Orion, puis Pégase, le cheval ailé.

– Où ? Où ? demandait Mathieu, toujours avide de savoir. Je ne vois rien. Tout s'embrouille. »

Ils pouvaient passer des heures ainsi allongés dans la douceur de la nuit, à côté de leur cercueil où ils ne daignaient rentrer que lorsque leurs yeux, remplis de mille feux, étaient trop éblouis pour distinguer encore les joyaux de la voûte céleste. Antoine devait souvent leur dire d'aller se coucher, leur rappelant qu'à l'aube, les moutons ne les attendraient pas.

Cette nuit-là, la lune ayant disparu, le ciel enveloppait la montagne sous des draps ténébreux. Une brise tiède soulevait le feuillage des arbres qui bruissait en ondes claires et ininterrompues.

« Ça sent l'orage, déclara Antoine. Demain matin, nous ferions bien de lever le camp pour rentrer. Mieux vaut être à l'abri en cas de pluie. »

Tôt à l'aube, ils rassemblèrent les bêtes sans tarder, et, une fois le parc replié, se préparèrent à reprendre le chemin de la bergerie. Mathieu et Bastien ouvrirent la marche, suivis de Paul et d'Antoine qui, resté le dernier, vérifiait toujours qu'ils ne laissaient rien derrière eux.

Le flot de laine ondulait à travers les vertes prairies, pas très pressé en vérité de rentrer, malgré les nuages qui s'étaient accumulés pendant la nuit. À l'arrivée, chacun vérifia son lot de brebis. Paul avait son compte, Antoine le sien. Bastien et Mathieu finissaient de dénombrer le leur. Leur décompte n'était pas encore achevé que Bastien commença à pâlir :

« Il n'y a pas le nombre ! fit-il en sautant de la barrière.

– On s'est trompés, rétorqua Mathieu. Recommençons ! »

Ils firent repasser les bêtes une par une devant eux, comptant chacun de leur côté.

« Alors, combien en manque-t-il ? s'enquit Antoine.

– Douze, répondirent Bastien et Mathieu d'une seule voix.

– Eh bien, il ne vous reste plus qu'à aller les rechercher ! Elles ne doivent pas être allées bien loin. »

Antoine fut rassuré par le grand nombre de bêtes manquant à l'appel. Les bergers savent que s'il en manque une dizaine, ils les retrouveront vite : elles sont parties ensemble au-delà d'un ruisseau ou d'une crête ; les brebis montent toujours ! S'il en manque trois ou quatre, généralement il n'y a pas à s'inquiéter : c'est que le compte est mauvais ; il suffit de recompter. En revanche, s'il n'en manque qu'une seule, c'est mauvais signe, car jamais une brebis ne s'égare seule ; dans ce cas, c'est qu'elle est malade et qu'elle est allée mourir dans un coin.

Bastien et Mathieu ne mirent pas longtemps à retrouver leurs ouailles. Mais celles-ci n'étaient pas égarées sur une crête ni au-delà d'un ruisseau. Ils les retrouvèrent toutes égorgées derrière un pan de rocher, à l'écart de l'emplacement où le parc avait été dressé pour la nuit. Les deux jeunes bergers restèrent sans voix devant l'insoutenable spectacle qui s'étalait devant eux. Les brebis gisaient sur le flanc, la gorge offerte, béante, baignant dans leur sang déjà coagulé. Elles étaient serrées les unes contre les autres, comme si, dans un dernier sursaut de défense, elles s'étaient regroupées pour mieux mourir ensemble. Une forte odeur de chair putréfiée se répandait autour du charnier où les mouches n'avaient pas tardé à pulluler et à pondre dans les plaies des pauvres bêtes. Les chairs déchirées étaient déjà grignotées par les vers, qui grouillaient partout sur les têtes figées dans un rictus horrible de mort.

Mathieu ne put contenir un haut-le-cœur et partit se soulager à l'écart, derrière le rocher. Bastien, blême d'effroi et de colère, mordait sur ses dents à s'en rompre les mâchoires. Il prit son bâton de berger des deux mains et, d'un coup rageur, le jeta contre la paroi rocheuse en s'écriant :

« Les monstres ! Les monstres ! Si je les tiens au bout de mon fusil, je leur fais la peau. »

Le bâton vola en éclats. Le jeune berger continua à vociférer. Mathieu revint sur le lieu du carnage, semblant ne pas comprendre la cause du drame.

« Que s'est-il passé ? demanda-t-il à son ami quand celui-ci fut calmé.

– Vu le massacre, ça ne peut être que des loups ! Une meute de loups affamés. Il y en a encore dans ces régions reculées. Je l'ai entendu dire. Et ils s'attaquent aux brebis quand celles-ci sont à l'écart. »

Mathieu n'avait jamais imaginé que, la nuit, des loups pussent rôder autour d'eux.

« Ils s'attaquent aussi aux hommes ? demanda-t-il, effrayé.

– Parfois, je crois. Quand ils sont très affamés ou qu'ils se sentent menacés.

– Mon père ne m'a jamais parlé de loups !

– Il ne voulait pas t'inquiéter. Tu es encore un enfant, Mathieu !

– Je crois que ce soir, je ne le suis plus ! répliqua celui-ci en fixant son regard sur les misérables bêtes égorgées. Que dira mon père ? ajouta-t-il. C'est une catastrophe !

– Ne restons pas là, on ne sait jamais. »

Antoine, mis au courant, accourut aussitôt avec Paul sur les lieux du drame. Ils examinèrent attentivement les blessures des brebis en retenant leur respiration, tant l'odeur était nauséabonde.

« Qu'en penses-tu ? demanda Paul.

– Cela fait au moins trois jours que ces malheureuses ont été égorgées. Ça remonte donc à la première nuit que nous avons passée ici. Il y a trop de vermine et de pourriture pour que ce soit plus récent.

– Personne ne s'est donc aperçu qu'elles manquaient quand on levait le camp chaque matin ! s'étonna Paul.

– En tout cas, pas moi, ni Bastien ni Mathieu !

– Ni moi non plus !

– Dans le lot, dix ou douze bêtes, ça passe inaperçu. Ce qui est étrange, c'est qu'elles aient été égorgées en dehors du parc. Elles n'ont pas pu s'en échapper toutes seules !

– Elles s'étaient sans doute égarées avant qu'on ne les rentre le soir, et, revenant d'elles-mêmes vers les autres, trouvant porte close, elles sont restées à l'écart derrière ce rocher où elles se sont fait surprendre.

– Pourquoi les loups – si ce sont des loups – n'ont-ils pas poursuivi leur carnage à l'intérieur du parc ?

– Ils en avaient assez fait. Repus, ils sont partis.

– Repus ! C'est vite dit. Ils n'ont guère entamé les chairs.

– Tu sais, ces fauves, ça tue parfois pour le plaisir !

– Dans ce cas, ils seraient revenus. »

Les deux hommes essayaient de comprendre ce qui leur semblait inexplicable. À la manière dont les brebis avaient été déchiquetées, il ne faisait aucun doute qu'elles avaient été victimes de bêtes errantes devenues féroces.

« Et si ce n'étaient que des chiens ?

– Des chiens sauvages ?

– Peut-être. L'effet aurait été le même, tu le sais bien. »

Paul acquiesça.

« Chiens ou loups, nous avons perdu douze brebis. Et Donnadieu ne cherchera pas à comprendre ! »

Ce fut la consternation. Des bêtes perdues, Antoine en avait déjà eu depuis qu'il faisait la draille. Mais autant en une seule fois, jamais ! Jamais non plus il n'avait eu à affronter des chiens devenus sauvages ou des loups. Les faits divers que racontaient les bergers à la veillée, quand revenait le temps de l'hivernage, étaient pleins de ces histoires de loups qui tiraient souvent leurs origines dans les temps reculés où les forêts en étaient infestées. Certes, des bergers avaient connu cette époque, pas très lointaine, où ils protégeaient encore leurs chiens avec des colliers munis de pointes métalliques, pour éviter que les loups ne les égorgeassent. Mais ceux-ci ayant disparu depuis la fin du siècle précédent, tout cela finissait par entrer dans la légende. D'ailleurs les chiens de défense avaient été peu à peu remplacés par les chiens de conduite, beaucoup plus affectueux mais tout aussi efficaces pour conduire les troupeaux et les tenir à l'écart des cultures.

Antoine ne croyait pas trop à l'apparition subite des loups. Sans en écarter totalement l'hypothèse, il penchait plutôt pour celle des chiens. Car il arrivait parfois que des chiens de ferme, échappés depuis longtemps, redevinssent sauvages et, par instinct de survie, se regroupassent en hordes à la manière de leurs cousins les loups.

« C'est ma faute ! reconnut Mathieu quand Antoine et Paul furent de retour. Il s'agissait de mes bêtes. C'est ma faute ! Je ne serai jamais un bon berger. Je ne suis qu'un bon à rien.

– Cesse de geindre et de t'accuser à tort ! C'est la faute à personne. Jamais nous ne comptons les brebis le soir quand nous faisons cabane. Les compter deux ou trois fois par semaine, quand nous rentrons à la bergerie, cela suffit. C'est toujours ainsi que nous avons fait jusqu'à présent. Tu n'y es pour rien. C'est la faute à pas de chance ! »

Mathieu était anéanti par la honte et le repentir. De la nuit-il ne trouva le sommeil. Il repassa dans sa tête chaque fait et geste de cette première journée, où les brebis lui avaient échappé, imaginant comment elles avaient pu rester à l'écart et se laisser égorger sans un cri.

La nuit suivante, toujours aussi perturbé par les remords, il sortit du bat-flanc rempli de paille qui lui servait de lit et alla prendre l'air frais au-dehors. L'air était limpide, le ciel d'un bleu profond, et la lune entrait dans son premier quartier. Au loin, la surface de l'étang jetait des reflets d'argent dans une mer de cristal. Des pépiements espiègles glissaient en cascades des ramures toutes proches, où tout un monde nocturne vivait dans la plus grande quiétude. Ces nuits chaudes d'été, moins étouffantes que dans les garrigues, étaient propices à la flânerie quand l'insomnie tenait les hommes en éveil.

Ce soir-là, Mathieu ne fut pas le seul à ne pas pouvoir trouver le sommeil. Antoine se promenait aussi autour de la bergerie, attentif au moindre chuchotement, au moindre sifflement d'oiseau. Il ne tarda pas à s'apercevoir de la présence de son fils, resté assis sur le seuil de l'habitation, la tête enfouie dans les mains.

« Toi non plus, tu ne dors pas ? lui dit-il en s'asseyant à ses côtés.

– Dis, Papa, lui répondit Mathieu en le tutoyant et en se calfeutrant contre lui, tu ne m'en veux pas trop ?

– Comment pourrais-je t'en vouloir ? Tu es tout ce que j'ai de plus cher au monde, avec ta maman et tes frères et sœurs. »

Antoine entoura son fils de ses bras et le serra fort contre sa poitrine. L'enfant entendit battre son cœur et se détendit. La barrière qu'ils tentaient tous deux d'élever pour ne pas s'attendrir venait de tomber, libérant d'un coup un flot d'amour qui les submergea divinement.

Ils restèrent un long moment à écouter le chant mélodieux des oiseaux nocturnes, interrompu parfois par le hululement d'outre-tombe d'un hibou malicieux. De la bergerie, des tintements joyeux rappelaient la présence des brebis qui sommeillaient paisiblement à l'abri des murs de la vieille bâtisse.

« Demain, nous referons cabane dans le même secteur que celui où le drame s'est déroulé, expliqua Antoine. Je veux en avoir le cœur net.

– C'est dangereux. Si ce sont des loups, ils reviendront, c'est sûr !

– Nous verrons bien. Mais je ne veux pas que tu viennes avec nous. Tu resteras avec Bastien à la bergerie. »

Mathieu protesta, expliqua que le danger faisait partie de son apprentissage et qu'il ne deviendrait jamais un bon berger s'il n'apprenait pas très tôt comment faire face aux difficultés.

« Père, je vous en prie, laissez-moi vous accompagner. »

Le traspastre venait de reprendre le dessus et finit par convaincre celui qu'il avait toujours pris pour son dieu.

« D'accord, fit Antoine. Mais pas question de traîner dehors le nez sous les étoiles avec Bastien. Tu regagneras ton cercueil à la nuit tombante ! »

X

Le différend

ILS REPARTIRENT faire cabane. Les nuits étaient devenues fraîches à cause de l'altitude et de la saison qui commençait à tirer à sa fin.

Une fois le troupeau regroupé dans le parc, les hommes se rassemblaient autour d'un feu réconfortant et mangeaient tardivement d'un rien qui leur donnait cependant l'impression d'un vrai festin : quelques *blanchettes*[1] en *bajanat*[2] dans du lait de chèvre, un peu de lard, quelques oignons blancs et un morceau de pélardon. Ils économisaient les châtaignes dont la provision devait durer jusqu'à la fin de l'estive. Elles leur rappelaient le pays, ses cascades de faïsses et ses mas aux toits de lauzes, ses serres affûtés comme des lames de faux et ses valats encaissés.

Antoine était originaire de Saint-Étienne-Vallée-Française, en plein cœur de la Cévenne schisteuse, un pays rude et austère, un océan de pierres et

1. *Châtaignes sèches.*
2. *Soupe de châtaignes sèches.*

d'arbres. Quand les temps étaient durs, on s'y serrait les coudes et on ne laissait jamais personne dans le besoin. Le souvenir des dragonnades, à l'époque du Roi-Soleil, y était toujours vivace et soudait encore ce peuple de camisards mis au ban de la nation.

Toutefois, depuis quelques décennies, la Cévenne était malade. Malade de ses châtaigniers, atteints par leurs racines d'une moisissure fatale[1] ; malade de ses mûriers touchés par la destruction du ver à soie[2]. Frappés dans ce qu'ils avaient de plus précieux, beaucoup de Cévenols abandonnèrent leur « arbre à pain »[3] ou leur « arbre d'or »[4], quittèrent leurs traversiers et prirent le chemin des mines de charbon du bas pays où les entrailles de la terre finissaient de les enterrer.

Le père d'Antoine, dans son obstination, avait toujours refusé de suivre ce fatal destin et s'était loué comme berger pour faire la draille. Les brebis et les chèvres étaient déjà une partie de sa vie ; elles devinrent son quotidien, son unique moyen d'existence. Antoine avait suivi ses traces et, lors de son décès, la mort dans l'âme, il avait décidé d'abandonner le vieux mas familial, accroché comme un nid d'aigle au-dessus d'un valat isolé, et de prendre une métairie dans le pays des garrigues.

---

1. *Maladie de l'encre.*
2. *La pébrine, dont le remède fut découvert par Pasteur en 1870.*
3. *Le châtaignier.*
4. *Le mûrier.*

Peu après, sa mère, qui n'avait pas supporté la solitude, suivit son mari dans la mort. Le mas fut définitivement voué au lierre et aux ronces.

Antoine gardait beaucoup de nostalgie de sa jeunesse passée dans son pays de haute Gardonnenque. Mais jamais il n'avait voulu y retourner, craignant sans doute de ne pouvoir détacher ses pas de la tombe familiale où reposaient ses parents.

Tous ses souvenirs remontaient en lui chaque fois qu'il mangeait une cuillère de bajanat ou qu'il prenait dans ses mains une *affachée*[1] enfouie au fond de sa poche, comme jadis quand il allait garder les chèvres. Mathieu s'était aperçu de ses moments de rêverie et croyait son père soucieux : l'absence d'Adeline, de ses frères et sœurs, les pressions exercées par le maître, tout cela, le jeune berger le lisait dans le regard de son père. Mais il ne se doutait pas qu'au-delà de ces problèmes quotidiens, c'était l'âme de ses ancêtres, celle qui l'avait poussé sur les drailles pour demeurer un homme libre, qui revenait vers lui et lui donnait cet air absent.

Ils passèrent de longues nuits dans leurs cabanes, Antoine préférant dormir sous la voûte céleste tant que le temps restait fixé au beau. Mathieu, pour qui c'était un amusement de s'enfermer dans son cercueil, dormait d'un trait, abattu par la fatigue. Réveillés tôt le matin, les bergers n'avaient pas un moment de répit. Sans cesse ils devaient veiller à l'état du troupeau, prendre mille précautions pour éviter le piétin, soigner les bêtes malades, amener les béliers

1. *Châtaigne grillée.*

pour la *lutte*[1] afin d'assurer l'agnelage de janvier, mettre les brebis pleines de côté. Le métier de berger ne consistait pas seulement à garder les moutons : Mathieu le découvrait chaque jour et ne laissait pas sa part de travail aux autres.

Vite assoupi, il ne s'aperçut pas qu'au beau milieu de la nuit Paul et Antoine se levèrent sans bruit pour surveiller les abords du parc. Cachés derrière un bosquet, munis de leur fusil, ils tinrent à tour de rôle le poste de garde auprès des bêtes pour mieux débusquer les possibles auteurs du carnage.

La semaine s'écoula ; rien ne se passa. Il fallait songer à regagner la bergerie le lendemain matin, car les provisions s'étaient épuisées.

« Nous rentrerons bredouilles, fit Paul, déçu de ne pas avoir pu utiliser les cartouches de son fusil. Si seulement ces sales bêtes avaient pointé leurs museaux, je ne les aurais pas ratées ! »

Antoine, selon son habitude, parlait peu quand il restait aux aguets. À l'écoute du moindre bruit, il n'avait de cesse d'épier tout ce qui lui paraissait suspect. Il connaissait trop bien les réactions de ses bêtes pour se laisser tromper par le moindre frémissement de l'une d'entre elles.

« Il est temps d'aller se reposer, poursuivit Paul. Il ne se passera rien de plus aujourd'hui. Chiens ou loups, ils doivent être loin à cette heure-ci.

– Tais-toi ! susurra Antoine. Tu n'entends rien ? »

Paul prêta l'oreille.

---

1. *Saillie.*

« Non, rien ! C'est le vent dans les arbres. »

Antoine arma son fusil et fit signe à son ami d'en faire autant et de le suivre.

« Allons nous cacher derrière cet arbre. Le vent transporte notre odeur vers le troupeau. S'ils flairent notre présence, ils partiront sans crier gare. »

Paul obéit, armant à son tour son fusil.

« Qu'as-tu entendu ?

– Un bruit d'animal qui rampe.

– Je ne vois rien. »

L'attente fut longue. Les deux hommes retinrent leur respiration de peur de se faire repérer. Les bruits se précisèrent : des bruits de pas d'abord, autour du parc, puis des murmures, des ordres donnés en sourdine et un bruissement fugace. Dans l'enclos, les bêtes endormies bougeaient à peine. Quelques sonnailles tintèrent au hasard de leurs mouvements incontrôlés. Soudain, ce fut un bruit de lutte, d'animal traîné sur le sol, des aboiements contenus, des gémissements étouffés et des cris de douleur presque inaudibles.

Antoine se leva d'un bond. Paul le suivit sans perdre un instant. Tout se passa très vite : des ombres s'agitèrent près des bêtes, des rappels à l'ordre fusèrent dans la panique. Les deux bergers eurent le temps d'épauler, de viser, puis tirèrent sans distinguer ce qu'ils avaient devant leur ligne de mire. Des aboiements rauques de douleur leur signalèrent qu'ils avaient fait mouche, mais les silhouettes élancées s'évanouirent dans la nuit.

Ils s'approchèrent des barrières : deux énormes molosses gisaient dans une mare de sang. L'un d'eux gémissait encore, l'autre ne bougeait plus. Un peu plus loin, une brebis égorgée semblait contempler le spectacle.

« Des loups, hein ! fit Antoine. Ils sont beaux nos loups ! De vulgaires bergers allemands dressés pour l'attaque !

– Ils ne sont pas venus seuls. Si seulement on avait pu aussi toucher leurs maîtres !

– Ils ne perdent rien pour attendre. Avec ces pièces à conviction, nous saurons vite à qui nous avions affaire.

– Que comptes-tu faire ?

– Je ne sais pas encore.

– Dieu merci, cette fois nous n'avons qu'une malheureuse victime ! Mais il faudra veiller au grain dorénavant. »

Antoine arma de nouveau son fusil et acheva le chien qui agonisait.

« Inutile de le laisser souffrir. »

Bastien et Mathieu, réveillés par les coups de feu, s'approchèrent du lieu de l'incident.

« Ce n'étaient que des chiens dressés pour égorger nos brebis, rassura Antoine.

– Il n'y avait donc pas de loups ! s'étonna Mathieu, presque déçu.

– Pas de loups, tu peux dormir sur tes deux oreilles. »

L'affaire en resta là. Le lendemain, le troupeau reprit le chemin de la bergerie en faisant halte, comme d'habitude, au bord de l'étang pour s'abreuver.

Les premières bêtes fonçaient déjà têtes baissées vers la surface de l'eau, quand Antoine, dans un ultime sursaut, les arrêta et les détourna vers la vieille bâtisse de pierre.

« Qu'est-ce qui te prend ? lui demanda Paul sans comprendre le geste subit de son ami. Les bêtes ont soif !

– J'ai comme l'impression que certaines personnes nous en veulent vraiment. Tu n'es pas de mon avis ? »

Sur les rives de l'étang, des grenouilles flottaient le ventre à l'air, gonflé, prêt à éclater. Paul regardait les malheureux batraciens, la mine incrédule

« Après ce qu'il s'est passé hier soir, répondit-il, je crains que tu aies raison ! »

L'eau de l'étang était glauque. Par endroits, des taches brunâtres laissaient à penser que de mauvaises substances y avaient été déversées et n'avaient pas eu le temps de se diluer. Antoine songea tout de suite aux produits que les paysans commençaient à utiliser dans leurs champs pour lutter contre les maladies.

« L'eau est empoisonnée, dit-il d'un air consterné. Et je ne crois pas que cela soit un accident. »

Les menaces qu'avait reçues Mathieu, le carnage des brebis par des chiens conduits vers le parc par leurs propres maîtres, ne laissaient aucun doute dans l'esprit d'Antoine.

« Il faut rencontrer ces hommes qui prétendent être les propriétaires de l'étang.

– Et si ce sont eux qui ont lâché leurs chiens sur nos bêtes ? s'inquiéta Paul, qui entrevoyait déjà l'approche de grosses difficultés.

– Si nous parvenons à prouver qu'ils sont coupables de nos malheurs, la justice s'occupera d'eux. »

Dans les jours qui suivirent, Antoine chercha à savoir, auprès des paysans des fermes voisines, à qui appartenaient les terres mitoyennes aux Burons.

« Elles sont en friche depuis longtemps, lui répondit-on.

– Je m'en étais aperçu ! Qui sont les propriétaires ?

– Elles ont toujours appartenu à une vieille famille de Laguiole qui a fait fortune dans la coutellerie.

– Vous connaissez le dernier descendant ?

– C'est un certain Henri Lemaréchal.

– Où peut-on le trouver ? »

Le paysan resta évasif.

« Il est revenu de Limoges, où il vivait avec son épouse et son fils. Après avoir hérité de l'usine et des terres de son père, il a décidé de construire à Aubrac une nouvelle unité de production de couteaux. Je ne sais rien de plus. »

Antoine n'en apprit pas davantage. Chaque fois qu'il questionnait les habitants des alentours, il sentait de leur part une certaine réticence à parler de la famille Lemaréchal, probablement parce qu'elle leur inspirait du respect et de la crainte aussi. Un certain nombre de jeunes paysans du plateau avaient trouvé à s'employer dans les ateliers de la coutellerie, et, passé l'été où ils avaient beaucoup à faire dans les fermes, ils y gagnaient un appoint de revenus qui leur permettait de rester au pays.

Bien décidé à éclaircir le mystère de l'étang et à découvrir les criminels qui avaient tué ses brebis, il se rendit un matin à Laguiole. La route était longue à travers les prairies et les bois qui recouvraient le plateau. En chemin, il rencontra un paysan qui s'y rendait avec une carriole remplie de victuailles. Celui-ci lui proposa une place à ses côtés sans s'enquérir du but de son déplacement. Antoine lui demanda où se trouvaient les ateliers de la coutellerie Lemaréchal ; le paysan crut comprendre que son passager allait y chercher de l'embauche.

« C'est ma route. Vous pouvez monter. C'est pour eux cette marchandise. »

Vers midi, la jardinière entra dans la cour d'une propriété où se dressait une grande maison de maître de style second Empire. Sur le côté s'étiraient deux bâtiments tout en longueur d'où sortaient des bruits stridents de meule et de forge.

« Le patron est rarement chez lui à cette heure-ci, expliqua le paysan. Si vous voulez le trouver, allez aux ateliers. »

Antoine apostropha un ouvrier qui poussait de grandes caisses sur un chariot.

« M. Lemaréchal est à la forge, le second bâtiment sur votre gauche. »

Une cheminée laissait échapper une épaisse fumée noire qui obscurcissait le ciel. Au-dessus des toits entrebâillés, des jets de vapeur sortaient des verrières, dans un vacarme de machines. Antoine découvrait pour la première fois l'univers de l'usine : ses murs noircis de briques rouges, ses fumées suffocantes, ses odeurs asphyxiantes, ses bruits assourdissants ; et tout un peuple de gens besogneux, au visage blême, aux traits endurcis, sans l'ombre d'un sourire, d'une simple envie de vivre. Par endroits, le sol se transformait en cloaque où les hommes pataugeaient pour entrer et sortir les lourds chariots qu'ils poussaient comme des esclaves.

« Il ne leur manque plus que des chaînes aux pieds ! » songea Antoine, qui éprouva soudain l'envie de fuir dans sa montagne pour retrouver sa liberté. Même lié à Donnadieu, il se sentait encore privilégié par rapport à ces pauvres hères qui n'avaient d'autre horizon que celui de leur usine.

« C'est pour quoi ? » demanda sèchement une voix derrière son dos.

Surpris, il se retourna vers l'homme qui venait de l'apostropher.

« Je viens voir M. Lemaréchal.

– C'est moi. Que me voulez-vous ?

– Vous parler.

– Me parler ! Jeune homme, je n'ai pas de temps à perdre. Si vous voulez vous faire embaucher, voyez plutôt mon contremaître. C'est lui qui s'occupe de cela.

– Je ne désire pas travailler dans votre usine. Je suis berger. Je m'appelle Antoine Chabrol. »

Henri Lemaréchal parut surpris.

« Ah, je vois, je vois ! Nous avons effectivement à parler tous les deux. Suivez-moi ! »

Les deux hommes sortirent de l'atelier et se dirigèrent vers la maison par une allée de gravier bordée de buis. Un escalier à la française, flanqué de bustes disposés sur des colonnes de marbre rose, menait à une large terrasse suspendue. Henri Lemaréchal invita Antoine à entrer dans son bureau de travail, une petite pièce ouverte sur le vestibule.

C'était un homme sec au port altier. Son abondante chevelure grisonnante ondulait sur ses tempes et sur son front barré de larges rides. Son nez aquilin accentuait la maigreur de son visage traversé par d'énormes moustaches. Il portait des bottes de cheval et une veste de cuir usagée, râpée aux coudes. Tout respirait chez lui la vieille aristocratie de province, et son parler haut et fort témoignait de son autorité.

Sans explication, il déplia sur une table de chêne une carte de la région et invita Antoine à l'examiner.

« Vous voyez tout cela, lui dit-il en délimitant du doigt toute une partie de la carte entourée de rouge. Ce sont mes terres. Et ça, c'est l'étang où vous faites boire vos bêtes sans mon autorisation. »

Antoine ne sut que répondre. Il examina le document avec attention.

« Comme vous pouvez le constater vous-même, l'étang est sur mon domaine.

– Jusqu'à présent j'ai toujours laissé mon troupeau se désaltérer dans cet étang, et jamais…

– Mon père ne s'est jamais occupé de ses terres, coupa Lemaréchal. Ce n'était pas son problème. Dieu ait son âme ! Maintenant, c'est moi qui gère le domaine. Cet étang m'appartient, vous n'avez rien à y faire. »

Antoine tenta de se justifier :

« M. Donnadieu m'avait laissé entendre que les rives situées du côté de ses terres lui appartenaient.

– Qui est ce monsieur Donnadieu ?

– Le châtelain de Quérac, dans le Gard. Celui qui a acheté les Burons.

– Je suis au courant. Eh bien, vous direz à votre châtelain que je tiens à sa disposition les documents qui prouvent le contraire.

– C'est pour cela que vous avez fait empoisonner l'eau de l'étang ? osa ajouter Antoine.

– Je ne vous permets pas d'insinuer de telles calomnies ! répondit sèchement Lemaréchal. Me croyez-vous capable d'un tel acte ?

– L'étang est empoisonné. Je ne me trompe pas ! »

Le coutelier se troubla.

« Lorsque je suis venu avec mon neveu pour vous demander de ne plus utiliser mon étang, j'avoue avoir parlé un peu fort à votre fils. Je ne voulais pas l'effrayer. Je le regrette. Mais de là à empoisonner l'eau de l'étang pour tuer vos bêtes, jamais ! Vous vous trompez. »

Lemaréchal coupa court à la discussion.

« Je vous raccompagne, Monsieur. Nous en avons terminé. »

Antoine suivit son interlocuteur sur la terrasse et demanda quelles étaient ses intentions.

« Je ne veux pas vous cacher, monsieur Chabrol, que j'ai décidé de construire une nouvelle usine sur ma propriété située à Aubrac. Et l'eau de cet étang sera précieuse pour mes nouvelles forges. Voilà pourquoi je tiens à ce que tout soit clair entre nous. »

Le coutelier raccompagna Antoine jusqu'au portail. En chemin, ils passèrent devant le chenil où deux bergers allemands tournaient en rond en aboyant. Un troisième était couché au fond de la cage, le bassin entouré d'un énorme bandage.

Antoine s'arrêta devant eux et les examina.

« Ils n'ont pas l'air commodes ! remarqua-t-il.

– Il le faut. La nuit, c'est eux qui gardent l'usine.

– Celui-là, au fond, que lui est-il arrivé ?

– Nous l'avons retrouvé blessé il y a quelques jours. Des braconniers sans doute. Ils l'ont pris pour un sanglier. Ses deux compagnons, eux, ont disparu. Ils ne sont pas rentrés. Ils ont dû se faire abattre. »

Antoine resta sans voix. Il avait la preuve que ses brebis avaient été égorgées intentionnellement, et il avait le coupable devant les yeux. N'ayant plus rien à perdre, il poursuivit :

« C'est moi qui ai abattu vos chiens. Mais cette fois, j'étais sur les terres d'Auguste Donnadieu !

– Comment, vous ! répondit Lemaréchal, interloqué.

– Ne faites pas semblant de ne pas savoir. Et votre chien blessé, c'est encore moi !

– Expliquez-vous ! Je ne comprends pas.

– Mes douze brebis égorgées, et une treizième l'autre nuit, ne dites pas que vous ne savez rien ! Ce sont vos chiens qui ont fait ce carnage. La preuve vivante est devant vous, puisque, je vous le répète, c'est moi qui l'ai blessé. Je vous tiens pour responsable de cet acte criminel. »

Henri Lemaréchal parut atterré. Changeant de ton, il poursuivit :

« Je vous assure, je n'y suis pour rien. Certes, j'ai voulu vous faire peur, je l'avoue. Mais jamais, au grand jamais, je n'aurais donné un tel ordre. Je ne suis pas de ce monde-là !

– Treize brebis, Monsieur ! Pour vous, ce n'est peut-être pas grand-chose. Pour moi, c'est beaucoup.

Car le châtelain de Quérac ne voudra rien entendre de mes démêlés avec vous ou avec vos hommes de main.

– Je peux vous assurer, monsieur Chabrol, que j'éclaircirai cette triste histoire. Et que je châtierai les coupables, si ce que vous me dites est vrai. »

Antoine, incrédule, monta dans la jardinière et pria l'aimable paysan qui l'avait amené de reprendre le chemin d'Aubrac.

Des semaines s'écoulèrent. Septembre tirait à sa fin. Les ramures étaient déjà tavelées de rouille. L'hiver s'annonçait précoce. Le froid refit son apparition avant même que les arbres aient commencé à se dépouiller.

Les saisons traînent rarement en longueur dans ces hauts pays, comme si la nature avait hâte de changer de parure par une sorte de coquetterie toujours inassouvie. Les premiers flocons de neige tombaient parfois avant le départ des derniers transhumants. Ceux-ci démontagnaient alors dans la précipitation. Les bergers n'étaient pas équipés pour être bloqués par grand froid dans ces terres rudes ; les brebis elles-mêmes, mélange de Lacaunes et de Caussenargues, en auraient souffert. Les quatre mois d'estive finissaient donc toujours par déclencher chez les hommes et les bêtes un nouvel appel de la draille, celui qui les ramènerait dans leur pays aux hivers moins rigoureux et aux cieux plus lumineux.

Quand la burle se met à soulever la poussière et à faire ondoyer l'herbe des prairies, quand le ciel est grivelé de longues écharpes cotonneuses, quand l'eau se fige le matin dans les mares ou dans le fond des seaux, il est temps alors de se remettre en route.

Antoine avait déjà préparé sonnailles et pompons. Rien ne devait montrer que le troupeau avait subi une tragique saignée. Les petits éleveurs qui lui avaient confié leur bien n'avaient pas à s'inquiéter, car les bêtes disparues appartenaient toutes à Auguste Donnadieu. Ils lui sauraient gré, d'ailleurs, d'avoir bien fait engraisser leurs brebis. Et comme chaque année, certains lui donneraient en échange un agneau ou une agnelle nés à l'estive. D'autres lui offriraient un peu d'argent. Mais vu la perte subie cette fois, Antoine n'accroîtrait pas son propre cheptel. Ce qui, avec la décision que venait de prendre le châtelain, n'augurait rien de bon pour ses affaires.

Seul Mathieu, avec son insouciance d'enfant, montrait beaucoup d'allant à préparer le retour. L'idée de revoir sa mère, son frère et ses deux sœurs, mettait son cœur en fête. Il ne comprenait pas pourquoi les hommes semblaient si soucieux. Pour lui, la perte des brebis était déjà de l'histoire ancienne et passait au second plan face à la joie des futures retrouvailles.

Même Bastien, qui entamait sa dernière descente, n'avait pas le cœur à plaisanter. Il savait trop bien quelles vexations aurait à subir Antoine, qui était devenu comme un second père pour lui.

La veille, tout était paré pour le grand départ. Les hommes s'apprêtaient à rentrer dans la bergerie pour passer ensemble une dernière soirée. Le jour commençait à décliner et le ciel s'était empourpré de braises. Les chiens s'étaient calfeutrés dans ce qui leur servait de chenil, quand, au loin, retentit un bruit sourd de bêtes martelant le sol de leurs sabots et qu'on pousse devant soi. Les chiens, flairant les intruses, se mirent à aboyer et voulurent sortir du chenil. Alertés par leur vacarme inhabituel, Antoine et Paul se précipitèrent au-dehors et furent surpris par l'arrivée d'une bonne vingtaine de brebis menées par un jeune berger qui avait bien du mal à les contenir, malgré le savoir-faire de son chien. Celui-ci, flairant à son tour ceux d'Antoine dans leur cage, se précipita vers eux comme pour leur faire la fête et en oublia son travail de gardien. Les brebis s'égaillèrent dans le pré qui entourait la ferme et se mirent aussitôt à brouter.

« Qu'est-ce que c'est ce charivari ? demanda Antoine, sans se préoccuper du jeune berger, visiblement heureux d'être enfin arrivé.

– Il est temps que je vous trouve ! s'exclama ce dernier. J'ai bien cru qu'elles allaient m'échapper. Elles sont devenues folles. Elles ont senti votre troupeau et ont filé droit vers votre bergerie.

– Que fais-tu avec ces bêtes loin de chez toi et à une heure si tardive ? Tu vas te faire prendre par la nuit.

– Je viens de la part de M. Lemaréchal. Il m'envoie vous donner ces brebis.

– Me donner, dis-tu ! En es-tu bien sûr ?

– Sûr, M'sieur. Même que M. Lemaréchal m'a dit de vous expliquer que c'était en dédommagement du tort que son neveu vous a occasionné, et que vous comprendriez.

– Que son neveu m'a occasionné ? répéta Antoine, incrédule.

– Oui, M'sieur. Son neveu, Bertrand Lemaréchal. Je ne sais rien de plus. »

Antoine, encore sous le coup de la surprise, tenta en vain de questionner le jeune berger pour en savoir davantage. Il dut se contenter de ces maigres explications.

Le jeune homme allait repartir d'où il venait, quand il se ravisa :

« Ah oui ! j'oubliais : M. Lemaréchal vous fait savoir que l'année prochaine, vous pourrez continuer à utiliser l'étang pour vos bêtes. Il s'occupera de faire décontaminer l'eau.

– Eh bien, mon petit gars ! tu m'apprends là deux bonnes nouvelles d'un coup. Tu remercieras bien ton patron. Je ne pourrai le faire moi-même. Nous repartons demain matin à l'aube.

– Ce n'est pas mon patron. C'est mon grand-père, fit l'adolescent, qui pouvait avoir seize ans. Et Bertrand Lemaréchal, c'est mon oncle. Mais je ne l'aime guère !

– Comment t'appelles-tu ?

– Laurent.

– Moi, c'est Antoine, et lui, c'est mon fils Mathieu. »

Mathieu, accouru avec Bastien, prit la conversation au vol : « Qu'est-ce qu'il se passe ?

– Rien, je t'expliquerai, répondit Antoine. Je crois qu'il ne faut pas retarder Laurent davantage. Son grand-père pourrait s'inquiéter. »

Laurent Lemaréchal disparut dans la nuit avec son chien, sans dire où il allait, en laissant vingt-six brebis à l'hôte des Burons.

« Deux fois plus qu'il y a eu de victimes ! s'étonna Mathieu en les comptant.

– C'est un homme de parole… et d'honneur, ajouta Antoine en prenant son fils par les épaules. Hélas ! tous ne sont pas comme lui. »

Tant qu'il n'avait pas traversé les monts de l'Aubrac et les solitudes arides du causse de Sauveterre, Antoine se sentait encore loin de chez lui. Les jours et les nuits passaient lentement, toujours sous la menace des caprices du temps. Les bêtes, à qui la marche redonnait vigueur, s'échelonnaient sur la draille, grignotant sur leur passage l'herbe déjà flétrie par le froid, cherchant à l'écart des buissons plus coriaces, oubliés par les précédents troupeaux.

Antoine ne rencontrait jamais d'autres transhumants sur le chemin du retour, étant toujours le dernier à démontagner, comme à l'époque où il estivait sur le causse Méjean.

Cette année-là, il trouva la neige peu après son départ du Villaret, où il faisait toujours une halte d'une nuit. Il éprouva toutes les peines du monde à faire avancer ses bêtes à bonne allure, car la valse incessante des flocons rendait la draille invisible à plus de dix mètres. Le troupeau se fondait dans la grisaille du ciel. À l'avant, Antoine tirait les menons en se guidant aux pierres séculaires plantées le long du parcours. Il devançait de peu Mathieu et son âne, eux-mêmes suivis des chèvres et du bouc amené pour écarter les épidémies et le mauvais œil. Le brouillard mêlé aux tourbillons de neige rendait la progression hasardeuse et ne permettait pas à Paul ni à Bastien, qui poussaient à l'arrière, de distinguer la tête du troupeau. Au fil des heures, ils virent grossir le lot des traînardes, les éclopées et les brebis prêtes à agneler. Celles-ci ralentissaient la marche et ne cessaient de distendre le long ruban blanc qui n'en finissait pas de s'étirer. Antoine dut freiner fréquemment l'allure pour ne pas le rompre en son milieu. Privées des meneuses, les jeunes brebis distancées auraient pu prendre un mauvais chemin et perdre le reste du troupeau dans la brume épaisse qui enveloppait le plateau.

C'était dans ces moments délicats que le jeune Mathieu admirait le plus son père. Campé à la tête de plus de deux mille bêtes, tel un patriarche, c'était un homme comme un autre. Mais il émanait de lui une grande noblesse à chacun de ses gestes, à chacun de ses regards. Avare de paroles, il savait se faire comprendre et obéir. Il pressentait le danger et réagissait toujours avec promptitude. Hommes et bêtes avaient une grande confiance en lui. Nul parmi les bergers qui l'accompagnaient n'aurait osé le contredire. Il était le maître incontesté de la draille, celui que l'on suivait aveuglément, même quand l'horizon était bouché, car lui seul parvenait à déjouer les caprices du ciel et de la terre quand ceux-ci se mettaient soudain en colère.

Après le col du Perjuret, ils atteignirent la ferme de Fons, très tard le soir. Ils étaient tous transis. Pour rassurer les brebis les plus traumatisées par les aléas de l'étape, Antoine décida de les séparer du reste du troupeau et de passer la nuit avec elles, dans la paille de l'étable. Paul, Bastien et Mathieu voulurent suivre son exemple, au grand désespoir de leurs hôtes qui leur avaient préparé une chambre bien chaude et confortable.

La soirée n'était pas encore achevée. Dans la cheminée, une énorme bûche de *fayard*[1] finissait de se consumer. Les hommes trinquaient aux retrouvailles et, réchauffés par les flammes et l'alcool, ils s'apprêtaient à regagner la paille de leur étable, quand la porte s'ouvrit brutalement.

Un homme emmitouflé dans une cape de bure se tapa les pieds sur le seuil en tempêtant, puis entra sans s'annoncer.

« Je croyais ne pas arriver à bon port ! s'exclama-t-il. Avec ce temps pourri, j'ai bien failli me perdre dans la forêt. »

Tous se retournèrent vers l'inconnu. L'obscurité de la pièce aidant, personne ne le reconnut. Mais bientôt remis de son étonnement, Antoine s'écria :

« Joseph ! Que fais-tu ici ?

– Je viens te chercher. Mais je vois que j'arrive trop tard.

– Ce n'est pas la première fois ! plaisanta Antoine en faisant allusion au jour où Adeline avait accouché de Louise.

– Je voulais t'envoyer quelqu'un. Finalement, j'ai préféré venir moi-même. Mais… je te croyais encore en Aubrac !

– J'ai devancé notre départ, le mauvais temps arrivait. »

---

1. Hêtre.

Joseph apportait la mauvaise nouvelle transmise par Auguste Donnadieu. Il ne tergiversa pas pour l'apprendre à Antoine, qui se doutait bien qu'il n'avait pas fait un si long chemin pour rien. Celui-ci s'en trouva consterné et ne sut que répondre à son ami qui le pressait déjà de questions sur ses intentions.

Les hôtes d'Antoine restèrent à l'écart de la conversation, ainsi que Paul et Bastien, qui emmena Mathieu se coucher.

« Que peut-on faire ? se plaignit Antoine, désappointé. Acheter est au-dessus de mes moyens. Adeline a dû te le dire : nous n'avons pas assez d'argent.

– Je pensais qu'en nous associant…

– Mon vieux Joseph, si tu es aussi argenté que moi, nous n'irons pas loin !

– Ta belle-mère accepte de vendre une petite terre qui lui vient de ses parents. C'est le seul bien qu'elle possède, mais elle te le donne.

– Je connais sa terre. Nous n'en tirerons pas de quoi acheter cinquante brebis. Et puis je ne veux pas que Marthe se sente obligée de vendre son bien pour moi.

– Et pour sa fille ! Tu l'abrites sous ton toit. Cela vaut bien ce petit sacrifice.

– Il ne sera pas suffisant.

– Je n'ose te dire ce à quoi songeait Adeline, quand nous en avons discuté ensemble. Elle m'a dit de ne pas t'en parler, parce que ce n'était pas une bonne idée.

– Parle toujours !

– Eh bien, elle avait songé un moment à… »

Joseph Coste hésitait, craignant de froisser son ami.

« À quoi ?

– Bon, je te le dis. Mais ne te fâche pas et surtout ne dis pas à Adeline que je t'en ai parlé.

– Que de cachotteries ! Eh bien ?

– Elle pensait que tu accepterais peut-être de vendre le vieux mas de tes parents.

– L'Olmède ! Mais il tombe en ruine ! Voyons, c'est pas sérieux, comment a-t-elle pu croire… »

Joseph avait vu juste. Antoine se sentit tout à coup bouleversé à la seule pensée de devoir un jour retourner sur la terre qui l'avait vu naître et où ses parents s'étaient épuisés à la tâche à en mourir. Depuis qu'il était le métayer de Donnadieu, il s'était juré de ne plus jamais remettre les pieds sur cette terre de souffrance et de misère qu'il rendait responsable de la triste fin des siens, et qui n'avait pas su le retenir, lui qui ne demandait qu'à vivre libre. Et s'il n'avait jamais oublié ses racines, il avait tenu parole. L'Olmède ne valait pas plus, à ses yeux, que le prix de quelques arpents de mauvaise terre, sur lesquels ne poussaient plus que de vulgaires *bouscas*[1] à peine retenus par des murs de pierres sèches éboulés, envahis par les ronces.

Cela lui semblait impossible. Ce n'était pas une bonne idée. Personne ne voudrait acheter une telle propriété, un mas misérable, délabré, au milieu d'une terre inculte, où les pierres étaient la seule richesse et où l'eau manquait chaque fois que venait l'été.

1. Rejetons de châtaigniers dépéris après avoir été atteints par la maladie de l'encre.

« Je suis parti de chez moi quand j'étais jeune, expliqua-t-il à son ami qui regrettait déjà d'avoir trahi Adeline. Je partirai une seconde fois s'il le faut. Je ne suis pas attaché à Quérac comme un esclave à sa chaîne. »

Antoine ne dormit pas de la nuit et en voulut à Joseph d'être venu jusqu'à lui pour lui faire une telle proposition.

Cependant, le lendemain matin, le visage décrispé, l'air plus serein, il prit son ami par l'épaule et lui dit :

« J'ai bien réfléchi. Je vais reconsidérer cette affaire. »

XI

Le drame

ADELINE était bien décidée, en cette rentrée d'octobre, à mettre Marie à l'école. Celle-ci avait fêté ses neuf ans et se montrait très éveillée pour son âge. Dès qu'elle le pouvait, elle se précipitait auprès de Marthe et, toutes deux assises au cantou, elles restaient des heures entières à bavarder. La petite questionnait sans cesse sa grand-mère à propos de tout ce qui avait retenu son attention dans la journée ; et cette dernière éprouvait une joie immense à instruire sa petite-fille, pendant qu'Adeline vaquait à ses tâches quotidiennes.

Fabien, qui allait sur ses sept ans, jaloux de sa sœur comme peut l'être un enfant, se tenait un peu à l'écart et faisait mine de jouer à ses jeux de petit garçon, tout en prêtant une oreille attentive. Lui aussi aurait bien aimé profiter des leçons de chose de la mamé, mais il n'osait interrompre une conversation qu'il jugeait destinée aux plus grands. Quand il connaissait la réponse à une question de sa sœur, il osait parfois une parole, sans déroger à l'occupation ludique qu'il faisait mine de poursuivre.

Marthe comprit rapidement les attentes de son petit-fils et finit par l'inviter à se joindre à elles.

Ce qui intéressait le plus les deux enfants, c'était leur entourage : leurs parents bien sûr, les maîtres de Quérac, les voisins, ainsi que les lieux où ils n'étaient jamais allés. L'absence de leur frère aîné attisait leur curiosité, et ils ne cessaient de presser la pauvre Marthe de questions sur l'estive et les montagnes lointaines.

Marie avait remarqué que sa grand-mère ne parlait jamais de son époux, ce grand-père qu'elle n'avait jamais connu. Elle n'osait pas amener la conversation sur ce sujet : il y avait sans doute quelque mystère à ce propos et la mamé serait en colère si on tentait de dévoiler son secret.

« Les grands, pensait-elle, savent des choses que les enfants ne doivent pas savoir. » Cela aiguisait d'autant plus sa curiosité.

Les prières que Marthe marmonnait le soir, dans l'obscurité de sa chambre, l'intriguaient beaucoup. Tout ouïe de l'autre côté de la cloison, elle l'entendait parler en sourdine à un être mystérieux qui se cachait, qui sait, sous son lit ou derrière un meuble ! Elle ne pénétrait jamais dans la chambre de sa grand-mère, où trônait une grande armoire taillée dans le chêne, à côté d'un lit au pied et à la tête démesurés. Sur le chevet, une bible, usée par la lecture, attisait sa convoitise. Elle aurait bien voulu savoir ce qui poussait sa grand-mère à se plonger si souvent dans ce gros livre plein de mystères.

Un jour, Marie, dont le silence inhabituel intriguait Marthe, demanda en retenant son souffle :

« Qui est-ce grand-père ? »

Surprise, Marthe jeta un regard compatissant en direction de sa petite-fille, se leva sans rien dire et partit se réfugier dans sa chambre. Marie comprit qu'elle venait de poser la question interdite. Fabien, tout aussi curieux, mais qui ne sentait pas qu'il y avait à ce sujet une barrière à ne pas franchir, poursuivit :

« Pourquoi mamé ne veut-elle pas répondre ? Moi aussi, j'aimerais savoir qui était grand-père ! »

Assise au bord du lit, Marthe consultait parfois un autre grand livre. Au moindre bruit, elle le refermait aussitôt et le rangeait au fond de son armoire, sous une pile de draps encore tout neufs, qui faisaient partie de son trousseau de mariage. Plus d'une fois, en son absence, la petite fille fut tentée d'aller fouiller dans l'armoire, pour savoir ce que contenait le livre mystérieux.

Un beau matin – Antoine venait de prendre la draille et les femmes remettaient de l'ordre dans les étables –, Marie franchit le pas. Elle traînait nonchalamment dans la maison, tout attristée d'avoir vu partir son père et son frère Mathieu pour cinq longs mois d'estive. Elle tournait en rond, comme les enfants le font quand ils ont le cœur gros, et ni Fabien ni la petite Louise ne parvenaient à la détacher de ses pensées ténébreuses. La porte de la chambre de Marthe était restée entrebâillée. Profitant de l'inattention de son frère et de sa sœur, Marie en franchit le seuil et vit aussitôt, oublié sur le lit, le livre tant convoité de sa grand-mère. Sans réfléchir une seconde, elle entra plus avant dans la chambre et se précipita sur lui.

Ce n'était qu'un album-photos aux grosses pages cartonnées doublées de feuilles de papier transparent. Il ne contenait qu'une seule photo : celle d'un homme d'une trentaine d'années en tenue de pasteur, un gros livre à la main. Marie reconnut aussitôt la bible qui était sur le chevet. L'homme portait une fine moustache bien lissée, et dans ses yeux se lisait une grande bonté. Son habit austère de pasteur lui donnait un faux air d'autorité. La petite fille comprit aussitôt qu'il s'agissait de son grand-père. Tout en lui, dans son sourire, dans sa manière de poser devant le photographe, lui rappela sa maman ; jusqu'à ce fond de tristesse qu'elle décela immédiatement dans son regard figé sur le papier sépia de la photographie.

Soudain prise de panique à l'idée de se faire surprendre, elle referma l'album cartonné et le reposa à sa place. Puis, intriguée, elle alla s'occuper de sa sœur et de son frère restés seuls dans la pièce voisine.

« Que faisais-tu dans la chambre de grand-mère ? lui demanda Fabien.

– Rien. Ne dis surtout pas à mamé que j'y suis entrée. »

Marie n'en dit pas plus. Mais depuis ce jour-là, elle n'eut de cesse que de savoir qui était vraiment son grand-père, et pourquoi Marthe n'en parlait jamais.

Bravant l'autorité du châtelain, Adeline conduisit donc Marie et Fabien à l'école du village le premier jour d'octobre. En chemin, ils rencontrèrent Adrienne

Coste, dont le second fils, Maurice, faisait aussi sa rentrée à l'école publique.

« Ne t'en fais pas, lui dit Adrienne, Donnadieu ne dira rien. La loi est avec nous. Et, en ce moment, il a d'autres soucis en tête.

– J'espère que ton mari arrivera à temps pour prévenir Antoine ! lui répondit Adeline, dont l'esprit était aussi préoccupé par le sort que le châtelain leur avait réservé.

– Il connaît bien la draille. Ils ne peuvent se manquer. »

Entourées de leurs enfants, les deux femmes marchaient d'un bon pas en direction du village. Maurice traînait à l'arrière, son cartable en bandoulière, visiblement peu enthousiaste de se rendre à l'école. Les trois enfants se connaissaient bien. En dehors des moments de travail auxquels ils donnaient chacun leur part, ils se rencontraient souvent dans les terres des deux métairies. Maurice, d'un an l'aîné de Marie, aurait préféré suivre les traces de son frère Jérémie qui, à treize ans, faisait la draille depuis plusieurs années. Il tardait au jeune garçon d'accompagner lui aussi son père et Antoine, son parrain. Mais Adrienne, comme Adeline, avait convaincu son mari qu'il était préférable de lui donner une bonne instruction avant qu'il n'affronte la vie.

Marie montrait plus d'engouement à se rendre sur les bancs de l'école. Tirant Fabien par la main, elle se retournait sans cesse vers Maurice pour l'encourager. Tout heureuse de porter pour la première fois des souliers de cuir et une blouse neuve, elle était impatiente de faire la connaissance de la nouvelle institutrice nommée par l'inspecteur d'académie. Dans son esprit, il n'y avait aucun doute : on l'attendait à bras ouverts, ce qui n'était pas l'opinion de son petit camarade qui montrait beaucoup de mauvaise volonté à mettre un pied devant l'autre.

L'école était une petite construction de pierre grise, située en plein cœur du village. Le maire de la commune en personne s'était déplacé pour l'occasion, afin d'accueillir les familles qui lui faisaient l'honneur d'amener leurs enfants dans le nouveau bâtiment destiné à l'instruction du peuple. Fier d'apporter sa contribution à cette mission de la République, il arborait son écharpe tricolore comme au temps houleux des élections.

Dans la cour, où se dressait un énorme tilleul, des enfants encore peu nombreux attendaient avec leurs parents qu'on leur dise de se mettre en rang. Au bout d'une petite demi-heure, le maire grimpa en haut de l'escalier qui menait à l'unique porte d'entrée, et invita une jeune femme à le suivre. Puis, réclamant le silence, il annonça :

« Mesdames, Messieurs, mes chers enfants. En ce jour solennel de rentrée, j'ai le plaisir de vous accueillir dans notre nouvelle école. Celle-ci est tournée vers la jeunesse et se doit donc de faire honneur aux enfants de notre commune, chaque année plus nombreux à venir recevoir cette manne de l'État républicain, je veux dire : l'instruction publique, qui fera d'eux d'honnêtes citoyens. »

Il poursuivit ainsi son discours sans se soucier que les enfants dans la cour commençaient à s'agiter.

« Avant de conclure, je veux vous présenter notre nouvelle institutrice. Avancez-vous, Mademoiselle », ajouta-t-il en aparté à la jeune femme dissimulée derrière lui.

« Je vous présente Mlle Mathilde Fontane. D'aucuns connaissent déjà son père : Adrien Fontane. Eh bien, je suis heureux d'accueillir sa fille, qui, après de brillantes études à l'École normale, nous revient pour s'occuper des filles de notre école et des tout petits. Je ne vous présente pas M. Blanc, notre très dévoué instituteur ; il s'occupera donc cette année de la classe des garçons. »

Les enfants se mirent en rang, les garçons devant l'instituteur, les filles devant la nouvelle institutrice. Puis, dans un silence qui en disait long sur leur appréhension, ils grimpèrent à leur tour l'escalier et entrèrent dans leur salle de classe respective.

« Tout ira bien, rassura Adrienne, qui était aussi anxieuse qu'Adeline à l'idée d'abandonner pour la première fois son fils dans les mains d'un étranger. Ils feront d'eux des enfants instruits et libres ! »

Adeline connaissait de nom la nouvelle maîtresse d'école, dont le père continuait à s'occuper de ses vignes malgré son âge. Elle savait qu'en hiver Antoine faisait toujours paître ses bêtes sur ses terres. Mais elle ignorait qu'un soir, il y avait déjà bien longtemps de cela, ils s'étaient rencontrés tous les deux, peu avant la naissance de Louise, lors d'une nuit de fumature.

Marie avait une grande envie d'apprendre. Elle était convaincue qu'au-delà des mots, dont elle ne pouvait encore percer le secret, se trouvaient toutes les opportunités de la vie. Et nul n'avait besoin de lui expliquer qu'apprendre était la meilleure arme pour affronter les affres de l'existence, elle le savait d'instinct. À ses yeux, les lettres et les mots, les mots et les phrases prenaient un sens magique, presque mystérieux : ils étaient les clés de ses songes, les bateaux de ses rêves, les ailes de ses espérances ; et chacun d'eux avait la couleur du bonheur.

Aussi attendait-elle avec une extrême impatience le moment où, pour la première fois, la maîtresse lui dirait d'ouvrir son livre de lecture à la première page et donnerait le départ du long et prodigieux voyage de la connaissance.

Mathilde Fontane ne remarqua pas la présence de la fille d'Antoine Chabrol parmi ses nouveaux élèves, bien que Marie se plaçât au premier rang, juste devant son bureau pour ne manquer aucune de ses paroles, aucune de ses explications. Dans la classe se côtoyaient des enfants de tous niveaux et de tous âges ; certains savaient déjà lire et écrire, d'autres non. Mathilde regroupa les enfants pour qui l'apprentissage de la lecture était la priorité et leur distribua un joli livre tout neuf, sur la couverture duquel les premières lettres de l'alphabet évoquaient des objets familiers.

Marie n'osa ouvrir le livre sans qu'on le lui ait ordonné, et resta muette d'admiration devant ce qu'elle prit pour un merveilleux cadeau. Puis l'institutrice distribua un cahier à larges lignes, un porte-plume et des plumes sergent-major. Sur les pupitres, les petits encriers de porcelaine blanche étaient déjà remplis d'une encre violette, dont les éclaboussures dessinaient sur les rebords une minuscule dentelle de fleurs stylisées.

La petite fille comprit qu'elle venait d'entrer dans l'univers qu'elle avait tant appelé de ses vœux et, dès lors, elle n'eut de plus grande attention que pour sa nouvelle maîtresse d'école.

Fabien de son côté, moins enthousiaste, s'apprêtait à profiter des leçons de son maître pour faire honneur à sa grand-mère qui lui avait dit un jour :

« Quand tu sauras lire, je te prêterai le gros livre qui est sur ma table de chevet. »

L'enfant s'était alors juré de faire vite, car il avait hâte de savoir ce qui attirait chaque soir sa grand-mère vers ce livre qu'il tenait aussi pour mystérieux.

Le soir du premier jour de classe, lorsque les enfants rapportèrent leurs premières impressions, ils furent intarissables. Marie était très fière d'avoir appris à reconnaître les voyelles de l'alphabet, et voulut à tout prix montrer à sa mère qu'elle pouvait déjà les déchiffrer. Adeline, qui, contrairement à Antoine, savait lire, ouvrit le livre de lecture et reprit avec elle sa première leçon.

Elle se revit alors toute petite, des années en arrière, assise près de la cheminée, la Bible grande ouverte sur ses genoux. Son père avait commencé par lui montrer ces grandes et belles lettres au début de chaque verset, les enluminures aux contours sinueux qu'elle prenait pour de jolies arabesques. Puis il lui avait expliqué avec patience comment les lettres s'accrochaient entre elles pour former des mots, et les mots entre eux pour donner du sens aux phrases et faire apparaître la présence divine derrière le Verbe. Le père d'Adeline n'avait pas eu besoin d'envoyer ses enfants à l'école. La Bible avait suffi pour leur apprendre à lire et à écrire, pour leur enseigner l'histoire et la vie.

Aussi, quand Adeline découvrit avec sa fille le livre de lecture du cours préparatoire, il lui sembla retomber dans sa tendre enfance, à l'époque bénie où elle aussi rêvait d'échapper à la pauvreté par l'instruction.

Auguste Donnadieu, préoccupé par ses affaires, ne fit aucune remarque quand il apprit la décision d'Adeline et d'Adrienne d'envoyer leurs enfants à l'école. Sachant que la loi n'était pas favorable à ses idées, il préféra ne pas s'acharner à défendre une position qu'il savait condamnée dans l'avenir. Mais son régisseur, toujours aussi méprisant envers les métayers du domaine, ne se priva pas d'aller rendre visite aux deux femmes pour les menacer des pires maux si elles s'obstinaient à désobéir au châtelain.

« Vous autres, protestants, déclara-t-il à Adeline en rejetant sur elle tout le fiel dont il était empli, vous pactisez avec la gueuse comme avec le diable. L'école laïque est le suppôt de Satan ; c'est pour cette raison que vous y envoyez vos enfants ! Dieu se vengera sur vous et sur votre descendance ! »

Adeline avait peur de cet individu qui outrepassait souvent ses fonctions et semblait animé d'une aversion malsaine et inquiétante envers toutes les paysannes du domaine. Elle ne parvenait pas à comprendre pourquoi le châtelain, qui avait certes ses défauts mais n'était pas un homme sournois ni foncièrement mauvais, s'était entiché d'un être si abject et si démoniaque. Car il y avait chez le Breton un goût prononcé pour la perversité et le harcèlement qui le faisait passer auprès des femmes pour le diable en personne.

Adeline était persuadée qu'il s'agissait de lui quand, par deux fois, elle s'était sentie menacée. Mais elle n'en avait pas eu la moindre preuve et s'était gardée d'en parler à son entourage. Depuis ce jour-là cependant, elle se tenait sur ses gardes et évitait de croiser son regard quand, par obligation, elle se retrouvait en sa présence.

Chaque matin les enfants partaient à l'école pour n'en revenir que le soir. Ils apportaient avec eux leur repas de midi qu'ils prenaient tous ensemble dans la salle de classe. Ils se rassemblaient alors autour du poêle qui trônait au fond de la pièce et qu'on ne tarderait pas à allumer dès les premiers froids.

En l'absence de leurs maris, les deux femmes se retrouvaient donc seules, ou presque. Elles avaient beaucoup à faire entre la préparation des étables, la traite des chèvres, les brebis qui n'étaient pas parties à l'estive, et le travail dans les terres cultivées. Privée de l'aide de Marie, Adeline passait toutes ses journées dehors, occupée à de lourds travaux. Elle n'avait qu'un souhait : le retour rapide d'Antoine, pour qu'elle puisse retrouver auprès de lui le réconfort et la force d'affronter les difficultés de la vie.

Elle n'avait plus revu José, l'Espagnol du château. Celui-ci, pensait-elle, devait être reparti dans sa Catalogne natale dès la fin des vendanges. Tous ses compatriotes cependant n'étaient pas encore rentrés dans leur pays, car il y avait du travail dans les caves. Les derniers quittaient le domaine à la fin octobre seulement, quand, chez eux, d'autres travaux les attendaient. Beaucoup en effet descendaient ensuite plus au sud, dans les *huertas* de Valence et d'Alicante pour la récolte des fruits d'automne. Les liens d'amitié, qu'elle avait fini par nouer avec certains d'entre eux, l'avaient aidée, cette année-là, à mieux supporter la longue absence d'Antoine.

Toutefois son esprit n'était pas tranquille. Elle sentait toujours une ombre planer sur elle, une impression qu'on l'épiait à chacun de ses pas, quand elle s'éloignait de la bergerie. Un rien la faisait sursauter : le craquement d'une branche sèche, un battement d'ailes saccadé, les aboiements d'un chien. L'oreille sans cesse aux aguets, elle ne trouvait de tranquillité qu'une fois sa porte close.

Sa mère s'en rendait compte, elle qui la connaissait bien, et s'inquiétait de son anxiété :

« Qu'as-tu donc ? Ton Antoine te manque-t-il à ce point ? Depuis le temps, tu devrais y être habituée ! »

Adeline abondait dans son sens pour éviter de lui communiquer ses craintes. Elle se sentait en danger, mais elle ne pouvait ou ne voulait croire qu'elle l'était, puisqu'elle n'avait que de vagues prémonitions, des impressions évanescentes ; rien de réel ni de concret.

Joseph était parti depuis plus de cinq jours et elle avait bon espoir qu'il ait pu rejoindre Antoine. Comme chaque soir, elle se rendit seule dans l'écurie des chèvres à l'heure de la traite. Dehors, l'air était épais et exhalait une douce odeur de feuilles d'automne. La vigne ruisselait encore de cuivre et d'or. Dans la garrigue, la terre humide exacerbait les parfums capiteux des cistes, du romarin et de la menthe sauvage. Un léger vent du sud annonçait la pluie et faisait craquer les branches des vieux chênes. Parfois, une rafale emportait au loin les premières feuilles mortes dans un tourbillon sans fin et rappelait à chacun le début du prochain hivernage.

Marie, qui d'ordinaire lui prêtait la main, était restée à ses devoirs dans la cuisine, sous l'œil attentif de Louise. Elle recopiait avec soin, à la lueur d'une lampe à huile, des lignes de lettres apprises le matin même. Marthe épluchait les légumes pour la soupe, un œil sur les enfants.

« Si Joseph est arrivé à l'estive, dans une semaine Antoine sera de retour », songea Adeline pour se donner du courage, ignorant que le troupeau était déjà sur le point d'arriver.

À cette pensée son cœur se mit à battre d'allégresse et son esprit recouvra la lumière. Bientôt ils reformeraient une vraie famille, enfin reconstituée, et ses soucis se dissiperaient.

Tout à son travail derrière les chèvres, parfois rétives à se laisser traire, elle n'avait de pensées que pour Antoine.

Derrière elle, quelqu'un l'épiait, caché dans l'embrasure de la porte de l'écurie.

Tout alla très vite, la silhouette, sortie de l'ombre, se rua dans sa direction. Elle n'eut pas le temps de réagir ni de prononcer une parole. Elle se sentit décoller du sol, les bras prisonniers dans un étau de muscles. Malgré ses cris étouffés et ses gestes désespérés, elle ne parvint pas à se libérer. Essayant en vain de se débattre, elle se retrouva plaquée au sol, face contre terre, dans la paille humide, écrasée par la masse de son agresseur, qui, pour mieux s'assurer de son silence, lui colla une main sur la bouche. Elle se défendit bec et ongles, impuissante. L'homme alors la retourna sur le dos. La chèvre, surprise par tant de remue-ménage, fit un écart brutal, et, renversant le seau de lait, frappa malencontreusement Adeline de ses sabots. Celle-ci, à moitié assommée, se sentit défaillir. Elle n'eut que le temps de percevoir l'image furtive d'un large chapeau, puis s'évanouit sur-le-champ.

Lorsqu'elle revint à elle, elle eut quelques secondes d'étourdissement. Elle ne se rendit pas compte qu'elle gisait sur le sol à moitié nue, la robe retroussée, froissée, encore toute souillée. Ses cheveux étaient défaits, ébouriffés, et ses lèvres tuméfiées avaient un goût étrange d'amertume.

Alors, des images fugitives revinrent devant ses yeux révulsés : le bruit étrange derrière son dos ; puis l'étau, cet étau qui la retenait prisonnière ; cette main épaisse collée sur sa bouche et qui l'empêchait de respirer ; ce visage dans l'ombre, effrayant, juste au-dessus du sien ; et cette haleine fétide ! Au moment de se relever, une violente douleur dans le ventre la cloua sur place.

En l'espace de quelques secondes, elle réalisa ce qui venait de lui arriver, tandis que dans sa mémoire restait gravé le visage de José. Sur le moment, elle ne put croire à cette vision : ce visage penché sur elle, juste avant de s'évanouir, ce visage si familier qui l'avait tant réconfortée quand, dans son cœur, elle avait froid et peur, quand, dans son esprit tourmenté, elle se sentait seule et triste. José ! Comment était-ce possible ? Elle devait se tromper sans doute. N'était-ce pas plutôt Charles Legarec qui venait d'abuser d'elle, lui qui l'avait déjà inquiétée par ses insinuations en la poursuivant le soir jusqu'à sa porte dans l'obscurité ?

L'homme cependant avait laissé une preuve de son forfait : dans la paille toute remuée, il avait oublié son chapeau ; et ce chapeau, Adeline en était presque certaine, était celui de José. Un doute cependant subsistait en elle, un doute qui lui fit taire à jamais le nom de son agresseur.

« Papa est de retour ! Ils sont tous là, ils sont rentrés ! »

C'était chaque année la même joie. Les enfants les premiers avaient entendu les sonnailles du troupeau emplir la garrigue comme une joyeuse symphonie. Les premières bêtes, malgré la fatigue accumulée pendant un si long parcours, semblaient redoubler de vigueur en sentant à des lieues de distance l'odeur de leur bergerie. Antoine n'avait plus besoin de les tirer, c'est elles qui le poussaient pour arriver avant la tombée de la nuit.

Adeline ne bougea pas du fauteuil dans lequel elle se claquemurait depuis la veille, jour de tous ses malheurs.

« Voyons, secoue-toi ! Antoine est de retour », fit Marthe, consternée par le mutisme inexpliqué de sa fille.

Adeline était ailleurs, perdue dans ses pensées, enfouie dans les ténèbres d'un puits sans fond où elle se sentait happée. Louise, du haut de ses six ans, comprenant que sa maman était malheureuse, resta auprès d'elle, tandis que son frère et sa sœur se précipitèrent à la rencontre du troupeau.

Quand Antoine arriva aux abords de la métairie, il s'étonna de l'absence d'Adeline et la chercha des yeux, en vain.

« Votre maman n'est pas là ? » s'enquit-il aussitôt auprès de ses enfants qui lui sautaient au cou.

Puis, s'adressant à sa belle-mère :

« Il est arrivé quelque chose à Adeline ? »

Marthe le rassura et lui expliqua en deux mots ce qu'elle croyait comprendre.

« Mon petit Antoine, ton Adeline languit de toi un peu plus chaque année et supporte de plus en plus mal tes longues absences. »

Et, prenant chaleureusement son petit-fils dans ses bras maternels, elle ajouta :

« Et toi, mon petit Mathieu, n'es-tu pas fatigué par cette première transhumance ? Comme tu as grandi et forci depuis cinq mois ! C'est que tu es devenu un homme à présent ! »

Mathieu ne put s'empêcher de tomber, comme un enfant, dans les bras de sa grand-mère.

« Dis-moi, mamé, pourquoi maman n'est-elle pas là cette année ? Elle ne manque jamais le retour du troupeau d'habitude !

– Maintenant que vous êtes tous là, tout va rentrer dans l'ordre. »

Paul et Bastien conduisirent les bêtes dans les étables, tandis qu'Antoine se précipita pour rejoindre Adeline à l'intérieur. Celle-ci n'avait toujours pas quitté son fauteuil quand il fit irruption dans la cuisine. Leurs regards se croisèrent aussitôt. Alors, esquissant un sourire, elle retrouva la sérénité.

« Antoine ! Enfin ! Si tu savais !

– Chut ! fit-il en lui posant le doigt sur les lèvres. Je sais, je sais. Je suis là à présent. Tout va bien. »

Mathieu, resté sur le pas de la porte, n'osait interrompre les effusions de ses parents et les regardait en souriant.

« Alors les amoureux, dit-il, on peut entrer sans déranger ? »

Adeline ouvrit grands ses bras et enserra son fils par les épaules.

« Si vous saviez ! reprit-elle. Si vous saviez ! »

Les jours qui suivirent, elle refit lentement surface. Mais quelque chose en elle s'était brisé et trahissait un profond traumatisme.

Antoine fut le premier surpris de son attitude quand, le soir, dans l'intimité de leur chambre, elle se refusa à lui, pour la première fois depuis ces longues années où la transhumance les séparait.

« Pas ce soir ! » prétexta-t-elle.

Antoine n'insista pas, ni les soirs suivants, constatant avec peine que sa femme était trop tourmentée pour avoir l'esprit et le cœur au plaisir des retrouvailles.

Au bout de quelques jours, ne sachant plus comment lui remonter le moral, il proposa :

« Si tu t'en sentais le courage, l'année prochaine, tu pourrais m'accompagner à l'estive. Tu ne serais pas la première femme à faire la draille.

– Faire la draille avec toi ! Même si je le voulais, Louise est encore trop jeune, et nous ne pouvons pas la laisser à ma mère.

– Je ne vois pas d'autres solutions, ajouta-t-il. Je ne peux, quant à moi, cesser d'emmontagner. »

Il ne revint plus sur sa proposition et fit mine de ne plus s'inquiéter de l'état dépressif d'Adeline. Mais il pensa qu'il devrait un jour la convaincre de l'accompagner, s'il ne voulait pas la voir sombrer inexorablement dans l'angoisse, à chacun de ses départs.

Finalement, il accepta la solution qu'elle-même avait envisagée avec Joseph pour acquérir les brebis d'Auguste Donnadieu.

« J'ai bien réfléchi, lui dit-il. C'est toi qui as raison. Je vais aller voir le notaire pour lui demander de s'occuper de la vente de l'Olmède. »

Même cette décision la laissa de marbre. Antoine ne savait plus comment agir.

Marthe avait retrouvé la science de ses bonnes vieilles décoctions. Chaque soir, elle abreuvait sa fille de tisanes supposées miraculeuses. Mais elle devait reconnaître que les herbes, cette fois-ci, n'avaient aucun effet sur son état. À son insu, elle proposa à Antoine d'aller consulter un guérisseur à Anduze. Tout le monde le connaissait dans la région. Il avait le « pouvoir », disait-on ; il conjurait les brûlures, les boutons, les verrues. Possesseur d'un « savoir », il n'avait pas besoin d'appliquer ses mains sur le malade, ni de le voir en personne. Il avait le « secret » pour ôter le mal.

« Vous tombez dans la superstition ! lui rétorqua Antoine. Vous, une protestante !

– C'est un homme bon, ce n'est pas un charlatan ni un sorcier ! D'ailleurs, lui aussi est protestant. Je ne vois pas où est le mal !

– Faites comme il vous plaira. Mais ne comptez pas sur moi pour vous y amener.

– Ce ne sera pas utile. »

Marthe n'en parla plus. Elle se fit conduire un jour à Anduze et en revint atterrée. Mais elle se tut et devait mourir plus tard en gardant son secret.

Antoine se rendit chez le notaire de Saint-Étienne. Celui-ci connaissait bien la famille Chabrol : elle était l'une des plus anciennes familles de la commune. Il n'ignorait pas que le mas, abandonné depuis longtemps par le dernier représentant de la famille, était en très mauvais état. Il ne cacha pas sa crainte de ne pouvoir trouver acheteur, à moins de le brader à vil prix.

« Êtes-vous sûr de vouloir vous défaire de ce qui a toujours appartenu à vos aïeux ? demanda-t-il à Antoine comme pour le faire revenir sur sa décision.

– Il y va de ma survie et de celle de tous les miens. Je n'ai pas le choix. Jamais cette terre n'a nourri convenablement mes ancêtres. Mes parents y sont morts à la tâche. Je n'y reviendrai pas. »

Le notaire ne discuta pas longtemps et enregistra le souhait d'Antoine de procéder à la vente le plus tôt possible.

« Je vous préviens, nous n'en tirerons pas grand-chose. »

Antoine insista et demanda à l'homme de loi de le tenir informé.

Avant de rentrer à Quérac, il voulut revoir l'Olmède une dernière fois. Quelque chose en lui le poussait à retourner là où il avait passé toute son enfance, entre la garde des chèvres sur les serres et le décorticage des châtaignes en automne, la fabrication des pélardons et les labours sur les faïsses les plus escarpées et les plus exigües.

Il partit à pied de Saint-Étienne par le chemin qu'il empruntait jadis, avec son père, trois ou quatre fois par an pour se rendre au marché de la petite commune. Ensemble, ils y faisaient les achats nécessaires à la vie quotidienne, et, pour l'occasion, Louis, son père, revêtait un pantalon de velours noir maintenu par de superbes bretelles et des bottines de cuir qu'il cirait avec de la graisse de porc. La casquette bien vissée sur la tête, sa vareuse sur les épaules, il avait fière allure « le père Chabrol » quand il descendait à Saint-Étienne ou à Saint-Jean, lui qui ne portait toute l'année que des habits de berger et des sabots de bois remplis de paille. Antoine, à ses côtés, n'était pas peu fier non plus de porter aux pieds des galoches cloutées aux lanières de cuir colorées, cadeau de sa mère pour ses quatorze ans.

Sur le marché, ils n'achetaient que le strict nécessaire : des clous, des vis, de la corde, des lanières, parfois un outil ou du tissu. Rarement de la nourriture, car au mas on se suffisait de ce qu'on produisait : le blé et le seigle pour le pain qu'on cuisait toujours dans le four familial ; les châtaignes pour le bajanat quotidien et l'engraissement du cochon, saigné chaque année en décembre. Avec le lait de chèvre, la mère fabriquait les pélardons dont la vente apportait un peu d'argent. Une dizaine de brebis vite revendues, quelques légumes cultivés sur les terres les plus proches du mas, c'était là toute une vie de dur labeur pour assurer péniblement des lendemains toujours hasardeux.

De cette époque lointaine, Antoine ne gardait pas que de mauvais souvenirs. Certes, il avait peiné comme ses parents à extraire de la terre le sel de son existence. Mais il en avait toujours conservé le goût de la liberté. Du haut du rocher où il gardait les chèvres, il pouvait contempler les crêtes des montagnes cévenoles qui s'étendaient dans toute leur splendeur, en vagues infinies, vers les horizons lointains.

À l'instar des enfants de marins, qui ne rêvent que de prendre la mer, il partait lui aussi, dans ses songes, au-delà de l'Aigoual, du Bougès et du Lozère, vers ces océans de prairies battus par les vents d'ouest, où les troupeaux affrontaient parfois de violentes tempêtes.

Quand il parvint à la limite des terres de l'Olmède, quelque chose en lui lui dit de s'en retourner, de ne pas aller plus loin. Cette terre de souffrance essayait-elle encore de le retenir dans ses rets ? L'esprit de ses ancêtres rôdait-il pour le dissuader de retourner au pays de ses songes ? Ou ressentait-il à présent la trahison d'avoir abandonné le vieux navire où il avait tant rêvé à d'autres horizons et qui lui avait permis cependant de prendre la mer, à sa manière ?

Il piqua droit sur le mas, bravant les fougères, les ronces et les genêts qui avaient envahi les traversiers. Par endroits, les murs étaient éboulés et avaient vomi cette terre brune si précieuse que ses ancêtres, avec acharnement, avaient remontée à dos d'homme. Le bassin où son père puisait l'eau nécessaire à la survie du mas était à sec, la source s'était tarie. Devant l'entrée, une treille ensauvagée pendait jusqu'au sol et se perdait le long des faïsses en cascade de lianes couleur de bronze. L'herbe avait poussé partout, sur les anciennes terres cultivées, dans la châtaigneraie, et même dans la petite cour qui séparait l'habitation des dépendances. Un pan entier du toit principal s'était effondré, et l'eau avait occasionné de terribles dégâts : les murs, jadis blanchis à la chaux vive, étaient noirs de moisissure ; le sol dallé de grandes pierres plates disparaissait sous une épaisse couche de terre et de feuilles en décomposition. L'escalier du grenier s'était ébréché et rendait l'accès à l'étage très périlleux. Sous le toit, des oiseaux avaient niché dans la charpente, et un lierre grimpait sur un mur intérieur.

Le spectacle était affligeant. Antoine eut de la peine à reconnaître la maison de son enfance, la chambre où il dormait, la cuisine où il aidait sa mère à préparer les repas. Seule la grande cheminée avait été épargnée, comme par miracle, et les deux fauteuils de ses parents se trouvaient toujours à leur place sous le manteau, comme s'ils attendaient encore leurs occupants habituels. Dans le mur, creusé dans la pierre, le garde-manger enfermait un plat sans doute oublié quand la maison avait été définitivement fermée.

Au-dehors, en revanche, hormis les lierres et les ronces qui couraient partout, tout était intact : le four à pain semblait toujours en état ; la petite forge, où son père martelait le fer sur l'enclume, attendait d'être rallumée ; et dans la remise, les outils étaient toujours rangés à leur place habituelle, à l'endroit même où le dernier qui s'en était servi les avait déposés : quelques *bigots*[1], des *luchets*[2], une faux, des faucilles, toutes de dimension différente, des *poudets*[3] et des serpettes, des *grattes* et des *massètes*[4]. Au mur, des *saquettes*[5] et des paniers en éclisses de châtaignier. À côté de la remise, la *clède*[6] avait également résisté aux durs assauts du temps. Seul le plancher vermoulu laissait passer le jour. Les pierres et les poutres étaient encore imprégnées d'une douce odeur de châtaignes séchées, et gardaient dans leur mémoire le parfum d'un passé révolu.

Puis Antoine grimpa derrière la bergerie, qui avait été construite un peu à l'écart. Son toit commençait aussi à s'effondrer et un jeune châtaignier avait pris racine en son milieu. À quelques dizaines de mètres de là, adossé à un mur de faïsse, le petit cimetière familial était reconnaissable à la présence d'un grand cyprès. Là reposait la famille Chabrol qui veillait ainsi, pour l'éternité, sur les murs délabrés du

1. *Houe.*
2. *Bêche à dents.*
3. *Sorte de machette.*
4. *Instruments pour ramasser les châtaignes.*
5. *Petits sacs que l'on porte à la taille pour le ramassage des châtaignes.*
6. *Séchoir à châtaignes.*

vieux mas. Il débarrassa les tombes des mauvaises herbes qui les recouvraient et ne put s'empêcher de retenir des larmes d'amertume et de chagrin en se recueillant. À côté de la tombe de ses parents, d'autres tombes témoignaient de l'ancienneté de ses racines et semblaient lui signifier qu'il ne devait pas les laisser tomber dans l'oubli.

XII

Retrouvailles

La terre s'était durcie en une croûte épaisse que le gel craquelait par endroits comme une vieille peau ridée. Le soleil avait beau darder sur la nature ses rayons les plus affûtés, rien ne reprenait vie dans la campagne tant le froid était implacable. Tout était pétrifié, immortalisé dans un linceul transparent de givre et de glace. Les mottes de terre dans les vignes avaient une apparence de galets polis, abandonnés par la crue soudaine d'un fleuve devenu fou. Les sarments prétaillés cassaient comme du verre, tandis que les feuilles vernissées des yeuses se racornissaient pour résister au vent glacial qui paralysait la garrigue.

Dans le lointain, les collines faisaient le dos rond et se refermaient sur elles-mêmes pour mieux garder la chaleur humaine. L'atmosphère de cristal figeait tout ce que les hommes avaient entrepris et rapidement abandonné devant les violents assauts du froid. Le ciel, d'une limpidité sans pareille, amplifiait les formes et avivait les couleurs de l'hiver : le jade des cyprès et des chênes, le cuir tanné des terres labourées, la cendre moirée des brûlis, l'albâtre des carrières de pierre.

L'Olmède n'avait pas tardé à trouver acquéreur, malgré les sous-entendus du notaire. Peu après l'Épiphanie, un acheteur s'était présenté et avait été conquis par le site du vieux mas. Il s'agissait d'un Parisien, rentier et artiste peintre de son état. Il recherchait la lumière et la solitude pour trouver l'inspiration et n'était pas effrayé par les travaux de rénovation. Le marché fut conclu sans discussion, au prix proposé par le notaire.

Antoine put donc racheter plus de la moitié de ses bêtes. Avec celles de Joseph, cela portait leur troupeau à plus de six cents têtes. Les deux hommes étaient parvenus à convaincre Donnadieu de leur laisser les deux bergeries. Leur situation demeurait donc inchangée.

« Sauf, fit remarquer Antoine avec fierté, que nous sommes à présent propriétaires de la moitié de nos bêtes ! Nous ne sommes plus uniquement des métayers.

– Tant que nous dépendrons de Donnadieu, ne serait-ce que pour les bergeries, nous devrons toujours plier devant ses exigences. »

Joseph, moins exubérant qu'Antoine, se montrait aussi moins enthousiaste quant à leur liberté acquise à moitié.

« S'il veut nous acculer, il n'a qu'à exiger de nous de lui racheter le restant du troupeau. »

Antoine avait caché à son ami qu'il lui restait encore une infime partie de la somme obtenue par la vente de l'Olmède, et qu'en cas d'absolue nécessité, il l'utiliserait pour gagner son entière indépendance.

« Quant à la bergerie, ajouta-t-il, il n'en manque pas dans la région. S'il le faut nous partirons ailleurs, même au prix de nouveaux sacrifices ! »

Ragaillardi par sa nouvelle condition, Antoine n'en restait pas moins inquiet pour Adeline. Celle-ci, atterrée, lui avait appris au lendemain de Noël qu'elle était enceinte pour la cinquième fois. Pas plus que pour Louise, ils n'avaient envisagé une telle éventualité, et la rareté de leurs relations surprit d'autant plus Antoine quand il apprit la nouvelle. Croyant sa femme enceinte de quelques semaines, il ne la questionna pas davantage et fit contre mauvaise fortune bon cœur.

« Une naissance est toujours un heureux événement. Nous nous serrerons encore un peu plus ! »

Adeline étouffait son terrible secret au fond d'elle-même, et ses longs silences répondaient aux inquiétudes d'Antoine qui persistait à croire que sa grossesse était la cause unique de l'aggravation de sa mélancolie. Elle seule savait qu'il pouvait ne pas être le père de son enfant. Comme une pierre enfouie dans son cœur, cette vérité la minait et l'entraînait dans un abîme sans fond. Jamais elle ne pourrait avouer que l'enfant qu'elle portait en son sein était peut-être le fruit d'un acte odieux dont elle avait été victime. Jamais elle ne supporterait cette ignominie.

Loin d'envisager l'avenir sous de meilleurs auspices, maintenant que les menaces du châtelain s'éloignaient, elle avait l'esprit pétrifié, comme si le froid hivernal avait pénétré jusqu'au plus profond de son être.

Toujours très dévouée, Marthe suppléait sa fille le plus possible. Mais la fatigue la gagnait vite. À son âge, elle ne parvenait plus à suivre le rythme tendu du travail quotidien. Le soir, dès que la lumière de la cheminée éclairait la pièce, elle s'endormait dans son fauteuil, le visage illuminé par les flammes pétillantes du foyer, l'esprit vagabondant au-delà des collines verdoyantes où elle imaginait retrouver celui qui, jadis, l'avait tant aimée.

Serrés l'un contre l'autre autour de la lampe à huile, Marie et Fabien s'entraidaient à leurs devoirs d'école. Ils s'appliquaient avec beaucoup d'attention, dans l'espoir de pouvoir lire bientôt le gros livre de leur mamé, celui-là même que Marie avait remarqué dans les mains du grand-père sur la photographie. Celle-ci avait caché sa découverte à son frère, craignant que Marthe n'hésitât alors à se confier. Aussi attendait-elle chaque jour le moment propice où elle pourrait amorcer avec elle la conversation et lui poser les questions qui lui taraudaient l'esprit. Mais elles se retrouvaient si rarement seules l'une en présence de l'autre qu'elle n'en avait pas encore eu l'occasion.

« Demain, peut-être », espérait-elle chaque fois que Marthe repartait au pays de ses songes.

Et chaque jour qui passait éloignait un peu plus la mamé du monde des vivants.

Un matin, alors que le soleil tardait à se lever, caché mollement sous son édredon de nuages, elle oublia de se réveiller. Antoine et Mathieu étaient déjà auprès des bêtes, et Adeline apprêtait les enfants à se mettre en route pour l'école. Dehors, le dégel avait ameubli le sol et rendu les chemins impraticables. Une brume compacte enveloppait les vignes encore toutes pétries de froidure et étouffait les bruits sous son épaisse couverture de laine humide. Louise dormait encore paisiblement auprès du lit de ses parents.

C'était le moment de la journée où Adeline prenait un peu de recul avec les événements qui troublaient son existence. Elle s'abandonnait alors dans une tragique solitude et restait à ruminer ses noires pensées, sans espoir de trouver une porte ouverte sur la lumière.

Ce jour-là, de lumière, il n'y en eut plus devant les yeux de Marthe qui restèrent fermés pour l'éternité. Fatiguée par une longue vie de travail et de dévouement pour les siens, elle décida dans ses songes de ne plus rentrer au pays des matins gris et resta tapie dans les bras de celui qui l'attendait depuis tant d'années.

Quand Adeline pénétra dans sa chambre, inquiète de ne pas la voir se lever à son heure habituelle, elle reposait sur son lit, un sourire illuminant son visage soudain débarrassé des rides de l'âge. Marthe semblait dormir comme une enfant qu'elle était sans doute redevenue. Ses cheveux étaient déployés sur l'oreiller et étincelaient d'argent. Seule la pâleur de son visage montrait que la chaleur de la vie l'avait abandonnée et qu'elle n'était plus qu'un corps inerte.

Adeline veilla sa mère deux jours et deux nuits durant, refusant toute nourriture, ne s'alimentant que d'eau et de tisane. Antoine resta de longues heures auprès d'elle, mais n'insistait pas quand, le soir, elle lui demandait de la laisser seule au chevet de sa mère.

Pour l'occasion, le deuil fut respecté dans la plus grande tradition. Les volets restèrent clos, les horloges furent arrêtées, les miroirs recouverts d'une étoffe sombre. On étouffa tous les bruits dans la métairie : de la paille fut mise aux clochettes des brebis, les chiens furent maintenus dans leur chenil. La défunte fut exposée sur son lit dans ses plus beaux habits, un voile recouvrant son visage. La maison fut plongée dans l'obscurité, seule une lampe à huile resta allumée dans la chambre mortuaire, pour les visites de la famille et des amis qui vinrent aux condoléances.

Antoine envoya une lettre aux deux frères d'Adeline pour les prévenir du malheur. Il ne les avait pas revus depuis le jour de son mariage et savait qu'ils ne se déplaceraient pas pour venir enterrer leur mère. Ernest habitait toujours dans la capitale et n'avait pas donné signe de vie depuis des années. Fernand, lui, exploitait une ferme près d'Oran, en Algérie. Marthe ne parlait jamais de ses fils partis depuis si longtemps ; pas plus qu'elle ne parlait de son mari, Ferdinand. Quant à Adeline, elle évitait d'évoquer le nom de ses frères.

L'enterrement eut lieu dans le petit cimetière familial, celui de la famille de Marthe, et non dans celui des Pélissou, la famille de son mari. Personne ne posa de question. Marie trouva étrange de ne pas y découvrir la tombe de son grand-père. Mais par respect pour la mémoire de sa grand-mère, elle n'y fit aucune allusion. Antoine aménagea une charrette pour transporter le corps à Anduze, et c'est entouré des proches et des amis que le pasteur rendit un dernier hommage à la défunte en prononçant une homélie qui fit vibrer les cœurs et couler les larmes des yeux. Adeline, entourée de tous les siens, ne songeait qu'à se laisser ensevelir avec sa mère, tant sa peine était inconsolable. Au moment où, la première, elle se pencha au-dessus du trou béant au fond duquel le cercueil avait été lentement déposé, elle tressaillit et fut prise de sanglots incontrôlés. Antoine et Joseph durent la soutenir, sous les yeux éplorés des enfants qui voyaient partir leur confidente, celle qui avait juré de leur confier son mystérieux secret avant de s'en remettre à Dieu.

La lumière revint sous le toit du Soleyrol quand le printemps chassa l'hiver à grands coups de mistral. Le ciel, essoré de ses derniers nuages, resplendit de nouveau d'un azur pur comme le diamant, et si les rafales de vent pénétrèrent encore sous les portes en lames affûtées, la vie rejaillit partout, émanant d'un profond sommeil. La sève surgit des racines, les bourgeons éclatèrent, les premières feuilles aux arbres se déployèrent, et l'eau des rivières se remit à chanter. Les parfums s'amplifièrent, des plus subtils aux plus enivrants. La terre nourricière se réchauffa et fit germer les semences.

Mais l'amertume de l'hiver ne s'était pas dissipée pour autant dans le cœur d'Adeline. Ayant gardé son malheureux secret sans jamais se trahir, elle commençait à trouver le fardeau bien lourd à porter seule sur ses frêles épaules. Elle aurait voulu se confier à Adrienne, son amie. Mais les mots lui manquaient. Comment en effet avouer l'indicible, l'acte ignoble qui l'avait souillée ? La seule pensée du verbe l'horrifiait et faisait naître en elle un immense sentiment de dégoût et de honte. Elle avait tenu bon jusqu'à ce huitième mois où les douleurs annonçaient l'échéance. Courageusement elle affrontait son quotidien sans défaillir, comptant sur Marie le soir pour la traite des chèvres, tandis que Mathieu, toujours très attentionné, ne cessait de la surveiller pour qu'elle ne manquât jamais de rien. Malgré toutes ces prévenances, l'idée que son enfant pût ne pas ressembler à Antoine la rongeait et lui ôtait toutes ses forces.

Les frondaisons étaient déjà toutes épanouies quand elle dut s'aliter. Adrienne accourut sans tarder et la mit en garde : elle risquait de perdre le bébé si elle persistait à se lever et à travailler sans relâche. C'était peut-être le plus souhaitable, songeait-elle, pour que l'infamie cessât aussitôt grâce à un nouveau drame qui, cette fois, la délivrerait. Mais la douleur la cloua au lit et l'enfant naquit, certes de corpulence chétive, mais en bonne santé.

« C'est un joli petit garçon ! » s'exclama Adrienne.

La jeune maman se mit à sangloter. Son amie crut à l'explosion subite d'une joie trop longtemps contenue. En réalité, Adeline craignait la première réaction d'Antoine, qui faisait les cent pas derrière la porte. Elle refusa de prendre le bébé dans ses bras pour le lui présenter.

« Voyons, Adeline ! lui dit Adrienne, décontenancée. Tu ne veux donc pas regarder ton enfant ! »

Celui-ci ne cessait de crier à la vie. Mais Adeline s'entêtait. Antoine entrouvrit la porte de la chambre et fit un pas. Adrienne lui demanda de patienter un instant, le temps de mettre un peu d'ordre, puis le fit entrer en esquissant un large sourire.

« C'est un garçon ! Un beau petit garçon ! »

Antoine se dirigea d'abord vers Adeline, lui caressa tendrement le visage, l'embrassa, puis, se tournant vers le berceau, prit l'enfant dans ses bras.

« Comment l'appellerez-vous ? » demanda Adrienne.

Antoine s'assit sur le bord du lit, regarda sa femme et lui dit :

« Regarde, comme il te ressemble ! Nous l'appellerons François, comme tu le désirais. »

Sur les joues d'Adeline, deux grosses perles de douleur s'étaient immobilisées. Antoine les essuya du doigt :

« Maintenant il va falloir te nourrir deux fois plus, si tu veux que notre enfant profite bien et devienne fort comme son père pour l'aider ! »

Adeline cilla des yeux, tendit les bras et prit l'enfant.

« Si tu savais… si tu savais comme je suis… »

Elle s'arrêta. Puis elle reprit en balbutiant :

« … d'avoir un autre enfant. »

Cette année-là, Antoine retarda le jour de son départ à l'estive. À la Saint-Médard en effet, Adeline tomba malade et fut incapable d'allaiter plus longtemps son nourrisson. Le médecin pronostiqua un point de pleurésie et proposa de l'hospitaliser. Elle s'y refusa, jurant de toutes ses forces qu'elle pouvait très bien se soigner chez elle, sans perturber la vie des siens. Le docteur Mayen n'insista pas, mais la prévint qu'en cas d'aggravation il n'y aurait pas d'autre solution.

Il fallut trouver d'urgence une nourrice pour le petit François. Une fille de ferme, Justine, qui travaillait pour Auguste Donnadieu, se proposa. C'était une jeune femme de dix-neuf ans. Personne au château ne connaissait le père de son enfant. Comme on la voyait souvent traîner autour des habitations des Espagnols, le bruit courait qu'il s'agissait sans doute de l'un d'entre eux. D'autres affirmaient qu'elle s'était donnée à Legarec pour obtenir ses faveurs et garder sa place. Justine n'éprouvait aucune honte de son état et, à ceux qui disaient avec insolence qu'elle avait mis au monde un petit bâtard, elle répondait avec mépris qu'il valait mieux avoir un enfant de l'amour qu'un enfant de raison. Travaillant dans la ferme du château, elle côtoyait seulement les valets du maître et ses domestiques de maison. Elle logeait près des écuries, dans un sombre réduit qui tenait plus d'un trou à rat que d'une chambre de bonne. Elle faisait toutes les plus basses besognes, et son travail ne lui permettait pas de sacrifier à la coquetterie. Lorsqu'elle tomba enceinte, Auguste Donnadieu voulut la chasser.

« Les filles de joie n'ont pas leur place sous mon toit ! » lui avait-il jeté au visage, en découvrant la rondeur de ses formes.

Mais sur l'insistance d'Hortense, son épouse, il n'en fit rien et la garda, sans pour autant alléger sa charge de travail. La pauvre fille accoucha seule, dans la paille humide de l'étable, où elle était en train de traire les vaches de la ferme. Courageusement, elle se remit aussitôt sur pied et, sans prévenir personne, elle reprit sa tâche le lendemain, comme si de rien n'était.

Hortense, alertée par les cris, entra chez elle et découvrit avec stupéfaction l'enfant tout en pleurs, couché dans son berceau. Elle l'emmena aussitôt au château et lui prodigua les soins que sa pauvre mère ne pouvait lui donner pendant qu'elle travaillait au-dehors. Auguste Donnadieu, n'osant s'opposer aux désirs de son épouse, ferma les yeux, mais fit en sorte de ne jamais rencontrer la jeune domestique en sa présence.

La femme du châtelain passait pour une personne dévouée et généreuse. De quinze ans plus jeune que son époux, elle se montrait moins distante et plus compréhensive envers le personnel du domaine. Ses deux enfants, Guillaume, qui allait sur ses onze ans en cette seconde année du siècle, et Julie, de deux ans sa cadette, étaient sa plus grande fierté. Auguste Donnadieu aurait aimé consolider sa descendance par un deuxième fils. Malheureusement, depuis la naissance de sa fille, Hortense ne parvenait pas à satisfaire ses désirs, et le couple s'était distendu depuis plusieurs années. La châtelaine trompait sa déception en se donnant sans compter pour l'éducation de ses enfants et ne manquait jamais une occasion d'aller prendre des nouvelles de ceux qui étaient nés sur le domaine. Aussi se dévoua-t-elle très naturellement pour la jeune Justine, qui avait plus besoin d'aide et de paroles amènes que de réprobations et de condamnations. Elle exigea de son mari de la loger dans une chambre de bonne située dans les combles aménagés du château, prétextant que l'humidité de son réduit nuirait à la santé du nouveau-né. Auguste Donnadieu accepta à la seule condition de ne jamais la voir traîner dans les pièces communes.

« Pas même dans les cuisines ! avait-il insisté. L'escalier de secours sur la façade nord lui servira d'entrée. »

De santé robuste, Justine allaitait toujours son enfant après dix mois. Elle affirmait même fièrement avoir du lait pour deux. Hortense lui proposa d'être la nourrice de François, dont la constitution demeurait fragile. La jeune femme n'hésita pas un instant, davantage pour faire plaisir à sa maîtresse que pour venir en aide à Adeline, clouée au lit par la fièvre. Plusieurs fois par jour, elle se rendit au Soleyrol pour donner le sein à François et prendre soin d'Adeline par la même occasion.

Antoine, ne voulant quitter sa femme dans l'état où elle se trouvait, proposa à Joseph de rejoindre les Burons sans l'attendre. Mais celui-ci refusa de partir sans son ami.

« Pour notre première transhumance commune, je veux que nous montions ensemble. Je t'attendrai jusqu'à la Saint-Jean », lui promit-il.

L'état d'Adeline s'améliora. La douceur du printemps, la longueur accrue des jours lui permirent de se remettre sur pied avant même que les bûchers de la Saint-Jean ne fussent allumés. Seul son esprit restait harcelé par de ténébreuses pensées, malgré la lumière qui, de nouveau, inondait les collines.

Marie et Fabien avaient fait des prodiges à l'école, Marie surtout qui avait en un an rattrapé son retard. Mathilde Fontane, apprenant les problèmes de santé de sa maman, la raccompagna un soir après la classe jusqu'à la bergerie. Il lui arrivait parfois de rendre visite aux parents de ses élèves, qui étaient trop occupés pour se déplacer à l'école.

Adeline la reçut avec beaucoup de gêne, estimant la jeune femme d'une condition supérieure à la sienne. Certes, elle n'ignorait pas ses origines, mais, en dehors de son cadre habituel, la maîtresse d'école passait à ses yeux pour une dame de la ville, munie d'un grand savoir.

Prise au dépourvu, Adeline reçut l'institutrice dans la plus grande simplicité, et se confondit en remerciements pour l'aide qu'elle apportait aux enfants. Mathilde voulut savoir si Louise irait à l'école à la rentrée suivante.

« À sept ans, c'est le meilleur âge pour apprendre à lire et à écrire », lui dit-elle.

Adeline acquiesça, puis Mathilde se retourna vers le berceau du petit François et ajouta :

« Marie m'a beaucoup parlé de son petit frère. Elle est ravie de pouvoir pouponner. »

Adeline s'assombrit et détourna la conversation. La jeune institutrice allait prendre congé, quand Antoine fit irruption dans la pièce. Surpris par sa présence, il fit un signe de tête, puis, la reconnaissant, il dit en souriant :

« Vous venez encore m'apporter quelque chose à manger ! »

Adeline ne comprit pas l'allusion et regarda son mari d'un air interrogateur.

« Nous nous sommes rencontrés il y a bien longtemps », ajouta celui-ci.

Mathilde lui sourit à son tour.

« Je me souviens, dit-elle. C'était la veille de Noël. Mon père m'avait demandé de vous apporter votre repas au cabanon qui se trouve dans ses vignes... Je ne pensais pas vous rencontrer ici !

– Je suis le père de Marie et de Fabien.

– Je n'avais pas fait le rapprochement. »

Adeline se tenait à l'écart de la conversation, ne sachant s'il fallait demander à la jeune femme de se rasseoir.

« Eh bien, je suis ravi que ce soit vous qui fassiez la classe à mes enfants !

– À Marie seulement, en attendant Louise. Je n'ai que les filles.

– Adeline a dû vous dire combien nous sommes attachés à ce que nos enfants soient instruits avant d'entrer dans la vie. Il est bien dommage que Mathieu n'ait pu, lui aussi, profiter de l'école ! »

Antoine voulut retenir Mathilde plus longtemps. Mais celle-ci prétexta du travail pour le lendemain et préféra ne pas prolonger davantage sa visite.

« Je suis heureuse de vous avoir revu », dit-elle en se troublant.

Puis, se tournant en direction d'Adeline, elle ajouta :

« Soignez-vous bien, Madame. Vos enfants vous adorent et ont besoin de vous ! »

Avant de sortir, elle s'arrêta devant le berceau de François et ne put s'empêcher de s'extasier :

« Comme il ressemble à son papa ! C'est incroyable ! Tout le monde a dû vous le dire !

– Vous êtes la première, répondit fièrement Antoine. Et ça me fait plutôt plaisir. »

Mathilde Fontane rejoignit son école. Le ciel à l'horizon flamboyait d'or et de pourpre. La nuit tardait à descendre recouvrir les collines et la garrigue crépitait encore sous les feux du soleil de juin.

Un peu partout, on avait préparé de grands foyers pour marquer le début de l'été. C'était toujours l'occasion de se débarrasser de ce qui encombrait : planches, poutres, vieilles chaises, fond de fenil. Le garde champêtre se sentait responsable de cette étrange construction qui tenait davantage d'une pyramide mal équilibrée que d'un bûcher. À la cime de l'édifice, il n'omettait jamais de planter un petit pin ou un chêne vert, coupé dans la garrigue. Cela ajoutait un air plus naturel à cet amoncellement hétéroclite. Les enfants accouraient en grand nombre, bien avant la tombée de la nuit, et frétillaient de joie à l'idée de voir s'élever dans les airs les flammes purificatrices de la vie. Aucun d'eux n'aurait manqué la mise à feu que le garde champêtre se faisait un plaisir d'amorcer dès que les dernières écharpes de lumière s'étaient évanouies dans le ciel.

Ce soir-là, Antoine accompagna toute sa famille à la fête populaire. Partant d'habitude le lendemain de la Saint-Médard, il manquait toujours ce jour de liesse. Il promit aux enfants de faire passer son troupeau dans les cendres le lendemain matin, une fois les braises éteintes. Cette tradition, venue du fond des âges afin d'éviter aux bêtes d'attraper le piétin, était aussi l'occasion de donner aux villages du bas pays un petit air d'estive, avant le départ des derniers troupeaux.

Antoine n'avait pas décoré ses bêtes. Il avait même remplacé les gros dralhons par des clapes plus modestes et moins sonores, car c'était dans sa famille une année de deuil. En souvenir de Marthe qui s'en était allée, et par égard pour Adeline, il respecta cette autre coutume qui voulait que le troupeau ne soit pas mis en valeur en cas de deuil familial. Adeline, d'ailleurs, n'avait pas le cœur à la fête, même si la dernière parole qu'avait prononcée innocemment Mathilde Fontane avant de partir l'avait réconfortée.

Mathieu et Jérémie, le fils aîné de Joseph et d'Adrienne, ne cachaient pourtant pas leur joie de faire la draille ensemble. Les deux enfants, qui ne connaissaient à leur âge que le travail et poursuivaient leur dur apprentissage de berger, trépignaient d'impatience en pensant au lendemain où, dès l'aube, ils partiraient vers le haut pays. Les drailles les appelaient, comme elles avaient depuis longtemps appelé leur père, et, malgré les souffrances qu'ils allaient endurer, ils n'auraient laissé leur place à personne pour vivre ces cinq mois de liberté.

Troisième partie

Le temps des secrets

XIII

Traditions

PLUSIEURS ANNÉES passèrent, au rythme des montées et des descentes des troupeaux. Le temps coulait sur les êtres comme l'eau sur les galets des rivières, creusant un peu plus chaque jour les rides de leur corps, mais polissant aussi les peines de leur cœur.

Bien des soubresauts avaient secoué la région. Une flambée de révoltes s'était répandue dans tous les vignobles du Languedoc et n'avait pas épargné le domaine de Quérac. Le cours du vin, après avoir remonté suite à deux années consécutives de faibles récoltes, s'était de nouveau effondré en 1904. L'abondance due aux nouveaux cépages, la concurrence toujours accrue des vins algériens, la permission de sucrer les moûts, affaiblissaient le niveau des transactions et se retournaient contre les producteurs eux-mêmes. La surproduction avait ruiné bon nombre d'entre eux et suscité la colère des petits contre les pouvoirs publics et contre les grands qui, eux, s'en sortaient mieux, apparemment.

Auguste Donnadieu fit face grâce à ses activités d'élevage. Celles-ci lui permirent de patienter, d'attendre que le vent de tempête fût apaisé. Ses affaires déclinèrent néanmoins et sa superbe commença à se ternir.

Dans le Languedoc, l'agitation paysanne connut son paroxysme en 1907. Les manifestations durèrent plusieurs mois, tournant parfois à l'émeute sanglante. Georges Clemenceau dut faire intervenir la troupe. Le 2 juin, Nîmes s'embrasa ; le 9, ce fut le tour de Montpellier. Les manifestants déferlèrent dans les capitales gardoise et héraultaise comme une marée humaine, scandant des slogans contre les accapareurs, les importateurs et, finalement, contre les hommes politiques. La troupe fit feu à plusieurs reprises pour repousser les émeutiers, et sema la consternation dans un Midi devenu rouge de colère et de sang. Les soldats retournèrent parfois leurs armes et fraternisèrent avec les manifestants. Beaucoup de ceux qui firent sédition n'étaient autres que les fils ou les frères des révoltés. La rigueur et les concessions accordées par le gouvernement vinrent difficilement à bout de la colère paysanne. Celle-ci laissa longtemps des traces dans tout le Midi viticole, et d'aucuns s'en souvinrent encore, quand une autre tempête souffla sur l'Europe quelques années plus tard.

Le siècle commençait donc dans la souffrance.

Antoine assistait à tous ces changements, non sans crainte pour l'avenir. Pas le sien, qu'il percevait tout tracé, tel qu'il l'avait voulu, ou presque, dès ses plus jeunes années ; mais celui de ses enfants qui devraient s'adapter à un univers où les bergers ne pourraient plus suivre les drailles très longtemps. Cela, il le pressentait.

« Les choses vont trop vite ! se plaignait-il devant ses fils. Et nous cheminons trop lentement avec nos brebis sur ces sentiers rocailleux d'un autre âge. »

Mathieu n'était pas du même avis. À dix-neuf ans, il était devenu un berger expérimenté et n'envisageait pas de vivre autrement qu'au rythme des lentes montées à l'estive.

« Tant qu'on aura besoin de laine et de viande de mouton, nous serons toujours utiles ! » rétorquait-il avec l'assurance de sa jeunesse.

Antoine souriait, mais ne répondait pas. L'âge aidant, il avait perdu de son impétuosité, et la sagesse lui donnait de la mesure dans ses propos et dans ses opinions. La quarantaine lui conférait la sérénité et le recul nécessaires devant les événements fortuits de la vie. Ses tempes grisonnantes lui seyaient à merveille et il se sentait en pleine force de l'âge. Entouré de ses cinq enfants et de sa femme, il eût été le plus heureux des hommes si, par moments, une ombre ne venait encore planer au-dessus de son toit.

Adeline en effet ne s'était jamais totalement remise du drame qui avait précédé la naissance de François. Elle plongeait régulièrement dans des moments inquiétants de silence que les enfants mettaient toujours sur le compte de la douloureuse disparition de Marthe. Le temps, certes, lui avait permis de refaire surface, et l'aide de Marie et de Louise allégeait beaucoup sa charge à la métairie. Elle en avait bien besoin, car sa santé demeurait fragile. Sujette à de fréquentes quintes de toux dès l'arrivée des premiers froids, elle restait parfois sans ressource des journées entières, sans pouvoir se lever pour honorer sa tâche. À maintes reprises, le médecin lui avait conseillé de faire un séjour en sanatorium. Elle s'y était toujours opposée, prétextant que sa place était auprès des siens.

« Quand vous ne pourrez plus vous lever, vous l'aurez chèrement gagnée votre place auprès des vôtres ! lui répondait sans concession le vieux docteur Mayen. Vous êtes bien comme votre pauvre mère : vous croyez que les bondieuseries et les tisanes peuvent guérir les maladies les plus tenaces ! »

Et le brave docteur s'en allait, sans se faire payer, en bougonnant entre ses dents :

« Je vous aurai prévenue, je vous aurai prévenue ! »

Mais quand le soleil inondait de nouveau les collines, quand la terre se gonflait au printemps, Adeline retrouvait sa vigueur d'antan, et rien alors ne l'arrêtait, pas même les conseils de sa meilleure amie Adrienne, qui passait chaque jour lui rendre visite. Depuis que leurs maris faisaient la draille ensemble, les deux femmes étaient devenues inséparables.

Hormis François, les garçons emmontagnaient avec leurs pères. Marie et Louise, elles, une fois le temps de l'école terminé, avaient été engagées par Hortense Donnadieu. Chaque matin, après avoir aidé leur mère, elles prenaient toutes les deux le chemin du château, où sévissait encore Charles Legarec.

Marie, à seize ans, aidait Pauline Combe aux cuisines. Celle-ci, une forte femme d'une soixantaine d'années, commençait à souffrir de rhumatismes. À son âge, le médecin lui avait déconseillé de goûter aux plats qu'elle mitonnait avec amour pour ses maîtres, auxquels elle était attachée depuis deux générations. Elle avait pris Marie en sympathie et lui dévoilait avec plaisir ses petits secrets culinaires. La jeune fille lui rendait bien ses marques d'estime et de confiance, et finissait par trouver la vie au château beaucoup plus agréable qu'à la bergerie de ses parents. Mais Antoine n'était pas de son avis.

« Tu n'es qu'une domestique ! lui avait-il rétorqué. Ils ne te feront jamais de cadeaux. »

Marie aimait trop son père pour le contrarier et lui faire de la peine. Elle était très consciente qu'à bientôt quarante ans, il lui en coûtait beaucoup de dépendre encore d'un riche propriétaire. Les leçons de la vie et les nobles idéaux inculqués sur les bancs de l'école n'avaient pas fait d'elle, cependant, une révoltée. Et elle prenait pour cadeau chaque petit bienfait de l'existence, chaque parole aimable qu'on lui adressait, comme si, dans son humilité naturelle, elle n'avait que du miel à offrir en retour, même quand l'iniquité lui sautait aux yeux.

C'est la raison pour laquelle elle s'était liée d'amitié avec Justine, toujours tenue à l'écart par le châtelain, sans aucune raison apparente. Son petit garçon, Lucien, courait partout dans le domaine comme un vrai diable. Toujours en haillons, le visage couvert de terre, les mains sales, il se faisait sans cesse rabrouer par tout le monde et ne trouvait jamais aucun camarade avec qui jouer. Seule Adeline lui ouvrait souvent sa porte et le laissait en compagnie de François, davantage parce qu'ils étaient frères de lait que pour montrer son amitié à la jeune maman. Auguste

Donnadieu lui avait d'ailleurs vertement conseillé de faire attention aux fréquentations de son plus jeune fils.

« Méfiez-vous ! Il n'y a rien de bon à tirer d'un garnement dont la mère n'est qu'une fille de peu ! »

Adeline n'écouta pas le châtelain et laissa les deux enfants en dehors de ces histoires d'adultes.

À treize ans, Louise aidait à la lingerie. Sa place était moins enviable que celle de sa sœur, car elle passait trop de temps, à son goût, les mains dans l'eau, le savon et la cendre avec laquelle on faisait toujours la lessive. Elle n'éprouvait de joie qu'au moment où, dans les prés situés autour du château, en compagnie de Mariette, une jeune domestique de seize ans, elle étendait le linge en plein soleil. Les draps, déployés sur l'herbe, étincelaient de blancheur en séchant, et c'était toujours entre elles de grandes parties de fou rire quand le mistral soulevait les pièces de coton et les emportait au loin, tels d'immenses cerfs-volants.

À son grand regret, Antoine avait dû se séparer de son ami Paul Malbosc depuis qu'il emmontagnait en Aubrac avec Joseph. Mathieu le remplaçait tandis que Fabien faisait son apprentissage comme traspastre. Le fils aîné de Joseph, Jérémie, ayant atteint l'âge fatidique, était parti pour deux ans au service de la patrie. Joseph se retrouvait donc seul avec son cadet, Maurice, pour seconder Antoine.

À cinq, ils passaient pour la meilleure équipe sur la draille de l'Aubrac. Et, de tout Quérac, on ne connaissait de plus beau troupeau. Même Auguste Donnadieu devait reconnaître que ses deux bergers servaient bien ses affaires en des temps difficiles pour tout le monde. La qualité de leurs bêtes était reconnue bien au-delà des limites du canton. Sur les foires et les marchés, leurs brebis et leurs agneaux de lait partaient toujours les premiers et au meilleur prix.

Le temps s'était écoulé et avait effacé le deuil des Chabrol. Seul le souvenir douloureux meurtrissait encore les âmes et rappelait que rien n'était jamais acquis.

Les tondaires étaient revenus. Tous rivalisaient de doigté et d'ingéniosité pour pratiquer la *coutelade*[1] avec leurs forces affûtées comme des lames de rasoir. De leurs mains habiles, ils taillaient les toisons en formant de larges écharpes sur le dos des brebis. La laine, laissée longue par endroits, dessinait des vagues d'écume où les pompons resteraient accrochés comme des bouquets de lumière, le temps d'un voyage. Tout était de nouveau paré pour le grand jour.

Mathieu, qui ne vivait depuis sa tendre enfance que dans l'attente de ces longs périples, voyait ses rêves se réaliser. À moins de vingt ans, il tirait à l'avant le troupeau et le guidait à l'image de son père. Loin de vouloir prendre sa place, il marchait à ses côtés, et ensemble, d'un même pas, au son des dralhons, ils marquaient la cadence sur les chemins caillouteux de la montagne. Maurice et Joseph fermaient la marche et poussaient à l'arrière, toujours prêts à lancer leurs chiens pour contenir la vague quand le flot s'amplifiait. Seul Fabien faisait l'aller-retour entre la tête et la queue du troupeau, surveillant d'un œil déjà expert

1. *Tonte décorative.*

les bêtes qui traînaient la patte. Le vieil âne, Fanfan, avait laissé sa place à une monture plus jeune et plus robuste. Joseph lui avait préféré un mulet capable de porter plus de charge. Pour alléger la tâche à l'estive, les chèvres ne faisaient plus partie du voyage et avaient été laissées aux bons soins d'Adeline et d'Adrienne.

« Là-haut, avait déclaré Antoine, nous ne manquerons pas de lait. Les fermes sont nombreuses et nous pouvons bien sacrifier nos pélardons pour les tommes de vache ! »

En réalité, les échanges entre éleveurs étaient rares à l'estive, et les transhumants n'étaient pas toujours très appréciés par les paysans locaux qui voyaient en eux des concurrents. Celui qui n'était pas originaire de ces montagnes à la beauté sauvage passait pour un étranger. On se méfiait de lui. Toutefois, depuis qu'Antoine avait rencontré l'hostilité du maître coutelier de Laguiole, aucun autre différend ne l'avait opposé aux habitants de la région. Au contraire, ceux-ci avaient pris l'habitude de voir arriver son troupeau de moutons dès le début juin, ce qui marquait à leurs yeux de rudes montagnards le commencement de l'été. Et, tant que les bêtes à laine ne venaient pas s'égailler dans les herbages qu'ils réservaient à leurs paisibles bovins, ils les toléraient avec une indulgence toute relative.

Finalement, Henri Lemaréchal n'avait construit sur ses terres qu'un petit atelier d'assemblage de couteaux, sans forge ni grosse cheminée. Il n'utilisait donc pas l'eau de l'étang au grand soulagement d'Antoine. Les fumées, la noirceur, le bruit avaient été sa hantise l'année qui avait suivi son altercation. Aussi fut-il rassuré quand il apprit que le bâtiment qui s'érigeait à deux pas de sa bergerie n'occasionnerait aucune nuisance.

Depuis, des années avaient passé et les relations entre les deux hommes s'étaient normalisées. À vrai dire, l'industriel ne faisait que de rares visites à ses nouveaux ateliers à la tête desquels il avait préféré son propre fils à son neveu.

Toutefois le bruit pétaradant de ses camions effrayait souvent le troupeau. En effet, Lemaréchal n'avait pas hésité à investir dans ces moyens de transport modernes qui commençaient à révolutionner les campagnes et les villes, comme jadis les chemins de fer. Antoine avait bien cru – et espéré – que ce modernisme-là n'atteindrait pas ses chères terres d'estive.

« Les troupeaux ont besoin de l'air pur de nos montagnes », avait-il expliqué à Mathieu, quand, encore tout jeune adolescent, celui-ci s'était extasié pour la première fois devant une automobile.

Antoine n'était pas contre le progrès. Mais il craignait le bouleversement des mentalités. Conversant un soir avec le fils du coutelier, il s'entendit affirmer :

« Un jour, vous aussi, vous utiliserez des camions pour monter vos moutons à l'estive ! Vous y viendrez, croyez-moi ! »

Cette remarque anodine le perturba profondément. Jamais, en effet, il n'avait imaginé qu'il pourrait transporter ses bêtes dans de tels engins. Pour lui, il n'y avait pas d'autre moyen que les drailles ancestrales pour faire la transhumance. Il avait alors répliqué, songeur :

« Ce jour-là, ce sera la mort des transhumants et de l'élevage. »

Depuis, chaque fois qu'au hasard de ses rencontres il se trouvait nez à nez avec un véhicule à moteur, il détournait le regard et pensait aussitôt à ses sentes caillouteuses dont il connaissait chaque détour, aux triadors qui jalonnaient les parcours et où il faisait toujours d'heureuses rencontres, aux pentes herbues où il laissait chorrer ses bêtes pendant les haltes. Les châtaigniers à l'ombre épaisse, les bouleaux aux frondaisons frémissantes et les sombres conifères d'altitude, les tapis de fougères, les ajoncs aux épines acérées, l'humidité des mousses près des sources et le parfum suave des champignons sous les feuilles mortes, les schistes cuivrés, les granits argentés et les grés polychromes, l'eau chantonnante des ruisseaux, l'onde fraîche des rivières et l'appel à la vie des résurgences serties dans la roche : tel était son univers, à l'image de ce qu'il croyait être le paradis.

Dans ce monde idyllique, il n'y avait pas de place pour la fumée des usines, le bruit des moteurs, la noirceur de l'asphalte et l'abondance de l'argent. Il ne concevait de travail qu'au contact de la terre, des plantes et de ses bêtes, dans une harmonie profonde, parfaite, rythmée par la succession des saisons. Tout le reste n'était à ses yeux qu'esclavage et anéantissement. Et il n'était pas prêt à renoncer aux valeurs séculaires qui étaient son seul et véritable héritage.

L'estive se déroulait une fois de plus au gré des déplacements du troupeau, d'un herbage à l'autre. Chaque année, Antoine modifiait son plan de pâturage en fonction de la végétation qui subissait parfois les aléas des hivers rigoureux. Car les montagnes d'Aubrac se transformaient dès novembre, et pour six mois, en une véritable steppe glaciaire. Au printemps, la végétation, encore cristallisée par le gel et la neige, se réveillait lentement et jamais partout en même temps. Selon les dégâts occasionnés par le froid, certaines zones de pâturage devenaient plus fragiles, et il fallait attendre que le chaud soleil du mois d'août leur redonnât vigueur pour y amener les bêtes.

Joseph lui laissait prendre les grandes décisions et apportait davantage sa science des animaux que celle des terres.

« Ici, c'est ton domaine. Je ne veux pas que tu ne te sentes plus chez toi à cause de ma présence. »

Les deux hommes étaient très liés, jamais aucune rivalité ne les opposait. L'un gérait les herbages, l'autre surveillait de près l'état des brebis. Ils étaient rarement en désaccord et, quand cela arrivait, ils demandaient alors l'avis de leurs fils et prenaient ensemble la décision qui convenait.

Des problèmes cependant, ils en affrontaient, comme tous les bergers qui estivent loin de chez eux. Des bêtes perdues et plus ou moins vite retrouvées, vivantes, blessées ou malades ; les épidémies, les morsures de vipère, les rapaces, les chiens errants étaient leur lot quotidien.

Un matin, Fabien revint du parc, affolé :

« Père, s'écria-t-il, plusieurs brebis boitent. Elles ont les pieds gonflés. »

Antoine, sans prendre la peine de se couvrir, se rendit auprès d'elles. Fabien lui indiqua une demi-douzaine d'agnelles qui n'avaient pas l'air en forme.

« Tu sais ce qu'elles ont ? questionna Antoine.

– Je le crains : le piétin. Il faut vite les soigner sinon elles vont le communiquer aux autres.

– Va me chercher la boîte en fer au-dessus de l'armoire de la remise et appelle ton frère. »

Fabien s'exécuta.

Tandis que Mathieu maintenait solidement les bêtes malades, Antoine leur attacha les pattes pour les immobiliser. Puis il gratta leurs sabots au couteau et en badigeonna la corne avec le contenu du récipient.

« Qu'y a-t-il dans cette boîte ? demanda Fabien.

– Le remède : un mélange de poudre de fusil, d'ammoniaque et de miel. Ça leur fera du bien. Les sabots s'infectent quand les bêtes piétinent trop longtemps leur crottin par temps humide. Nous aurions dû y prendre garde.

– Elles s'en sortiront ? s'inquiéta le jeune traspastre.

– L'os du pied n'est pas encore atteint. Nous sommes intervenus à temps. Mais il faudra être plus vigilants la prochaine fois. »

À chaque voyage, Fabien découvrait les dures réalités auxquelles nul berger n'échappait. Quelque temps après, son père voulut encore le mettre à l'épreuve. L'une de ses plus belles brebis marchait en titubant et tournait sur elle-même. Fabien connaissait le mal, mais n'avait jamais aidé à y remédier.

« Elle a le tournis, n'est-ce pas, Père ?

– Exact. Tu sais ce qu'il faut faire.

– J'en ai peur !

– Il faut l'abattre, son cerveau est grignoté par les larves du ténia. Il n'y a pas de traitement. Tu vas m'aider. »

Antoine enserra la bête dans ses bras et commanda à son fils de lui trancher la carotide.

« Vas-y d'un coup sec, sans hésiter. Il ne faut pas la faire souffrir. »

La brebis poussait des cris plaintifs, mais ne bronchait pas.

« Je ne peux pas ! dit Fabien.

– Il le faut. Ça fait aussi partie du métier. »

Sa main tremblait. Le regard suppliant de la pauvre bête l'empêchait d'agir.

« Il faut en finir. Tu la fais souffrir inutilement. »

Alors, Fabien plongea la lame acérée dans la gorge de la brebis. Un flot de sang s'en échappa aussitôt. L'animal se cabra dans un dernier soubresaut, puis se détendit.

« Il ne reste plus qu'à l'enterrer, fit Antoine. Aie l'œil sur toutes tes bêtes ! Même si tu les vois trembler, préviens-moi ! Ce n'est pas le froid.

– Oui, je sais : c'est la tremblote. Et c'est pareil : il faut abattre. »

Antoine et Joseph prenaient toutes les précautions pour prévenir les maladies. Aussi tenaient-ils toujours un récipient rempli de leurs urines pour lutter contre le muguet des jeunes agneaux ; de même laissaient-ils pâturer le troupeau dans les champs de genêts pour accroître leur résistance aux piqûres de vipère. Avec celles-ci, pelées et desséchées, ils préparaient encore des décoctions pour faciliter les mises bas difficiles.

Mathieu considérait ces pratiques très naturelles. Mais Fabien, qui avait été à l'école, les jugeait d'un autre âge. Il pensait, sans le dire, qu'elles tenaient davantage des recettes de sa grand-mère que des remèdes de la science moderne. Il ne pouvait cependant en contester l'efficacité, et acceptait avec sagesse qu'il devait y avoir une part de vérité dans cet arsenal de pratiques empiriques. À quatorze ans, né à la jonction des deux siècles, il épousait assurément l'ère nouvelle et ne regrettait rien de ce qui faisait regarder son père vers le passé.

« Garde-toi des vents de tempête, lui avait conseillé ce dernier. Prends exemple sur les moutons, ils marchent lentement sur les chemins tracés depuis des millénaires, mais ils savent où ils vont. »

Mathieu, à qui Antoine n'avait pas à faire la leçon, tentait souvent de tempérer l'ardeur de son jeune frère. Mais il s'amusait de sa jeunesse et évitait de lui imposer sa façon d'envisager l'avenir.

« Chacun de nous doit vivre selon ses convictions, lui avait-il un jour expliqué. Trouve ton chemin et ne renie jamais tes origines. Car un arbre privé de ses racines ne dure pas et finit toujours mangé par les termites. »

XIV

Idylles

MARIE ÉPROUVAIT de la honte à se sentir heureuse, car ses parents travaillaient dur pour gagner leur pénible existence. Son père avait beau lui expliquer qu'il n'y avait rien à attendre des maîtres, sauf toujours plus de soumission, elle ne considérait pas ses liens de dépendance comme des liens de servitude. Elle savait gré à la châtelaine de la tenir en bonne considération, et ne percevait jamais en elle la moindre condescendance. Certes, elle n'était qu'une domestique parmi d'autres, mais elle ne souffrait pas de sa condition. Au contraire, il lui semblait retrouver au château une seconde famille. Auprès de Pauline, la cuisinière, elle ressentait ce qui, chez elle, lui manquait le plus : le confort d'une maison, l'impression d'être protégée, la certitude de ne jamais manquer de rien. Son travail dans les cuisines était bien plus agréable, il est vrai, qu'à la bergerie de ses parents, et elle appréciait l'atmosphère douillette qui y régnait.

Son plus grand plaisir était d'aller s'asseoir à côté du grand fourneau de fonte, quand Pauline lui demandait de surveiller la cuisson d'un plat qui mijotait lentement dans le four. Au bout de quelques minutes, la chaleur lui cuisait les joues, mais lui procurait un grand réconfort. Ses yeux se fixaient toujours sur le cadran de l'horloge, une énorme demoiselle aux formes galbées qui trônait dans la cuisine depuis des lustres. Le lent mouvement du balancier, le tic-tac des aiguilles emportaient son esprit dans un monde où le temps s'arrêtait sur les plus infimes instants de bonheur. Le cœur de la jeune fille se laissait bercer, et ses folles pensées s'embarquaient pour Cythère.

« Tu rêves, Marie ! lui disait souvent Pauline pour la faire sortir de sa douce léthargie. Serais-tu amoureuse par hasard, pour avoir l'air si alangui ? »

Marie rougissait, s'activait, faisait mine de s'intéresser à la cuisson de son plat. Depuis quelque temps, son esprit se troublait quand Pauline la secouait. Cette langueur lui était inhabituelle. La brave cuisinière, qui veillait sur elle comme une mère, s'inquiétait de ses moments d'absence. Elle connaissait bien Adeline et ses périodes de tristesse inexpliquées, et craignait que sa jeune protégée ne fût, à son tour, affectée des mêmes symptômes.

« Tu te sens bien, ma chérie ? lui demandait-elle d'un ton souvent rassurant.

– Mais oui, je vous assure ! Je n'ai rien. »

Marie s'efforçait de sourire et reprenait sa tâche, ne regrettant qu'une chose : qu'on l'ait sortie de ses songes.

Car ses rêveries n'avaient rien de commun avec les malheurs d'Adeline. Et, si toutes deux tenaient en leur cœur leurs secrets, ces derniers n'étaient pas pour Marie de ceux qui la rendaient malheureuse.

À seize ans, la jeune fille connaissait seulement de la vie ce que ses parents avaient pu lui offrir. Elle leur était très reconnaissante de ne pas avoir exigé d'elle qu'elle trimât toute la journée à soigner les chèvres, à s'occuper des étables, à assurer le quotidien de la bergerie. Aussi, dès qu'elle rentrait du château après son service, elle secondait sa mère sans rechigner, consciente de ses sacrifices. Avec Louise, elle faisait tout son possible pour la soulager, la réconforter, lui procurer un peu de ciel bleu, quand, dans son cœur, les nuages s'amoncelaient.

Entourée de ses filles, occupée par son plus jeune fils, Adeline était parvenue à refermer le trou béant dans lequel elle s'était lentement enfoncée. Et le bonheur que montrait Marie déteignait sur elle et jetait sur le marbre glacé de ses souvenirs quelques étincelles de lumière.

Marie rayonnait comme un soleil de printemps au sortir des longues nuits d'hiver. Elle aimait s'isoler pour être plus près d'elle-même et entendre ce qui animait les battements de son cœur. Dans ces moments de solitude, elle pouvait rester des heures entières, assise sur un muret de pierre, à contempler le ciel et l'arrivée par vagues successives des oiseaux migrateurs. Leur vol, ample et majestueux, la transportait bien au-delà des nues, dans un de ces ballets où la musique ne cesse jamais. Elle communiquait alors avec l'Éternel. Il lui suffisait d'ouvrir les yeux, de laisser parler son cœur, pour comprendre que l'Être était l'ombre du tilleul sous lequel elle trouvait refuge, la pierre qui lui donnait le repos, la terre qui la nourrissait, le chemin qui guidait ses pas.

Elle avait renoncé à cette Bible que sa grand-mère avait laissée sur son chevet après sa mort. Les quelques pages de l'Écriture, qu'elle avait lues au temps du catéchisme, lui suffisaient. Adeline avait d'ailleurs fait disparaître le gros livre et l'avait rangé au fond d'une armoire, sans doute avec le mystérieux album-photos. Entre la Bible et l'album, pensait-elle, se cachait un secret que seule sa mère pouvait élucider.

La période de l'estive n'était pas pour elle la saison la plus languissante de l'année. Certes, comme Adeline, elle souffrait de l'absence de son père et de ses frères. Mais, avec le retour des beaux jours, avec la chaleur enivrante et la douceur des nuits étoilées, elle percevait toute la profondeur de la création, son immensité et son sens véritable. Comme chez Antoine, son être était au diapason de ce qui l'entourait et parvenait à saisir l'instant magique du grand commencement. Cette sensibilité la rapprochait de lui, même si elle ne ressentait pas ce qui l'appelait, avec ses fils, vers les drailles de grande solitude.

Le chant des cigales, les fragrances de la garrigue, les nectars sucrés butinés par les abeilles, les effluves puissants de la terre réchauffée par le soleil, les arômes capiteux des éthers dans les vignes suffisaient pour lui forger un monde de rêve où son esprit pouvait vagabonder au gré des troubles agréables de son cœur.

Car Marie avait le cœur troublé. Elle le cachait comme on cache un précieux trésor. Et plus elle le cachait, plus elle éprouvait de bonheur. De ce bonheur qui existe seulement parce qu'il est contenu, presque refoulé, jamais dévoilé. Elle craignait en effet, Marie, qu'en dévoilant ses sentiments en ouvrant à quiconque les vannes de son cœur, le flot qui en jaillirait l'inondât trop vite d'un bonheur qui l'emporterait aussi rapidement qu'il se serait déversé.

Depuis qu'elle travaillait au château, la fille du métayer n'avait d'yeux que pour le fils du châtelain. Marie aimait Guillaume, le fils d'Auguste et d'Hortense Donnadieu. Les deux adolescents se croisaient souvent dans les couloirs du manoir ou dans les allées du parc.

Le jeune homme, d'un an son aîné, n'avait pas hérité de la superbe paternelle. Il montrait au contraire la même douceur et la même gentillesse que sa mère à qui il ressemblait de plus en plus en grandissant. Très jeune, il avait acquis un goût prononcé pour les activités du domaine. Curieux de tout savoir, il ne cessait de questionner son père, son régisseur et même les journaliers qu'il rencontrait au hasard de ses promenades dans les terres. Comme beaucoup d'enfants, il était très attiré par les bêtes et n'aurait jamais manqué un départ pour l'estive. Au cours de ces réjouissances, il retrouvait Marie et ses frères et se joignait à eux pour mieux approcher les brebis. Malgré les injonctions de Charles Legarec, qui tentait en vain de le dissuader de côtoyer les enfants des métayers, sans doute sur ordre de son maître, Guillaume n'écoutait que lui-même et désobéissait.

Tous les enfants du domaine le connaissaient et, sans en avoir fait un de leurs amis, ils lui parlaient sans crainte et sans fausse pudeur, comme s'il avait été l'un des leurs. Marie, très timide de nature, n'était pas de celles qui lui parlaient le plus. Elle le considérait avec le complexe des gens pauvres, quand ceux-ci doivent leur existence à la bonne volonté des riches et des puissants. Elle n'éprouvait pas, comme son père, ce sentiment de révolte contenue face aux inégalités criantes de la société. Acceptant son sort avec résignation, elle prenait pour cadeau le moindre bienfait de la vie et n'en demandait pas plus. Ravie d'avoir été prise au service de la châtelaine, elle estimait qu'elle n'avait aucune raison de se plaindre de son sort, surtout quand elle considérait celui de Justine. Et, malgré les avertissements de Louise qui lui disait de se méfier, elle n'écoutait que son cœur, ce qui l'empêchait de voir en face certaines réalités.

Le jeune homme ne passait au château que deux jours par semaine. Chaque dimanche soir, il rentrait au lycée d'Alais, où il était interne. Cette absence laissait à Marie le temps de penser à lui, sans devoir se soucier de la manière de se comporter quand ils se retrouveraient l'un en face de l'autre. Car, en sa présence, elle se sentait confuse et croyait que son comportement trahissait ses sentiments. Guillaume, lui, n'éprouvait aucune gêne en compagnie de Marie, qu'il voyait à l'occasion quand il traînait dans les cuisines pour satisfaire sa gourmandise. Pauline, qui l'avait vu naître, le rabrouait gentiment, comme on gronde un enfant, et finissait toujours par lui faire goûter ses petits plats préférés avant de les servir à table. Marie, intimidée par la présence du jeune garçon, restait à l'écart, mais n'avait de regards que pour lui.

Guillaume ne manquait jamais une occasion de pénétrer dans l'antre de la cuisinière. Il s'y attardait même de plus en plus longtemps. Il finit par attirer l'attention de Pauline qui, s'apercevant enfin de la confusion à peine dissimulée de sa petite protégée, comprit tardivement les véritables raisons des fréquentes visites du jeune châtelain.

« Dis donc, ma chérie, tu ne trouves pas que notre petit Guillaume vient souvent dans nos cuisines ? » lui demanda-t-elle un jour, avec une pointe de malice dans le regard.

Marie devint cramoisie et ne sut que répondre. Elle feignit de ne pas entendre et poursuivit son travail.

« J'ai l'impression qu'il ne s'intéresse pas seulement à ce qu'il y a dans mes casseroles ! »

Marie laissa Pauline soliloquer, craignant de se découvrir en parlant.

« Je ne pense pas non plus qu'il vienne pour mes beaux yeux. Tu ne dis rien ? Serais-tu sourde par hasard ?

– Je... je n'ai rien remarqué.

– Il n'y a pas plus aveugle que celui qui ne veut pas voir ! »

Marie, de plus en plus gênée, se retrancha dans le silence.

« Alors, grande nigaude, tu n'as pas compris que c'est pour toi qu'il vient traîner autour de mes fourneaux !

– Pour moi ! Pourquoi le ferait-il ?

– Ne fais pas l'idiote ! Tu sais très bien ce que je veux dire. Mais puisque tu ne veux pas en parler, n'en parlons plus ! »

La jeune fille se sentit découverte et fut fort embarrassée chaque fois qu'elle se retrouva en présence de Guillaume.

Quand celui-ci entrait dans les cuisines, Pauline souriait sous cape et faisait mine de l'ignorer. Elle prit même l'habitude de s'esquiver pour laisser les deux jeunes gens seuls l'un avec l'autre. Alors, mal à l'aise, Marie s'employait à faire la première tâche qui se présentait à elle, pour se donner bonne contenance et éviter de lui parler.

Petit à petit, elle montra plus d'aisance en présence du jeune homme et plus d'allégresse avec Pauline. Celle-ci comprit que leurs relations s'étaient sans doute clarifiées, et se mit dans l'idée que l'amour du jeune châtelain et de la petite domestique allait plonger le château dans un vrai conte de fées.

Jamais, cependant, Marie ne lui confia le fond de son cœur, jamais elle ne lui avoua qu'entre elle et Guillaume était née une idylle qu'ils craignaient tous deux condamnée d'avance, tant les obstacles leur paraissaient insurmontables. Les deux adolescents se firent tous les serments qu'on peut se faire à leur âge, prirent mille précautions pour cacher et protéger leur amour, se promirent de ne jamais se trahir ni de renoncer, et s'embarquèrent pour un beau voyage vers l'inconnu.

Au Soleyrol, les jours se suivaient, identiques à eux-mêmes. En dehors de la saison de l'estive, les hommes partaient toujours dès que le soleil s'élevait à l'horizon et rentraient tard le soir. Ils faisaient cabane à tour de rôle pour quelques nuits de fumature qui les retenaient éloignés de chez eux. Ainsi la vie des deux familles s'était-elle organisée autour de cette entraide qui réconfortait les femmes et consolidait l'avenir des enfants.

Depuis son drame, Adeline avait le sommeil perturbé et ses réveils étaient difficiles. Il lui fallait toujours de longues minutes avant de se sentir d'attaque au petit matin. Après le départ de François pour l'école et celui des filles pour le château, elle se retrouvait seule entre les murs de sa sombre cuisine où elle traînait pour allumer le feu dans la cheminée. Plus personne en effet ne veillait au cantou, et le fauteuil de sa mère lui semblait bien vide.

Dans le courant de la matinée, Adrienne ne manquait jamais de la rejoindre et, après avoir avalé ensemble un bol de café noir, elles se mettaient à l'ouvrage sans plus attendre. Les deux femmes s'épaulaient à tour de rôle, le matin chez Adeline, l'après-midi chez Adrienne.

« Nous ferions mieux d'habiter ensemble ! aimait à plaisanter cette dernière. Nous perdrions moins de temps. »

Elle savait que cela était impossible. Les deux métairies étaient trop exigües, et les installations pour les bêtes et le matériel pas assez nombreuses pour accueillir les deux familles. Certes, celles-ci auraient pu envisager de se regrouper sous le même toit. Il aurait fallu, dans ce cas, qu'elles aillent s'installer dans une autre bergerie. Il y en avait une, désaffectée, à l'autre extrémité du domaine, que le maître laissait à l'abandon. Antoine et Joseph y avaient songé. Mais l'ampleur des travaux qu'aurait nécessités sa réfection et le chemin que les filles auraient eu à parcourir chaque jour pour se rendre au château les découragèrent. Ils laissèrent leur idée tomber dans l'oubli.

Les deux femmes rendaient parfois des journées de travail dans les vignes, au moment des vendanges. En attendant la fin de l'estive, elles se mêlaient aux équipes d'Espagnols qui, le temps d'une saison, animaient toujours les terres du domaine de Quérac.

José n'était plus réapparu. Ses amis affirmaient qu'il s'était marié dans son village avec une Andalouse, et qu'il allait faire les saisons avec elle dans le sud de l'Espagne. Adeline s'était ainsi persuadée qu'il était bien celui qui l'avait abusée. Quand elle fut sortie du tunnel, bien longtemps après ce qui lui était arrivé, elle fut soulagée de son départ définitif. Elle avait craint en effet de ne pas pouvoir tenir son secret et de s'effondrer si le hasard l'avait replacée sur son chemin. Elle avait donc fini par se résigner et par accepter sa situation, même si elle éprouvait encore un profond dégoût en songeant aux moments horribles de son calvaire.

Adrienne ne cessait de complimenter le petit François. Comme Mathilde Fontane, peu après sa naissance, elle reconnaissait en lui « tout le portrait de son père ». Adeline se sentait réconfortée. Ces compliments ne faisaient qu'accroître son amour pour cet enfant, dont elle craignait au départ qu'il ne fût celui de la honte.

Certes, François avait les cheveux très bruns, tandis que son père était plutôt châtain. Et il avait sous l'omoplate une tache de vin qu'il ne tenait de personne.

« Souviens-toi, lui affirmait Adrienne, ta mère avait des cheveux de geai. Il doit tenir d'elle. Les enfants prennent souvent de leurs grands-parents ce que leurs parents ne leur ont pas donné. »

Adeline acquiesçait et percevait à son tour, dans le sourire de son fils, toute la tendresse d'Antoine.

« Quant à la tache qu'il a dans le dos, ne t'inquiète pas pour si peu ! Tu as dû avoir une forte envie de vin quand tu le portais !

– Je n'en bois jamais et je ne l'aime pas ! avait-elle répondu, sans plus chercher à comprendre.

– De toute façon, ce n'est pas ce qui l'empêchera de devenir un bon berger comme son père et comme ses frères.

– Je préférerais qu'il fasse autre chose. Il se plaît à l'école. D'après Mathilde Fontane, il est beaucoup plus avancé que tous ceux de son âge. »

La jeune institutrice rendait parfois visite à la famille de son petit élève, le soir après la classe. Il lui arrivait alors de croiser Antoine. Celui-ci éprouvait toujours beaucoup de plaisir à évoquer en sa présence cette fameuse nuit de fumature au cours de laquelle ils s'étaient rencontrés pour la première fois. Le trouble, qu'elle avait ressenti ce soir-là et qu'il avait perçu, était entre eux le seul lien de connivence dont ils ne parlaient jamais. Par pudeur, sans doute, et parce que dans chaque être humain existe toujours un coin de jardin secret qu'on ne dévoile jamais.

Antoine se sentait lié à cette jeune femme par un fil aussi ténu qu'un fil de soie, et il lui était très reconnaissant de s'occuper de ses enfants avec autant de dévouement.

Quant à Mathilde, ses fréquentes visites au Soleyrol la comblaient de joie et rendaient sa vie moins monotone, tout en lui donnant un sens profond qu'elle se défendait bien de mettre au grand jour, de peur de se révéler à elle-même une réalité qui l'aurait confondue.

Le jour du retour d'estive, en cette fin octobre, elle autorisa François à quitter la classe avant l'heure pour qu'il puisse assister à l'arrivée des brebis.

« Va ! lui dit-elle, au beau milieu de l'après-midi. Tu embrasseras bien ton papa pour moi, quand tu le reverras. »

La jeune femme prit conscience, mais un peu tard, qu'elle venait de laisser échapper une partie de son secret en prononçant ces paroles qui lui venaient du cœur.

Le petit garçon n'en fut pas surpris et ne se fit pas prier. Il rangea son cahier d'écriture et son livre de lecture dans son pupitre, enferma méticuleusement son porte-plume dans son plumier de bois et, sans se retourner, fila en direction du pont d'où il pouvait voir le troupeau arriver de loin.

Le ciel s'était assombri et avait pris une inquiétante couleur d'anthracite. Le marin faisait frissonner les chênes et poussait un voile de brume qui diluait au loin les collines dans une atmosphère laiteuse. L'automne s'annonçait bref. Octobre n'avait été qu'une succession d'orages et d'averses violentes qui avaient détrempé les chemins et gonflé les eaux des rivières. Les Gardons charriaient des boues ocre et épaisses comme un miel sirupeux. Les moindres ruisseaux avaient pris des allures de torrent et menaçaient de tout emporter dans leurs flots impétueux.

Le crépuscule enveloppa précocement la montagne. La bruine rendait incertaine la trajectoire des moutons qui ralentirent d'eux-mêmes leur cadence. Dans ces moments-là, leur instinct grégaire les poussait à rester groupés, et les chiens n'avaient pas à les contraindre à rester sur la draille. Le brouillard atténuait tous les bruits ; c'est à peine si l'on entendait les cailloux rouler sous leurs sabots. Les sonnailles semblaient enrouées et les bêlements des jeunes agneaux, ne trouvant plus d'écho, se perdaient aussitôt, étouffés dans le coton. Mathieu tirait devant avec fermeté, luttant contre le vent qui lui cinglait le visage et le crachin qui le rendait aveugle. Derrière lui, Antoine et Fabien flanquaient le troupeau au plus près, afin qu'aucune bête ne fût tentée de prendre un chemin de traverse. Au loin, les cris de Joseph et de son fils ramenaient les traînardes dans le gros de la troupe.

François s'était assis sur le parapet du pont. Il n'avait aucune notion de l'heure et ne s'inquiétait pas de voir le jour décliner. Abrité sous sa cape, il attendait, l'œil rivé sur les lointains, dans la certitude de voir bientôt apparaître son père. Attiré par les eaux turbulentes du ruisseau qui avait considérablement gonflé en quelques heures, il descendit sur la rive et se mit à l'abri sous le tablier du pont.

Adeline, pendant ce temps, commençait à s'inquiéter de ne pas le voir revenir. Comprenant qu'Antoine avait été retardé, elle ne croyait pas François capable de l'attendre très longtemps alors que la visibilité commençait à diminuer. Elle passa chez Adrienne pour l'avertir qu'elle partait rechercher son fils. Puis elle prit sans tarder le chemin du pont. Dans son affolement, elle se trompa de direction. L'esprit trop préoccupé, elle ne s'aperçut pas de son erreur et se dirigea vers l'autre pont qui enjambait le torrent. Elle n'y trouva personne. Prise de panique, elle se précipita vers le village.

Ses vêtements étaient trempés. Transie, elle parvint à l'école où habitait Mathilde.

« François n'est pas rentré, s'exclama-t-elle aussitôt.

– Il a quitté la classe vers quinze heures, comme vous me l'aviez autorisé », s'étonna la jeune femme, inquiète à son tour.

Adeline expliqua le rendez-vous manqué. Elle semblait épuisée. Ses cheveux ruisselaient. Ses vêtements n'étaient qu'une éponge.

« Vous allez prendre froid, lui fit remarquer l'institutrice. Je vais vous chercher des vêtements secs.

– Ce n'est pas la peine. Je me changerai chez moi. Nous nous sommes peut-être croisés. À l'heure qu'il est, François est sans doute rentré à la maison. Ne vous dérangez pas !

– Vous ne me dérangez pas, Madame. Mais je m'inquiète aussi pour vous. Je vais vous raccompagner. Nous trouverons peut-être votre fils en chemin. »

La nuit plongeait le domaine dans l'obscurité. François commençait à prendre peur, seul dans le noir. Tant que ses yeux avaient pu discerner la moindre lueur, il n'avait pas cessé de scruter le chemin dans l'espoir de voir apparaître celui qu'il attendait avec impatience. Quand il comprit qu'il était vain d'attendre plus longtemps, il était trop tard. Les ténèbres l'enveloppaient. De peur de tomber dans les eaux bouillonnantes du torrent, il marcha à tâtons jusqu'à ce qu'il pût toucher la voûte du pont. Puis il ramassa à l'aveuglette deux grosses pierres pour s'asseoir, se recroquevilla sur lui-même et, blotti dans sa cape, attendit, l'oreille aux aguets.

Lorsque Adeline et Mathilde parvinrent à la bergerie, Adrienne était là, venue aux nouvelles.

« Alors ?

– Nous ne l'avons pas trouvé. Il n'était ni sur le pont ni sur le chemin. »

Mathilde conseilla à Adeline de se changer sans attendre. Celle-ci l'écouta et vint se réfugier près du feu qui crépitait dans la cheminée.

« Je vais vous préparer une tisane bien chaude, proposa Mathilde. Dites-moi où vous rangez vos herbes. »

Adrienne remercia l'institutrice et s'occupa elle-même de son amie.

« Vous êtes bien aimable de vous inquiéter de François et de sa maman », lui dit-elle en préparant une infusion de thym.

Adeline était atterrée et commençait à trembloter. Le feu ne parvenait pas à la réchauffer.

« Elle a dû prendre froid, intervint Mathilde à l'adresse d'Adrienne. Elle n'était pas assez couverte. »

Adrienne prit une bassinoire et la remplit de braises.

« Je vais réchauffer ton lit. Ensuite, dès que tu auras avalé ta tisane, tu te glisseras dans les draps sans tarder, avec une bouillotte et un gros édredon. Si demain tu ne vas pas mieux, je ferai venir le médecin. »

Adeline ne discuta pas, trop inquiète de ne pas savoir où se trouvait François alors que la nuit était tombée.

« Je vais chercher de l'aide, proposa Mathilde. Il y aura bien quelques hommes au château pour faire une battue, même de nuit et par ce temps ! »

Lorsque François entendit le bruit des drahlons dans l'épais brouillard, il sortit de son refuge avec précaution. Craignant l'eau du torrent, il s'arrêta net, ne sachant plus comment remonter sur le chemin. Tétanisé, il se mit à crier de toutes ses forces. Mais le bruit des moutons qui passaient sur le pont couvrit le son de sa voix. Il eut beau hurler, personne ne l'entendit, alors que lui entendait ses frères crier après les bêtes afin qu'elles avancent plus vite.

« Per aqui, per aqui…[1] »

Le troupeau déferla sur le pont comme un autre torrent. Le vacarme se mêla au mugissement des eaux qui tourbillonnaient à quelques pas de l'enfant. Celui-ci, découragé, ne put retenir ses larmes. Il crut un moment que personne ne viendrait à son secours et, pris de panique et de désespoir, il urina sous lui. Dans le froid de la nuit, il commença à trembler de

1. *« Par ici, par ici… »*

tout son corps, incapable de faire le moindre mouvement et de prononcer le moindre mot. Quand il entendit les dernières brebis passer au-dessus de sa tête, et Joseph les haranguer et s'éloigner, il s'affaissa sur place et enfouit sa tête dans ses bras comme pour ne plus entendre et pour disparaître.

Il resta sans réaction, quand il sentit une douce et chaude sensation sur sa main. Il la prit pour une hallucination, une image de réconfort qu'il recherchait dans ses pensées pour trouver au fond de lui ce que plus personne ne pouvait lui apporter. Il eut la vision de son chien en train de le lécher et de lui faire la fête. Puis il entendit des jappements et se dit qu'il commençait à délirer.

Tout à coup, il perçut le bruit de lourds sabots de bois martelant les cailloux et sentit quelqu'un le secouer par les épaules.

« François ! François ! Que fais-tu là ? Voyons, réponds ! »

L'enfant s'était réfugié dans un autre monde, là où il n'y a pas de danger, là où le soleil joue de ses reflets avec les rivières et les drailles, là où les agneaux ne disparaissent pas dans les brumes terrifiantes de la nuit. Il ouvrit les yeux l'un après l'autre, craignant sans doute de sortir du songe où il s'était réfugié pour se protéger. Puis il aperçut son chien, juste à son niveau, qui lui léchait le visage et, à côté de lui, une paire de sabots qu'il connaissait bien, car c'étaient les seuls sabots qu'il ait jamais vus avec des clous en forme d'étoiles dorées. Et ces sabots étaient ceux de son père.

« Alors, tu me sautes au cou, ou je te laisse là ! »

L'enfant ne fit qu'un bond et se retrouva dans les bras de son père, enfouissant son visage éploré dans sa poitrine, enfin rassuré.

XV

Soucis

PENDANT CE TEMPS, Mathilde avait enfilé son manteau et, d'un pas énergique, avait pris la direction du manoir. Malgré la brume qui assourdissait tous les bruits, elle perçut dans le lointain un joyeux tintamarre de sonnailles et bientôt des bêlements de plus en plus nombreux. Son visage s'illumina, son cœur s'accéléra malgré elle, tant sa joie était immense. Elle ne discernait encore que quelques vagues moutonnements blanchâtres dans l'obscurité, pourtant elle en était persuadée : François était là et Antoine le ramenait sain et sauf.

Quand elle s'approcha du troupeau qui, sans attendre, était rentré dans les étables, elle les chercha tous les deux du regard. Pendant une fraction de seconde, elle craignit de s'être trompée. Apercevant Joseph et Maurice qui poussaient les dernières bêtes, elle se précipita au devant d'eux.

« François n'est pas avec vous ?

– Il est à l'intérieur avec son père. »

Elle se fraya un passage parmi les bêtes avides de retrouver leur bergerie et de la paille bien sèche, et exulta en voyant François toujours juché sur les épaules d'Antoine.

« Vous voulez voir mon père ? » lui demanda une voix derrière elle.

Mathilde sursauta, se retourna, dévisagea Mathieu d'un air curieux, puis, reconnaissant Fabien près de lui, dit :

« Non, ce n'est plus la peine. Je vois que tout est rentré dans l'ordre. »

Mathieu ne comprit pas la raison de sa présence dans la bergerie et poursuivit son travail.

Dehors la bruine s'était transformée en une pluie drue et violente. Le vent soufflait en tempête et secouait les arbres. Les feuilles se ramassaient contre les murs. Sous la porte de la petite maison, seul un rai de lumière trahissait la chaleur d'un foyer qui, malgré le déchaînement des éléments, venait de retrouver la quiétude.

Au moment où Mathilde franchit le portail de l'étable, Antoine se retourna et aperçut sa silhouette s'évanouir dans la nuit.

Quand il rentra dans la cuisine, encore tout étonné d'avoir cru apercevoir Mathilde Fontane disparaître dans la nuit, il comprit qu'Adeline n'allait pas bien. Adrienne le rassura aussitôt :

« Elle a pris froid en allant à la recherche du petit. Ne l'écoute pas. Elle ne veut pas voir le médecin. Mais fais-le venir demain sans tarder. »

Une fois les Coste rentrés chez eux, le calme revint sous le toit de la petite métairie. Adeline, heureuse de revoir sa famille réunie, retrouva la quiétude.

Mais au cours de la nuit, le mal l'envahit. Sa toux reprit de plus belle. Ses bronches s'étaient de nouveau enflammées et l'empêchaient de respirer.

« Ce n'est rien, dit-elle entre deux convulsions, juste un peu de froid. »

Ses yeux brillaient, son front brûlait de fièvre.

« Demain tu me prépareras un bouillon de serpent, comme ma mère savait le préparer. »

Antoine emportait toujours à l'estive quelques vipères desséchées, conservées dans du sel. Mais, s'il utilisait pour ses moutons des remèdes qui tenaient plus du savoir des guérisseurs que de la médecine, il répugnait à les utiliser pour se soigner. Il n'osa cependant contrarier sa femme, et promit de lui préparer ce remède connu des anciens pour les congestions pulmonaires.

Toutefois, le lendemain matin, avant même d'aller s'occuper de ses bêtes, il fila au village afin de prévenir le médecin.

Le docteur Mayen arriva sur le coup de midi et fit grise mine en voyant l'état d'Adeline.

« Je ne veux pas vous cacher, Adeline, que votre état est plus grave que lorsque je suis venu vous soigner la dernière fois. Maintenant, vous devez m'écouter : il faut vous hospitaliser ! »

Adeline se mit à pleurer, cachant son visage sous les draps pour dissimuler sa douleur.

« Je ne peux pas laisser mes enfants.

– Ils sont grands maintenant, ils peuvent se débrouiller sans vous.

– François n'a pas sept ans. Il a encore besoin de moi.

– Voyons, Adeline ! ajouta Antoine. Je suis là. Et il y a Marie pour s'occuper de lui. Elle peut laisser son travail au château pendant quelque temps, s'il le faut. »

Le sang de la jeune fille se glaça. Mais elle se reprit et s'en voulut d'avoir ainsi réagi. Elle rassura aussitôt sa mère.

« Père a raison. Je peux rester auprès de François.

– Si tu restes à la maison, alors tu peux veiller sur moi sans que je sois obligée d'aller à l'hôpital. »

Adeline s'entêta.

« Docteur, vous pouvez très bien me soigner chez moi, sans m'hospitaliser. Je vous promets qu'au printemps je vous écouterai.

– Il y a un très bon sanatorium sur le Lozère. Je vous le recommande.

– Je pourrai peut-être m'arranger avec un autre métayer pour faire la “Grande Draille” [1], ajouta Antoine. Comme ça je pourrai venir te voir plus souvent. »

Le docteur Mayen consentit encore à écouter Adeline. Il lui prescrivit une longue ordonnance et lui ordonna le lit jusqu'à ce que la fièvre fût tombée.

« L'hiver sera précoce cette année, dit-il pour terminer. Restez bien au chaud à l'intérieur, sans sortir !

1. Grande Draille ou draille de César : draille du Gévaudan qui traverse le mont Lozère.

Quant à vous, monsieur Chabrol, vous irez chercher les remèdes directement à l'hôpital d'Alais. Vous gagnerez du temps. Je reviendrai chaque semaine pour prendre des nouvelles. »

Antoine obtempéra et se rendit dans la capitale cévenole l'après-midi même.

Il avait rarement l'occasion de se rendre en ville et n'éprouvait aucune attirance pour cet univers où il se sentait étranger.

Certes, il reconnaissait bien, à leur allure et leurs vêtements, les paysans venus, comme lui, y passer la journée, mais il se sentait noyé dans le flot des citadins. Dans le tourbillon des passants, des automobiles et des carrioles à chevaux, il crut ne jamais trouver son chemin pour l'hôpital.

Il entra dans la ville par le faubourg du Soleil et se fourvoya aussitôt dans une rue étroite où il se fit accoster par des prostituées qui lui firent des propositions alléchantes. Un peu plus loin, il se heurta à deux mendiants dont il se débarrassa à grand-peine. Il traversa le Gardon par le pont de Rochebelle. Sous ses pieds, le flot charriait encore de grosses quantités de boues jaunâtres. Le cours d'eau occupait tout son lit. La crue menaçait d'inonder les bas quartiers, les plus exposés. Le spectacle était saisissant et contrastait avec celui des rues de la ville, où les habitants semblaient se moquer du danger qu'ils encouraient. Leur fébrilité traduisait sans doute leur défiance vis-à-vis des éléments, une façon de narguer l'inexorable, quand, dans leur existence, seul le temps était compté.

Pourtant chacun avait encore en mémoire les inondations de l'année précédente. En octobre 1907, le Gardon avait débordé de son lit et occasionné de sérieux dégâts dans la vieille ville. Les habitants durent se réfugier dans les étages supérieurs, sauver à la hâte ce qui pouvait l'être encore, vivre comme des îliens par temps de tempête, en attendant patiemment la décrue.

Antoine fut vite happé par le tourbillon de la foule. Sitôt descendu de la rampe Saint-Charles, il se trouva plongé dans le cœur même de la vieille cité. Les rues grouillaient de monde. Sous les arcades de la place du Vieux-Marché, les boutiques étalaient leurs produits dont la plupart venaient de l'arrière-pays : jambons d'Ardèche, saucisses sèches de Vialas, tripous alaisiens, oignons du Vigan, châtaignes de Lasalle, pélardons de Saint-Jean-du-Gard. Les ménagères s'affairaient autour des étals, jaugeaient d'un coup d'œil expert la qualité des marchandises, s'enquéraient du prix, discutaient. Les boutiques abritaient tous les métiers et certains artisans, à l'abri sous les voûtes, travaillaient sur le pas de leur porte. Au centre, la halle aux blés dressait sa structure métallique plus moderne et attestait de l'adaptation de la cité marchande aux nécessités du grand négoce.

Avant de se perdre dans le dédale des sombres venelles, Antoine fit halte au café Sautelle pour boire un verre. Comme dans tous les cafés de la ville – et ils étaient nombreux –, l'animation était à son comble. Les hommes, attablés, commentaient les nouvelles. Il n'était question que de l'éclatement de l'alliance radicale-socialiste. La déclaration du radical Sarraut de ne plus soutenir les candidats socialistes divisait l'opinion. Les conversations allaient bon train et s'envenimaient parfois. Cet événement mobilisait davantage les esprits que le reste de l'actualité et faisait oublier que, loin dans les Balkans, l'Autriche-Hongrie venait d'annexer la Bosnie-Herzégovine. Les difficultés viticoles et les grèves récentes étaient encore dans toutes les bouches et excitaient les plus acharnés.

Reprenant sa quête, Antoine se trompa de direction et prit le chemin du Fort Vauban. Devant l'auberge du Coq Hardi, on lui conseilla de revenir sur ses pas. Par mégarde, il enfila la Grand-Rue, artère principale de la ville, flanquée de ses maisons bourgeoises. Les gens s'y bousculaient. Il passa devant l'asile de nuit, ignora les vitrines de chaussures de chez Mazer, et évita l'enseigne du magasin À la Faux Diamantée, une énorme lame d'acier suspendue au mur à plus de cinq mètres au-dessus des passants.

À la Pharmacie centrale de la place Saint-Jean, on lui indiqua enfin la bonne direction. Le temps pressait. Il contourna la cathédrale, l'évêché, se dirigea vers le nord et trouva enfin l'hôpital.

Une fois les médicaments obtenus, il n'eut de cesse que de quitter ce monde bruyant et agité. Il traversa le quartier de la Prairie et se retrouva aux portes de la ville. Les terres, les chemins, les mas agricoles y gardaient encore leur authenticité, loin des embouteillages, du bruit des forges et des fumées.

Le jour déclinait. En chemin, il rencontra un habitant de Saint-Hippolyte qui le déposa avec sa carriole non loin de Quérac. Adrienne attendait son arrivée pour rentrer chez elle.

« Adeline ne va pas bien.

– J'ai les médicaments, répondit Antoine en déposant les remèdes sur la table. Je pense que cela la calmera. »

Puis il s'enquit de ses filles.

« Louise est rentrée seule. Elle est auprès de sa mère. Marie ne saurait tarder. Elle avait encore du travail au château. »

Antoine se rendit au chevet d'Adeline. Celle-ci dormait, mais était régulièrement secouée par de violentes quintes de toux. Ses draps étaient trempés d'une aigre sueur. À ses côtés, Louise paraissait impuissante et ne savait que faire pour lui venir en aide. L'arrivée de son père la rassura.

« Il faut la changer ! »

Antoine réveilla Adeline. Celle-ci réagit à peine, mais se laissa faire. Louise refit son lit, pendant qu'il lui préparait ses remèdes. Puis, comme un automate, elle se recoucha sans prononcer une seule parole.

Dans la nuit, la fièvre tomba. Adeline eut un sommeil moins agité. Antoine la veilla sans pouvoir dormir, prêt à répondre à la moindre de ses sollicitations.

La maison était déjà toute plongée dans l'obscurité quand il entendit rentrer Marie. Celle-ci ne fit pas de bruit et, sans prévenir de son retour, gagna immédiatement sa chambre où elle partageait son lit avec Louise.

« Alors ? chuchota cette dernière.

– Alors quoi ?

– Ne fais pas semblant de ne pas comprendre. Je n'ignore pas ce que tu mijotes dans les cuisines.

– Que veux-tu dire ?

– Si tu ne veux rien dire, c'est ton droit. Mais je sais bien ce qui te retient le soir. Il s'appelle Guillaume, n'est-ce pas ?

– Tu es sotte ! Ne dis pas de bêtises !

– Avec Mariette, je t'ai vue souvent en grande conversation avec lui. Et je ne dis pas la tête que vous aviez tous les deux !

– Tu te fais des idées. Guillaume est le fils du maître.

– Bon, bon ! Je n'ai rien dit. »

Les deux sœurs n'avaient pas de secret l'une pour l'autre. Mais, depuis quelque temps, Louise avait remarqué que Marie se tenait à distance et se méfiait de tout. Elle s'expliqua cet étrange comportement par l'idylle naissante qu'elle avait devinée, elle aussi, entre sa sœur et le jeune châtelain.

En réalité, quelque chose de plus grave tourmentait Marie. Mais elle n'en dit mot.

« Fais attention, ajouta Louise ! Les méchantes langues ne manqueront pas de jaser. Et si le maître apprend ce qui se passe, il te chassera.

– De toute façon, à partir de demain, je reste à la maison pour m'occuper de maman. Ainsi, on ne jasera plus. »

Marie tourna le dos à sa sœur et tenta, en vain, de trouver le sommeil.

Les jours suivants, l'état d'Adeline s'améliora lentement, mais elle ne quitta pas son lit. Le docteur

Mayen lui rendit visite au bout d'une semaine et, constatant l'efficacité de son traitement, l'encouragea à se soigner avec rigueur.

Marie la remplaça sans rechigner. Après avoir envoyé François à l'école, elle rejoignait Adrienne chaque matin pour les tâches qui l'attendaient. Partagée entre le souci que lui donnait sa mère et celui de ne plus voir Guillaume, elle s'étourdit dans le travail pour éviter de trop penser. Adrienne ne la reconnaissait plus.

« Que t'arrive-t-il ? » osa-t-elle lui demander, un jour qu'elle la sentait plus énervée que d'habitude.

Marie fit mine de s'étonner et se garda de révéler le fond de ses pensées.

« Maman me donne beaucoup de soucis », prétexta-t-elle.

Adrienne ne fut pas dupe. Adeline allait mieux. Elle se levait chaque matin depuis peu et, malgré l'interdiction du médecin, elle avait repris certaines occupations ménagères dans la maison. Elle se douta donc qu'une autre raison perturbait la jeune fille.

« Si tu le désires, tu peux retourner travailler au château l'après-midi. Je me passerai de toi. Je saurai expliquer cela à tes parents. »

Le cœur de Marie ne fit qu'un bond.

« Tu ferais cela ! lui fit-elle répéter. Vraiment ?

– Que ne ferais-je pas pour toi, ma belle enfant ! se moqua Adrienne en la prenant par les épaules. Mais promets-moi de ne pas faire de bêtises. »

Marie feignit d'ignorer ce qu'Adrienne, à son tour, avait cru comprendre.

Antoine fut difficile à convaincre. Mais, devant l'insistance de son amie, qui lui assura que sa fille serait plus utile à gagner quelque argent pour payer les remèdes coûteux d'Adeline, il finit par céder.

Marie reprit donc le chemin du château chaque après-midi, et put revoir Guillaume dans le plus grand secret – qui n'en était plus un – chaque fois que celui-ci revenait du lycée.

À vrai dire, la liaison des deux adolescents était très platonique. Mais les sentiments qui les poussaient l'un vers l'autre étaient d'une pureté et d'une force telles qu'ils en auraient déplacé les montagnes. Il leur suffisait que leur regard se croise pour se comprendre, que leurs vêtements se frôlent pour deviner les mots qu'ils se disaient au fond d'eux-mêmes. Quand le hasard les laissait seuls l'un en face de l'autre – jamais très longtemps et toujours à l'occasion d'une corvée que devait accomplir Marie –, ils ne pouvaient contenir le raz-de-marée qui les submergeait tous deux et les emportait vers d'autres rivages, loin du monde des adultes.

Ni Hortense ni Auguste Donnadieu ne s'aperçurent de leur liaison, tant ils se firent discrets. Cependant, quand Guillaume donnait rendez-vous à Marie dans la réserve, ou quand, le soir, elle prenait un chemin de détour par les vignes pour rentrer, elle ne se méfiait pas, à tort, du fait que quelqu'un les épiait.

Selon son habitude, Charles Legarec rôdait toujours autour du château lorsque plus personne ne travaillait dehors. Sa manie de vagabonder autour des métairies ou des dépendances, d'écouter le moindre bruit, la moindre parole prononcée derrière les portes closes, aiguisait son goût pour l'indiscrétion et l'ingérence dans les affaires des autres. Il connaissait bien des secrets, et se faisait un malin plaisir à s'en servir quand il avait dans l'esprit des arrière-pensées malhonnêtes.

L'hiver s'était solidement installé. Une nouvelle année venait de commencer. À la grisaille et à l'humidité de l'automne, succéda un froid sec et intense. La terre gelée en profondeur craquait sous les sabots. Le long des chemins, les herbes étaient couvertes de myriades de petits cristaux dans lesquels se réfractait une pâle lumière de fin du monde. Le soleil semblait s'éteindre et n'était plus sur l'horizon qu'un astre mort, guère plus flamboyant qu'une lune blafarde. L'haleine des chaumières givrait les vitres et les ciselait en vitraux éphémères. Des ruisseaux pris par les glaces, s'échappaient des traînes de brume paresseuses. Toute vie avait de nouveau disparu, comme si la nature était entrée dans une longue et profonde hibernation.

Marie rencontrait Guillaume en prenant mille précautions. Cependant, depuis quelque temps, son attitude avait changé. Louise, qui avait pris le parti de ne plus lui parler de sa relation avec le jeune châtelain, ne comprenait pas pourquoi son aînée semblait si soucieuse.

Antoine lui-même trouvait sa fille très taciturne.

« Vous devriez lui parler », lui conseilla Mathilde, un soir qu'elle rendait visite à Adeline pour s'enquérir de sa santé.

La jeune institutrice venait de plus en plus fréquemment chez les Chabrol. Elle en profitait pour aider François à finir ses devoirs, désireuse d'alléger la charge de Marie. À plusieurs reprises, Antoine la rencontra dans les vignes, les jeudis après-midi, alors qu'il gardait ses brebis. Elle aimait s'y promener et le froid ne lui faisait pas rebrousser chemin. Elle lui tenait compagnie pendant une heure ou deux, au moment où le soleil, au plus fort de sa vigueur, tentait de dégeler les arbres et les ceps transformés en statues de pierre.

Antoine se plaisait à évoquer en sa présence ses souvenirs de transhumance. Ils étaient pour lui autant d'images qui lui réchauffaient l'âme et lui permettaient d'affronter les affres de la vie. Chacun d'entre eux le ramenait à Adeline, à leur jeunesse commune, leurs espoirs, leurs luttes et aux obstacles surmontés ensemble depuis tant d'années déjà. Il ne se plaignait jamais. Mais la jeune femme comprenait que, dans son cœur, une immense douleur avait ouvert une brèche par laquelle saignait son angoisse.

Un jour, il invita Mathilde à s'asseoir sur le tronc d'arbre où Adeline avait l'habitude de venir l'attendre, quand il rentrait de l'estive. Il sortit son paquet de petit gris de sa poche et, méticuleusement, commença à rouler une cigarette entre ses doigts encore tout engourdis par le froid. La jeune femme l'observa et décela en lui, à travers ce geste des plus banals, une noblesse qu'elle n'avait jamais remarquée chez aucun homme auparavant. Elle lut dans son regard beaucoup de tendresse et une profonde tristesse. Antoine se sentit observé et se troubla. Mathilde, devinant son trouble, et se croyant elle-même découverte, parla la première :

« Il y a des silences qui en disent souvent plus long que les plus belles paroles, vous ne trouvez pas ?

– Vous lisez donc dans les pensées !

– Je comprends que votre épouse vous préoccupe. Vous l'aimez beaucoup, n'est-ce pas ?

– J'essaie de ne pas montrer mes craintes.

– Mais Adeline va mieux !

– Hélas, ce n'est qu'une rémission ! Le mal est sournois. Il est toujours là.

– Qu'est-ce qui vous fait penser cela ?

– J'ai vu le docteur Mayen au village, par hasard. Nous avons discuté, seul à seul.

– Eh bien ?

– Les poumons d'Adeline sont très atteints. Il ne peut y avoir de rémission éternellement. À moins d'un miracle. »

Mathilde se tut, ne sachant plus quoi ajouter.

« Êtes-vous croyant ? » reprit-elle.

Antoine hésita.

« Je le pense. Je ne sais au juste si le dieu auquel je crois est le bon. J'en viens à douter. Mais, venant d'une représentante de l'école laïque, votre question m'étonne. Je croyais que… »

Mathilde ne lui laissa pas le temps d'achever sa phrase. Elle posa machinalement sa main sur la sienne.

« Il ne faut pas se fier aux apparences, coupa-t-elle. Allez ! Offrez-moi plutôt une cigarette. »

Antoine dégagea sa main et se mit à rire, étonné.

« Vous fumez ! Du petit gris !

– Pourquoi pas, si vous n'avez que ça à me proposer !

– Je n'ai que ça à vous offrir. »

Mathilde rit à son tour de bon cœur, heureuse d'avoir détendu l'atmosphère et d'avoir sorti Antoine de son accès de tristesse. Celui-ci roula le tabac brun dans la feuille de soie et tendit la cigarette, sans la coller, à celle qui était devenue sa confidente.

« Vous ne la terminez pas ?

– Je ne voulais pas...

– Cela ne me gêne pas. »

Antoine finit de coller le papier, alluma la cigarette et la tendit à Mathilde.

« C'est à l'École normale que vous avez appris à fumer ?

– C'est exact.

– Les femmes d'aujourd'hui s'émancipent de plus en plus !

– Auriez-vous des objections ?

– Aucune, au contraire. Vous êtes nos égales. Et l'avenir, sans nul doute, vous donnera toute la place que vous méritez.

– Vous nous flattez !

– Je ne dis que la stricte vérité. »

Petit à petit, Antoine prit l'habitude de rencontrer Mathilde. Leurs discussions lui redonnaient courage. Pour quelques heures, il oubliait ce qui alourdissait sa peine, et quand il retrouvait Adeline après avoir rentré ses bêtes à l'étable, il se sentait plus serein, plus confiant en l'avenir.

Il se remit à prier avant de s'endormir à ses côtés. Il y avait longtemps que cela ne lui était pas arrivé. Il s'adressa à Dieu sans détour, sans incantation ni supplique. Il n'avait aucun grief en son cœur, pas même de l'amertume. Il voulait simplement retrouver la force qui avait armé son bras quand, bravant l'adversité, il avait quitté sa terre natale avec celle qu'il aimait, pour se forger un autre destin. Dieu lui offrit cette force, cette lumière qui n'avait jamais cessé d'éclairer son chemin, jusqu'à ce jour où le médecin lui apprit la sinistre nouvelle.

Mathilde était celle qui lui avait tendu le flambeau de Dieu, Sa lumière sur le chemin de l'espoir.

Adeline se rendit vite compte des tourments de Marie et s'en voulut d'en être la cause. Aussi, pour la tranquilliser, elle lui affirma que sa santé s'améliorait et demanda au docteur Mayen de ne plus venir l'ausculter en sa présence. Celui-ci se fit d'ailleurs plus rassurant.

« Il faut tenir bon jusqu'au printemps. Une fois au sanatorium, vous serez dans de bonnes mains. »

Adeline finit par se laisser convaincre. Et malgré les crises qui l'asphyxiaient encore, surtout la nuit, elle mit les miasmes de sa maladie sur le compte de la saison.

Marie resta à ses petits soins avec un dévouement de nonne. Mais son esprit était ailleurs et il lui était de plus en plus difficile de cacher son inquiétude. Elle s'en était ouverte à Guillaume, le seul qui fut donc dans la confidence. Or le jeune garçon ne savait comment agir. Marie lui avait fait jurer de ne rien dire à son père de peur de passer pour une dévergondée, persuadée que le châtelain ne prêterait pas l'oreille à ses dires calomniateurs. Guillaume proposa d'en avertir sa mère. Marie l'en dissuada également pour les mêmes raisons.

« Si tu parles, Legarec aura vite fait d'avouer qu'il nous a vus ensemble. Et tout sera terminé entre nous. Ton père me chassera, ainsi que mes parents peut-être. »

Mais un beau matin, n'y tenant plus, elle finit par avouer à sa mère la vraie raison de son tourment.

« Mère, promettez-moi de n'en parler à personne. »

Adeline commença à craindre le pire.

« Je ne dirai rien, je te le promets. Tout ce que tu diras ne sortira pas de cette maison.

– C'est Legarec ! »

Le sang d'Adeline se glaça.

« Legarec ! Que te veut-il ?

– Il me suit, j'en suis certaine, surtout quand je rentre seule après Louise.

– Ta sœur ne s'est aperçue de rien ?

– Je ne crois pas. Nous n'en avons pas parlé.

– T'a-t-il menacée ? »

Marie poursuivit son récit. Charles Legarec l'avait abordée à plusieurs reprises, profitant de la rencontrer seule. Il avait agi avec elle comme avec tant d'autres : des compliments mielleux, des propositions malsaines, puis des menaces. Il avait même dévoilé qu'il était au courant de sa liaison avec Guillaume. À ce stade d'explication, Marie n'osa en ajouter davantage et travestit la vérité, de peur que sa mère ne condamnât sa conduite.

« Il m'a menacée d'aller colporter que je fréquentais le fils du maître.

– Guillaume Donnadieu ! Quelle idée ! »

Marie se troubla et tenta vainement de détourner la conversation. Adeline reprit :

« Dis-moi au moins que cela est pure calomnie ! »

Marie n'osa mentir et se tut. Elle regretta aussitôt d'avoir abordé ce sujet.

« Si tu ne réponds pas, c'est donc que cela est vrai ! »

Bouleversée par ce qu'elle venait d'apprendre, Adeline ne put retenir une violente quinte de toux. Tout essoufflée, le cœur fatigué, elle s'affala dans le fauteuil près de la cheminée. Marie se sentit soudain coupable et tenta de la calmer.

« Laisse-moi, laisse-moi ! Je n'ai besoin de personne.

– Mère, pardonnez-moi de vous faire de la peine. Je ne voulais pas.

– Ma fille est une dévergondée, une dévergondée ! »

Adeline cacha son visage dans ses mains, contenant avec difficulté les convulsions de sa poitrine. Ayant retrouvé le calme, elle demanda à sa fille de tout lui raconter, sans mensonge ni cachotterie. Quand celle-ci eut terminé son récit, elle lui tendit la main d'un geste d'apaisement et lui dit :

« Ma fille, peux-tu imaginer une seconde que Guillaume bravera éternellement l'autorité de ses parents ? Il n'y a pas d'avenir pour vous. Les enfants de riches ne s'allient jamais avec des gens comme nous. Un jour, il ne te regardera plus. Il t'abandonnera pour quelqu'un de son monde.

– Mais nous nous aimons ! Et ce fou de Legarec va nous dénoncer ! »

Marie fondit en larmes.

« Que t'a-t-il dit ? »

La jeune fille n'osa prononcer les menaces vulgaires que le régisseur lui avait proférées.

« Il m'a dit qu'il m'aurait de gré ou de force, et que ma mère savait ce qu'il en coûtait de lui résister. Je n'ai pas compris ce qu'il voulait dire. »

Adeline sentit le plancher s'effondrer sous ses pieds. Dans sa tête, toutes ses dernières années redéfilèrent subitement à l'envers, à travers ses longs et pénibles silences, ses efforts douloureux pour tenter d'oublier, de taire l'indicible, de se voiler la face et d'éviter de voir la réalité au grand jour. Tout à coup venait de jaillir en elle une immense explosion de clarté, de vérité. Legarec ! C'était donc Legarec.

Son trouble inquiéta Marie qui, paniquée, crut bon d'aller prévenir Adrienne sans perdre un instant. Quand cette dernière fit irruption dans la cuisine, Adeline se remettait à peine de ses émotions et se trouvait dans un état second.

« Que se passe-t-il ? » s'enquit-elle aussitôt en secouant son amie.

Marie, tout éplorée, était morte de peur.

« Ça va, ça va ! fit Adeline. Un petit malaise. Ce n'est déjà plus rien. »

À partir de ce jour-là, Adeline fit promettre à sa fille de ne plus rentrer seule du château. Son esprit n'en retrouva pas la quiétude pour autant, car l'ombre du Breton planait de nouveau au-dessus de son toit.

XVI

Déchirure

LE MIRACLE semblait s'opérer. L'état d'Adeline s'améliora au fur et à mesure qu'avec la fin de l'hiver les jours prirent le dessus sur les nuits. Le vieux docteur Mayen n'en croyait pas son stéthoscope.

« Il n'y a presque plus de râle. C'est incroyable ! Je n'ai jamais vu une rémission aussi rapide », dut-il avouer à sa patiente.

Certes, il n'avait pas ménagé ses efforts ni compté le nombre de ses visites pour ne pas laisser le mal se développer. Très souvent, il envoya Antoine à Alais pour aller quérir les médicaments et les préparations spéciales que les médecins hospitaliers donnaient à leurs grands malades. Aussi fut-il à la fois fier et soulagé de constater que sa ténacité et sa foi en son noble métier semblaient triompher d'un mal qui faisait encore beaucoup de victimes.

« Mais n'oubliez pas ce que vous m'avez promis ! lui rappela-t-il. Le sanatorium ! »

Adeline n'avait pas oublié. Elle était bien décidée à ne plus s'opposer à ce séjour, même si elle s'y résignait sans gaieté de cœur. Elle n'envisageait pas de vivre plus longtemps aux dépens des siens, sans reprendre toute sa place. Le souci qu'elle occasionnait à son entourage lui pesait trop. Le docteur Mayen, qui l'avait connue toute jeune et la considérait toujours comme une enfant, avait fini par la convaincre que ses noires pensées ne disparaîtraient pas tant qu'elle n'aurait pas pris soin de sa santé.

« *Mens sana in corpore sanum* ! aimait-il lui répéter. Vous savez ce que cela signifie : un esprit sain dans un corps sain ! Soignez donc votre corps et votre esprit retrouvera la lumière. »

Elle finit par se rendre à la raison et se persuada qu'elle retrouverait vite son allant et son énergie d'autrefois.

Cependant, son esprit ne put recouvrer totalement la quiétude. L'aveu de Marie avait fait resurgir ce qu'elle avait enfoui avec acharnement au plus profond de son être. La cicatrice se réveillait parfois et lui remettait en mémoire sa terrible souffrance. Mais peu à peu les images s'étaient estompées. Elle était parvenue à vivre avec le silence pesant qu'elle s'était imposé, comme on parvient à vivre avec un souvenir terrible qu'on a enterré, sans jamais l'avoir complètement oublié.

Comment donc ce Legarec pouvait-il cette fois s'en prendre à sa fille ? À Marie, qui n'avait que seize ans, sa petite fille, son enfant ! Sa première réaction fut d'aller voir le régisseur en personne ; de le menacer de révéler au châtelain ce qu'il lui avait fait subir, à elle et à beaucoup d'autres ; d'aller porter plainte à la gendarmerie. Marie était mineure ; il risquait gros, très gros de s'en prendre à une enfant. Elle sentit soudain son courage décupler, ses forces se régénérer. Elle eut envie de se battre pour Marie, pour elle et toutes les autres ; ce qu'elle n'avait su faire quand c'était elle la victime, par faiblesse sans doute, par peur de la honte et du regard des autres. Elle était maintenant capable de le faire, malgré son état d'extrême fatigue, malgré la crainte qu'elle éprouverait encore face au châtelain qui ne manquerait pas de lui demander des détails, autant de lames acérées dans sa plaie mal cicatrisée.

Mais Marie lui avait fait promettre de ne rien dire, pas même à Antoine. Alors, elle se tut. Elle contint sa haine et son désir de vengeance, se souvenant du passage des Évangiles où il était question de pardonner à ses ennemis, voire de les aimer. Pardonner ! Aimer ceux qui vous font du mal et vous traînent dans la boue ! Quelle idée ! se disait-elle. Comment pouvait-on adhérer à de tels préceptes ? Non, elle ne pardonnerait pas et elle garderait sa haine jusqu'à la fin de ses jours, dût-elle se taire à jamais pour l'amour de sa fille !

La mort dans l'âme, elle remisa son sursaut de courage aux articles de l'oubli. Mais elle se jura bien de veiller sur ses filles avec constance afin d'être toujours prête à s'interposer en cas de nécessité. Elle fit tout ce qui était en son pouvoir pour rassurer Marie et lui permettre de vivre sans crainte, voulant lui épargner ce qu'elle-même avait vécu. Elle lui laissa croire qu'elle ne voyait pas d'un mauvais œil sa liaison avec Guillaume.

Réconfortée par cette attitude, la jeune fille finit par oublier les menaces du Breton, trop subjuguée par le bonheur qu'elle éprouvait chaque jour à attendre le retour du jeune châtelain. Elle écouta les conseils de sa mère : jamais plus elle ne resta seule, ni au château, ni sur le chemin du retour, ni même autour de la métairie.

Louise ne soupçonna jamais la raison pour laquelle sa sœur se faisait si prévenante à son égard.

Toutefois, avec l'approche du printemps, Adeline dut se rendre à l'évidence. Son départ imminent pour le sanatorium et celui d'Antoine et Fabien pour l'estive laisseraient les deux filles seules, exposées aux mauvaises intentions de Charles Legarec. Ce diable de régisseur, craignait-elle, devait sans doute attendre le moment opportun pour réitérer ses avances et ses menaces. Les parents partis, les filles seraient des proies faciles ! Et ce n'est pas Adrienne, malgré son bon vouloir, qui pourrait veiller constamment sur elles.

Adeline ruminait ces pensées sans trouver de solution à sa nouvelle angoisse. Prisonnière du silence qu'elle s'imposait par respect pour la parole donnée à sa fille, elle reperdit la quiétude d'esprit qui avait été sans aucun doute la source du recul de sa maladie. Son état d'anxiété se lut une fois de plus dans son regard redevenu lointain, dans la longueur de ses silences. Sa poitrine se convulsa de nouveau et les quintes la laissèrent pantelante, à bout de souffle. Le miracle n'avait été que de courte durée. La rechute, certes, n'était pas dramatique ni irrémédiable, mais elle signifiait que le mal était toujours présent et que rien n'était encore gagné.

« Il est grand temps que vous alliez prendre un bol d'air pur à la montagne ! » lui répétait le docteur avec obstination.

Début mai, accompagnée d'Antoine et de Marie, elle se rendit en gare d'Alais et prit, pour la première fois de sa vie, le train en direction de Concoules.

Après son départ, Antoine s'organisa pour transhumer sur le mont Lozère. Il reprit contact avec son ancien berger, Paul Malbosc, et lui demanda de le remplacer en Aubrac. Trop heureux de s'endrailler à nouveau avec les bêtes du Soleyrol, celui-ci n'hésita pas un instant à faire équipe avec les Coste, car il savait que Joseph était aussi bon maître-berger qu'Antoine.

Auguste Donnadieu, accaparé par les problèmes viticoles dont il ne sortait qu'à grand-peine, ne vit pas d'objection à ce que son métayer abandonnât une draille pour une autre.

« Pourvu que votre troupeau ne reste pas à la métairie tout l'été ! opposa-t-il seulement à sa demande. Pour moi, votre part restera la même, vous prendrez sur vous le manque à gagner. »

Antoine acquiesça.

« À qui vous joindrez-vous ? demanda le châtelain.

– J'accompagnerai le troupeau de Célestin Fabre.

– Le vieux Fabre ! Il ne pourra pas payer vos gages. Avec son petit troupeau, il a tout juste de quoi gagner sa vie.

– Je ne lui demande rien ; sauf de me nourrir pendant l'estive. Que je puisse être auprès de ma femme de temps en temps, je n'en demande pas plus ! Pour le reste, je me contenterai de ce qu'il pourra me donner. Célestin est le seul de vos métayers qui estive sur le mont Lozère. C'est pourquoi je me suis adressé à lui. Si vous me donnez votre accord. »

Le châtelain eut l'air d'hésiter. Il se montrait toujours plus hautain, plus distant que jamais. Sa façon de faire les cent pas, de faire claquer ses talons sur le sol lambrissé de son bureau, de faire jouer sa badine dans la paume de sa main, lui donnait un air de grand seigneur qui en imposait à tous ceux qui lui devaient leur existence.

Son attitude n'intimida pas Antoine. Sans attendre il lui expliqua :

« J'ai pris sur moi de me faire remplacer. J'ai déjà contacté Célestin Fabre. Tout est réglé. Je n'attends que votre accord. »

Donnadieu poursuivit son idée.

« Votre épouse, Adeline, est-elle aussi gravement malade qu'on ne le dit ?

– Elle doit surtout se reposer.

– Si elle fait un séjour dans un sanatorium, c'est qu'elle est contagieuse ! Vous devriez vous méfier. On n'envoie pas quelqu'un dans un tel centre de soins uniquement pour se reposer. Vous ne devez rien me cacher, mon cher Antoine. »

Jamais le châtelain n'appelait son métayer de cette manière. Antoine ne manqua pas de le remarquer, mais il n'en laissa rien paraître.

« J'espère que votre épouse s'en sortira vite une fois pour toutes. Que feriez-vous sans elle à la métairie ? Les petites ne seront pas toujours là pour vous aider. Un jour, elles partiront. »

Antoine commençait à s'impatienter. Il ne devinait pas où le maître voulait en venir. Celui-ci poursuivit :

« Que pensez-vous de M. Legarec ?

– Votre régisseur ?

– Connaissez-vous un autre Legarec ? »

Antoine, surpris par la question, balbutia :

« Ce que je pense… ma foi, rien. C'est votre bras droit. Nous le respectons.

– Cessez de mentir ! Je sais très bien que tout le monde le hait sur le domaine. Est-ce parce qu'il se montre trop autoritaire ou parce qu'il défend bien mes intérêts ?

– Je ne vois pas ce que vous voulez dire.

– Mon brave Antoine, vous ne m'aidez pas beaucoup à connaître la vérité !

– Il n'est pas dans mes habitudes de colporter des ragots sur les autres.

– Il ne s'agit pas de colporter des ragots, mais de me dire ce que vous savez.

– Je ne sais rien de plus que vous ne sachiez déjà.

– Vous n'êtes pas au courant des agissements… disons, particuliers de mon régisseur ? »

Antoine nia en toute sincérité, mais commença à trouver la conversation intéressante.

« La vie de Charles Legarec ne me concerne pas. Je n'ai que des rapports de travail avec lui. Je peux seulement vous dire qu'il n'a pas toujours été honnête avec nous, les métayers. Très souvent, il s'est arrangé pour nous couper l'herbe sous le pied en tentant de dévoyer les petits éleveurs dont je collectais les bêtes le long de la draille. Certains m'ont tourné le dos.

– Je ne suis pas au courant. Legarec ne m'a jamais dit qu'il collectait pour lui. Le troupeau qu'il a en charge jusqu'à l'estive du causse Méjean lui donne assez de travail. D'ailleurs je ne vois pas ce qu'il avait à gagner à vous damer le pion.

– La même part que j'obtiens quand c'est à moi qu'on confie des bêtes supplémentaires.

– Je vois, je vois. Mais lui n'est pas métayer. Il a donc agi derrière mon dos.

– Je me suis toujours tu jusqu'à présent. Car j'ignorais s'il agissait pour lui ou pour vous.

– Comment avez-vous pu penser cela ? »

Auguste Donnadieu contourna son bureau et s'approcha d'Antoine. Son regard avait subitement changé. Dans ses yeux brillait une lueur de reconnaissance qui rendait ses traits moins glacials. Puis il se détourna brusquement et s'approcha d'un grand portrait accroché au mur au-dessus de la cheminée.

« Vous voyez cet homme, reprit-il, pour faire diversion. C'est mon grand-père. Il a fait Austerlitz et toutes les grandes campagnes de Napoléon. C'était un homme respecté, qui savait parler aux hommes et qu'on écoutait. C'est lui qui a acheté ce domaine. Puis mon père a transformé le manoir et m'a transmis les terres à sa mort. Jamais personne n'a trahi les châtelains de Quérac. Depuis bientôt un siècle, nous avons fait de ces garrigues et de ces vignes la fierté de toute la région. C'est pour cela qu'on nous respecte.

Les envieux nous maudissent et colportent sur nous des mensonges. Ce ne sont que vilenies et trahisons de gens jaloux. Je ne pourrais supporter qu'on agisse derrière moi en me mentant. Aussi, si vous savez quelque chose sur Charles Legarec, Antoine, je vous demande de me le dire avec franchise. »

Antoine confirma ses dires sans rien ajouter.

« Et ici, sur le domaine, vous n'avez rien appris ? reprit le châtelain.

– Rien. Je ne me mêle pas de son travail. J'en ai assez avec le mien !

– Il ne s'agit pas seulement de son travail.

– Alors de quoi ?

– De sa vie.

– Sa vie privée ne m'intéresse pas non plus.

– Bien, je vois que je n'obtiendrai rien de vous. »

Auguste Donnadieu se retourna et posa la main sur l'épaule de son métayer.

« N'ayez aucune crainte, lui dit-il. En votre absence, mon épouse veillera sur vos filles comme sur ses propres enfants. »

Antoine comprenait de moins en moins le brusque changement d'attitude du châtelain à son égard. Il se confondit en remerciements et crut bon d'ajouter :

« Mes filles ne risquent rien ; elles savent se débrouiller seules.

– Partez tranquille, rajouta Donnadieu. Et faites pour le mieux avec Célestin Fabre. »

Un mois s'était écoulé depuis le départ d'Adeline. La petite métairie connaissait l'effervescence des préparatifs pour le grand voyage. Mais un autre événement agitait aussi les esprits : Mathieu s'apprêtait à recevoir sous peu son ordre d'appel militaire. Le jeune homme l'attendait fébrilement depuis plusieurs jours et ne pensait plus qu'à cet autre départ.

Lorsqu'il aperçut au loin le facteur, qu'il guettait chaque matin, il se précipita au-devant de lui, certain du pli qu'il apportait dans sa sacoche. À le voir s'agiter, le préposé de la poste sourit en brandissant le papier officiel à l'en-tête de la République française.

« Ça y est, mon gars ! T'es bon pour le service.

– J'attendais ma feuille de route d'un jour à l'autre.

– C'est qu't'as vingt ans maintenant ! Dire que j't'ai connu pas plus haut qu'un agneau. Faut t'préparer. Y a pas d'temps à perdre. Tu sais, les militaires, faut pas les faire attendre. Sinon, y t'collent au trou dès que tu arrives.

– Ne vous en faites pas, père Raspal, je serai à l'heure. »

Le vieux facteur enfourcha sa bicyclette et poursuivit son chemin en direction du village.

Avide de savoir où il était affecté, Mathieu ouvrit le pli sans traîner et, le cœur palpitant, lut péniblement, à voix haute, l'ordre d'affectation. Il devait se rendre à Nancy au 2e régiment d'artillerie.

Nancy ! Mathieu connaissait mal sa géographie. Mais il savait que c'était loin, quelque part dans le nord du pays, là où les hivers sont rudes et les brouillards aussi épais que ceux de l'Aubrac en automne. Il avait entendu parler de cette ville de garnison par son ami Maurice Coste, dont le frère aîné, Jérémie, était depuis un an sous les drapeaux. Il prit pour un heureux hasard d'être affecté dans le même régiment.

Ainsi ils pourraient évoquer ensemble leur pays, quand ils en éprouveraient le besoin, dans les moments de nostalgie.

« Dans ton malheur, tu as de la chance, lui déclara Antoine pour le consoler. Avec Jérémie, le temps te paraîtra moins long. Moi aussi, je suis parti loin de chez moi, du côté de Châteauroux. Et à l'époque, c'était encore cinq ans. À quelques mois près, j'ai manqué de peu la loi des trois ans. Deux, dans ton cas, ça passera vite. Avec quelques permissions, tu auras à peine le temps de t'endurcir pour devenir un homme !

– Je n'ai pas besoin de l'armée, Père, pour cela. Vous savez très bien que notre métier de berger forge le caractère et nous endurcit.

– Je plaisantais, fils, je ne voulais pas te vexer. Ce qui me chagrine le plus, c'est la réaction de ta mère. Elle sait que ton départ est imminent. Mais quand elle apprendra que tu pars si loin, elle en sera toute chagrinée.

– Vous lui direz que je pense beaucoup à elle et, quoique je ne sache pas très bien écrire, je m'arrangerai pour lui envoyer une longue lettre dès mon arrivée à la caserne. »

Le 3 juin, Mathieu se leva de bon matin. Son paquetage était prêt depuis plusieurs jours. En l'absence d'Adeline, Marie s'était occupée de lui comme une mère. Elle était très attristée à l'idée de voir son frère s'éloigner, car, avec son départ, c'était une partie d'elle-même qui s'en allait.

« Allez, ressaisis-toi ! lui dit Antoine pour la consoler. Il reviendra bientôt.

– C'est si loin Nancy ! Et si près de la frontière ! »

La jeune fille n'ignorait pas pourquoi tant de jeunes appelés étaient envoyés aux frontières avec l'Allemagne. Le vieux docteur Mayen, qui avait fait la guerre de 1870, ne tarissait pas de détails quand il venait à la métairie pour soigner les enfants ou jadis la grand-mère. Il affectionnait les récits guerriers qui lui rappelaient sa jeunesse. Et même s'il avait souffert sur les champs de bataille, comme tous ceux de sa génération, il n'en gardait pas que de mauvais souvenirs.

« Console-toi, ma grande, lui confia-t-il un jour. Nous ne sommes plus en guerre. Ton frère ne risque rien. »

En réalité, le docteur estimait que le traité de Francfort portait en lui les germes d'un nouveau conflit avec l'Empire allemand. La France, bafouée par la défaite de Sedan et la perte d'une partie de son territoire, ne laisserait pas éternellement les Alsaciens et les Lorrains sous la tutelle germanique. Mais il se voulait rassurant. Et partout où on l'appelait au chevet d'un malade, et où un fils était parti remplir ses obligations militaires, il évitait de parler des gesticulations du *Kaiser*.

Quérac était loin de l'Allemagne et loin des tracas de la politique internationale. Hormis quelques notables tels que le châtelain, le notaire et le docteur Mayen, peu d'hommes commentaient les nouvelles venues d'au-delà des frontières. Préoccupés par les problèmes sociaux dans lesquels le Midi languedocien était toujours plongé, la plupart ne lisaient que les gazettes locales où il était surtout question des manifestations de vignerons, de la baisse du prix de l'hectolitre et des prises de position du cabinet Clemenceau qui vivait ses dernières heures.

Dans le train qui filait sur Paris, Mathieu ne cessait de penser aux préparatifs du départ pour l'estive. À travers les vitres embuées du wagon, il cherchait à distinguer des taches blanches dans les prairies et ne parvenait pas à imaginer que son frère Fabien allait endrailler sans lui. Son voisin de compartiment, un jeune appelé comme lui, originaire de Saint-Martin-de-Londres, avait beau lui parler, il ne parvenait pas à détourner son attention.

« Qu'observes-tu avec tant d'insistance ?

– Oh, rien ! J'essaie de voir s'il y a des brebis dans ces prairies.

– Ici, ce sont des pays à vaches, pas à moutons ! D'où sors-tu pour ignorer cela ?

– Je suis berger et, à l'heure qu'il est, je devrais bientôt reprendre la draille.

– Je comprends. Mais dis-toi bien que là où nous allons, c'est nous qui serons les moutons.

– Que veux-tu dire ?

– Ben, tu sais bien ! Il faudra marcher au pas et suivre les ordres comme des moutons. Sinon, ce sera l'enfer. »

Victor Lemoine était un grand et fort gaillard. Plus haut d'une tête que Mathieu, son visage n'en restait pas moins juvénile et ses traits, mal dégrossis, lui donnaient un air bon enfant.

« Et toi, que fais-tu ? demanda Mathieu.

– J'aide mon père à la forge. Il est maréchal-ferrant. On a aussi quelques hectares de terre dans la commune. Et, à la charrue, quand je tiens les mancherons, je ne crains personne ! »

La force qui émanait du jeune garçon laissait présager que, là où on l'attendait, on aurait vite fait de lui trouver une place appropriée.

« Tu connais, toi, l'artillerie ? demanda-t-il à Mathieu.

– Pas du tout. Moi, les canons ! Mis à part les fusils de chasse, je ne connais rien aux armes à feu.

– Mon père a fait son service dans le 5e régiment de Besançon. Y a vingt-cinq ans de ça. Il m'a souvent raconté des tas d'histoires sur les canons. Ça le passionnait. Moi aussi, je suis content de devenir artilleur comme lui. Au moins, je sais déjà à quoi m'en tenir. Je te donne un conseil : si t'as l'occasion, ne reste pas servant. Y faut prendre des galons dès que tu peux, m'a dit mon père. Tâche de devenir maréchal des logis pour commander une batterie. »

Victor répétait inlassablement ce que son père lui avait conseillé afin qu'il ne croupisse pas dans les fonds de caserne à exécuter des ordres stupides et abêtissants. Et il expliquait à Mathieu, comme s'ils y étaient déjà, comment pointer le canon de 75, le caler dans la boue, rectifier l'angle de tir, se préserver du recul.

« Tu verras, si tu m'écoutes, tu ne verras pas le temps passer. Et les filles ! T'as pensé aux filles ? Quand elles te verront avec ton uniforme et tes galons sur l'épaulette, elles te tomberont toutes dans les bras. Tandis que si tu restes seconde pompe, t'auras que les restes, les filles de peu, les traîne-misère. T'aimes ça les filles ? »

Mathieu aurait voulu descendre du train, même en marche, et partir en courant retrouver ses brebis, ses drailles et ses pâturages de montagne. Plus Victor le saoulait de paroles, plus la nausée montait en lui et lui faisait regretter de ne pas être né manchot ou borgne. Savoir qu'il lui faudrait supporter pendant deux longues années les blagues souvent salaces de ses futurs compagnons d'armes, ou leurs conversations à cent lieues de ses préoccupations, lui enlevait tout courage et toute envie de se faire d'autres relations.

Il misait sur la présence de Jérémie avec qui, pensait-il, il pourrait chaque soir s'évader sur les drailles de haute transhumance et parler de l'agnelage, de la tonte et des tondaïres, des préparatifs de départ sous les chants joyeux des sonnailles et des bêlements impatients des brebis. Ensemble, ils revivraient les nuits de fumature où ils faisaient cabane, l'ouïe tendue pour déceler dans le silence l'appel des loups ou des chiens errants. Qu'allait-il donc faire dans cet univers de casernes, où l'on apprenait aux hommes à devenir eux-mêmes des loups prêts à dévorer d'autres loups afin de défendre un territoire qu'ils ne connaissaient même pas ! Et cet énergumène, à ses côtés, qui ne rêvait que de fûts et de poudre à canon, du nombre de chevaux nécessaires pour tracter une batterie, et de calculs savants pour atteindre son objectif et réduire en bouillie une maison, une église, tout un village ! Comme elles étaient loin de ses pensées toutes ces préoccupations !

Arrivé à Paris en fin de journée, Mathieu se rendit à la gare de l'Est, comme on lui avait indiqué, Victor toujours dans son ombre. Néanmoins, il lui sut gré de sa présence, car dès sa descente du train, il se sentit soudain happé par les rues de la capitale, submergé par la foule des passants sur les trottoirs, les flots de véhicules sur les chaussées et le bruit effrayant du métro aérien sur les ponts métalliques. Victor voulut l'entraîner dans les entrailles de la terre.

« Nous serons plus vite rendus à la gare par le métro. Ne gaspillons pas notre argent à prendre un taxi ! »

« Taxi », « métro », tous ces mots lui semblaient si étrangers qu'il se demanda s'il n'avait pas atterri sur une autre planète. Victor, lui, paraissait très à l'aise au milieu de ce monde en ébullition.

« C'est quand même autre chose que nos petits villages de province, hein ! T'as pas l'air d'apprécier !

– Bou Diou ! Ce monde et ce bruit m'assourdissent et me font perdre la tête. Je ne sais même plus où aller.

– Il faut dire qu'ici, c'est pas comme dans tes montagnes, tout se ressemble et les gens courent dans tous les sens. »

Mathieu s'en remit à la débrouillardise de son camarade. « Après tout, se dit-il, si nous sommes appelés à vivre ensemble pendant deux ans, autant lui être agréable. Il a l'air d'être un brave gars. »

Dans les tunnels du métro, il ressentit un profond malaise. Le bruit des rames, l'odeur particulière du métal, du bois, mélangée à celle de la multitude, l'absence d'horizon, l'obscurité artificielle l'oppressèrent, et il n'eut hâte que de ressortir au grand jour.

À la gare, ils consultèrent sans traîner les horaires de départ.

« Il n'y a pas de train avant onze heures ce soir, remarqua Victor. Nous voyagerons de nuit et nous arriverons juste à temps pour nous présenter demain midi à la caserne. »

La nuit fut longue. Mathieu ne trouva pas le sommeil, tant son anxiété taraudait ses pensées. Victor, que rien ne semblait perturber, ronfla comme un bienheureux pendant tout le voyage et, quand il se réveilla le lendemain matin vers neuf heures, le train entrait en gare de Nancy.

La ville frontalière sortait de sa léthargie nocturne. Les deux jeunes appelés traînèrent pendant une heure autour de la place Stanislas, s'enfilant café sur café pour se tenir éveillés et faire bonne figure à leur arrivée devant le corps de garde. Vers onze heures, ils se dirigèrent vers les casernes et, à midi moins cinq, se présentèrent, la valise à la main, devant l'adjudant de faction.

« C'est bien, les gars ! Vous êtes à l'heure, leur fit-il en vérifiant leur feuille de route. Alors comme ça vous venez du Languedoc ! Du Midi rouge. »

Victor jeta un regard en biais en direction de son camarade. Mathieu ne saisit pas l'allusion et crut comprendre autre chose. Ne connaissant pas les règles militaires en vigueur, il osa répondre à l'adjudant.

« Rouge, mon adjudant. Il est vrai que nous produisons beaucoup de vin rouge dans notre région. Mais, moi, je suis… »

Victor lui enfonça le coude dans les côtes, ce qui l'arrêta net dans sa tentative de présentation.

« Je vois que vous faites de l'esprit, mon gaillard ! répliqua l'adjudant. Sachez qu'ici les fortes têtes, on les casse dès le départ.

– Ce n'était pas mon intention de…

– Suffit ! Vous répondrez quand on vous le demandera. »

Mathieu se tut, rouge de colère. Puis, sur l'ordre du gradé, il suivit avec Victor le caporal d'ordonnance pour déposer ses effets civils à la lingerie et réceptionner son uniforme.

« Qu'est-ce qui t'a pris ? demanda Victor, furieux. On s'est déjà fait remarquer. Tu ignores qu'il faut surtout pas répliquer aux supérieurs ! En plus, j'ai l'impression qu'ils se méfient des appelés qui viennent de chez nous.

– Pourquoi donc ?

– T'es pas au courant des manifs qui ont éclaté à Béziers, Narbonne et Montpellier, il y a deux ans ? Des soldats ont refusé d'obéir aux ordres et ont fraternisé avec les viticulteurs en colère. Certains étaient de chez nous. Depuis on est dans le collimateur de l'armée et ça ne m'étonnerait pas qu'on en bave à cause de ça. Mais, moi, je saurai leur démontrer qu'on est aussi bons que les autres.

– Ouais, je sais ! coupa Mathieu pour faire taire son camarade. Au canon comme avec les filles, les gars du Midi sont les meilleurs et tirent toujours les premiers ; tu me l'as déjà dit !

– Parfaitement ! »

Quelques jours plus tard, Mathieu eut la joie de retrouver Jérémie Coste, qui logeait dans un bâtiment voisin. Depuis le temps qu'ils ne s'étaient pas vus, ils n'eurent pas trop d'une soirée pour se communiquer les dernières nouvelles du pays, Mathieu étant le plus intarissable à raconter en détail la dernière transhumance à laquelle son ami n'avait pas pu participer.

« Tu n'en as plus que pour douze mois, veinard ! lui dit-il. Le temps a dû te sembler long !

– Évite de trop penser aux tiens. Sinon tu languiras à longueur de journée et tu souffriras. De toute façon, ici, on n'a rien d'autre à faire que d'accomplir les corvées. Et mieux vaut ne pas trop réfléchir à leur utilité.

– Comment nous traite-t-on dans ce régiment ?

– Si tu obéis aux ordres sans chercher à comprendre, ça se passera bien. Fonds-toi dans le moule. Ne cherche pas à te démarquer et ne suis pas ceux qui chercheront à t'entraîner dans la contestation. Ton ami Victor a raison : les Languedociens, on les a à l'œil. Ce n'est pas pour rien, je crois, qu'on nous envoie si loin de chez nous, dans l'Est, face aux Allemands. Si un jour ça pète, on sera en première ligne. Crois-moi : on n'a rien à gagner à se faire remarquer. On m'a rapporté que les têtes brûlées, on les mute systématiquement dans des régiments disciplinaires. Et là, ils en prennent pour leur grade. »

Mathieu suivit les conseils de son ami d'enfance. N'étant pas affectés dans la même unité, ils se trouvèrent vite séparés. Mais chaque fois que l'occasion se présenta, ils passèrent des heures inoubliables à écouter l'imperceptible appel des drailles qui les ramenait vers leurs brebis. Ensemble, ils emmontagnaient sur les chemins ancestraux qu'eux seuls connaissaient parmi leurs camarades d'infortune, et ils se laissaient bercer par les vents de la liberté.

XVII

Le Chemin de César

TANDIS QUE FABIEN s'était endraillé avec Joseph et son fils Maurice, Antoine avait rejoint le petit troupeau de Célestin Fabre. Trois cents bêtes, pas une de plus, auxquelles s'ajouteraient une centaine d'autres par collectage. Pas grand-chose au total. Pas assez en tout cas pour faire vivre une famille.

Mais Célestin vivait seul, depuis qu'il avait perdu sa femme et ses deux filles. Ces dernières avaient été victimes de la tuberculose alors qu'elles n'avaient pas encore dix ans, il y avait bientôt trente ans de cela. Marguerite, son épouse, ne s'était jamais remise de la disparition tragique de ses deux enfants et était morte dans la fleur de l'âge ; personne ne sut exactement de quoi, mais tout le monde disait que le chagrin l'avait emportée et conduite auprès de ses enfants. Célestin était devenu inconsolable. Et depuis, on ne lui connaissait pas d'autre compagnie que celle de ses chiens et de ses brebis à qui il parlait, dans le secret de son étable, de celles qui avaient été le soleil de sa vie.

Homme très taciturne, il n'avait guère d'amis ni au village ni sur le domaine. Ayant commencé avec un petit troupeau, il n'avait jamais essayé d'accroître le nombre de ses bêtes. Il n'avait pas de grands besoins et ne souhaitait pas s'adjoindre un berger saisonnier pour le seconder. Il partait donc seul, la plupart du temps, sur la Grande Draille et logeait, une fois parvenu à l'estive, sous le même toit que ses brebis, à même la paille, sans aucun confort et sans jamais voir personne. À plus de soixante ans, il en paraissait dix de plus, et tout le monde à Quérac se demandait où il puisait encore la force de parcourir les chemins rocailleux qui mènent sur le Lozère. Accompagné d'un seul traspastre, qu'il prenait en cours de route, et de ses deux chiens, deux pauvres bêtes aussi vieilles que lui, il tirait d'un pas hésitant son maigre troupeau qui était tout à son image. Les brebis qu'il ramenait de l'estive n'étaient guère plus grasses au retour qu'avant son départ. Et, quand il marchandait le prix de ses agneaux, les maquignons ne l'épargnaient pas et avaient toujours le dernier mot. La part au maître rendue, il ne lui restait pas grand-chose pour vivre. Mais cela lui suffisait car, dans sa bergerie de Quérac, il ne vivait guère autrement qu'à l'estive : quelques mauvais fromages, un peu de lard, quelques oignons et du pain. Il dormait sur une paillasse rafistolée dans de vieux sacs de jute et disposait d'une cuisine qui ressemblait plus à une cave sombre et humide qu'à une pièce à vivre.

Depuis son veuvage, Auguste Donnadieu l'avait relégué dans la plus misérable des métairies de son domaine : une vieille bâtisse désaffectée depuis des lustres et qui ne servait plus qu'à entreposer du matériel nécessaire aux vendanges. Le châtelain, cependant, ne l'avait pas chassé, par compassion, aimait-il raconter à tous ceux qui doutaient de sa charité. Il ne lui faisait jamais aucune remarque sur l'état de ses bêtes. La part qu'il en exigeait était juste bonne à entretenir sa meute de chiens, d'après ses dires ; mais c'était sa façon de faire l'aumône sur ses terres et un prétexte pour clouer le bec à ceux qui le trouvaient trop dur avec les siens.

Quand Antoine vint voir le vieux berger pour lui proposer de l'accompagner sur le Lozère, celui-ci lui claqua d'abord la porte au nez, ne voulant recevoir personne, selon son habitude.

« Je n'ai besoin de personne, lui avait-il lancé à travers la porte de sa cuisine qui empestait l'odeur du suint. Je me débrouille très bien tout seul. Si c'est le maître qui t'envoie, dis-lui que le troupeau est prêt à partir. Et qu'il ne craigne pas de ne pas avoir la part qui lui revient ! Il l'aura à son heure. Je n'ai pas l'habitude de manquer à mes obligations. Je préférerais me priver plutôt que de ne pas m'acquitter de mon dû. »

Antoine dut insister. Presque forcer sa porte. Quand il lui expliqua la raison de sa requête et les conditions dans lesquelles il se proposait de l'accompagner, le vieux renard sortit de sa tanière et l'invita à s'asseoir à sa table. Celle-ci était encombrée d'un tas d'objets hétéroclites, abandonnés par négligence dans le plus profond désordre : verres, plats, assiettes où moisissaient encore des restes de nourriture, boîtes en métal rouillées, morceaux de corde, de lanières desséchées, torchons souillés de crasse. Le fauteuil de paille, dans le cantou, était crevé et dans l'âtre la cendre était froide depuis une éternité. Les murs lépreux ruisselaient d'humidité et étaient couverts d'une épaisse couche de suie noirâtre. Cette bergerie, telle il l'avait reçue des mains parcimonieuses du châtelain, telle il l'avait conservée, ne s'étant occupé que de ses bêtes.

« Ne fais pas attention à la propreté, petit ! lui dit-il pour se disculper. Tu sais, ici, il y a bien longtemps qu'une femme n'a pas mis les pieds.

– Je connais vos malheurs, père Célestin. Mais ce n'est pas une raison pour vous laisser aller.

– Crédieu ! Si tu viens pour me faire la morale, tu peux retourner d'où tu viens.

– Ce n'est pas dans mes intentions. Discutons plutôt de ce qui m'amène. »

Célestin ne dit mot. Quand Antoine eut fini de parler, il se leva, toujours sans rien dire, ouvrit la porte du potager près de la cheminée, en sortit une bouteille d'eau-de-vie et en remplit deux verres à vin.

« Je ne bois jamais d'alcool, Célestin, osa avouer Antoine.

– Si tu ne trinques pas avec moi, il n'y aura pas d'accord entre nous. Alors, tope là ! »

Il leva son verre rempli à ras bord et tendit l'autre à Antoine. Les deux hommes choquèrent leurs verres et scellèrent ainsi leur nouvelle association.

« Tu sais, ajouta Célestin, là-haut, je me contente de peu. Il faudra que tu t'en contentes aussi.

– N'ayez crainte, je ne vous accompagne pas pour le confort ni pour tirer profit de vous. Il s'agit que vous me donniez le gîte et le couvert. Pour le reste, j'en fais mon affaire. »

Leur petit troupeau rejoignit la butte de Tornac au lieu-dit le Trial, contourna le château et franchit la porte des Cévennes à Anduze. Puis il remonta l'étroite vallée du Gardon de Mialet et commença l'ascension de la montagne, après une courte halte dans le hameau des Aigladines aux prairies verdoyantes, toutes parsemées de fleurs. Longeant les traversiers, passant à gué les ruisseaux, affrontant les escarpements au milieu des genêts et des fougères épanouies, il s'égrena, pompons en fête et sonnailles joyeuses à tout vent.

Célestin, ravi de retrouver l'âme d'un vrai maître-berger, tirait à la place d'honneur. Ses bêtes avaient fière allure malgré leur âge et leur manque d'entrain. Le trajet était long pour le premier jour. Mais le vieux pâtre, de son pas nonchalant, ne faiblissait pas. Après le Plan des Masques où, d'après une légende, se rassemblaient d'étranges sorcières, ils firent l'étape du soir à la ferme du Pereyret.

De la crête déchiquetée, ils voyaient les basses Cévennes cascader à leurs pieds, toutes baignées de lumière. Au loin, leur regard se heurtait à l'Aigoual, dont la masse imposante écrasait les hameaux accrochés à ses flancs.

Le Pereyret était une grosse ferme de montagne, à l'écart des plus proches villages. On y vivait de cochons, de brebis, de chèvres et de volailles. Les terres étaient emblavées de seigle et de blé, et les faïsses les plus ensoleillées arboraient des vignes qui ne donnaient, pour la plupart, que du vin de piètre qualité. Certes, ce n'était pas l'opulence, mais on n'y manquait jamais de rien.

Les tenanciers, d'ailleurs, ne comptaient pas ce qu'ils offraient à leurs visiteurs, et accueillaient toujours les transhumants les bras ouverts. À chacun de leurs passages, grands ou petits troupeaux, c'était toujours la même atmosphère de fête qu'ils tenaient à marquer pour leur séjour. Aucun berger n'aurait manqué cette halte qui joignait le repos à la bonne table.

Avant le repas qui l'attendait dans la grande cuisine de la ferme, Antoine s'éloigna du troupeau et ne put s'empêcher de penser à Bastien qui, au même moment, devait gravir les pentes abruptes de l'Aigoual avec Joseph. Il regretta un court instant de ne pas être parmi eux et, sans se rendre compte de la distance qui les séparait, il chercha à distinguer un long filament blanc s'étirant dans les lointains. Il crut l'apercevoir et s'en convainquit. Puis il repensa à Adeline, qui l'attendait avec impatience dans sa chambre d'hôpital, et revint vers la ferme où l'attendaient ses compagnons.

Au petit matin, le fermier du Pereyret, Isaac Barthélemy, leur confia une vingtaine de brebis et le jeune traspastre dont c'était la quatrième transhumance avec le vieux Célestin.

« Allez, faites bonne route ! leur souhaita-t-il, et revenez vite en octobre. Je vous attends. »

La seconde étape était aussi longue et plus pénible que la première. La draille séparait les communes de Saint-Martin et de Saint-Étienne d'où Antoine était originaire. Elle arpentait sans détour les versants de la Vieille Morte. Sur ce serre affûté comme une faux, pas âme qui vive ! Seules quelques ruines d'une ancienne chapelle et d'une cabane de pierre rappelaient la légende de la vieille femme morte en ce lieu mystérieux. L'endroit était d'une beauté sauvage, à nulle autre pareille. Aux pentes rocheuses succédaient des châtaigneraies à l'ombre épaisse et rafraîchissante, trouées de clairières inondées de lumière. Au fur et à mesure de leur progression, les hommes voyaient s'approcher le môle impressionnant du Lozère que précédait, telle une avant-garde, le massif boisé du Bougès au pied duquel ils feraient leur deuxième halte à la tombée du jour.

En descendant sur les Ayres, une brebis se tordit une patte dans un éboulis instable. Un berger du hameau proposa son aide.

« Tu peux compter sur moi, Célestin. Je te la remettrai sur pied pour ton retour. N'aie aucune crainte, tu ne la perdras pas. »

Célestin n'avait que des amis le long de la draille. Il était partout le bienvenu.

Selon son habitude, il laissa ses bêtes se reposer sur la place de la logue, et invita Antoine à boire un verre à l'auberge voisine. Puis ils reprirent leur chemin vers le col des Abeilles.

Sitôt la passe de Jalcreste franchie, la halte du second soir n'était plus très loin. Célestin avait l'habitude de donner quelques nuits de fumature au plo de la Fumade Riou. À la belle saison, le vieux berger avait toujours plaisir à dormir à la belle étoile, emmitouflé dans sa cape de bure, la voûte céleste pour unique toiture. Entouré de ses deux chiens fidèles, il ne craignait plus rien à son âge, car il avait connu tous les dangers, tous les pièges qui jalonnent les parcours de transhumance. Il en aurait même remontré à Antoine, s'il n'avait pas été aussi avare de ses mots.

Depuis leur départ en effet, ils n'avaient pas échangé dix paroles. À chaque halte, ainsi que le soir à l'étape, Célestin gardait le silence, fumant machinalement sa vieille pipe de bruyère qu'il ne laissait jamais refroidir. Toujours auréolé d'une volute de fumée qu'il rejetait par petites bouffées de sa bouche édentée, il paraissait hors du temps, à cent lieues de se soucier de ce qui pourrait lui arriver en cas d'avanie. Car ce n'était pas son jeune traspastre qui aurait pu lui être d'un grand secours si une défaillance lui était arrivée.

La Grande Draille était l'une des plus fréquentées des Cévennes. Partout elle était ponctuée de petites touffes de laine que les moutons laissaient derrière eux, accrochées aux buissons et aux branches les plus basses des arbustes. Des drailles secondaires la rejoignaient, venant des Costières de Nîmes et de la plaine littorale.

Le lendemain, après avoir quitté les crêtes du Bougès, le troupeau fit une courte halte au plo de la Nasette. La draille s'élargissait avant d'attaquer le flanc occidental du mont Lozère.

Antoine tendit l'oreille. Non loin, le chant cadencé de gros dralhons, soutenu par celui des clapes plus aigu, s'amplifiait au fil des minutes. Confiant l'arrière-garde du troupeau à Petit-Pierre, le traspastre, il rebroussa chemin sur quelques centaines de mètres et scruta l'horizon.

Venant de l'est par la draille de faîte, un énorme troupeau arrivait à vive allure dans sa direction, encadré par une multitude de bergers, de traspastres et de chiens qui couraient dans tous les sens. Au fil de son avancée, le fleuve de laine semblait inonder la montagne et se propager comme une lame de fond.

Antoine prit aussitôt conscience du danger : « Ils vont nous submerger. Il faut les arrêter ! » pensa-t-il.

Il craignait en effet que les moutons de Célestin ne se laissassent engloutir par la vague déferlante qui approchait. Ce qui nécessiterait ensuite un long et fastidieux dénombrement, avec le risque de perdre dans le lot quelques brebis plus enclines à suivre la multitude qu'à rester avec leurs congénères.

Vite, il courut prévenir Célestin.

« Parquez les bêtes sur le côté ! »

Le vieux berger ne réagit pas immédiatement et fit encore perdre un temps devenu précieux. Antoine prit sur lui de pousser le troupeau, demandant à Petit-Pierre de tirer à l'avant, sans attendre Célestin, dépassé par l'événement. Les bêtes, récalcitrantes, traînaient à se remettre en route.

Déjà l'autre troupeau les pressait à l'arrière. Les bergers de tête tiraient à toute allure et s'approchaient dangereusement des dernières brebis qu'Antoine poussait avec rage.

« Eh, toi ! héla l'un d'eux, quand il ne fut plus qu'à quelques dizaines de mètres de lui. Tu ne peux pas pousser tes brebis un peu plus vite, ou bien laisser la place, si elles sont déjà à bout de souffle ! Tu ne vois pas que tu obstrues la draille. Pousse donc tes vieilles carnes sur le côté ! Sinon, on les emmène avec nous, et tu viendras les rechercher dans le Gévaudan… si elles tiennent jusque-là ! »

Antoine se retourna, toisa le berger hâbleur et ne répondit pas. Il laissa filer ses bêtes sous la houlette de Petit-Pierre et s'arrêta net pour faire face au troupeau qui déjà déferlait sur lui. Il croisa les bras et attendit sans broncher. Quand les premières bêtes ne furent plus qu'à quelques mètres, il apostropha le premier berger :

« Alors, tu vas les arrêter tes bêtes ou je le fais moi-même ! »

D'un geste magistral, il étendit les bras en croix, brandissant sa houlette d'où se déploya une large lanière de cuir. Puis, d'une voix de stentor, il ordonna :

« Halte ! Halte ! Reculez, reculez ! »

Les chiens, d'abord affolés, accoururent autour de lui, aboyant à pleine gueule. Les menons, voyant leur guide s'arrêter net, firent de même et, derrière eux, tout le troupeau ralentit, débordant dans une grande confusion sur les bas-côtés de la draille, telle une marée déchirée sur une digue qui ne rompt pas.

S'égosillant à force de vitupérer, les bergers de tête firent face à Antoine et voulurent le pousser de côté. Ils faillirent en venir aux mains, quand, du fond de l'amas de laine qui s'était accumulé dans le plus grand désordre, un homme parut, une sorte de vieux patriarche solidement campé du haut de ses deux mètres, un géant d'une cinquantaine d'années, à la barbe hirsute et à la chevelure grisonnante qui lui tombait sur les épaules. Il s'enquit aussitôt de la situation et s'adressa à Antoine.

« Alors, c'est toi qui me barres le chemin ! Ne sais-tu pas qui je suis ?

– Je l'ignore en effet. Mais je ne sache pas que les drailles appartiennent à quiconque en particulier. J'ai avec moi un petit troupeau de quelques centaines de brebis et je suis bien décidé à le faire parvenir à bon port.

– Et où vas-tu comme ça ?

– Sur le mont Lozère. Je vais estiver vers l'Hôpital.

– Tu y seras donc demain. Et où comptes-tu t'arrêter ce soir ?

– On nous attend à l'Aubaret.

– Et où crois-tu que je vais faire halte avec mes trois mille bêtes ?

– C'est votre problème. Pas le mien.

– Mon garçon, sache que cette draille ne vit que par moi. Les bêtes que tu vois là ne sont qu'une partie de celles qui montent dans le Gévaudan avec mes troupeliers. Alors tu ne vas pas m'ennuyer avec trois brebis pelées et quatre tondues ! Tu fais la place où je m'impose de force. Si tu te sens de taille, joins-toi à nous, je t'offrirai une place ; et tes moutons, je te les engraisserai comme des pourceaux, contre la moitié d'entre eux. »

Les bergers, rassemblés autour de leur maître, éclatèrent de rire.

« Ça suffit vous autres ! Allez rassembler les bêtes ! Nous n'avons que trop traîné. »

Puis s'adressant à Antoine :

« Alors, que décides-tu ?

– Je ne mange de ce pain-là. D'ailleurs le troupeau ne m'appartient pas.

– Ah, je vois ! Tu n'es qu'un misérable métayer. Un larbin comme tous ces vauriens qui ne vivent que de ce que je leur abandonne.

– Qui êtes-vous donc pour considérer vos hommes avec un tel mépris ?

– Le seigneur des drailles ! Ah, ah, ah ! » s'esclaffa le Goliath.

Antoine songea tout à coup qu'Auguste Donnadieu aurait trouvé son maître, s'il avait été présent. Cela le fit sourire intérieurement.

Devant sa résistance, le maître-berger finit par reculer.

« Écoute bien, mon gars ! Pour cette fois, je ne vais pas t'écraser. Tu n'es pas à la maille. Je n'aime m'opposer qu'à des poids lourds, comme moi. Le menu fretin de ton espèce ne m'intéresse pas. De toute façon, à l'Aubaret, mes bêtes dorment dehors avec mes hommes. Je te laisse la paille des étables. En ce qui me concerne, un bon lit m'attend à quelques lieues de là. Et sais-tu qui il y a dans le lit ? La patronne, ah, ah, ah ! »

Le géant tourna les talons et ordonna à ses troupeliers de poser leurs sacs et de surveiller le troupeau qui commençait à s'agiter.

« Alors ? demanda Petit-Pierre dès qu'Antoine eut rejoint ses bêtes.

– Ce n'est rien. C'est réglé. Poursuivons notre route avant qu'ils ne nous rattrapent une seconde fois. »

Pendant ce temps, imperturbable, Célestin continuait à tirer de l'avant ses pauvres brebis qui avaient bien failli se faire engloutir par le troupeau d'Hubert de la Fresnaye. Celui-ci, lointain descendant des comtes de Montredon, était devenu maître-berger et se prenait pour le nouveau roi de cette Grande Draille, qu'on appelait communément « Chemin de César ».

Le soir même, les quatre cents bêtes de Célestin firent halte dans l'antique ferme fortifiée de l'Aubaret, où l'on commençait à craindre de ne plus le voir arriver. L'incident du plo de la Nasette n'eut pas de suite. L'énorme troupeau d'Hubert de la Fresnaye était déjà parti quand Antoine et Célestin reprirent la draille au petit matin.

Celle-ci serpentait dans les boules de granite disséminées sur les pentes herbues du mont Lozère. Ils franchirent le Tarn par un gué situé non loin du vieux pont médiéval et, au début de l'après-midi, ils s'établirent près de l'Hôpital, sur les terres d'estive qu'Auguste Donnadieu avait confiées à son vieux métayer et au milieu desquelles se dressait une misérable bâtisse au bord d'une antique *lavogne*[1].

« Voilà ! déclara Célestin, satisfait d'avoir, une fois de plus, vaincu la Grande Draille. Nous y sommes ! »

Les vacances d'été approchaient. Le jeune Guillaume venait de passer avec succès les épreuves du baccalauréat, et son titre de bachelier faisait déjà la fierté de ses parents. Au château, on s'apprêtait à célébrer l'événement en grande pompe et, comme pour un jour de fête officielle, Auguste Donnadieu

1. Bassin naturel au fond argileux damé servant d'abreuvoir.

avait invité l'abbé Chabert, le docteur Mayen et le notaire de Durfort, maître Jeanson. Parmi les notables, il ne manquait que Léon Roure, le maire de la commune. Ses affinités politiques et ses prises de position sur la séparation de l'Église et de l'État le rendaient peu fréquentable aux yeux du baron.

Au château, Marie ne se préoccupait pas des paroles qu'elle entendait parfois autour d'elle quand, par mégarde, le maître discutait ouvertement avec son épouse des affaires publiques. La politique était à cent lieues de ses préoccupations, et même s'il lui arrivait d'entendre des remarques peu obligeantes concernant les républicains ou les protestants dont elle faisait partie, elle oubliait aussi vite ce qui lui était parvenu aux oreilles.

À ses yeux, Guillaume n'était pas comme son père, qui représentait l'image de la vieille France, celle d'un siècle révolu et sans avenir. C'était un garçon plein de tendresse, ouvert sur les autres, et l'intérêt qu'il portait aux plus humbles du domaine montrait déjà combien il saurait être différent. D'ailleurs, ses sentiments à son égard ne prouvaient-il pas qu'il savait faire fi de sa condition et qu'il avait lui-même aboli les barrières sociales chères à ses aïeux ?

Il ne cessait, en tout cas, de le lui affirmer.

Toutefois, Marie ne pouvait imaginer échapper à sa condition, même si elle se prenait parfois à rêver que la vie serait plus rose dans une belle maison, avec un mari qui n'aurait pas à la quitter chaque été pour gagner leur existence.

« Avec moi, tu n'auras plus jamais à faire la cuisine ni le ménage, lui répétait souvent Guillaume. Nous aurons tout ce qu'il nous faut pour vivre heureux. »

La jeune fille se laissait bercer par ces belles paroles qui traduisaient tant de sincérité – et elles étaient sincères. Guillaume n'avait d'yeux que pour la fille du métayer de son père et ne s'encombrait pas des convenances familiales ni des devoirs de réserve des gens de sa condition. Déroger à son ordre social n'avait pour lui aucune résonance de trahison.

Les cuisines de Pauline Combe étaient en effervescence, car le châtelain n'attendait pas moins de trente convives pour fêter le succès scolaire de son fils aîné. À cette occasion, il entendait montrer à tous que sa succession était bien assurée et que Guillaume saurait, l'heure venue, reprendre les rênes du domaine.

Marie était donc très occupée et, pour la seconder, la cuisinière avait demandé à la châtelaine l'aide provisoire de Justine.

Celle-ci, depuis qu'elle logeait dans une chambre de soubrette sous les toits, avait fait de gros efforts pour soigner sa tenue et, même si Auguste Donnadieu la regardait toujours du haut de sa grandeur, son existence s'était sensiblement améliorée.

« Je ne veux pas de cette souillon dans les cuisines ! » avait cependant objecté le châtelain.

Mais, devant l'insistance de son épouse à qui il ne pouvait rien refuser, il céda une fois de plus.

Les trois femmes s'affairaient devant leurs fourneaux et mettaient une dernière main aux pâtés de grive et de chevreuil, aux poulardes et aux chapons de Bresse, aux rôtis de sanglier et aux cuisseaux de biche que le châtelain avait tirés du produit de ses chasses ou achetés à ses meilleurs fournisseurs. Les plats en sauce rivalisaient avec les tourtes aux légumes et aux fromages, les entremets et les sorbets avec les tartes et les beignets.

« Bou Diou ! s'exclama Pauline avec sa jovialité et sa rondeur de fin gourmet, s'ils avalent tout cela, je veux bien en avaler mon chapelet ! »

Et machinalement, elle fit le signe de croix en demandant à Celui qu'elle croyait présent dans ses cuisines, comme à l'église, de bien vouloir lui pardonner son blasphème involontaire.

« Tu es catholique ? lui demanda Marie, qui ignorait encore à quelle confession appartenait la cuisinière.

– Pour sûr ! Mais je n'en fais pas étalage ni un principe pour choisir mes amis.

– Le maître n'aime guère les protestants. J'ai été très surprise qu'il me prenne à son service.

– C'est son épouse qui a insisté. Cette femme-là est une sainte. Elle a le cœur sur la main et, catholiques ou protestants, elle ne fait aucune différence. Pour elle, nous sommes tous des enfants du bon Dieu. Et c'est mon avis à moi aussi.

– C'est aussi le mien. »

Depuis son retour du lycée, Guillaume avait à peine entrevu Marie pour lui faire part de sa réussite au baccalauréat. Il lui avait annoncé que dans moins d'une semaine, juste après la distribution des prix, il serait enfin dégagé de ses obligations scolaires.

« Alors, on se verra tous les jours ! avait-elle exulté.

– Tous les jours ! Mais il faudra redoubler de prudence. »

Il la prit par la main, l'entraîna à l'écart, l'enlaça dans l'obscurité d'une sous-pente et l'embrassa. D'abord dans le creux de l'épaule, puis lentement il déposa ses lèvres sur les siennes.

Dans ces moments de sublime bonheur, Marie oubliait les menaces qui pesaient sur leur amour : Legarec d'abord, toujours à l'affût des moindres occasions de faire le mal ; l'arrivée impromptue d'Auguste Donnadieu ou de sa femme, qui aurait pour conséquence son renvoi immédiat ; la dénonciation d'une servante jalouse de sa relation privilégiée avec le fils du maître. Elle oubliait aussi les soucis occasionnés par la maladie de sa mère.

Quand elle rentrait le soir à la métairie, toujours en compagnie de Louise, elle s'en voulait parfois d'éprouver un tel bonheur alors que les siens vivaient des heures de tourment. Louise se gardait bien de lui faire de quelconques remarques sur ses fréquentations, mais ne cessait en chemin ou à la maison de lui rappeler ses origines et ses devoirs envers ses parents.

Marie ne s'en offusquait pas. Elle aimait trop sa sœur cadette qui se montrait souvent plus raisonnable qu'elle.

À la fin du repas, juste au moment où les hommes allaient se retirer dans la bibliothèque pour fumer, Hortense demanda à Guillaume de s'approcher de son père, car celui-ci avait une déclaration importante à faire à son sujet.

Marie était en train de desservir les assiettes à gâteaux et portait un plateau trop lourd pour elle.

« Mes amis ! déclara Auguste Donnadieu l'air très satisfait, je vous remercie d'abord d'avoir accepté mon invitation. Je pense que mon fils Guillaume apprécie également votre présence qui l'honore. Son succès à ce noble examen, qui fait de lui un homme accompli, ne sera sans doute pas le dernier. Aussi ai-je le plaisir de vous annoncer, et je lui apprends par la même occasion, qu'à la rentrée universitaire prochaine, il ira poursuivre ses études dans une grande école parisienne. Privée ! Cela va de soi, monsieur l'abbé. »

À ces mots, Marie, qui n'avait perçu que la fin de la phrase, surprise par ce qu'elle venait d'entendre, laissa échapper son plateau, interrompant le châtelain dans son élan. Furieux, celui-ci jeta un regard de feu en direction de son employée, s'interrompit plus longtemps qu'il n'aurait fallu et mit ses invités dans l'embarras. La jeune fille s'employa à ramasser les bris de porcelaine, anéantie par l'incident qu'elle venait de créer maladroitement.

Reprenant le cours de sa déclaration, Auguste Donnadieu se tourna vers son fils. Celui-ci était devenu aussi blanc que la robe d'organdi de sa jeune sœur qui se tenait à ses côtés. Julie Donnadieu, s'apercevant de son trouble, lui donna du coude pour le secouer.

« Alors, mon fils ! Vous n'êtes pas heureux d'aller faire vos études dans la capitale ? » poursuivit le châtelain.

Guillaume, les yeux rivés sur Marie qui achevait de réparer son impair, balbutia :

« Très heureux, Père, très heureux.

– J'ai l'impression que cela ne vous enchante guère. Mes amis vont croire que je vous force à vous éloigner de notre maison. L'école et la pension où l'on vous attend sont de la plus haute renommée. Vous en sortirez avec tous les honneurs et serez ainsi paré pour me succéder et pour faire de ce domaine un modèle du genre dont on parlera dans tout le pays.

– Un peu de modestie, mon ami ! interrompit gentiment Hortense. Vous mettez Guillaume dans l'embarras, et vous finirez par passer auprès de nos hôtes pour un vaniteux.

– Pardonnez-moi ! se reprit aussitôt le châtelain. Allons, Mesdames ! Nous vous laissons le boudoir. Quant à vous, Messieurs, vous me direz ce que vous pensez de mes nouveaux havanes. »

Auguste Donnadieu convia ses invités à le suivre, prenant Guillaume par les épaules.

« Vous aussi Guillaume ! Vous êtes des nôtres dorénavant. Je vous invite donc au fumoir. »

Le jeune homme n'osa repousser la proposition de son père et, malgré lui, laissant Marie à sa peine, disparut dans l'antre enfumé du château réservé aux hommes.

XVIII

Sur le Lozère

SUR LE LOZÈRE, les étés étaient aussi torrides que les hivers rigoureux. Les pâturages ressemblaient beaucoup à ceux du causse où Antoine avait transhumé de nombreuses années. Écrasées par un soleil de plomb, sans toujours pouvoir se réfugier à l'ombre des arbres, les bêtes chômaient à longueur de journée, amorphes, sans vigueur, dans l'attente du soir qui apporterait un peu de fraîcheur.

Le pic Cassini, du haut de ses 1 700 mètres, dominait une vaste table granitique, lourde et massive, que le Tarn naissant et ses premiers affluents avaient toutes les peines du monde à entailler. Sa carapace, si peu burinée, semblait encore intacte de toute usure du temps et, mis à part quelques gros blocs erratiques qui en parsemaient la surface, aucune blessure profonde, aucun déchirement n'était venu entailler ses entrailles cristallines. Les hauts plateaux ondulés aux sols acides, ventés et longuement enneigés en hiver, ne portaient que de mauvaises pelouses rases et sèches en été, que juillet transformait vite en paillasson. Le fond des vallons entre Tarn et Lot n'offrait que sols détrempés et prairies marécageuses où des ruisseaux impétueux divaguaient vers l'ouest, avant de cascader en rivières vives et poissonneuses.

La lande y était parsemée de bergeries autour desquelles les ovins ne manquaient pas d'espace. Ceux-ci pâturaient à leur gré sans se heurter aux riches troupeaux de vaches, fierté des grosses fermes de granit qui, tel le Mas Camargue, veillaient au respect des zones de pacage.

Le Lozère présentait des conditions d'existence si dures que de nombreuses bergeries tombaient en ruine, abandonnées par les plus téméraires des derniers bergers. Si la vie se maintenait encore dans les hameaux de Bellecoste, l'Hôpital et Salarial, elle le devait à l'acharnement des vieux qui, accrochés à leurs pierres ancestrales, refusaient de quitter leurs mas pour descendre, comme les plus jeunes, dans les bourgs voisins, Le Pont-de-Montvert, La Fage ou Le Bleymard.

Dans ce milieu hostile, la bergerie qu'occupait Célestin Fabre n'était pas des mieux loties. Composée d'un unique bâtiment aux murs cyclopéens, tout en gros blocs de pierre montés à sec, elle n'offrait qu'une vaste étable prolongée d'une pièce mal éclairée, dont elle n'était séparée que par une simple cloison rafistolée de planches ; un véritable taudis dans lequel Célestin mangeait, dormait, se réfugiait quand le gros temps le chassait de la lande et l'obligeait à mettre ses brebis à l'abri. Le vieux berger assurément prenait son content à peu de frais.

Avant toute chose, Antoine voulut faire le ménage. Car il entrevoyait mal la vie à trois dans cet espace exigu qui n'offrait aucun confort ni aucune hygiène. Au sol, sur la terre battue qui suintait d'humidité, la paille formait une sorte de boue noirâtre dans laquelle les pieds s'enfonçaient à chaque pas. L'odeur de l'étable, amplifiée par la chaleur de l'été, prenait à la gorge ; mais Célestin n'en paraissait guère incommodé.

« Il faut commencer par aérer », proposa Antoine.

Le vieux pâtre ne broncha pas et alla s'occuper de ses bêtes agglutinées à l'entrée de l'étable. Aidé de Petit-Pierre, Antoine ouvrit l'unique fenêtre, qui donnait sur le versant exposé au soleil, et commença à faire place nette. Il plaça la paillasse de chacun dans un angle différent de la pièce, sortit la paille de l'année précédente sur le seuil, en fit un gros tas et en apporta de la fraîche. Puis il confectionna une table de fortune à l'aide d'une longue planche et de quelques pierres qu'il ramassa dehors.

« Ç'a déjà plus d'allure ! » fit-il, non mécontent de lui.

Le jeune berger sourit. C'était la première fois qu'il voyait un homme faire le ménage.

« Il manque une femme ici ! dit-il pour donner le change.

– Dis donc, toi ! répliqua Antoine, quel âge as-tu pour parler ainsi ?

– Bientôt quinze ans. »

Petit-Pierre ne paraissait pas son âge. De frêle corpulence et de petite taille, il semblait avoir oublié de grandir. Mais il était plein de vigueur et ne donnait pas sa part aux chiens, quand il engloutissait les tranches de pain et de lard que le vieux Célestin lui donnait sans compter.

« Où mets-tu tout ce que tu manges ? lui demanda Antoine pour se moquer gentiment de lui.

– Je ne suis pas très costaud, mais je travaille comme un homme. Vous verrez, vous n'aurez pas à être derrière moi. »

La solitude du Lozère n'avait rien à envier à celle du causse. Ses landes à genévrier, *callune*[1] et genêt évoquaient les pelouses rases du vieux plateau calcaire battu par les vents d'ouest. Seules, à l'horizon, les hêtraies se dressaient en fûts élancés et rappelaient que le massif montagneux, comme l'Aigoual, était aussi le domaine des forestiers.

Quand deux semaines se furent écoulées et que le troupeau eut retrouvé ses habitudes d'estive, Antoine décida de rendre visite à Adeline. Le ciel était menaçant, plombé par des nuages de cendre. Le haut pays cévenol était sujet à de fréquentes sautes d'humeur du temps et, malgré la saison, la pluie s'y abattait parfois avec une force phénoménale.

Antoine hésita avant de se mettre en route. Mais l'absence d'Adeline commençait à lui peser. La sachant si près de lui, il avait hâte également de recevoir des nouvelles de Mathieu, qui avait dû lui écrire depuis son départ pour Nancy.

« Tu devrais attendre que le ciel se dégage », lui conseilla Célestin.

Antoine n'écouta que son cœur et partit de bon matin. Il contourna le pic Cassini, dont le sommet était enchâssé dans un chapeau de nuages noirs, puis rejoignit le chalet de l'Aigle et amorça une longue descente

1. *Bruyère commune.*

à travers la forêt, sur le flanc oriental de l'austère montagne. Il marcha quatre bonnes heures avant d'apercevoir les toits d'ardoise des premières maisons de Concoules. Il pénétra dans le bourg peu avant la fin de la matinée, à l'heure où l'effervescence battait son plein dans les ruelles et sur la place du foirail.

Ce n'était qu'une petite bourgade d'altitude, abritée sous l'aile du massif montagneux, où la vie se perpétuait à l'ancienne, selon des traditions aux racines bien ancrées dans le granite du sol. Les paysans n'y avaient pas la faconde ni la volubilité des habitants des versants méridionaux des Cévennes, davantage tournés vers la Provence. Ici, la rudesse du milieu se lisait sur leur visage buriné, et leur stature solide était à l'image du géant sous la coupe duquel ils avaient trouvé refuge.

Adeline était encore alitée dans le dortoir commun, adossée à de gros oreillers qui la maintenaient assise. Auprès d'elle, d'autres convalescentes, plus âgées pour la plupart, tuaient le temps en bavardant. Antoine trouva étrange de les voir encore au lit à cette heure avancée de la matinée. À l'entrée du dortoir, il s'en étonna auprès de l'infirmière.

« Dans cette salle, lui confia celle-ci, il n'y a que les grandes malades. Elles ne sortent qu'une heure ou deux dans l'après-midi. Mais dès qu'elles iront mieux, elles pourront prolonger leur séjour au soleil ; cela ne pourra que leur faire du bien. »

Antoine s'assombrit. Adeline était donc dans le service des soins intensifs et son état était plus sérieux qu'il ne l'avait imaginé ! Il n'en laissa rien paraître quand il s'approcha de son chevet et la complimenta au contraire sur sa bonne mine.

« Oh ! répliqua-t-elle, je ne me sens pas encore très forte. J'ai même l'impression que tous ces remèdes ne font que m'intoxiquer un peu plus chaque jour. Mais je tousse moins, il est vrai.

– L'infirmière vient de me dire que tu pourras bientôt sortir dès le matin.

– Il est grand temps ! Je m'affaiblis à paresser au lit. Cela n'est pas dans mes habitudes.

– Il faut d'abord te reposer. Il sera toujours temps de reprendre ton ouvrage. Rien ne presse. Adrienne et les filles s'occupent de tout à Quérac.

– J'ai eu des nouvelles par Marie. Elle m'a envoyé une longue lettre. Mathieu aussi m'a écrit. Il en a bien du mérite. Tiens, prends la lettre dans le tiroir de la table de chevet.

– Je ne sais pas lire ! L'aurais-tu oublié ?

– Je vais le faire. »

Adeline lut lentement la lettre soignée que Mathieu avait eu toutes les peines du monde à rédiger. Quand elle eut terminé, elle ajouta :

« J'ai honte de ne pas avoir insisté pour que Mathieu aille à l'école quand il était encore temps. Il sait à peine lire et écrire et je suis certaine qu'il en souffre.

– Il se débrouille mieux que moi qui n'ai jamais appris. Et tu n'as aucune honte à avoir ; tu lui as appris l'essentiel pour qu'il puisse s'en sortir seul. Si Auguste Donnadieu ne nous avait pas tenus sous sa coupe à l'époque, quand il se sentait tout-puissant, cela ne se serait pas produit. C'est moi qui ai manqué de courage, j'aurais dû l'affronter.

– Et il nous aurait mis à la porte ! Heureusement qu'il n'en a pas été de même avec les autres enfants ! Eux, au moins, sauront se défendre. On ne leur racontera pas des balivernes.

– Ne t'énerve pas, mon Adeline, interrompit Antoine. Tu vas te faire du mauvais sang. Pense que nos enfants sont les plus merveilleux du monde, et ce n'est pas parce que Mathieu n'est pas allé à l'école qu'il est plus désarmé que ses frères et sœurs. Il a de qui tenir !

– Oh ça, je le sais bien, mon chéri ! »

Adeline prit la main d'Antoine dans la sienne.

« Nous sommes si heureux quand nous sommes tous réunis ! ajouta-t-elle. Si heureux !

– Nous le serons bientôt de nouveau. Mais avant, il faut vite guérir. »

Dans sa lettre, Mathieu expliquait qu'il avait fait bonne route avec un camarade rencontré en gare de Nîmes. Il vantait la beauté de la capitale et s'étonnait de tout ce qu'il avait vu. En fait, il n'avait pas vu grand-chose, mais le peu qu'il avait découvert avait pris à ses yeux une magnificence démesurée. Il avouait cependant que la vie trépidante des Parisiens ne le tentait pas et qu'il avait été soulagé de reprendre le train le soir même. Il s'attardait sur la joie d'avoir retrouvé Jérémie, mais se plaignait de ne pas avoir souvent l'occasion de le rencontrer, leurs unités n'étant pas les mêmes. Le temps, pour l'instant, ne lui paraissait pas trop long. Entre les exercices physiques, le maniement des armes et les corvées, il n'avait pas un instant de répit.

Je ne sais pas si je vais suivre le conseil de mon camarade Victor qui veut à tout prix gagner des galons. Je n'ai aucune envie d'être responsable d'une batterie, car je ne veux pas qu'on fasse de moi une machine à tuer. Qu'en pensez-vous, Père ?

Antoine se promit de répondre à son fils dès la prochaine visite qu'il ferait à Adeline.

« Je réfléchirai à sa question. »

Adeline approuva, passant sa main dans la chevelure de son mari, comme à l'époque où, toute jeune mariée, elle aimait l'ébouriffer avant de se laisser embrasser.

« Te souviens-tu du bon temps que nous avons eu, malgré toutes nos difficultés ?

– Bien sûr je m'en souviens ! Pour moi, c'est comme si c'était hier. D'ailleurs, tu n'as pas changé. Tu es toujours la petite Adeline que j'ai connue jadis.

– L'âge nous a donné quelques rides et m'a abîmé les poumons.

– L'âge ne fait rien à la jeunesse du cœur. »

À trente-huit ans, Adeline était restée telle qu'elle avait toujours été. Menue sans être faible, elle avait gardé son allure d'éternelle jeune fille ; c'est à peine si ses maternités avaient marqué sa taille. Son visage exprimait toujours autant de douceur, et elle avait dans le bleu des yeux des reflets qui annonçaient le printemps. Portant ses longs cheveux dorés en chignon derrière la tête, elle aimait se les laisser dénouer par Antoine, le soir, pour les coiffer avant de s'endormir. Entre eux, il y avait toujours la même complicité que vingt ans plus tôt.

Mais sa maladie lui taraudait l'esprit. Elle s'en voulait de ne plus pouvoir être auprès de son mari la compagne à part entière qu'elle avait sans cesse été, avant que ne survienne le mal.

« Là n'est pas l'essentiel, lui avait-il répondu, un jour qu'elle s'accusait de ne plus être pour lui une bonne épouse. Notre amour ne sortira que plus grand de cette épreuve. »

Vers midi, lorsque vint l'heure de la sortie, Antoine accompagna Adeline dans le jardin de l'hôpital. Ils se promenèrent comme jadis ils aimaient le faire à la tombée de la nuit, serrés l'un contre l'autre. Antoine prit son épouse par les épaules et lui parla, sans s'arrêter, pour la faire rêver et mettre un peu de rose dans ses pensées ternies par les miasmes de la maladie. Ils firent une longue halte sur un banc, à l'ombre d'un aulne dont les jeunes frondaisons frissonnaient dans le marin.

« Tu vois, fit Adeline, ici aussi nous avons notre banc. Comme ce vieux tronc devant notre maison. Je t'y attendrai la prochaine fois. Je ne veux plus que tu me voies alitée comme une souffreteuse.

– Prends soin de toi, ma chérie. Ne commets pas d'imprudence.

– N'aie aucune crainte. Quand tu redescendras de l'estive, je t'attendrai assise sur notre banc ; chez nous à Quérac. »

Le ciel s'assombrit, menaçant. Mais Antoine ne parvenait pas à se détacher de son épouse, tant elle lui manquait déjà à la seule idée de devoir se séparer d'elle.

« Il faut t'en aller, lui dit-elle, en regardant les nuages. Je crains que tu ne rencontres l'orage en chemin. Promets-moi d'être prudent. »

Antoine la tranquillisa et jura de revenir dès que possible.

Il n'avait pas encore quitté Concoules qu'un grondement déferla au-dessus des crêtes. La voûte céleste se déchira sous les assauts répétés de violents coups de sabre qui plongèrent la vallée dans un déluge de feu.

Il rencontra l'orage dès qu'il attaqua le versant boisé de la montagne. Une lumière de fin de jour plongeait la forêt dans d'étranges ténèbres régulièrement déchiquetées par le jaillissement aveuglant des éclairs. La pluie tombait avec une telle violence que la cime des arbres ployait à se rompre. À maintes reprises, il dut s'arrêter et se réfugier dans un abri de fortune, contre un rocher, sous un aplomb, afin de laisser passer le grain qui l'aveuglait. Trempé jusqu'aux os, malgré sa cape, il poursuivit son chemin jusqu'au plateau. Là-haut, pensait-il, il verrait plus clair. Mais dès qu'il l'eut atteint, une violente averse de grêle s'abattit sur lui. En l'espace de quelques secondes, la surface du massif blanchit sous un manteau de cristal et prit un aspect hivernal.

Antoine pensa aussitôt au troupeau et craignit qu'il n'ait pas eu le temps de rentrer à la bergerie. Les orages pouvaient occasionner de gros dégâts, si les bergers ne parvenaient pas à mettre leurs bêtes à l'abri. Il hâta le pas. Mais le vent lui cinglait le visage et rabattait sur lui un mélange de pluie et de grêle qui l'empêchait de bien discerner son chemin. Il perdit un temps précieux au pied du pic Cassini, et finit par retrouver les sources du Tarn alors que le soir tombait. Un peu plus en aval, il distingua une lueur dans le brouillard qui avait succédé aux averses. Ne sachant plus où il se trouvait exactement, il se dirigea vers cette ultime porte de salut. Il aperçut un homme de forte corpulence, muni d'une lampe-tempête, qui s'empressait de pousser devant lui une quinzaine de vaches et de veaux. Il reconnut le Mas Camargue. Il fonça droit sur le vacher et lui demanda l'hospitalité pour une heure ou deux, le temps de se sécher et de se reposer.

« Vous feriez mieux de rester chez nous toute la nuit, lui proposa l'inconnu. L'orage n'est pas encore terminé. Ça pourrait encore péter sous peu. Si la paille de mon fenil vous convient… »

Antoine remercia son hôte et crut préférable, en effet, de ne pas s'aventurer plus loin dans la nuit par le temps qu'il faisait.

« Je paierai mon repas, fit-il.

– Il ne sera pas dit que je profite des malheureux qui se perdent sur nos chemins. Vous mangerez à ma table et vous ne me devrez rien. Vous me feriez déshonneur de refuser ! »

Antoine accepta de bon cœur et se confondit en gratitude. L'éleveur le prit d'abord pour un chemineau.

« Vous cherchez du travail dans les fermes ?

– Non, pas du tout. »

Le visage du paysan s'assombrit.

« Ah ! Je croyais. Parce que j'aurais pu vous embaucher pour le restant de l'été. Mon valet de ferme m'a laissé tomber sans crier gare. Parti, volatilisé ! Sans laisser d'adresse. Ah ! Les jeunes. Ma femme m'avait pourtant prévenu : “Ne prends pas des gamins, ils te lâcheront sans te prévenir !” Elle avait raison. »

Antoine écoutait sans interrompre, se réchauffant devant les flammes de la cheminée où brûlait une énorme bûche de fayard.

« Votre femme n'est pas là ? demanda-t-il, quand son interlocuteur lui laissa la parole.

– Partie aussi ! Avec mon valet de ferme. Je vous jure ! Allez faire confiance aux gens ! Dès que vous avez le dos tourné, ils vous mangent la soupe dans votre assiette. Et ma femme, dire que c'est elle qui me conseillait de me méfier ! Maintenant, me voilà Gros-Jean comme devant. Je n'ai plus personne pour garder mes vaches ni pour les traire. Et je dois faire cuire ma soupe moi-même. C'est un monde ! Alors, vous ne voulez pas rester pour me donner un coup de main ? Je vous paierai. Dix sous par jour, nourri, logé. Je peux aller jusqu'à douze.

– Je suis désolé. Mon troupeau m'attend. Je ne suis pas libre. Je suis berger.

– Berger ! Vous êtes berger ! Et qu'est-ce que vous gardez ?

– Des brebis. Je suis à l'estive jusqu'à la fin septembre. Je viens du bas pays.

– Je vois. Alors, vous ne pouvez pas rester. Je comprends. »

Le paysan semblait désappointé et se referma brutalement sur lui-même.

« Pour ce soir, reprit Antoine, je peux vous donner un coup de main. Je peux vous aider à traire les vaches.

– Vous êtes bien brave. Mais c'est d'une femme dont j'ai besoin. De ma femme. Cette garce est partie sans me prévenir. Avec une jeunesse en plus ! Il n'avait même pas le sou ! Qu'est-ce qu'elle lui a donc trouvé à ce petit salopard, nom de Dieu ? Qu'est-ce qu'il avait de plus que moi ? »

Antoine se rapprocha de son hôte et se fit rassurant :

« Quand elle aura compris son erreur, elle reviendra.

– Ce jour-là, elle verra de quel bois je me chauffe, crédieu !

– Si vous lui tombez dessus de la sorte, vous risquez de la perdre pour toujours. »

Antoine joua les bons samaritains toute la soirée et ne put empêcher son hôte de noyer son chagrin dans une bouteille d'eau-de-vie qu'il vida, seul, sans broncher, avant de sombrer dans un pesant sommeil éthylique.

Au petit matin, sans le réveiller, il se remit en route. Le ciel était d'une limpidité virginale. Le soleil s'élevait au-dessus de l'horizon comme au premier jour de la Création, inondant de lumière une nature que les pluies de la veille avaient purifiée et régénérée.

Lorsqu'il s'approcha de la bergerie, il fut surpris par le calme qui y régnait. Étant donné les violentes averses de la nuit, il s'attendait à voir le troupeau à l'étable, tout au plus prêt à partir. Or les lieux étaient déserts, l'étable vide, tout comme la chambrée. Il fit sans traîner le tour du bâtiment et ne vit aucune trace de remue-ménage sur le sol pourtant fraîchement détrempé par la pluie. Il s'approcha de l'âtre : les cendres étaient froides. Les paillasses l'étaient aussi.

« Ils ne sont pas rentrés de la nuit », songea-t-il.

Il partit aussitôt à la recherche de Célestin et de Petit-Pierre, prenant la direction du nord, où il savait que les bêtes devaient pâturer en son absence. La zone de pacage s'étendait jusqu'à des tourbières dont le sol spongieux était de médiocre qualité et favorisait le développement du piétin à cause de l'humidité permanente. Par temps sec cependant, les bêtes y trouvaient largement de quoi se nourrir, mais il ne fallait pas compter les rentrer tous les soirs à la bergerie, afin de leur éviter de trop nombreux allers et retours. Antoine se reprocha de ne pas avoir déconseillé à Célestin de s'y rendre.

« Il aura dû se laisser prendre par l'orage ! Dans quel état seront les brebis ? » s'inquiéta-t-il.

Au bout d'une bonne heure de marche, il aperçut le troupeau se détacher à l'horizon. Les chiens tournoyaient autour des brebis qui s'en étaient éloignées, tandis que, sous un bosquet d'arbres, le vieux Célestin, le dos courbé, semblait prendre soin de l'une d'elles. Quand il entendit Antoine arriver derrière lui à grandes enjambées, il ne put se contenir plus longtemps.

« Je suis un misérable ! Je suis un misérable ! répétait-il. Je n'aurais pas dû le laisser sans surveillance. »

Antoine s'approcha et découvrit, allongé à même le sol, enveloppé dans la cape du vieux pasteur, Petit-Pierre à moitié assommé, le visage déchiré d'une vilaine brûlure.

« J'ai eu de la chance, parvint-il à dire avec peine. Mais les brebis, elles, n'en ont pas eu autant. »

Célestin demanda à son jeune traspastre de se taire et de se reposer.

« Il a pris la foudre, tard hier soir, expliqua-t-il, alors qu'il tentait de se réfugier avec le troupeau contre ce rocher. Nous avons été surpris par l'orage. Il était trop tard pour rentrer. Je ne savais plus que faire. Je pensais bien que tu viendrais nous rejoindre ici.

– Il ne faut pas perdre de temps.

– Il est brûlé au bras et sur le corps. Il souffre beaucoup.

– Il aurait pu y rester. C'est un miracle qu'il ne soit pas mort. Et les brebis ?

– Une vingtaine ont péri, toutes foudroyées. C'est une catastrophe ! Elles sont encore au bord de la tourbière.

– Vous n'auriez jamais dû les laisser pâturer dans un endroit humide par ce temps-là.

– Je sais, je sais, geignit Célestin. C'est ma faute. Tout est de ma faute !

– Cessons de geindre. Il faut d'abord s'occuper de Petit-Pierre. Je vais confectionner un brancard. Vous rentrerez le reste du troupeau pendant que je le transporterai au Pont-de-Montvert. Il faut voir un docteur le plus vite possible.

– Et les bêtes foudroyées ?

– Je reviendrai demain pour les enterrer. »

Antoine tailla deux longues perches dans des branches de hêtre, les attacha l'une à l'autre avec de la corde, et confectionna une civière de fortune à l'aide de sa cape et de celle de Célestin. Petit-Pierre, pendant ce temps, était retombé dans un sommeil fiévreux qui le faisait délirer. Il tremblait comme par grand froid, et son front était nimbé de sueur.

« Pourvu que j'arrive à temps ! susurra Antoine. Le Pont-de-Montvert, ce n'est pas la porte à côté ! J'en ai bien pour la journée avec ce brancard.

– Quand tu passeras devant la bergerie, lui conseilla Célestin, arrête-toi, prends cinq minutes pour lui faire une tisane de mauve. Tu en trouveras dans mon barda. Puis applique-lui les feuilles sur ses blessures. Ça le calmera. »

Le vieux berger ne partait jamais sans sa pharmacopée de plantes médicinales et, comme tous les anciens, il soignait les bêtes, comme lui-même, selon ses bonnes vieilles méthodes. Sans en dire plus, il rassembla le troupeau et prit à son tour la direction de la bergerie, laissant derrière lui les vingt-cinq cadavres foudroyés.

Antoine suivit ses conseils. La mauve calma Petit-Pierre, mais pas suffisamment pour lui donner le repos dont il avait grand besoin. Sur sa civière, le blessé ne cessait de s'agiter et grelottait dans la quasi-inconscience de ce qui lui arrivait. Antoine pressa le pas. Derrière lui, deux traces parallèles, laissées sur le sol par les montants du brancard, indiquaient le passage de l'étrange équipage. Le chemin rocailleux secouait le malheureux qui, plus d'une fois, faillit rouler et tomber par terre. Antoine dut l'attacher avec une lanière et, à maintes reprises, le prendre à bras-le-corps pour lui faire passer les gués sans se mouiller. Les pluies de la veille avaient grossi les ruisseaux, les eaux vives et glaciales ralentissaient sa course.

Il parvint au Pont-de-Montvert exténué.

Quand le docteur le vit entrer chez lui avec son drôle de fardeau, il comprit aussitôt la gravité de la situation. Il lui demanda de l'aider à installer Petit-Pierre dans une arrière-chambre de la salle d'auscultation et s'occupa immédiatement du blessé, délaissant sa clientèle médusée de se voir ainsi abandonnée.

« Il s'en sortira, déclara le médecin. Ce ne sont que des brûlures superficielles. Je vais le faire transférer dans notre petit dispensaire pour quelques jours, le temps qu'il reprenne ses esprits et que ses plaies se cicatrisent. »

Antoine fut soulagé. Il laissa Petit-Pierre dans les mains du docteur et promit de venir le rechercher dès qu'il irait mieux.

« Partez tranquille. Nous nous occuperons de lui. »

Quand il fut de retour à la nuit tombante, il s'affala sur sa paillasse, mort de fatigue et de faim. Le lendemain matin, Célestin eut bien de la peine à le réveiller.

« Debout, Antoine, lève-toi ! Il y a un autre problème.

– Non ! Je n'en peux plus. Moi qui croyais qu'avec vous l'estive serait de tout repos ! Qu'y a-t-il encore ?

– La *grumète*[1] ! Trois brebis ont la bave. »

Antoine se jeta en bas de sa paillasse. Il savait qu'il fallait faire vite, car les bêtes étaient en danger de mort.

« Décidément, cet orage n'aura occasionné que des catastrophes ! »

1. De « gruma », la bave. Maladie de la météorisation : indigestion gazeuse très dangereuse apparaissant au pâturage après de grosses pluies d'orage.

Il courut chercher dans l'étable sa réserve d'huile de cade et sépara les brebis malades des autres. Tandis que Célestin les maintenait tranquilles, il en fit avaler une bonne quantité à chacune d'elles. Puis, par mesure de précaution, il leur fixa dans la bouche, à l'arrière des dents, un fragment de tige d'hellébore qu'il ne manquait jamais d'emporter dans ses bagages.

« Deux précautions valent mieux qu'une. Elles saliveront davantage et régurgiteront plus vite les gaz de fermentation.

– Moi, je leur fais avaler du tabac avec une bonne dose de vinaigre. Ça marche toujours.

– Pour aujourd'hui, je crois qu'il vaut mieux s'en tenir à ce dont je suis sûr, Célestin. Je ne voudrais pas être obligé de leur percer le flanc pour les faire dégonfler. C'est une chose que je n'aime pas faire ! »

Célestin n'insista pas, comprenant que son berger en savait autant que lui sur les méthodes à appliquer en cas d'urgence.

« Maintenant je vais m'occuper des brebis foudroyées. N'allez pas trop loin aujourd'hui. Restez dans les parages. À chaque jour suffit sa peine ! »

Une autre longue et rude journée attendait Antoine.

Il se munit d'une pelle et d'une pioche, et retourna à l'endroit du drame. Les vingt-cinq pauvres bêtes gisaient encore sur le sol, toutes attaquées par la vermine. Dans le ciel, des corbeaux attendaient leur heure, prêts à fondre sur les cadavres. Quelques-uns étaient déjà à l'œuvre et avaient englouti les yeux et percé le cou des malheureuses, dont la toison portait encore les traces du coup de sabre qui les avait abattues brutalement. Le spectacle était pitoyable. Jamais Antoine n'avait pu s'habituer à de tels carnages. Ce n'était pas la première fois cependant qu'il découvrait des animaux foudroyés. Mais cela faisait toujours naître en lui la même colère incontrôlée, un profond dégoût qu'il ne pouvait imputer qu'à la malchance et qui le plongeait dans une incompréhension obsédante, comme s'il se heurtait à un mur.

Il brandit vers le ciel le manche de sa pelle et injuria les charognards qui semblaient le narguer, criant de toutes ses forces pour mieux expurger l'amertume qui lui viciait le sang et l'esprit. Surpris, les corbeaux prirent peur et s'éloignèrent en croassant à tue-tête. Puis il s'arma de courage et, comme un fou, entreprit de creuser une grande fosse dans la terre meuble et humide. Quand il eut terminé, il tira une à une les brebis par les pattes arrière et les exposa au bord du trou béant. Il compta les cadavres à voix haute, comme pour mieux saisir l'ampleur du désastre avant d'en faire disparaître les traces. Sans rien ajouter, il les poussa délicatement du pied. Puis il reprit sa pelle, cracha dans ses mains et reboucha la fosse avec une énergie qui trahissait sa colère.

Les jours qui suivirent, il ne desserra pas les dents. Non qu'il en voulût à Célestin – il était très conscient que le vieux berger n'était plus tout à fait capable d'assumer seul sa tâche –, mais parce qu'il savait qu'à l'heure du retour, il leur faudrait encore courber l'échine devant Donnadieu, rendre des comptes et endosser les conséquences de la catastrophe.

Heureusement l'état de santé de Petit-Pierre s'améliora et, moins d'une quinzaine de jours plus tard, il put reprendre sa place à l'estive. Cela redonna confiance à Antoine, qui se promit de rendre une nouvelle visite à Adeline. Il en fit plusieurs dans les semaines qui suivirent.

À la mi-septembre, celle-ci quitta le sanatorium, son état s'étant amélioré grâce aux cures de soleil et aux soins intensifs qu'on lui prodigua pendant trois mois. Le feu qui lui rongeait la poitrine s'était assoupi. Mais, au dire des médecins, il n'était pas encore vaincu, et l'on pouvait toujours craindre une reprise du foyer d'infection. Ils lui fournirent une longue liste de médicaments et lui conseillèrent de ne pas s'exposer au froid ni à l'humidité. Ils lui recommandèrent enfin de revenir au prochain printemps pour effectuer un second séjour.

Trop heureuse de retrouver les siens, elle quitta Concoules confiante et le cœur soulagé. Elle reprit le train, seule cette fois, en direction d'Alais, où Marie et Louise l'attendaient fébrilement sur le quai de la gare.

Antoine, quant à lui, resta à l'estive jusqu'au début octobre, et reprit la draille avec Célestin et Petit-Pierre, alors que la montagne commençait déjà à se couvrir de cuivre et d'or et à prendre sa parure d'automne.

XIX

Le régisseur

QUÉRAC VIVAIT encore au rythme des vendanges. Les habitants du village aimaient cette période animée où, pendant plusieurs semaines, régnait une joyeuse atmosphère de fête.

La douceur des journées incitait encore à vivre dehors, et il n'était pas rare de voir rentrer tard le soir, à la tombée de la nuit, des groupes de journaliers qui avaient vendangé jusqu'à n'y plus rien voir. On les entendait parler, rire, et chanter parfois des mélodies qu'on ignorait, venues de leur pays natal. À côté des Espagnols, qu'Auguste Donnadieu embauchait toujours en grand nombre, il en venait aussi beaucoup d'Italie. C'étaient les plus bruyants, les plus volubiles, les meilleurs chanteurs aussi de tous les saisonniers. Leurs voix de soprano montaient à travers les rangées de vigne comme sous la voûte d'une cathédrale et traduisaient une allégresse qui laissait médusés leurs compagnons issus des régions du Rhône ou descendus des montagnes cévenoles. Ces derniers voyaient en eux de dangereux concurrents.

Les groupes ne se mêlaient pas ; des rixes éclataient parfois quand les uns ou les autres festoyaient, le soir, dans les cafés du village.

Auguste Donnadieu invoquait cette raison pour interdire à son personnel de sortir du domaine, une fois le travail terminé. C'était une clause de leur contrat d'embauche. Legarec, toujours lui, veillait à ce que personne ne contrevînt aux ordres du châtelain et était ainsi le seul à pouvoir s'attarder aux terrasses, sous prétexte d'accomplir son travail.

Tout le monde connaissait le personnage à Quérac. Loin de faire l'unanimité contre lui, il avait quelques amis qui ne lui jetaient pas la pierre, même si personne n'ignorait qu'il était un grand coureur de jupons et un buveur invétéré. Jamais cependant on ne le voyait en état d'ébriété ni au bras d'une de ses conquêtes. Il agissait toujours dans la discrétion la plus grande. Et chacun pouvait se demander si, par-derrière, il n'avait pas abusé de la crédulité de tous et trompé ses meilleurs amis. Les femmes entre elles ne parlaient jamais du lascar et n'osaient en toucher mot à leurs maris, de peur d'éveiller chez eux de dangereux soupçons. Le mutisme était la règle. On feignait de ne pas savoir, de crainte d'être la prochaine victime. On se disait de ses amis, tout en se méfiant et pour rester en bons termes avec le baron qui demeurait, dans la commune, le personnage le plus influent.

Au château, il avait ses entrées particulières, mais jamais on ne le voyait seul dans les appartements ni dans les communs. Quand il s'y trouvait, c'était toujours en compagnie du maître, à qui il rendait ses comptes. Toujours partout, on ne le voyait jamais là où on croyait le voir apparaître. Aussi surprenait-il souvent son monde par sa présence.

Le dimanche matin, à l'église, où il ne manquait jamais de communier, il se tenait toujours très près de la chaire du curé et semblait boire ses paroles. La famille Donnadieu, qui avait abandonné sa place réservée au-dessus du maître d'autel, pour une place moins ostentatoire au premier rang de la travée centrale, feignait de l'ignorer. Même à la sortie de l'office, sur le parvis, jamais maître et régisseur ne discutaient ensemble. Auguste Donnadieu, entouré de sa femme et de ses deux enfants, flânait volontiers pour toucher un mot aimable par-ci par-là aux administrés de la commune, et attendait toujours le curé, l'abbé Chabert, pour le gratifier de son obole dominicale. Le prêtre, qui lui était tout dévoué, se confondait en remerciements et ne tarissait pas d'éloges sur ses enfants éduqués comme il fallait dans les voies du Seigneur.

La famille du châtelain ne s'attardait pas longtemps et regagnait rapidement le château en calèche. Les rapports entre Auguste Donnadieu et Charles Legarec n'étaient donc fondés que sur le travail. Et, si la vie privée de son régisseur n'intéressait pas le riche propriétaire, celui-ci commençait à trouver les frasques de son employé trop connues de tous, même si elles demeuraient discrètes.

Il ignorait cependant que sa dernière proie n'était autre que la petite protégée de son épouse. Pendant tout l'été, en effet, Marie sentit peser sur elle la menace persistante de Legarec. Chaque fois qu'elle se risquait au-dehors, elle voyait sa silhouette se dissimuler derrière un arbre ou un muret ; chaque fois qu'elle se promenait avec Louise, elle devinait son ombre planer sur elles. Même quand elle rejoignait Guillaume dans les alcôves du château, elle devinait son regard fixé sur leurs ébats. Le jeune homme avait beau lui prouver qu'ils étaient seuls, elle ne se sentait jamais rassurée et s'attendait toujours à le voir surgir au fond d'un couloir ou à la cime d'un escalier.

« Il faut décompresser ! De toute façon, il n'osera jamais toucher à un seul de tes cheveux. Je serai toujours là pour te protéger.

– Il me gâche le peu de temps qui nous reste avant ton départ. Pense qu'après, nous serons séparés pour longtemps !

– Mon père a pris pour moi une décision qui ne me convient pas. Je pourrais très bien faire mes études à Montpellier. Je lui en parlerai.

– Il veut peut-être t'éloigner de moi ?

– Je suis certain qu'il ne sait rien.

– Tu ne parviendras pas à le convaincre. Sa décision est prise depuis longtemps.

– Je lui parlerai et je le ferai changer d'avis. »

Guillaume parla à son père. Mais celui-ci ne changea pas d'avis. Il n'était pas question pour lui que son fils perdît son temps à étudier dans une ville de province, fût-elle Montpellier, qui jouissait d'une grande notoriété. Seule une grande école parisienne était digne de son nom.

« Il n'y a pas à discuter, mon petit Guillaume ! » lui rétorqua-t-il comme fin de non-recevoir.

Le jeune bachelier dut s'incliner, la rage au cœur.

Quand Marie apprit la décision irrévocable d'Auguste Donnadieu, elle retint ses larmes et dit crânement pour ne pas laisser paraître sa tristesse :

« De toute façon, entre un futur châtelain et une fille de paysan, il ne peut y avoir d'avenir.

– Tu te trompes ! lui répondit Guillaume au bord des larmes. Moi, je me moque pas mal de tout ce dont j'hériterai un jour. Je ne veux rien d'autre que toi, toi seule ! Rien ni mon père ne pourront jamais me séparer de toi. Tu entends ! Je t'aime, Marie. Je ne pourrai jamais vivre sans toi. »

La jeune fille s'arma de courage. Depuis le fameux repas, elle s'était protégée d'une solide carapace de résignation qu'elle croyait invulnérable. Elle était prête à perdre Guillaume puisque leur vie ne pouvait pas suivre le même chemin. Mais elle ne voulait pas se faire dérober par un Legarec les derniers instants de bonheur qui lui restaient à vivre.

« Tu n'es pas encore parti, lui dit-elle. Il est inutile de nous soucier maintenant de ce qui arrivera demain. Pour le moment, c'est ce maudit régisseur qui nous gâche l'existence. »

Impulsif comme un jeune poulain, Guillaume promit une fois de plus d'aller voir Legarec et de lui parler, d'homme à homme.

« Il n'osera pas me tenir tête. Je suis le fils du maître. Il ne doit pas l'oublier ! Un jour, d'ailleurs, c'est à moi qu'il devra obéir ; si je le garde !

– Tu vois Guillaume, tu te considères déjà comme le digne successeur de ton père. Mon pauvre chéri, comment oseras-tu encore me regarder quand tu auras acquis vraiment toutes tes lettres de noblesse ? »

Guillaume se défendit de vouloir mélanger ses sentiments et les affaires auxquelles son père le destinait. Il affirma :

« Si je dois choisir entre toi et ce domaine, mon choix sera vite fait. Dans trois ans, je serai majeur, tu le sais. Je ne laisserai jamais personne choisir pour moi la femme que j'épouserai. »

Devant sa détermination, Marie se tut et feignit de le croire. Mais il restait au fond de son cœur une pointe de doute, une crainte que les chemins de la vie ne fussent inéluctables.

Quand sa mère rentra à Quérac, elle ne laissa rien paraître de ses craintes. Guillaume venait de quitter le domaine et s'était installé à Paris dans la pension pour fils de bonnes familles que son père lui avait dénichée. Ses cours allaient commencer quelques jours plus tard, et déjà il lui avait envoyé une longue lettre pour la rassurer. Marie avait pris soin de la cacher afin que ni sa sœur ni sa mère ne pussent la lire. Elle se promit de répondre sans attendre, mais ne se doutait pas que le courrier des jeunes pensionnaires était contrôlé.

Louise, toujours aussi discrète, savait qu'elle continuait à entretenir avec Guillaume des relations sérieuses. Elle comprenait bien qu'à l'âge de sa sœur, une jeune fille puisse s'attacher sincèrement à un garçon. Mais elle réprouvait son choix.

« Elle n'a aucune chance, avait-elle affirmé à son amie Mariette. Guillaume n'est pas de notre milieu. Ces histoires de conte de fées finissent toujours mal ! »

Louise avait davantage le sens des réalités. À quatorze ans, elle ne rêvait pas encore au prince charmant. Mariette la chinait en lui affirmant qu'elle resterait vieille fille si elle ne commençait pas à son tour à regarder les garçons. De trois ans son aînée, celle-ci ne s'en privait pas, et elle attendait toujours l'été avec impatience pour retrouver les jeunes qui accompagnaient leurs parents pour les vendanges.

Un beau matin, elle lui avoua, non sans un malin plaisir :

« Cette année, j'ai rencontré un bel Italien. Tu verrais comme il est mignon ! À croquer !

– Pourquoi ne me l'as-tu pas dit plus tôt ? s'étonna Louise. Je suppose que ça ne date pas d'hier.

– Je l'ai connu le 15 août, à l'occasion de la fête de Marie, au bal de la paroisse. Il venait d'arriver avec ses parents. »

Et Mariette de raconter l'une de ses nombreuses conquêtes sous l'oreille attentive de sa jeune amie.

« Tu devrais te méfier de Legarec. S'il te voit tourner autour des saisonniers des autres domaines, cela va mal finir pour toi. Après ma sœur, ça sera ton tour.

– Il n'a encore rien fait à ta sœur, que je sache !

– Certes, mais il ne la laisse pas tranquille, et il fait peser une menace permanente sur sa relation avec Guillaume.

– Mais pourquoi s'est-elle donc entichée du fils du maître ? Ça ne se fait pas !

– Ce ne sont pas nos affaires. Mais, moi, je t'aurai prévenue.

– N'aie crainte ! Legarec ne me fait pas peur. »

Depuis le départ de Guillaume, Marie ne vivait plus. Bien qu'elle évitât de rester seule au château comme autour de la métairie, elle se sentait de plus en plus épiée. À maintes reprises, elle croisa le régisseur au cours de ses allers et retours ; elle baissait les yeux, se rapprochait de Louise, pressait le pas et ne lui adressait jamais la parole. Legarec, lui, faisait comme si de rien n'était.

« N'aie pas peur ! lui dit Louise, qui ne manquait ni d'aplomb ni d'assurance. Tant que nous sommes ensemble, tu ne risques rien.

– Il attend son heure, j'en suis certaine. Il nous épie comme un loup épie sa proie avant de lui sauter dessus. C'est un diable cet homme-là.

– Parles-en à Mme Donnadieu.

– C'est impossible. Je ne peux encourir le risque de nuire à Guillaume. Il nous dénoncerait aussitôt. C'est pour cela qu'il nous épiait aussi quand nous étions ensemble : pour me faire comprendre qu'il me tenait.

– Tu t'imagines trop de choses !

– Non, Louise, je sais ce dont cet homme est capable. Pauline elle-même m'a dit d'être sur mes gardes. »

Adeline, de son côté, avait hâte de voir rentrer Antoine. Lui présent, Legarec laisserait sa fille tranquille, pensait-elle, quoique pas tout à fait convaincue que le régisseur craignît son mari. Sa propre expérience malheureuse ne prouvait-elle pas à quel point il se croyait tout-puissant et intouchable ?

Mais Antoine tardait à redescendre de l'estive, et Marie se sentait de plus en plus persécutée. Louise avait beau l'assurer constamment de sa présence et lui faire entendre raison, rien n'y faisait.

« Je le devine partout où je vais. Je ne peux plus faire un pas sans voir son ombre. Il est sans cesse après moi, et c'est pire depuis que Guillaume est parti.

– Tu exagères. Je t'assure qu'il est rarement là où nous allons. C'est toi qui imagines tout cela. La peur te fait perdre la tête. »

Louise était persuadée que sa sœur tombait dans l'obsession. Certes, elle connaissait le personnage et savait qu'il pouvait s'en prendre à elles. Mais, à ses yeux, les menaces auxquelles Marie faisait allusion n'avaient pas de réels fondements.

« Méfie-toi de lui, lui conseilla Adeline pour la mettre également en garde. Tu es bien jeune, et le larron a plus d'un tour dans son sac. »

François avait repris le chemin de l'école et faisait grise mine de ne plus être dans la classe de Mathilde. À huit ans, il avait quitté le groupe des petits et des filles pour rejoindre celui des garçons d'Émile Blanc, l'instituteur, dont les élèves les plus âgés préparaient le certificat d'études.

L'enfant considérait la jeune institutrice comme une amie de sa mère, presque comme une grande sœur. En sa présence, il avait toujours manifesté beaucoup de gentillesse et de bonne volonté à faire ses devoirs. Plus que ses frères et sœurs, il se montrait doué pour le travail scolaire.

Mathilde, sans lui faire d'excessifs compliments, ne cessait de l'encourager. Elle avait averti ses parents qu'il promettait de faire de belles études si on le poussait. Elle s'était beaucoup attachée à son petit élève en qui elle voyait tout le portrait de son père. Mais elle se méfiait de le considérer avec plus d'égards que les autres et devait souvent se raisonner pour s'en défendre.

Aussi fut-elle soulagée de le voir quitter sa classe pour celle de son collègue. Toutefois, elle continua à le raccompagner, presque chaque jour, jusqu'à la métairie de ses parents, pour lui éviter de rentrer seul dans la nuit après l'étude du soir. Elle prenait ainsi des nouvelles d'Adeline qu'elle savait convalescente et encore fragile.

Celle-ci appréciait beaucoup la présence de la jeune femme. Mais n'ayant pas été à l'école très longtemps, elle éprouvait quelques scrupules à converser avec de plus instruits qu'elle. Mathilde savait la mettre à l'aise. Issues toutes deux du même milieu, elles avaient de nombreux points communs et se plaisaient à évoquer leur jeunesse.

Protestante dans l'âme, Mathilde ne manquait jamais le culte du dimanche matin. Ses idées laïques n'allaient pas à l'encontre de sa foi, et elle ne fut pas la dernière à se réjouir de la séparation de l'Église et de l'État quelques années plus tôt, alors qu'elle était encore jeune étudiante. Elle ne faisait pas étalage de ses croyances. Elle estimait inutile de prouver aux autres ses convictions et pratiquait sa religion dans la plus grande discrétion.

Adeline l'approuvait, mais se sentait gênée de devoir reconnaître qu'elle et son mari ne fréquentaient pas le temple assidûment. Très tolérante, Mathilde se gardait de juger.

« Si vous n'en éprouvez pas le besoin, confia-t-elle, ce n'est pas une faute. Aller prier au temple n'est pas une obligation. Ce n'est qu'un moyen pour atteindre Dieu. Pas une fin en soi. Essayer de vivre en harmonie avec Lui, c'est ça croire. Ce n'est pas en bâtissant des cathédrales et en multipliant les actes de piété qu'on se rapproche de Lui, mais en tâchant de bien vivre sa vie ; puisque la vie est le plus beau cadeau qu'Il nous a fait. C'est ainsi qu'on Le mérite et qu'on se montre digne de Lui !

– Vous parlez comme un livre ! lui dit gentiment Adeline.

– C'est peut-être mon métier qui veut cela.

– Comme j'aimerais que Marie vous entende ! Elle est très angoissée depuis plusieurs mois. Elle se sent persécutée par le régisseur du château. Cet homme est malintentionné et dangereux. J'ai peur pour ma fille. »

Adeline expliqua les faits sans rentrer dans les détails. Mathilde ne parut pas s'en étonner, mais s'aperçut très vite à quel point sa confidente était bouleversée. Elle ne chercha pas à en savoir davantage, devinant qu'Adeline cachait au fond d'elle-même des souvenirs qu'elle ne pouvait exposer au grand jour.

Elle tenta de la rassurer :

« Il ne faut pas vous inquiéter. Il n'est pas bon de refouler dans l'oubli ce qui nous déchire. Il faut parler de ce qui gêne avec ceux qu'on aime et à qui on fait confiance, pour effacer les zones d'ombre et pour voir clair. Croyez-moi, il vaudrait mieux parler de tout cela avec votre mari et prendre ensemble les décisions qui s'imposent. »

Ce soir-là, réconfortée par les paroles de son amie, Adeline se promit d'aider Marie sans fuir ses responsabilités, et de confier à Antoine ce qui empoisonnait la vie de sa fille.

Le retour des transhumants n'était plus qu'une question de jours. Déjà le troupeau avait franchi la première étape et laissé derrière lui la ferme de Laubaret. Petit-Pierre avait pansé ses brûlures et arborait fièrement une grande balafre sur la joue droite qui lui donnait un air de vieux roulier des mers tout à sa convenance. Abattu par le mauvais sort, Célestin avait laissé sa place d'honneur à la tête des bêtes et préférait pousser à l'arrière, ne cessant de répéter qu'il était comme les traînardes : « Bon pour la réforme. » Antoine prenait donc son temps et freinait les bêtes les plus impétueuses qui avaient hâte de retrouver leur bergerie. Les vingt-cinq brebis foudroyées seraient peu ou prou remplacées par les naissances de janvier et, si le gain risquait d'être maigre cette année pour le vieux berger, il ne serait pas catastrophique. Dès leur retour, Antoine promit de l'aider à trouver une compensation, affirmant pouvoir compter sur l'entraide des autres bergers de la commune.

Jusqu'alors, il avait toujours éprouvé un étrange mélange de regrets et de joie à l'idée de clore la saison de l'estive. Si, au fur et à mesure qu'il se rapprochait de Quérac, la joie de retrouver les siens finissait par l'emporter sur les regrets de quitter le haut pays, très vite son cœur se remettait à battre dès qu'arrivaient les premières hirondelles et que résonnait l'appel de la draille.

Certes, ses filles étaient au petit soin pour leur mère et bientôt le retour de Fabien mettrait fin à l'éclatement de sa famille. Mais pour la première fois depuis longtemps, il ressentait un violent désir de quitter l'estive, la montagne, la draille, et d'abandonner sa liberté pour rentrer dans son foyer où il se savait attendu. Il avait hâte de regagner Quérac et de retrouver Adeline, qu'il avait laissée à Concoules dans un état toujours fragile quelques semaines auparavant.

Les derniers rayons du soleil léchaient encore la cime des vieux châtaigniers dont les feuillages flamboyants s'embrasaient dans la fin du jour. Le sol, nimbé d'humidité et couvert d'un épais tapis de feuilles mortes, exhalait des parfums d'humus et de champignon qui ne trompaient pas le nez exercé du vieux pâtre.

« Il y a des cèpes plein cette futaie ! s'exclama-t-il au moment de la dernière pause. J'ai grande envie d'aller aux champignons.

– N'allez pas vous casser une jambe, père Célestin. Nous sommes presque arrivés, ce n'est pas le moment. »

À l'approche du terme du voyage, Célestin se sentait revigoré et semblait oublier les soucis qui le minaient depuis la terrible catastrophe. Têtu comme un vieux bélier, il planta le troupeau sans crier gare et dévala la pente parmi les châtaigniers. En l'absence de Petit-Pierre, qui les avait abandonnés à l'étape précédente, Antoine parvint à grand-peine à contenir les bêtes à lui seul et à les empêcher de s'éparpiller dans le sous-bois.

Une demi-heure s'était écoulée et Célestin n'était toujours pas revenu.

« À ce rythme-là, nous ne serons pas rentrés avant la nuit ! commença à craindre Antoine, qui n'aimait pas les imprévus de dernière minute. Adeline et les enfants vont s'inquiéter. »

Il se mit à appeler en criant, ses mains en porte-voix :

« Célestin ! Célestin ! Il est temps de revenir. »

Le vieil homme ne répondait pas. La voix d'Antoine se perdait entre les arbres, étouffée par les fougères et les mousses du taillis. Les chiens, sentant leur maître perdu, se mirent à aboyer et à s'exciter. Les brebis crurent l'heure du départ sonnée et commencèrent à se presser les unes contre les autres, prêtes à suivre la première qui donnerait le signal.

« Bon sang de bon sang ! s'écria Antoine, fou de rage à l'idée que le troupeau allait lui échapper. Qu'est-ce qu'il fiche ? Si seulement Petit-Pierre était là ! »

Partagé entre l'envie d'aller à la recherche de son compagnon et celle de poursuivre son chemin pour éviter que les bêtes ne s'égaillent, il décida d'attendre encore quelques minutes avant d'aller à sa rencontre. C'est alors que, derrière lui, brandissant joyeusement sa cape comme un baluchon, arriva Célestin, fier comme Artaban, tout essoufflé et rouge de fatigue.

« Viens voir, fit-il en étalant son fardeau devant Antoine. Y en a au moins dix kilos ! Rien que des jeunes. Je te les donne. Tu les offriras à ta femme. C'est pour la peine que je te donne.

– Ils sont à vous, Célestin. Je ne veux pas vous en priver.

– Bou Diou, petit ! Dans ma vie, j'en ai mangé des champignons. Et pas que des cèpes ! Alors, vas-y, prends-les. C'est de bon cœur. »

Antoine aida Célestin à ramasser son précieux trésor et reprit sans tarder la tête du troupeau, enfin soulagé.

Quand il parvint aux abords du Soleyrol, après avoir quitté le vieux berger, il eut l'étrange impression qu'une catastrophe était arrivée en son absence. Personne ne l'attendait. Aucune lumière ne filtrait des fenêtres. La maison, assurément, était vide. Seules, dans la bergerie, les chèvres manifestaient leur présence en entendant leur maître appeler. Celui-ci, craignant le pire, accourut aussitôt aux nouvelles chez Adrienne Coste.

En chemin, il rencontra Mathilde en compagnie de François. À la vue de son père, l'enfant ne put se contenir. Lâchant la main de son institutrice, il sauta au cou de son papa et lui fit fête sans compter. La jeune femme, émue par ces retrouvailles et quelque peu gênée d'être en présence d'Antoine, ne dit mot.

« Que se passe-t-il donc ? demanda celui-ci après l'avoir saluée. Où est passée ma famille ? »

Mathilde baissa les yeux et s'embrouilla :

« Vous... Ne... Enfin, ils sont tous chez les Coste avec Adrienne.

– Il est arrivé quelque chose à Adeline ?

– Adeline ? Non. C'est… c'est Marie. Mais elle a eu plus de peur que de mal, précisa aussitôt Mathilde.

– Où emmenez-vous François ?

– Adrienne m'a demandé de l'éloigner. Pour ce soir seulement. Je vais le garder chez moi. Cela ne me dérange pas.

– Est-ce si grave ?

– Non. Je viens de vous le dire. Mais votre fille et votre femme sont encore sous le choc. Alors, il est préférable que le petit se tienne à l'écart de tout cela. »

Antoine commençait à s'impatienter :

« Dites-moi la vérité. Que s'est-il passé ?

– C'est-à-dire… ce n'est pas facile. C'est le régisseur du château.

– Legarec ?

– Il a… »

Mathilde ne parvenait pas à s'expliquer. Les mots lui semblaient trop douloureux.

« Je ne peux vous raconter ça ici. Mais je vous assure, Marie n'a rien. Elle est un peu traumatisée. Il faudra lui laisser le temps de reprendre ses esprits. »

Antoine commençait à comprendre. Il demanda à François de suivre Mathilde et bondit chez Adrienne sans attendre.

Dans la cuisine régnait un grand désarroi. Toutes les femmes étaient réunies dans le cantou, plongées dans un silence pesant qui trahissait encore leur stupeur. Leur visage blême, malgré la lumière du foyer, semblait de cire. Aucune ne parvenait à exprimer ni ses sentiments ni son indignation. Elles étaient toutes comme terrassées par une fatalité qu'elles avaient vu venir mais qu'elles avaient reléguée dans le domaine de l'impossible.

Seule Adrienne rompait parfois le silence, s'accusant de ne pas avoir suffisamment mis en garde les filles pendant l'absence de leur mère.

Adeline, effondrée dans un puits de silence où elle avait retrouvé les cruelles réminiscences de ses propres tourments, n'était plus que l'ombre d'elle-même. Misérable, prostrée dans son coin, comme si elle était la victime du nouveau drame qui venait de se dérouler, elle ne se manifestait que par d'interminables quintes de toux nerveuse, signe que le mal dont elle souffrait n'était toujours pas vaincu.

Louise, en larmes, tenait la main de sa sœur, incapable de lui prodiguer la moindre parole de réconfort.

« C'est ma faute ! répétait-elle par intermittence. Je n'aurais jamais dû te laisser rentrer seule. »

Adrienne, ne sachant quelle attitude adopter devant tant de désarroi, avait pris Marie par les épaules et faisait de son mieux pour lui être d'un quelconque secours. La jeune fille, les yeux hagards, fixés sur les flammes qui dansaient dans la cheminée, paraissait absente, hors du temps. La blancheur de son visage, sa chevelure déployée, visiblement ébouriffée, le tremblement incontrôlé de ses mains, tout trahissait en elle l'immense frayeur qu'elle venait de traverser.

Quand Antoine poussa la porte d'entrée d'un coup sec, sans prendre de précautions, personne ne bougea, pas même Adrienne. Celle-ci, cependant, fut la première à réagir au bout de quelques secondes.

« Antoine ! Dieu soit loué ! Il était temps que tu arrives. »

Puis, sortant de sa paralysie, Louise vint se jeter dans ses bras. Se retournant vers sa mère, elle expliqua :

« Elle ne parle plus depuis ce qui est arrivé.

– Que s'est-il passé ? Marie, ma chérie, réponds-moi ! »

Pas plus qu'Adeline, Marie ne pouvait prononcer la moindre parole, encore sous le choc de l'agression qu'elle venait de subir. Antoine l'embrassa tendrement, devinant ce qu'elle ne parvenait pas à avouer. Puis il embrassa sa femme, lui prit le visage dans les mains, essuya ses larmes de douleur et la serra tout contre lui.

« Je suis rentré, ma chérie. Je suis là, auprès de toi. Tout ira bien maintenant. »

Il passa quelques minutes à réconforter Adeline, qui ne semblait pas avoir conscience de sa présence. Puis il prit Louise par la main et demanda à Adrienne de le suivre dans la pièce voisine.

« Racontez-moi tout, sans détour. Je veux savoir. »

Louise raconta, malgré les sanglots qui la secouaient encore :

« Ce soir-là, je n'avais pas terminé mon travail avec Mariette. Nous avions pris du retard. Il y avait une pile de linge à repasser et à ranger. Je ne pouvais pas abandonner Mariette. Alors j'ai demandé à Marie de rentrer sans moi. Jamais nous n'avons fait la route l'une sans l'autre depuis le début de l'été, depuis que Marie s'est sentie menacée.

– Menacée ?

– Elle s'est imaginé que Legarec la poursuivait, avec de mauvaises intentions. Aussi avons-nous obéi à maman. Jamais nous ne sommes restées seules, ni au château ni ici à la métairie. Maman était très inquiète pendant son séjour au sanatorium. Mais Adrienne veillait sur nous. En fait, rien ne s'est jamais passé. J'ai fini par croire que tout cela était exagéré. Je n'ai jamais vu le régisseur tourner autour de nous. Marie, elle, sentait sa présence partout. C'était comme une obsession.

– Pourquoi ne pas en avoir parlé au châtelain ou à sa femme ?

– Marie n'osait pas. Elle craignait qu'on ne la prenne pour une menteuse.

– Et alors ?

– Ce soir-là, Marie est donc rentrée seule. Sans doute n'a-t-elle pas voulu montrer qu'elle avait peur. »

Louise s'effondra, incapable de poursuivre.

« Que s'est-il passé ? Parle ! Je veux savoir.

– Je n'étais pas là, je n'ai rien vu. C'est quand je suis rentrée que j'ai appris. »

Marie se leva et vint rejoindre son père et Louise, qui à son tour semblait pétrifiée d'effroi.

« Je vais vous expliquer moi-même, Père. Mais promettez-moi de contenir votre colère. »

Antoine, en effet, contenait de plus en plus mal la rage qui le gagnait à la seule pensée de ce qu'il imaginait.

« À peine avais-je quitté le château, j'ai entendu derrière moi, dans l'allée du parc, un bruit étrange : comme des pas furtifs, mal dissimulés. Je n'ai pas voulu m'en retourner, de peur de passer pour une poltronne auprès de Mariette et de Louise. J'ai donc poursuivi mon chemin en me hâtant. Il faisait déjà nuit. Chaque soir, avec Louise, nous passions par la petite remise qui se trouve près de la vigne des Delfieux, c'est plus court. Mais ce soir, étant seule, j'ai préféré suivre la route qui mène au village. C'est plus long, mais plus à découvert. Je me suis dit que j'y serais plus en sécurité, d'autant qu'on voit les maisons allumées pas très loin. À mi-chemin, il y a une butte qui cache la route. C'est de là qu'il a surgi, comme un fou. Je n'ai pas eu le temps de réagir. Il m'a entraînée de force dans le fossé et a essayé de… de… »

Marie s'arrêta de parler. Elle ferma les yeux ; sur ses joues des larmes se mirent à couler. Antoine ne desserrait pas les dents et se tenait fermement à sa chaise.

« Il m'a frappée, poursuivit Marie au prix d'un grand effort sur elle-même. Je me suis débattue, j'ai crié, je l'ai frappé à mon tour. Il était plus fort que moi. Je ne sais pas combien de temps cela a duré. Ça m'a paru interminable. C'est alors que Mathilde est arrivée.

– Mathilde ?

– Elle venait de la maison et rentrait chez elle. Quand elle a entendu les bruits sur le chemin, elle a accouru et a tenté d'intervenir. Legarec a pris peur, se voyant découvert, et s'est enfui, sans avoir eu le temps de… enfin, il ne m'a rien fait. Seulement quelques ecchymoses. J'ai eu très peur. J'en suis encore toute remuée. »

Antoine s'approcha de sa fille et l'enveloppa de ses bras :

« N'aie plus peur, ma chérie. Je suis là maintenant. Moi présent, je peux t'assurer que ton Legarec va entendre parler de moi.

– Non ! s'écria Marie en se détachant de ses bras. Vous m'avez promis !

– Je ne t'ai pas promis de ne pas aller corriger ce voyou. Tu ne voudrais pas laisser un tel crime impuni ! »

Marie craignait les représailles du régisseur à l'encontre de Guillaume. Aussi ne voulait-elle pas que son père intervînt.

« Il ne m'a rien fait ! répéta-t-elle. Il n'osera plus recommencer, Mathilde l'a confondu. Il aura bien trop peur que je ne parle. Il n'osera plus rien faire maintenant.

– Cette histoire ne doit pas en rester là, s'entêta Antoine. Ni pour toi ni pour ta mère. As-tu vu dans quel état tout cela l'a plongée, alors qu'elle allait mieux depuis son séjour au sanatorium ? »

Marie eut beau insister, Antoine n'en démordit pas et se jura de poursuivre Legarec de sa vengeance.

Quatrième partie

Le temps de la colère

XX

Révélation

ADELINE FINIT par sortir de son état de prostration. Sa fille avait de peu échappé au régisseur, mais elle n'en était pas pour autant rassurée et craignait que celui-ci n'en restât pas sur son échec.

Se voyant désarmée pour l'empêcher d'agir et de perpétrer ses actes odieux, elle ne trouvait de solutions à ses tourments qu'en révélant au grand jour la vérité : cette vérité étouffée depuis tant d'années et qu'elle s'était juré de ne jamais dévoiler, cette vérité qui était comme un poignard serti dans son cœur, toujours prêt à la déchirer de l'intérieur.

Devant l'insistance de sa fille, Antoine avait fini par se résigner et n'avait rien entrepris qui pût la compromettre. Marie, subtilement, lui avait expliqué :

« Révéler l'incident jettera sur moi le discrédit. Jamais plus, à l'avenir, on ne me regardera avec les mêmes yeux. Une fille dont l'honneur a été bafoué n'est plus tout à fait innocente, même s'il ne s'est rien passé d'irrémédiable. »

Et d'ajouter :

« Je passerai toujours pour une fille pas comme les autres ! »

Antoine avait contenu sa colère et tenté d'oublier l'ignominie en se jetant dans le travail.

Joseph et Fabien étant rentrés de l'estive dès la fin octobre, les brebis accaparèrent à nouveau tout son temps et, sans rien oublier, il décida de ne plus faire allusion à ce qui s'était passé en son absence.

Mathieu occupait dorénavant toute son attention. Après trois mois de classes, le jeune militaire avait fini par accepter de suivre une instruction plus poussée afin d'être affecté à une batterie de 75. Pour le moment il n'était que servant, mais il espérait bien monter en grade et, d'après ses dernières lettres, ses supérieurs le tenaient en haute considération. Suivant les conseils de Jérémie, il avait toujours obéi aux ordres scrupuleusement ; et s'il avait ressenti, au début, une certaine méfiance de la part de ses chefs à cause de ses origines, celle-ci avait vite disparu face aux aptitudes dont il avait fait preuve.

« Ça ne m'étonne pas ! exulta Antoine. Mathieu ne fait jamais les choses à moitié. Même si la soupe ne lui plaît pas, jamais il ne crachera dedans. C'est un vrai Chabrol !

– Un vrai Cévenol ! ajouta Joseph, comme nous tous.

– Tu as raison. Un Cévenol qui a dans le sang le sens du devoir. »

Adeline, plus proche des préoccupations de ses filles que des intérêts militaires de son mari et de ses fils, hésitait encore à parler à Antoine. N'allait-elle pas provoquer un nouveau drame en avouant ce qui datait maintenant de presque dix ans ? Tiraillée entre l'envie de faire enfin la lumière et celle de se taire à jamais, elle s'enfonçait chaque jour dans le doute.

Depuis que Marie était rentrée terrorisée à la métairie, elle n'avait plus revu le régisseur. Celui-ci, pensait-elle, devait se tenir sur ses gardes et évitait de se montrer.

Décembre approchait. Le domaine avait repris son rythme lent imposé par l'hiver. Les saisonniers étaient partis depuis longtemps, et seuls les troupeaux, allant pâturer dans les vignes et les garrigues, créaient un peu d'animation dans les terres redevenues froides et ternes. Dans le ciel essoré de ses pluies automnales par un vent sec venu du nord, les grandes envolées d'oiseaux migrateurs annonçaient l'arrivée précoce des premiers frimas.

Mais il avait beau s'abrutir à ses tâches quotidiennes, Antoine sentait bien qu'Adeline lui cachait un mystérieux secret. Elle feignait trop, à ses yeux, de ne plus s'inquiéter de ses filles, et ce détachement finissait par lui paraître anormal, étant donné ce qui s'était passé deux mois plus tôt.

Le siècle avait dix ans et tout tendait à démontrer qu'il amorçait une ère nouvelle. Les progrès allaient si vite qu'ils laissaient pantois tous ceux qui avaient déjà vécu la majeure partie de leur existence dans le siècle précédent. Certes, celui-ci résistait bien, mais pour combien de temps encore ?

Janvier cependant semblait augurer une année incertaine. Après une courte période de vents musclés qui avaient amené un froid vif et cassant, le temps s'était ramolli et la douceur avait fini par l'emporter. Les anciens s'en prirent à la machine à vapeur, responsable à leurs yeux de tous les maux et surtout de la fin des vraies saisons.

Le ciel prit une teinte plombée. La neige se mit à tomber en un lent ballet de paillettes éphémères. Le sol, refroidi les jours précédents par le vent glacial, la retint et disparut sous une couverture uniforme qui masquait les moindres aspérités. Les chênes blancs, aux feuilles gaufrées par le gel, ployaient sous la charge dans de lugubres craquements, présage de leur future agonie. Les ceps, dénudés et squelettiques, brandissaient leurs moignons comme des suppliciés, pour demander grâce.

Mais cette neige épaisse et collante ne tint pas et transforma la terre en une auge sirupeuse et noirâtre. L'humidité s'insinua partout, et il fallut faire ronfler les cheminées pour s'en débarrasser.

Adeline souffrait de cette atmosphère malsaine. Malgré les précautions qu'elle prenait, sa poitrine ne cessait de se convulser sous les assauts de la toux. Les bienfaits de sa cure lui furent de courte durée.

« C'est la faute au froid, lui expliqua le bon docteur Mayen, pour ne pas l'effrayer. Il faudra retourner à Concoules dès le prochain printemps. »

Partagée entre ses propres problèmes et ceux de sa fille, elle n'opposa aucune objection. Elle acceptait la vie comme elle se présentait, une saison poussant l'autre.

« À chaque jour suffit sa peine. Qui sait où je serai au printemps ? lui répondit-elle, tandis que son mal avait pris les couleurs du ciel.

– Allons, Adeline ! Je ne vous permets pas d'être à ce point pessimiste. Votre guérison n'est qu'une question de patience et de persévérance.

– Dieu vous entende et me permette de voir mes enfants sortis d'affaire ! »

Les routes s'étaient vite dégagées. Antoine décida de se rendre à la foire de Ganges le 14 janvier, voulant acquérir quelques brebis supplémentaires pour accroître son troupeau. À cette foire d'hiver, les éleveurs se défaisaient des bêtes qu'ils pensaient ne plus pouvoir nourrir jusqu'à la fin de la saison froide. En marchandant convenablement, il était donc possible de se les procurer à un prix raisonnable.

Afin de le récompenser de ses bons résultats, il promit à François de l'emmener.

« Il est temps de commencer ton apprentissage, lui dit-il.

– Oui, Père. Je ne demande que ça. Moi aussi je veux être berger. Comme Mathieu et Fabien. »

Adeline crut bon de ne pas s'opposer à cette décision. Elle accepta à contrecœur de faire manquer la classe à son plus jeune fils, le 14 tombant un vendredi.

L'enfant, âgé de huit ans, ne rêvait déjà que de drailles et de transhumance. Fou de joie, il trépignait d'impatience à la seule idée d'accompagner son père. La veille, tout à son excitation, il alla se coucher sans tarder, espérant ainsi que la nuit serait plus courte et l'heure du départ plus proche.

À l'aube, sous un ciel toujours menaçant, mais par une étrange douceur, Antoine secoua son fils et, sans réveiller le reste de la maisonnée, se mit en route pour la petite cité héraultaise.

La carriole qu'il avait empruntée à Joseph roulait à vive allure sur la route du piémont cévenol. La vieille jument, tirée de l'écurie de bon matin, semblait avoir retrouvé un regain de jeunesse et tenait le trot comme une jeune pouliche. Antoine, qui n'avait pas l'habitude de conduire un attelage, dut la retenir à maintes reprises en tirant sec sur le mors afin de la mettre au pas.

« À ce rythme-là, elle sera épuisée avant qu'on ne reprenne le chemin du retour !

– Je peux tenir les rênes ? » demanda François, qu'Adeline avait emmitouflé dans une chaude pelisse.

Antoine les lui confia et, sans les lâcher complètement, il lui expliqua les manœuvres élémentaires de conduite. Sentant la pression faiblir, la jument reprit aussitôt le trot et esquissa quelques pas de galop. La carriole fit un bond sur la chaussée. François fut projeté à l'arrière du siège et lâcha les brides. Antoine reprit la situation en main et fit arrêter l'animal.

« Holà ! Ho ! Doucement ma belle. »

Il descendit de son siège et alla caresser la jument qui piaffait d'impatience.

« Pourquoi est-elle si nerveuse ? demanda François.

– Elle n'est pas sortie depuis longtemps. Cette balade la met en joie. Elle est comme toi. »

L'enfant rit aux éclats, découvrant deux rangées de dents étincelantes.

« Comme il ressemble à sa mère ! » pensa aussitôt Antoine.

Puis, à l'image d'Adeline, ses pensées s'obscurcirent et la tristesse l'envahit. Jamais il ne montrait le moindre signe d'apitoiement ou de désespoir, ni devant sa femme ni devant ses enfants. Il se donnait souvent l'apparence d'un roc, robuste, indestructible, pour ne jamais baisser les bras et pour tordre le cou à la fatalité. Mais, parfois, des images furtives, évanescentes, le faisaient saigner de l'intérieur à la manière d'un vaisseau qui commence à prendre l'eau.

Après Saint-Hippolyte, la route tirait droit et ne traversait que de rares hameaux. Sur leur droite, la montagne de la Fage portait encore un épais couvercle de neige et se fondait dans le blanc moutonnement du ciel. Les nuages s'amoncelaient toujours, lourds et gris, annonçant la pluie. La brave jument calma ses premières ardeurs, et ils purent poursuivre leur route au pas lent de la promenade.

Ils parvinrent à l'entrée du bourg peu avant dix heures. Une grande effervescence régnait déjà dans les rues encombrées de charrettes et de bêtes qu'on menait sur la place du foirail. Les commerçants s'activaient, car c'était pour eux une bonne journée. La foire durait jusqu'à la fin de l'après-midi, et les clients étaient toujours nombreux à leur acheter toutes sortes de marchandises. Les cafés ne désemplissaient pas ; les restaurants avaient déjà dressé les tables pour midi.

Antoine se rendait à la foire de Ganges chaque fois qu'il devait vendre des agneaux ou acquérir des brebis. Il y rencontrait de nombreuses connaissances. C'était pour lui l'occasion de se tenir au courant des tendances du marché, et de savoir ce qui se disait et se faisait dans la région.

Ganges était la foire la plus fréquentée du versant méridional des Cévennes. Les troupeaux transhumant des garrigues montpelliéraines vers l'Aigoual et l'Aubrac y transitaient chaque été et en avaient assuré la renommée. C'était l'une des meilleures logues du bas pays, et les propriétaires s'y arrachaient les bergers. La petite cité vivait ainsi au rythme et aux couleurs de la transhumance, fière de ses activités liées à la laine. Une bourgeoisie marchande en tenait le haut du pavé, entretenant toute l'année une prospérité qui faisait l'orgueil de ses habitants. On y trouvait quantité de petits métiers : savetiers, marchands de tissus, de cadis, d'instruments de travail, d'ustensiles de cuisine. Les paysans y côtoyaient les artisans et les riches négociants ; les habitants des montagnes ceux de la plaine, les villageois ceux de la ville ; car nombreux étaient les Montpelliérains qui venaient effectuer là leurs transactions.

Quand Antoine parvint sur la place du foirail, les marchands de bestiaux étaient déjà nombreux. Il les connaissait bien, pour la plupart, mais il se méfiait d'eux et leur préférait les éleveurs qui venaient vendre eux-mêmes leurs bêtes. Avec ces derniers, il parlait le même langage, il savait que leurs brebis n'étaient pas déguisées. Il pouvait leur faire confiance. Face aux maquignons, il se méfiait. Quand ceux-ci achetaient, ils trouvaient toujours des défauts aux bêtes les plus saines et proposaient des prix très en dessous des cours pratiqués, sachant vite repérer les éleveurs acculés, décidés à vendre à n'importe quel prix. Mais quand ils vendaient, là était le plus grand danger. Car ils connaissaient tous les subterfuges pour déguiser une bête bonne pour la réforme en une brebis pimpante, prête pour la plus longue transhumance.

Antoine ne s'était jamais fait piéger. Il connaissait l'âge des animaux : la dentition, l'usure des sabots, l'éclat des yeux, la densité de la toison, rien ne le trompait. Les effets du piétin, de la gale, la stérilité, il savait les déceler au premier coup d'œil. Rien ne lui échappait. Il évitait donc les vendeurs trop hâbleurs, qui vantaient leur marchandise comme des camelots.

Sans tarder, il emmena François faire le tour complet des exposants. L'enfant, subjugué par le monde, les étalages et les animaux sur pied, s'arrêtait fréquemment, caressait les jeunes agneaux, s'extasiait devant les cages à lapins, et riait de voir s'ébattre canards, canes, poules et poussins dans les parcs étroits qu'on leur avait aménagés. La foule bigarrée, volubile et nerveuse, créait une atmosphère de fête populaire, où tous semblaient se connaître de longue date.

Quand vint midi, Antoine entraîna son jeune fils à l'écart. Il ne tenait pas à l'amener dans un café pour déjeuner, ni à le mêler aux discussions parfois trop vives de ceux qui, le vin aidant, ne connaissaient plus les limites de la retenue. Ils s'engagèrent dans une ruelle du bourg et s'arrêtèrent pour manger près d'une fontaine. Antoine sortit de son sac un morceau de pain de seigle, un saucisson et deux pélardons, et posa le tout sur le rebord du bassin.

« Mange, pitchoun ! fit-il en passant sa main dans les cheveux de son fils. Tu l'as bien mérité.

– Quand achèterons-nous les brebis ? demanda l'enfant, qui dévorait déjà à pleines dents.

– La sagesse est de ne pas se précipiter. Nous avons fait le tour des marchands ce matin. J'ai déjà repéré deux ou trois lots de belles brebis. Si leurs propriétaires se montrent raisonnables, nous discuterons avec eux.

– Et s'ils ont tout vendu ?

– Ne t'inquiète pas ! Il y en aura pour tout le monde. Mais il ne faut pas non plus attendre la dernière minute si nous ne voulons pas tomber sur de vieilles carnes ! »

L'enfant s'assit sur la margelle. À ses côtés, l'eau de la fontaine chantait comme par un jour de printemps. Le ciel s'était soudain éclairci et les rayons du soleil jouaient à la surface du bassin comme dans un miroir que le jet d'eau, en tombant, brisait en mille facettes irisées. François se pencha au-dessus de l'onde, cherchant à retrouver son image. Il rit de bon cœur de se voir déformé par les rides de l'eau. Il plongea plusieurs fois sa main pour effacer ce qu'il prenait pour des éclats de diamant, mais dut finalement s'avouer vaincu.

« Tu cherches des pièces d'or au fond du bassin ? » lui demanda soudain une voix tout près de son oreille.

Tout à sa rêverie, l'enfant regarda de plus près la surface de l'eau, croyant qu'un être mystérieux sorti de l'onde lui avait adressé la parole. À côté de son image, celle d'un homme au large chapeau se dessina, flottant comme une feuille de nénuphar au milieu d'un étang.

« Alors ! Tu me reconnais dans ton miroir ? » poursuivit la voix.

François sursauta et reprit ses esprits. À ses côtés, un homme de grande taille, botté et portant une vareuse serrée à la taille, souriait de le voir surpris.

« Sais-tu qui je suis ? poursuivit-il.

– Où est mon père ? »

Antoine avait laissé son fils à ses jeux d'enfant et s'était éloigné à quelques dizaines de mètres, attiré par la vitrine d'un quincaillier. Quand il l'aperçut aux prises avec l'inconnu, il revint aussitôt vers la fontaine. Il ne reconnut pas immédiatement l'homme qui s'adressait à son fils. Celui-ci se tenait de dos et semblait terroriser François, dont le regard implorait l'aide de son père.

« Que voulez-vous à mon fils ?

– Ah ! Je savais bien que vous n'étiez pas loin. Qui voit le fils tombe sur le père !

– Legarec ! Que faites-vous ici ?

– La même chose que vous, me semble-t-il ! La foire.

– Laissez mon fils tranquille !

– Il n'est pas interdit de se désaltérer aux fontaines publiques, que je sache ! Je ne faisais rien de mal à votre fils. »

François courut se réfugier dans les jambes de son père. Il connaissait le régisseur pour l'avoir rencontré de temps à autre sur les terres du domaine. À son âge, il ignorait ce qui se disait à son propos. Mais déjà l'individu ne lui inspirait pas confiance.

« Viens, dit Antoine. Ne restons pas là.

– Ma compagnie vous déplaît, Chabrol ?

– Je n'ai rien à faire avec vous, et il vaudrait mieux pour vous que vous vous teniez loin de moi. Sinon je ne suis pas sûr de pouvoir tenir la parole que j'ai donnée à ma fille.

– Quelle parole ? »

Le ton monta entre les deux hommes. Visiblement Legarec avait bu et ne sentait plus les limites de la provocation. Son air narquois finit par exaspérer Antoine, qui préféra s'éloigner en se taisant et en lui tournant le dos, les poings serrés dans les poches de sa pelisse.

« Quelle parole ? » répéta l'homme avec insolence.

Il suivit Antoine et François, qui pressèrent le pas.

« Fichez le camp ! Disparaissez de ma vue ! sinon…

– Tes menaces ne me font pas peur. D'ailleurs, personne ne me fait peur. Pas même le maître. Je vous tiens tous dans le creux de ma main. Je n'ai qu'un mot à dire pour vous faire foutre dehors. »

Antoine tira François par la main.

« Il est ivre, viens. Nous allons le perdre dans la foule. »

Le jeune garçon semblait tétanisé et s'accrochait fermement à son père.

Le régisseur leur emboîtait toujours le pas et ne cessait de se répandre en paroles venimeuses.

« Eh ! tu sais, ta fille ! Je l'ai eue l'autre fois, à la tombée de la nuit. Je les ai toutes… toutes, tu m'entends ! Et devant moi, elles filent droit. Même ta bonne femme, je l'ai eue. Demande-le-lui ! Tu verras ce qu'elle te dira. Y a longtemps, mais j'm'en souviens. »

Antoine sentit la rage le gagner. Il se retourna vers le mécréant et, le poing menaçant, lui lança :

« Tu ne perds rien pour attendre, sale vaurien ! »

Antoine ne trouva pas le sommeil de la nuit. S'il avait réalisé un bon achat la veille en acquérant vingt belles brebis, sa joie était entachée par les paroles obscènes proférées par Legarec.

Certes, ce dernier n'était pas dans un état normal, et chacun savait combien il se targuait de tenir le monde dans ses mains. Mais, si ses insinuations concernant Marie lui paraissaient démesurées, celles concernant Adeline lui restaient encore plantées dans le cœur comme une écharde empoisonnée.

Adeline ! Pourquoi avait-il fait allusion à Adeline ? Le vin lui avait-il sorti de la bouche des paroles mensongères, ou lui avait-il délié la langue au point de lui faire révéler un secret qu'il tenait caché depuis longtemps ?

Adeline mise en cause, il ne pouvait rester à se taire comme si de rien n'était. Toutes les souffrances de sa femme, toutes ses périodes de profond désespoir dont elle ne sortait qu'au prix de lourds efforts, n'étaient-elles pas la conséquence de ce qu'elle n'avait jamais osé lui avouer ?

Il eut l'impression tout à coup qu'il vivait depuis longtemps dans l'ombre d'un mystérieux silence et qu'il était de son devoir de faire toute la lumière.

Le lendemain matin, le ciel s'ouvrit par une aube voilée. La douceur de l'air était anormale pour une mi-janvier, et il était à craindre que les pluies succèdent à la neige, avec tous les excès qui les caractérisent sur les contreforts cévenols.

XXI

Douloureux aveux

Les éclaircies furent de courte durée. Sur l'ensemble du pays, le ciel était redevenu menaçant et les pluies se mirent à tomber. Déjà certaines rivières en crue menaçaient de déborder et de provoquer de terribles inondations. Même la Seine à Paris avait atteint sa cote d'alerte. Partout on s'attendait au pire. Dans les rues de nombreuses villes, on ne se déplaçait plus qu'en barque. La catastrophe détourna l'attention des esprits chagrins, et l'on retrouva vite les gestes de solidarité redevenus naturels en pareilles circonstances.

Les nuages s'étaient aussi amoncelés dans l'esprit troublé d'Antoine. Depuis son retour de Ganges, il paraissait plus taciturne, ce qui n'échappa ni à Adeline ni à Joseph. Celui-ci n'osa lui demander ce qui le chagrinait, mettant son état d'âme sur le compte d'une petite querelle entre époux. Les deux hommes se connaissaient bien. Mais jamais l'un n'aurait fait des reproches à l'autre.

Plus Antoine se murait dans le mutisme, plus il trahissait son inquiétude. Au point que, sans savoir ce qui le tracassait, son ami finit par lui conseiller amicalement de parler à Adeline pour faire toute la lumière entre eux.

Il était loin cependant de deviner ce que celle-ci cachait au fond d'elle-même.

Un soir, alors que la moitié de la France avait les pieds dans l'eau et que l'on craignait la catastrophe à Quérac comme ailleurs, Adeline prit la résolution de parler et de déverser enfin les flots de douleur qui la noyaient de l'intérieur depuis tant d'années. Antoine l'y aida en amorçant peu à peu la conversation sur Legarec. Il lui expliqua leur rencontre fortuite à Ganges en présence de François et les paroles insidieuses prononcées par le régisseur.

« Il s'est vanté d'avoir abusé de Marie. L'alcool lui était monté au cerveau et il ne savait plus, sans doute, ce qu'il disait. Heureusement, nous savons qu'il n'en a rien été ! Mathilde est là pour nous le confirmer. »

Adeline, prostrée, ne dit mot, ne sachant à quel moment elle finirait par craquer et par tout avouer pour se libérer enfin de son terrible secret.

« Il m'a dit aussi qu'il s'en était pris à toi, il y a plusieurs années de cela. Tu ne m'en as jamais parlé ! Qu'y a-t-il de vrai dans cette histoire ? Je veux connaître la vérité, de ta bouche et non de celle d'un ivrogne qui se moque de nous pour faire le beau et nous faire croire qu'il nous tient tous à sa merci. Qu'en est-il, Adeline ? Réponds-moi ! »

Adeline sentit le moment venu de tout avouer. Elle reprit sa respiration, cilla des yeux pour mieux les assécher, se leva et vint s'asseoir dans le fauteuil d'osier de sa mère.

« J'avais décidé d'oublier à tout jamais cette sale histoire. J'ai fait beaucoup d'efforts pour y parvenir. En vain. Mes souvenirs sont toujours ancrés dans ma mémoire. Il n'y a que la mort qui pourra les ensevelir. Avec moi. J'ai voulu t'épargner la honte que j'ai ressentie après, et qui me colle encore à la peau depuis tant d'années. Tu ne méritais pas de vivre la même ignominie. Je devais être seule à supporter les conséquences de ce fardeau. Il était inutile que je te les fasse partager et que je jette le doute dans ton esprit. »

Adeline parlait, tout à sa douleur. Les mots lui venaient sans qu'elle eût besoin de les chercher, à la manière d'une rivière trop longtemps contenue et qui finit par se déverser lentement pour soulager son lit. Les rives de son cœur venaient de céder, et ce lent débordement la soulageait au fur et à mesure qu'elle avouait.

Antoine ne l'interrompit pas, la laissant s'épancher jusqu'aux limites du supportable. Quand l'eau monte, tous les efforts sont vains pour tenter de l'endiguer et mieux vaut attendre que le reflux arrive de lui-même. Quand son cœur eut fini de saigner, elle n'était plus qu'une plaie béante, à vif, une plaie qui venait de se rouvrir après avoir mal cicatrisé. Sa douleur était si forte qu'elle ne la ressentait plus. Ses yeux, secs, étaient taris, telle une source qui a trop donné de son eau. Son regard, fixe, se perdait dans les flammes qui crépitaient dans la cheminée. Elle n'osait s'en détourner de peur de croiser celui d'Antoine dont le silence indiquait combien toutes ces révélations le réduisaient à néant.

Elle n'avait pas encore avoué le pire, ce qui lui avait empoisonné l'existence depuis huit longues années. Antoine s'approcha d'elle, lui tendit la main. Elle fit un geste de recul et, d'un ton tranchant, comme pour assener le coup de grâce, ajouta :

« Neuf mois après, François est né. »

Antoine ne broncha pas. Sa stupeur avait fait place à une terrible colère qu'il contenait difficilement. Ses mâchoires saillaient sous la peau de son visage exsangue. Tous les muscles de son corps étaient tendus comme ceux d'un animal de proie prêt à bondir. Dans ses yeux se lisait un mélange de dépit et de furie. Son regard d'acier restait figé sur le sol, cherchant à mieux terrasser l'adversaire. Pour la première fois, il sentit naître en lui un étrange sentiment qui appelait la mort pour vengeance.

Les secondes qui suivirent ce terrible aveu d'impuissance lui parurent si lourdes qu'il resta sans réaction, incapable de réfléchir à ce qu'il convenait de faire, maintenant que tout était dit, que l'indicible était révélé.

Puis ses yeux se posèrent sur Adeline. Il perçut alors toute sa détresse, lui caressa la joue, l'attira par le cou jusqu'au creux de son épaule. Elle se laissa faire. Elle ne pleurait toujours pas. De ses lèvres closes, plus un mot ne parvenait à sortir. Elle avait tout dit.

« Quand tes larmes se remettront à couler, lui confia-t-il, tes doutes sur François se seront envolés et tu retrouveras la paix. »

Il fit un effort pour avaler sa salive. Ses mâchoires se décrispèrent, son corps se déraidit. Dans son esprit, la lumière revint.

Il savait ce qui lui restait à faire.

Pendant plusieurs jours il tenta d'apaiser sa colère, conscient que les idées qui le traversaient étaient trop noires pour qu'il prît sereinement une décision. Vis-à-vis d'Adeline et de ses enfants, il ne laissa rien paraître. Mais la froideur de ses paroles ne fit pas illusion. Chacun pouvait comprendre qu'il ressassait avec obsession les mêmes pensées.

Joseph s'en était inquiété auprès d'Adrienne.

« Les Chabrol se sont disputés ?

– Pas que je sache. Ce n'est pas dans leurs habitudes. Il est vrai qu'Adeline fait une tête de déterrée, mais avec ses soucis de santé, je la comprends !

– C'est plus grave que ça. »

Antoine s'abrutit dans le travail. C'est tout juste si, le soir venu, il faisait encore cas de ses filles. À Fabien, il n'adressait que de brèves paroles. Il semblait l'éviter, préférant s'isoler que rester en sa présence. Il ne sortait plus les bêtes lui-même. Son fils s'en occupait avec Joseph. On l'entendait parfois marteler un fer, fourrager dans la grange, crier sur les chiens. Avec Adeline toutefois, il redoublait d'égards, lui parlait sans attendre ses réponses. La malheureuse ne savait plus quelle attitude adopter. Depuis qu'elle avait fait ses terribles aveux et mis le doute dans son esprit, elle se sentait écorchée vive devant ses propres enfants, totalement nue devant lui.

Deux semaines s'écoulèrent. Personne, hormis Adeline, ne comprenait l'attitude d'Antoine, qui se refermait de plus en plus et n'était plus que le pâle reflet de lui-même.

« Quelque chose le ronge de l'intérieur », tentait d'expliquer Joseph à Adrienne, qui n'osait, de son côté, en parler à Adeline.

Entre les deux femmes, le même fossé s'était creusé, et les silences d'Adeline laissaient son amie songeuse. Celle-ci s'était mis dans l'idée qu'Adeline se savait condamnée et qu'Antoine en était terrassé. Mais le docteur Mayen lui affirma le contraire.

« Certes, Adeline est gravement atteinte. Mais son état est stationnaire, et nul n'a pu lui faire croire que ses jours étaient en danger. En tout cas, pas moi ! Quant à la dépression d'Antoine, je n'y crois pas. L'explication est ailleurs. Vous êtes son amie ; essayez donc de lui parler. Peut-être s'ouvrira-t-elle à vous. Cela ne pourra que lui faire du bien. »

Le brave docteur promit à Adrienne de rendre visite à sa patiente, sachant cependant qu'il ne parviendrait pas à la faire parler.

« Je ne suis pas psychologue. Le mal-être n'est pas de mon ressort ! » avait-il ajouté.

En réalité, Antoine faisait de terribles efforts sur lui-même pour se retenir d'aller châtier le coupable de ses malheurs. Il en perdait la raison. Son esprit était trop préoccupé par les questions qu'il se posait encore. Lentement, il s'éloignait un peu plus chaque jour de tous ceux qui l'entouraient.

Pourtant, un soir qu'il regardait Adeline se déshabiller avant d'aller au lit, il se prit à s'attendrir malgré lui. Ce à quoi il se refusait pour ne pas se montrer faible. Il comprit alors que son attitude était dictée par une idée fixe impossible à dissiper : François n'était pas son fils.

Cette pensée, qui l'avait traversé à la seconde même où Adeline l'avait elle-même suggérée, était restée plantée dans son esprit et dans son cœur comme une lame insidieuse progressant à chacun de ses mouvements. Elle lui avait masqué la longue et horrible souffrance morale d'Adeline qui vivait, seule, avec cette même crainte depuis qu'elle était tombée enceinte de François.

Il s'en voulut sur le moment de ne penser qu'à son orgueil froissé, qu'à son sentiment paternel bafoué, qu'à son honneur ridiculisé par le plus abject des individus de tout Quérac.

Qu'était-ce donc tout cela, face à ce qu'avait enduré Adeline dans le silence ? Ce silence terrifiant des cris étouffés qu'il connaissait si bien, ce silence du regard implorant qui en dit plus long que tous les mots ! Comment avait-il pu ne pas comprendre ce que sa femme, depuis si longtemps, essayait de lui faire comprendre ? Durant toutes ces années, il n'avait eu de regards que pour sa maladie et ne s'était pas aperçu qu'elle souffrait davantage d'un mal-être de l'esprit que d'un mal physique. Comme avait-il pu encore éprouver un tel attrait pour les grandes migrations de l'été, pour les drailles de la liberté, alors que celle qui passait sa vie à l'attendre souffrait sans mot dire ?

Depuis sa terrible confession, Adeline était retombée dans le silence, résignée, attristée de constater la réaction de son mari. Mais en même temps, elle se sentait soulagée d'avoir crevé l'abcès.

Elle accomplissait chaque jour sa tâche avec un automatisme qui déconcertait son entourage, sans jamais rien omettre. Elle s'était dit qu'avec le temps, Antoine finirait par lui pardonner et par oublier.

Elle faisait erreur, Adeline. Antoine n'avait rien à lui pardonner. Il voulait simplement se convaincre que François était son fils. Et tant qu'ils n'en reparleraient pas ensemble, le doute persisterait et empoisonnerait leur existence.

Le cœur enfin attendri, il la rejoignit dans le lit, la prit dans ses bras, la première fois depuis l'aveu. Elle se blottit contre lui. Elle sentit les larmes lui monter aux yeux, mais ne parvint toujours pas à pleurer.

« Tu sais, lui dit-il, François n'a peut-être rien à voir dans cette histoire. J'ai beaucoup réfléchi. Il y a autant de chances que je sois son père.

– Comment veux-tu en être certain ?

– De toute façon, je ne pourrai jamais le renier, car c'est ton enfant. Ça, c'est une certitude. Parce qu'il est ton enfant, comme Mathieu, Fabien, Marie et Louise, il est aussi le mien. Tu peux me croire, pour moi rien n'a changé. Nous l'avons élevé ensemble : moi, sans savoir ; toi, dans la crainte constante de déceler en lui l'inavouable. Rien ne pourra jamais ôter l'amour que nous lui avons donné et que nous aurons toujours pour lui. Il n'est pas coupable de quoi que ce soit. Ni toi non plus. Fasse la providence qu'il soit le fruit de notre amour ! Dans tous les cas, il est et restera toujours mon fils. »

Adeline ne trouva pas de mots pour répondre aux paroles réconfortantes d'Antoine. Sa gorge se serra, prise dans un étau. Mais cette douleur lui fit un bien immense.

Sur ses joues, les larmes se mirent à couler, de plus en plus fort.

Antoine avait extrait la lame qui lui transperçait le cœur, mais pas celle qui lui taraudait l'esprit. Il finit cependant par retrouver une certaine sérénité, ce que perçut immédiatement son entourage.

Le travail à la bergerie avait redoublé. Les accouplements de fin janvier avaient même apporté un peu de gaieté. C'était une période qu'on aimait, car elle était le symbole de la renaissance du troupeau. Elle faisait oublier la vente des agneaux aux foires d'hiver, signe de sacrifice et d'abandon d'une partie de son bien. L'argent qu'on en tirait ne compensait pas la tristesse qu'on éprouvait à se séparer des bêtes qu'on avait élevées et avec lesquelles les hommes avaient vécu à l'estive.

Aussi la lutte était-elle attendue avec impatience. Les bergers veillaient avec attention à ce que les béliers couvrent bien les brebis les plus prolifiques. Joseph et Antoine ne possédaient que cinq mâles, ce qui était un peu juste pour l'ensemble de leurs brebis. Ils firent appel à deux autres bergers du domaine qui leur demandèrent, comme chaque année, une compensation prise sur les futures naissances. Si tout allait bien – les brebis portant cinq mois –, les naissances auraient lieu au printemps, juste avant le départ en transhumance.

Le jeune François ne manquait pas une occasion de s'instruire et Fabien ne se privait pas de lui expliquer les enjeux de l'insémination. À huit ans, comme tous les enfants des campagnes, il ne trouvait rien de choquant à regarder faire la nature et, tout heureux, il rentrait vite à la maison en s'écriant :

« Ça y est, le bélier les a toutes montées ! »

Le petit garçon dispensait beaucoup de joie autour de lui. En sa présence, Adeline retrouvait le sourire. Sans s'en apercevoir, en regardant grandir son fils, elle voyait le visage d'Antoine se dessiner par-dessus le sien et se confondre avec lui.

En avril, les hommes décidèrent de procéder à la tonte quelques semaines plus tôt que d'habitude, afin de fournir aux bêtes une toison suffisante avant de gagner les hauts pâturages. Les caprices du temps les rendaient méfiants, et si l'été était aussi pourri que l'hiver, ils devaient s'attendre au pire.

Depuis quelques années ils se passaient des tondaïres professionnels. À quatre avec Fabien et Maurice, ils venaient à bout de ce dur labeur en quelques jours et économisaient ainsi un argent trop difficilement gagné. Les deux jeunes garçons s'y entendaient pour manier les forces et sélectionner les plus belles brebis, celles qu'ils destinaient à la coutelade. Ils imprimaient eux-mêmes leurs initiales sur les toisons de laine à l'aide des *pegadors*[1] et d'un mélange de suie et de goudron. Mais ils laissaient volontiers leurs pères inciser les oreilles des bêtes pour le marquage

1. *Fers portant la marque du propriétaire.*

permanent. Celui-ci, par tradition, avait toujours lieu le vendredi saint avant le lever du soleil.

« La tradition, c'est la tradition ! » répétait sans cesse Joseph, de tous le plus attaché aux usages.

Antoine l'approuvait, conscient que c'était encore le respect de la coutume qui unissait le plus tous ceux qui, comme lui, étaient en train de vivre un changement d'époque.

Le printemps était là, toujours plein de promesses. Avec son retour, le ciel flamboyait de nouveau dans l'aube détrempée par un hiver pluvieux. L'air était encore saturé d'humidité, mais la clarté se faisait chaque jour plus radieuse. Le soleil asséchait les derniers nuages et retrouvait vigueur et luminescence. La garrigue s'emplissait de mille fragrances toutes aussi subtiles que les plus doux nectars. Les ruches répandaient des parfums sucrés de miel. Les jeunes frondaisons regorgeaient de sève et libéraient leurs effluves enivrants. La terre se gonflait d'une vie nouvelle.

Ce fut le temps des feuilles, puis des fleurs et des fruits.

Mai était le mois le plus fébrile dans les bergeries, car les préparatifs de la transhumance y battaient leur plein. Tout le monde s'activait.

Antoine cependant n'avait pas le cœur à la fête. Son futur départ serait une nouvelle déchirure pour Adeline. Celle-ci s'apprêtait à rejoindre Concoules pour sa seconde cure. Le docteur Mayen avait été formel : « Pas de cure, pas de guérison ! »

Seuls les trois garçons, avec l'insouciance qu'ils devaient à leur âge, exprimaient ouvertement leur joie à l'idée de reprendre la draille. Jérémie avait regagné ses foyers depuis un mois et s'apprêtait à reprendre sa place dans le troupeau, aux côtés de Maurice et de Fabien. À cinq, avec leurs pères, ils n'avaient plus besoin d'autres bergers ni de traspastres, ce qui était autant de gagné.

L'effervescence régnait dans le village. Mais en ce dimanche 8 mai, les esprits étaient surtout préoccupés par les élections législatives qui risquaient de remettre en question la coalition gouvernementale. À Quérac, comme partout, les discussions étaient très animées, surtout à propos du rôle perturbateur que jouaient les socialistes. Ceux-ci, sans devenir un parti d'opposition, ne soutenaient plus le gouvernement que par intermittence depuis 1906.

La petite mairie de la commune grouilla de monde dès l'ouverture du bureau de vote. Léon Roure, qui avait entamé son troisième mandat de maire deux ans plus tôt, se disait apolitique, mais il cachait mal ses penchants pour le parti radical. Arborant son écharpe tricolore, il accueillait les électeurs sur le pas de sa mairie, à grands renforts de poignées de main et de paroles affables.

Dehors, les commentaires allaient bon train. Dans toutes les bouches, il n'était question que de la loi sur les retraites ouvrières qui était loin de faire l'unanimité.

« De toute façon, avouait Joseph, qui avait été pris à partie, pour nous, il ne sera jamais question de retraite. Nous sommes condamnés à garder nos moutons jusqu'à ce que nous soyons cloués dans notre fauteuil.

– Vos enfants assurent vos vieux jours ! » lui rétorqua Auguste Donnadieu, qui venait d'arriver en compagnie de son épouse.

Quelqu'un dans la salle remarqua la présence de la châtelaine et, sans se départir, invectiva son mari.

« Les femmes viennent voter maintenant ! C'est nouveau ça ! »

Le châtelain, piqué au vif, ne répliqua pas. Il demanda à son épouse de patienter dehors et alla faire son devoir civique.

Antoine, témoin de l'altercation, crut bon de ne pas rester dans le bureau de vote où les esprits étaient déjà très échauffés. Il prit Joseph par le bras :

« Je rentre au Soleyrol.

– Moi, je reste jusqu'à midi. Viendras-tu ce soir au dépouillement ?

– Non, je ne crois pas. Tu passeras me donner les résultats dès que ce sera terminé. J'espère que nous boirons à la victoire de la gauche ! »

Les deux hommes se quittèrent.

En chemin, Antoine songea à Adeline, à son départ pour Concoules prévu pour le lendemain. Il fallait l'aider à terminer ses préparatifs, à boucler sa valise, à mettre la maison en place. Les filles l'aideraient, certes, mais il tenait à lui montrer sa présence afin qu'elle parte plus rassurée.

Cette année, il n'endraillait pas sur le Lozère. Après l'incident de l'été précédent, Auguste Donnadieu avait préféré retirer son troupeau à Célestin et ne l'avait pas remplacé. Le vieil homme s'était vu relégué à une tâche subalterne qui lui permettait à peine de survivre. Antoine allait donc reprendre la draille avec Joseph et ses fils, et s'apprêtait à faire ses adieux à Adeline pour cinq longs mois.

« Je m'arrangerai avec Joseph, lui avait-il confié. Je viendrai te voir au moins une fois pendant ton séjour. Rendu à Alais, je prendrai le train qui me déposera à deux pas du sanatorium. Cela me fera des vacances ! »

Adeline comptait trop sur sa présence pour lui demander de ne pas redescendre de sa montagne. Mais elle mettait un point d'honneur à ne pas se plaindre à l'avance de sa longue absence.

Antoine était sur le point d'arriver au Soleyrol, ayant laissé derrière lui le tumulte des urnes. Tout à ses pensées, il fut surpris par un cabriolet au détour d'un chemin. Le cheval qui allait bon train s'arrêta brusquement et se cabra, bousculant son cocher.

« Alors, Chabrol, tu tiens toute la route ! »

Après quelques secondes d'étourdissement, Antoine se reprit et fit un pas de côté en reconnaissant Legarec assis sur le siège de la voiture, le fouet à la main. Il empoigna la bride de l'animal pour calmer sa peur.

« Holà ! ho ! Calme-toi la belle ! »

Le régisseur poursuivit ses invectives, faisant mine de menacer de son fouet.

« Pousse-toi de là, si tu ne veux pas que je te passe dessus !

– Ose seulement, et tu verras de quel bois je me chauffe ! »

Antoine sentit tout à coup sa haine renaître en lui. La rage qu'il était parvenu à contenir difficilement depuis des mois, son envie de vengeance qu'il avait étouffée, venaient de ressurgir sans crier gare. En face de lui se dressait le diable en personne, celui par qui toute la misère d'Adeline était arrivée.

Alors, sans réfléchir, il laissa sa sourde colère se déverser à grands flots et n'eut plus qu'un seul désir : terrasser le dragon, le jeter à terre et l'écraser, le faire disparaître. Il agrippa la lanière du fouet, bravant les coups qui pleuvaient déjà sur lui, et tenta de précipiter le régisseur en bas de son attelage pour le réduire à sa merci.

Tout alla très vite. Apeuré, le cheval se cabra de nouveau, s'entortilla dans son harnais, éjecta Legarec en bas de son siège. Celui-ci roula sur la chaussée. L'animal donna une ruade qu'Antoine reçut sur l'épaule droite. Une violente douleur lui traversa la poitrine. Puis il perdit connaissance.

À ses côtés, Legarec gisait, la tête dans une mare de sang, inanimé.

Quand il revint à lui quelques secondes plus tard, Antoine se demanda ce qui venait de se passer. Un inconnu était penché sur Legarec et tentait de le ranimer.

« J'ai tout vu ! Je vous ai vu attaquer ce pauvre homme. C'est vous qui avez causé l'accident. Il est mort par votre faute ! »

XXII

Condamnation

LES GENDARMES firent immédiatement leur enquête sur ce qu'ils prirent d'abord pour un banal accident. Atterré, Antoine ne fit que leur raconter les faits tels qu'il les avait perçus, sans rien ajouter ni omettre. Il crut bon toutefois de taire la haine qui l'animait, afin de ne pas devoir mettre en relation cette triste fin du régisseur et l'acte dont ce dernier s'était rendu coupable envers Adeline.

Le soir même, alors qu'à la mairie le dépouillement du scrutin était très houleux, les deux gendarmes revinrent à la métairie et prièrent Antoine de les suivre sans discuter. Adeline venait de boucler sa dernière valise et donnait ses ultimes recommandations à ses enfants. Antoine devint livide.

« Monsieur Chabrol, au nom de la loi, je vous arrête. »

Le cœur d'Adeline ne fit qu'un bond.

Fabien tenta de s'interposer. Antoine lui ordonna de laisser les gendarmes accomplir leur devoir.

« Je vous suis », leur dit-il.

Puis à Adeline :

« Ne crains rien ! Je serai de retour avant la tombée de la nuit. Je n'ai rien à me reprocher. »

Adeline s'effondra. Jamais elle n'avait vu les gendarmes pénétrer chez elle. Jamais elle n'aurait imaginé qu'un jour l'un des siens pût être inquiété par la justice.

« Messieurs, vous vous trompez. Mon mari n'est pas un criminel. Pourquoi donc l'emmenez-vous ? Il vous a déjà raconté ce qui s'est passé ce matin.

– Madame, nous faisons notre enquête. Un témoin a vu la scène ; il soutient que votre mari a agressé Charles Legarec.

– C'est un mensonge !

– Laisse donc, coupa Antoine. Ce témoin se trompe.

– C'est ce qu'il faudra démontrer au juge, monsieur Chabrol.

– Je n'ai rien de plus à dire que ce que je vous ai dit ce matin à la gendarmerie !

– Ce matin, vous avez omis de nous parler du témoin ! »

Antoine se tut, pris en flagrant délit de mensonge par omission.

Marie et Louise entouraient leur mère, dont le visage était inondé de larmes. Fabien s'était posté en travers de la porte, prêt à tout, n'attendant qu'un geste, une parole de son père, pour empêcher les gendarmes de l'emmener.

« Ne nous obligez pas à utiliser la force, dit l'un deux. Mieux vaut nous suivre tranquillement.

– Je n'ai pas l'intention de m'enfuir. Je veux que toute la vérité soit faite et être confronté avec votre témoin. Il est vrai qu'un homme se trouvait à mes côtés, penché sur le corps de Legarec. Je n'ai pas osé en parler. J'ai pris peur, je l'avoue.

– Cela n'arrange pas vos affaires ! C'est donc que vous vous sentiez coupable.

– Je ne le suis pas !

– Alors, venez vous expliquer à la gendarmerie, en attendant qu'on vous défère devant le juge.

– Devant le juge ! s'époumona Adeline.

– Lui seul est habilité à relâcher ou non votre mari.

– Alors vous allez le garder !

– Le temps nécessaire, oui. »

Fabien obéit à son père et ne s'interposa pas. À seize ans, il avait déjà la stature d'un adulte et n'aurait pas hésité à s'opposer aux deux représentants de l'ordre pour permettre à son père de s'échapper. La colère se lisait sur son visage émacié. Il croisa le regard d'Antoine et comprit qu'il devait se plier aux injonctions des deux gendarmes. Il s'écarta de la porte et laissa libre le passage. La tension dans la pièce retomba. Les deux hommes semblèrent satisfaits.

« Voilà qui est raisonnable jeune homme, dit l'adjudant. Je n'aurais pas aimé devoir utiliser mon arme ni emmener ton père avec les menottes. »

Puis à l'adresse d'Antoine, il ajouta :

« Promettez-moi de ne pas tenter de vous enfuir. Je connais votre sens de l'honnêteté. Tout le monde peut en témoigner à Quérac.

– Je suis à vous. Ne craignez rien ! »

De la porte de sa chambre, François avait assisté à la scène sans broncher. Il se rua dans les jambes de son père en pleurant.

« Je ne veux pas que tu ailles en prison, je ne veux pas !

– Sois raisonnable, petit bonhomme ! Je reviendrai vite. En attendant, prends bien soin de ta maman. Tu es un petit homme maintenant. Tu peux comprendre. »

Antoine quitta Quérac, encadré par les deux gendarmes. Il fut transféré au Fort Vauban, à Alais, dans une cellule sombre et humide, dans l'attente d'être entendu par le juge.

Le soir même, Adeline défit ses valises. Elle renonça à partir à Concoules, ne voulant pas s'éloigner de son mari tant que celui-ci ne serait pas innocenté.

Dans le village, ce fut la consternation. Personne ne crut à la culpabilité d'Antoine Chabrol. Les langues se délièrent et les vérités sur Legarec commencèrent à se répandre au grand jour. D'un seul coup, on se souvint des agissements du régisseur. On avoua ses craintes, on interpréta des faits vieux de plusieurs années. Tous reconnurent l'ombre machiavélique de Charles Legarec. On en vint même à regretter, mais un peu tard, de ne pas avoir parlé plus tôt.

« C'est finalement ce pauvre Antoine qui va payer pour un crime qu'il n'a pas commis ! » disait-on en toute bonne foi.

On le déplorait sincèrement, tout en étant fort soulagé. Legarec mort et enterré, on espérait que le châtelain saurait le remplacer par quelqu'un de moins pernicieux et de plus droit. Et chacun de se persuader que la justice saurait faire la part de vérité entre un brave homme et un mécréant qui n'avait eu que ce qu'il méritait.

C'était sans compter sur l'étrange témoin et sur l'opiniâtreté du juge qui devait instruire l'affaire.

Sans les dires de l'inconnu, qui se trouvait par hasard sur le chemin, ce dimanche fatidique, l'affaire aurait été vite classée. Les gendarmes avaient fait leur enquête en toute conscience et n'avaient trouvé aucune trace de violence sur le corps de Charles Legarec. Celui-ci était mort sur le coup. Dans sa chute accidentelle, sa tête avait heurté une pierre, et le choc avait été fatal. Fracture du crâne. Le saignement des oreilles n'avait pas échappé au docteur Mayen, appelé en urgence sur les lieux de l'accident par Antoine lui-même, ni au médecin légiste, qui n'avait pas estimé utile de pratiquer un examen plus approfondi du corps de la victime.

L'état d'Antoine, quant à lui, commençait à donner des inquiétudes. L'hématome occasionné par le coup de sabot du cheval s'était étendu. Mais il ne crut pas utile d'inquiéter Adeline avec cet autre problème. Les gendarmes enregistrèrent sa déposition et ne mirent pas en doute l'origine de l'ecchymose qui couvrait tout son bras, depuis l'omoplate jusqu'au coude. Dans la nuit, il endura d'effroyables souffrances.

Le lendemain, le coup se révéla plus grave qu'il ne l'avait cru : fracture de l'humérus, écrasement des tendons et des nerfs.

« Je crains fort, monsieur Chabrol, que votre bras reste insensible à tout jamais, lui signifia le médecin de la prison.

– Ce qui signifie ?

– Que vous n'en retrouverez certainement pas l'usage. Je vais vous faire transférer à l'infirmerie pour qu'on vous soigne. Il ne faudrait pas que la gangrène s'y mette. »

Ne plus avoir l'usage de son bras ! Antoine se fit répéter ce terrible diagnostic. Le médecin fut formel. Il ne lui laissa aucun faux espoir.

« Il va falloir vous habituer à vivre avec un seul bras. »

Dans le fond de sa prison, la nuit venait de tomber en ce lundi matin, lendemain des élections, où, par un soleil radieux, la gauche socialiste, porteuse d'espoirs, venait de progresser sans toutefois triompher.

Antoine tomba dans une profonde apathie. Se savoir paralysé d'un membre lui ôta sur-le-champ toute envie de se battre. Peu lui importait dorénavant de vivre libre si c'était pour être dépendant des autres. Car, privé de son meilleur bras, il ne serait jamais plus bon à rien, sinon à garder les chèvres comme un vieux. Il ne pourrait plus être utile à l'estive sans le soutien constant de ses fils.

Transféré à l'infirmerie, il fut soigné comme un accidenté ordinaire. Vu son état, on lui fit comprendre que le juge serait sans doute plus clément. Au fond, son infirmité allait lui servir ! L'infirmière tenta ainsi, maladroitement, de lui redonner le moral, voyant que son patient plongeait dans le désespoir

Plusieurs jours passèrent ainsi, dans une solitude qui ne lui pesa même pas tant son esprit était habité par de sombres pensées. Il en avait oublié Adeline, son départ, l'enquête, le juge. Il ne pensait plus qu'aux drailles, à ses montagnes, à ses pâturages, comme s'il venait de perdre d'un coup tout ce qui était l'essence même de sa vie.

La visite d'Adeline et de ses filles, cependant, lui redonna du baume au cœur.

« Pourquoi n'es-tu pas à Concoules ? lui demanda-t-il, étonné de la voir devant lui au parloir.

– Je ne pouvais te laisser seul. Quand tu seras de retour, je partirai. Pas avant. »

Marie et Louise se taisaient, apitoyées de voir leur père derrière les barreaux et dans un état de délabrement mental qu'elles ne lui avaient jamais connu. Antoine avait maigri, les traits de son visage s'étaient accusés et trahissaient un immense désarroi.

« Le juge va t'entendre bientôt, affirma Adeline. C'est ce que m'a confirmé le directeur de la prison.

– Le juge ! Ah oui, le juge ! C'est vrai qu'il faut encore aller s'expliquer devant lui. Qui sait ce qu'il décidera ? »

Le juge était un homme jeune, sec, au regard froid, qui semblait tout droit sorti de l'école de la magistrature. Son parler pointu trahissait son origine. Visiblement, il était étranger à la région et devait être prêt à tout pour asseoir son autorité et prouver ses compétences dans l'espoir d'une mutation.

Antoine, le bras en écharpe, répéta pour la énième fois ce qu'il avait expliqué aux gendarmes. Le juge, qui avait approfondi leur enquête pour mieux instruire le dossier, lui demanda sans détour si la victime n'avait pas proféré des menaces envers son épouse ou envers ses filles. Antoine fut surpris par la question : les vices cachés de Legarec avaient donc été dévoilés. Sans doute, certains avaient dû se plaindre au cours du complément d'enquête, et l'idée d'une vengeance possible de sa part avait ainsi germé dans l'esprit du magistrat. Celui-ci essaya de savoir subrepticement si l'inculpé n'avait pas eu à se plaindre des agissements du régisseur.

« Je crois savoir que cet homme n'était pas aimé sur le domaine de M. Donnadieu. Ne vous a-t-il jamais menacé de vous faire renvoyer ?

– Charles Legarec faisait son travail, répondit Antoine, qui sentit le piège se refermer. Je ne lui rendais de comptes que lorsqu'il venait au nom du châtelain.

– N'a-t-il pas cherché à nuire à vos intérêts en tentant de détourner de vous un certain nombre de petits éleveurs qui vous confiaient leurs bêtes ?

– C'est exact, mais il y a longtemps de cela. C'est de l'histoire ancienne. M. Donnadieu a su y mettre bon ordre.

– Ne vous êtes-vous pas disputé avec lui récemment, lors de la foire de Ganges ? »

Le cœur d'Antoine ne fit qu'un bond. Comment le juge connaissait-il ce détail ? Legarec mort, personne ne pouvait lui avoir parlé de cette altercation. Il hésita, mais comprit en un éclair que l'homme qui tentait de le prendre au piège avait trouvé un témoin.

« C'est encore exact. Il était ivre et ennuyait mon jeune fils qui s'amusait au bord d'une fontaine, pendant que je regardais une vitrine.

– Vous laissez donc vos enfants sans surveillance ! Ce n'est pas l'image que je me fais d'un bon père de famille !

– Mon fils ne risquait rien. J'étais à deux pas.

– Que lui avez-vous dit ?

– De laisser mon fils tranquille.

– Et après ?

– J'ai pris François par la main et nous avons regagné le champ de foire.

– Il ne s'est rien passé de plus ? Il ne vous a pas menacé ? Il n'a pas prononcé des paroles désagréables ?

– Non, monsieur le Juge, pas que je me souvienne ! J'ai cru bon d'éloigner mon fils de cet individu. Le spectacle d'un homme ivre n'est pas fait pour un enfant.

– Certes… certes ! »

Apparemment le juge savait quelque chose qu'Antoine ignorait. L'entrevue en resta là.

Il fut reconduit dans sa cellule, en attendant la décision du magistrat.

Celle-ci ne se fit pas attendre. Le lendemain, deux brigadiers de la gendarmerie vinrent le chercher pour le transférer à la prison de Nîmes. Auparavant, ils lui signifièrent que le juge l'inculpait pour homicide involontaire sur la personne de Charles Legarec, et qu'il passerait en jugement devant les assises de Nîmes.

« Caporal Chabrol, je dois vous avertir d'un événement grave qui touche votre famille. »

Mathieu, au garde-à-vous, sentit ses forces se liquéfier, mais ne broncha pas. Il comprit aussitôt que sa mère allait au plus mal, voire qu'il était déjà trop tard.

« Votre père est en prison. »

Le jeune soldat relâcha sa position, presque soulagé. Le capitaine ne lui en tint pas rigueur. Il reprit aussi vite :

« Un regrettable incident. Je devrais dire : une regrettable altercation qui a mal tourné. Votre père est inculpé pour homicide involontaire. Il attend de passer en jugement. Je ne vous cache pas que ce... fait divers, dirons-nous, porterait préjudice à notre régiment, et en premier lieu à vous-même, ça va sans dire, si cela venait à s'ébruiter. Je vous prierai donc d'être le plus discret possible. Je suis parfaitement conscient que vous n'êtes pour rien dans cette triste affaire et que l'on ne peut vous tenir responsable des agissements de votre père. On ne choisit pas ses parents, n'est-ce pas ? Mais nous n'aimons pas que nos vaillants soldats soient mêlés de près ou de loin à des histoires de meurtre. »

Le mot cingla au visage de Mathieu. Ayant appris à se taire et à obéir, il resta de marbre, contenant son impatience et son envie de prendre la défense de son père, sans savoir au juste ce qui s'était réellement passé.

C'est ainsi que Mathieu fut mis au courant des malheurs d'Antoine.

« Et pour ma permission, mon capitaine ?

– Ah oui ! votre permission... »

Mathieu n'était pas encore rentré chez lui à Quérac depuis son incorporation. Son instruction ayant été plus longue que prévue, il avait dû repousser sa demande de permission de Noël, et il piaffait d'impatience de retrouver les siens après une si longue absence.

« Vu les circonstances, je ne crois pas judicieux de vous renvoyer dans vos foyers. Vous ne manqueriez pas d'aller rendre visite à votre père en prison. Cela ne pourrait que vous perturber et nuire à votre état d'esprit. Or c'est d'hommes forts et vaillants dont nous avons besoin. C'est pourquoi vous attendrez quelque temps avant de reposer une demande de permission. On ne sait jamais, votre père est seulement inculpé, il peut être innocenté et libéré. Dans ce cas, tout sera pour le mieux... pour tout le monde. Pour l'instant, caporal, vous resterez dans votre unité. Celle-ci s'apprête à partir en manœuvres dans la région de Laon. Ça vous occupera l'esprit.

– À vos ordres, mon capitaine !

– C'est bon caporal. Repos ! Vous pouvez disposer. »

Le soir même, une fois dans sa chambrée, Mathieu se précipita sur une feuille de papier et écrivit une longue lettre de désespoir qu'il adressa à sa mère. Le lendemain, il fut embarqué avec toute son unité sur les champs de manœuvres champenois. L'hiver est rude dans ces régions de l'Est, mais le jeune soldat bouillonnait de rage de ne pouvoir être auprès des siens quand ceux-ci étaient dans la détresse.

Il lui fallut plus d'une semaine pour recevoir une réponse d'Adeline. Celle-ci avait cru préférable de ne pas l'informer plus tôt, afin de ne pas l'inquiéter. Dans sa lettre, elle taisait ses angoisses et laissait entendre qu'Antoine ne risquait rien. Elle expliquait qu'elle-même partirait à Concoules dès son retour, qui ne tarderait guère puisqu'il n'avait rien à se reprocher.

Mathieu ne fut pas dupe. Il sentait bien, au-delà des mots, que sa mère lui cachait la vérité et qu'elle vivait un terrible cauchemar. Alors peu lui importèrent son instruction militaire, les manœuvres au bout desquelles il serait peut-être nommé maréchal des logis. Tout cela prit à ses yeux une importance dérisoire. Qu'avait-il à faire, d'ailleurs, avec toutes ces considérations guerrières, lui qui ne rêvait que de la paix des pâturages et de la sérénité des montagnes ? À son tour, il se sentit enfermé dans une prison. Dans une prison sans barreau, mais où la discipline remplaçait les plus acharnés des gardes-chiourme.

Les jours qui suivirent, il ne parvint pas à retrouver l'état d'esprit qu'il avait adopté sur les conseils de son ami Jérémie et qui avait fait de lui un soldat volontaire et obéissant. Il ne parvint plus à se concentrer sur les gestes précis qu'on attendait de lui, et ses tirs devinrent de plus en plus aléatoires.

« Que se passe-t-il, Chabrol ? lui reprocha son lieutenant. Vous n'avez plus les yeux en face des trous ! Ou vous avez décidé de rater exprès les objectifs ! En temps de guerre, on appellerait ça du sabotage ! Appliquez-vous, caporal ! Sinon, vous pourrez dire adieu à votre promotion… et à votre permission. »

Mathieu faillit ne plus se contenir. Ce jeune lieutenant, tout droit sorti de l'école militaire, sentait la vieille aristocratie et ne lui inspirait que de l'antipathie. Sa manière condescendante de s'adresser aux hommes en disait long sur les sentiments qu'il nourrissait à leur égard. Peu apprécié dans son unité, il avait toutefois les faveurs du capitaine et ses entrées chez le colonel.

« Laisse tomber, conseilla Victor Lemoine. Tu vois bien qu'il te cherche. J'ignore pourquoi, mais c'est évident.

– Moi, je sais pourquoi.

– Tu peux m'expliquer ? »

Mathieu hésita. Tenir le secret devenait trop lourd. Retenu de force loin de sa famille, il éprouvait une profonde envie de parler de ses ennuis à une âme complaisante.

« Promets-moi de ne rien dire !

– Promis.

– On a jeté mon père en prison.

– En prison !

– C'est pour cette raison que le capitaine m'a sucré ma permission, et que ce crétin de lieutenant me chambrait tout à l'heure.

– Fais attention à toi ! Ce fils de bourge a l'air de t'avoir dans le collimateur. Il fera tout pour que tu n'obtiennes pas tes galons.

– Oh ! de toute façon, j'en ai plus rien à faire. »

Mathieu rumina de sombres pensées chaque jour qui passait. Le temps lui parut interminable. À l'issue des quatre semaines de manœuvres, il réitéra sa demande de permission. Celle-ci lui fut de nouveau refusée.

Alors, un soir, tandis que sa chambrée était endormie, il se leva sans bruit et s'enfuit de la caserne pour regagner Quérac.

La joie d'Adeline fut immense quand, l'aube étant à peine levée, elle le vit apparaître sur le seuil de la porte. Il n'avait pas pris soin de dissimuler son uniforme. Il portait une barbe de plusieurs jours et n'avait pas mangé depuis la veille.

« Mon Dieu, c'est ainsi qu'on s'occupe de nos soldats ! » s'exclama-t-elle, en le voyant dans un état si lamentable.

Elle l'entraîna vers le cantou et ranima les braises de la nuit.

« Tu aurais pu nous prévenir de ton arrivée. »

Mathieu mit sa mère au courant des conditions de son retour.

« Je ne pouvais attendre davantage. Je voulais voir papa. Comment va-t-il ?

– Je n'ai pas eu l'autorisation de lui rendre visite depuis son transfert à Nîmes. Son procès est prévu pour dans quinze jours. C'est ce que m'a fait savoir le procureur de la République par un courrier que les gendarmes m'ont apporté. Et pour toi, que va-t-il se passer ? Ils doivent te chercher là-bas à Nancy !

– C'est certain. Ils ont dû remuer ciel et terre. Mais Nancy, c'est loin. De toute façon, je n'y retournerai pas.

– Comment feras-tu ? Ils finiront par te retrouver et ils te mettront aussi en prison. Tu aurais dû réfléchir avant de partir !

– Mère ! Je ne pouvais rester à ne rien faire. Mon père attend de passer en jugement pour un crime qu'il n'a pas commis. Et pendant ce temps, vous sacrifiez votre santé pour rester auprès de nous. Mon devoir est d'être près de vous ; pas à manipuler des armes pour apprendre à tuer.

– Puisse le ciel t'entendre mon garçon ! »

Lorsque Marie et Louise se levèrent, sans réveiller François, pour se rendre au château, elles tombèrent en pleurs dans les bras de leur frère. Celui-ci les rabroua gentiment en faisant mine de ne pas s'attendrir. Fabien, lui, n'était pas rentré de la nuit, il faisait cabane dans une vigne avec Maurice et Jérémie, et ne reviendrait pas avant le lendemain. Adeline, malgré les craintes supplémentaires que Mathieu lui occasionnait, était presque heureuse de se sentir ainsi entourée de tous ses enfants. Les stigmates de sa maladie, certes, se lisaient sur les traits de son visage comme dans un livre, et sa pâleur trahissait son état de faiblesse. Mais son regard semblait redevenu plus ardent et traduisait un regain de vie qui semblait indiquer son intention de se battre contre l'inéluctable.

Malheureusement son bonheur fut de courte durée.

Dans la matinée, deux gendarmes vinrent chercher Mathieu. Celui-ci n'avait pas encore eu le temps de réfléchir à la manière de disparaître. À peine avait-il pu quitter son uniforme pour ses habits de berger, qu'il se vit contraint d'endosser de nouveau sa tenue militaire.

« Caporal Mathieu Chabrol ! Vous êtes prié de nous suivre jusqu'à la gendarmerie. Vous êtes en état d'arrestation. »

Mathieu, dépité, obéit sans discuter. Ses sœurs étaient déjà parties prendre leur service. Il embrassa sa mère, entra dans la chambre de François sur la pointe des pieds. C'était jeudi, l'enfant n'avait pas classe. Il l'embrassa sur le front pour lui faire ses adieux. François ouvrit les yeux, entoura son frère par le cou et lui dit :

« Je n'aime pas les gendarmes ! »

Mathieu se dégagea de son étreinte.

« T'en fais pas bonhomme ! Je reviendrai vite. Moi aussi. »

Le jeune soldat passa devant le tribunal militaire. Il écopa d'une peine de prison qui s'ajouta à son temps de service réglementaire, fut dégradé et affecté à une unité disciplinaire non loin de Besançon.

Marie était trop préoccupée par les malheurs qui s'abattaient sur sa famille pour penser à elle. Sa mère malade, son père en prison, son frère aîné maintenant dans un régiment disciplinaire pour désobéissance… La vie lui paraissait bien pesante !

Depuis que Guillaume était parti à Paris pour ses études, elle n'avait vécu que dans l'espoir toujours repoussé de le revoir à l'occasion des fêtes et des congés scolaires. Mais dans les rares lettres qu'il lui avait envoyées, le jeune châtelain lui expliquait son impossibilité de rentrer à Quérac sans l'autorisation de son père. Or ce dernier lui avait ordonné de rester à Paris jusqu'à la session de son examen en juin.

Marie s'était fait une raison et s'était munie de patience. Toutefois, la rareté des lettres de Guillaume l'inquiétait, ainsi que le ton peu chaleureux de ses confidences. Certes, le courrier des pensionnaires était contrôlé, et il craignait, en lui écrivant, d'éveiller les soupçons du Père supérieur, directeur de l'établissement. Par prudence, il lui avait donc communiqué une adresse de convenance, rue de la Tour, pour lui faire parvenir ses propres lettres.

Mais pourquoi, s'il pouvait utiliser une boîte aux lettres extérieure, ne pouvait-il pas s'exprimer plus librement ?

« Il doit sans doute vivre dans la crainte d'être surpris, ou qu'on ne découvre l'arrivée de ses lettres ici même à Quérac, tenta d'expliquer Mariette, qui était devenue la confidente des deux sœurs. Le facteur aurait vite fait de parler au château et de dévoiler par mégarde votre secret.

– Tu as sans doute raison. »

L'explication ne satisfaisait pas Marie, mais elle dut s'en contenter. Elle évita de montrer son esprit chagrin et, le soir, quand elle retrouvait le calme de sa chambre, elle s'isolait dans un coin tranquille pour rédiger de longues lettres à Guillaume. Louise lui avait promis le silence. Elle la laissait seule et tenait compagnie à sa mère pendant qu'elle écrivait. C'est elle qui, discrètement, allait poster ses lettres, quand elle faisait au village des courses pour la châtelaine.

Adeline n'était pas dupe. Elle savait que sa fille pensait toujours au jeune Guillaume. Elle ne lui en parlait jamais, ne voulant pas ouvrir dans ses chairs une blessure douloureuse. Elle espérait seulement qu'avec le temps, Marie saurait se rendre à la raison. Mais elle savait aussi que les blessures du cœur sont les plus longues à cicatriser.

En réalité, Guillaume n'oubliait pas Marie. Leurs serments passés dans les vignes, au cours des longues soirées d'été bercées par le chant des grillons, il ne les avait pas effacés de sa mémoire. Pas plus qu'il n'avait oublié leurs longues étreintes et leurs folles visions d'avenir. Mais, accaparé par ses études, par ses amis et par la vie nouvelle qu'il menait, le jeune homme se sentait de plus en plus loin des préoccupations qui étaient les siennes à Quérac. Autorisé à sortir deux fois par semaine après ses cours, il ne cessait d'aller à la découverte de la capitale. Pris dans le tourbillon de la vie parisienne, il se laissait gagner peu à peu par la fièvre citadine qui finissait par occulter toutes ses pensées.

Certes, il avait souffert de ne pouvoir rentrer au domaine à Noël, mais il s'était vite consolé, ayant été invité à passer les fêtes de fin d'année chez l'un de ses nouveaux amis dont la famille possédait un somptueux appartement dans le XVIe arrondissement. Ce fils d'avocat fréquentait le même cours que lui, mais rentrait chaque soir chez ses parents. Ils passaient ensemble le plus clair de leur temps, se retrouvaient dans les cafés du Quartier latin, et avaient les mêmes relations. Guillaume avait obtenu de son père l'autorisation de dormir chez son ami le samedi soir, ce que le Père supérieur avait accepté de bonne grâce, pour rester en bons termes avec l'avocat qui avait une place notoire au barreau de Paris.

La sentence du tribunal fut mitigée. Antoine fut condamné pour homicide involontaire à cinq ans de prison dont un avec sursis.

Son avocat parut soulagé. Il s'attendait à pire, étant donné le témoignage à charge de l'inconnu. Ce dernier prétendit jusqu'au bout avoir vu Antoine invectiver Charles Legarec, le contraindre à arrêter son attelage, et le précipiter méchamment en bas de la voiture, en tirant sur la lanière de son fouet. L'homme de la défense eut beau plaider l'accident, la ruade du cheval quand son maître avait fouetté son client, le coup de sabot que celui-ci avait pris, ce qui l'avait rendu incapable de l'acte dont on l'accusait. Rien n'y fit. Les membres du jury confirmèrent la responsabilité d'Antoine et le juge transigea en accordant les circonstances atténuantes.

Dans le public, peu nombreux, qui assista à l'audience, ce fut la consternation. Personne ne crut à la culpabilité d'Antoine.

Malgré son infirmité, celui-ci regagna sa cellule le soir même, sans dire un mot, sans un regard pour le monde qui l'entourait. Il ne vit même pas Adeline, qui avait fait le déplacement. Accablé par le verdict, il s'enfonça dans les ténèbres pour quatre longues années de solitude.

Adeline, qu'Adrienne et Joseph étaient venus soutenir, s'effondra. Mais dès qu'elle fut rentrée à Quérac, elle se ressaisit et décida de faire face.

XXIII

Petits tracas

Le chagrin d'Adeline assombrit dans son cœur les couleurs de l'été. À ses yeux, le ciel oscillait entre le gris et le mauve. Le soleil était froid et ne lançait sur la terre morne que des traits sans vigueur, nonchalants.

Pourtant la chaleur était revenue. Les cigales s'en donnaient à cœur joie dans le feuillage des chênes. Elles étaient toujours la preuve éternelle que rien ne meurt jamais. Avec elles, la garrigue tout entière chantonnait les airs que les jeunes filles fredonnaient avec insouciance, dans l'attente toujours fébrile de l'arrivée des saisonniers pour les prochaines vendanges.

Auguste Donnadieu remplaça Charles Legarec par un homme originaire de Narbonne, Léon Garrigue. Celui-ci était un ancien maître de chais qui, à la suite des troubles survenus dans le Languedoc quelques années plus tôt, avait perdu son emploi. Âgé d'une trentaine d'années, il débarqua sur le domaine avec sa jeune épouse et ses trois enfants en bas âge, sans que personne ne sût d'où ils venaient.

Il était le portrait opposé de l'ancien régisseur. Aimable, peu fier de sa personne, il alla immédiatement à la rencontre de toutes les familles du domaine et n'hésita pas à proposer son aide à Adeline dès qu'il apprit ses malheurs. Il avoua ne rien connaître à l'élevage. Ce qui n'empêcha pas le châtelain de l'engager. Auguste Donnadieu, échaudé par son ancien régisseur, avait décidé de traiter sans intermédiaire avec ses métayers et préféré un maître de chais à un nouveau maître-berger.

Peu avant le départ des troupeliers pour l'estive, il s'en expliqua sans détour devant eux :

« Messieurs, à partir d'aujourd'hui, vous traiterez directement avec moi. Mon nouveau régisseur ne fera que transmettre mes directives. Vous n'aurez de comptes à rendre qu'à moi-même. M. Garrigue veillera à ce que tout aille pour le mieux dans chacune de vos métairies. Mais il n'aura aucune initiative dans vos affaires. Je m'engage à traiter vos problèmes personnellement. Et, si je tiens malgré tout à ce que M. Garrigue soit considéré comme le nouveau régisseur du domaine, sa vraie tâche sera plutôt de surveiller la qualité de mes vins. Je l'ai d'abord engagé pour ses compétences œnologiques. »

La plupart des métayers furent soulagés. Ils espéraient en effet que, Legarec disparu, ils pourraient avoir un peu plus de liberté dans leur travail et entretenir de meilleures relations avec le maître lui-même. À leurs yeux, celui-ci devenait plus conciliant.

Toutefois, Joseph, ses fils et Fabien, faisant preuve de prudence, restaient suspicieux.

Le lendemain, ils emmontagnèrent pour l'Aubrac. Une fois toutes les bêtes collectées le long de la draille, leur troupeau s'élevait à plus de deux mille cinq cents têtes. Huit cents d'entre elles leur appartenaient.

Adeline resta à Quérac. Elle tint tête au docteur Mayen, qui lui avait pourtant conseillé de partir à Concoules.

« L'année prochaine, c'est promis ! lui avait-elle répondu. Laissez-moi le temps de me faire à ma nouvelle situation. Elle n'est déjà pas si facile ! Antoine absent, je ne peux abandonner la métairie.

– Comme il vous plaira, ma chère enfant ! Mais ne me dites plus que je vous empoisonne avec tous mes remèdes ! »

Adeline devait se montrer raisonnable si elle voulait qu'Antoine la retrouvât vivante à son retour. Elle le savait.

« J'ai conscience d'avoir un glaive brandi au-dessus de ma tête. Je ferai tout ce que vous voudrez. »

Et le vieux médecin de partir à moitié rassuré.

« Que ferais-je sans lui ? » pensait-elle.

Elle s'arma de courage et n'eut dès lors qu'un souci en tête : vaincre la maladie pour mieux lutter contre la fatalité.

Mathilde ne s'était pas manifestée depuis de longues semaines. Elle-même avait beaucoup souffert du drame de ses amis et n'avait pas cru souhaitable d'imposer sa présence sous leur toit, afin d'éviter à Adeline de trop pénibles conversations.

Au cours des dernières semaines de classe, elle remarqua combien François était perturbé par l'absence de son père. L'enfant, qui d'ordinaire était vif et attentionné, devenait rêveur et inattentif. Dans la cour de récréation, en revanche, il se montrait querelleur et vindicatif envers ses camarades. Ceux-ci étaient au courant de ce qui était arrivé à son père. Chez eux, leurs parents parlaient sans prendre garde que leurs enfants déformeraient la vérité. Et, sans réelle méchanceté, ils taquinaient volontiers François, ne se doutant pas combien ils le faisaient souffrir.

« Ton père a tué Legarec, il a bien fait ! Ce n'était qu'un vaurien ! disaient les plus gentils.

– Tu es le fils d'un assassin ! » se moquaient ceux qui lui enviaient ses bons résultats.

Pour ne plus se démarquer, François voulut devenir un élève comme les autres. Il s'interdit de participer à la classe et fit de gros efforts pour se fondre dans la masse.

Mathilde, prévenue par son collègue, s'aperçut très vite de son changement de comportement et s'en inquiéta. Le maître avait beau le solliciter, l'interroger, le secouer, il ne parvenait à obtenir de lui que des silences inquiétants.

« Je ne comprends pas », se contentait de répondre l'enfant.

Mathilde évita d'aborder cet autre problème avec sa mère afin de ne pas la chagriner. Elle ne raccompagna plus François chez lui après la classe, ses petits camarades ayant trouvé là un autre sujet de moquerie. Elle attendit patiemment l'arrivée des vacances, dans l'espoir qu'à la rentrée, après trois mois, il se serait habitué à sa nouvelle condition.

« Évitez d'aller chez lui pendant les vacances, lui conseilla son collègue, Émile Blanc. Il faut que l'enfant oublie les vexations de ses camarades. En vous voyant, il n'y parviendra pas. Laissez-lui le temps de se durcir. La vie pour lui n'est pas facile ! »

Ce qu'ignorait Mathilde, et qui rendait François encore plus taciturne et violent à la fois, était la rumeur que certains véhiculaient, et qu'ils lui avaient un jour jetée au visage pour mieux l'humilier.

« Tu sais ce qu'on dit ? T'es qu'un petit bâtard ! Et c'est pour ça que ton père est en prison. »

L'enfant n'avait pas bronché face à l'insulte, ne connaissant pas le sens du mot « bâtard ». L'insinuation malheureuse était venue du fils du cafetier de Quérac. Il avait entendu ces paroles de la bouche de son père, un ancien ami de Charles Legarec. Celui-ci avait dû se vanter de ses tristes exploits et assener des affirmations dépourvues de preuve.

Mais le soir même François demanda à sa mère :

« Dis, qu'est-ce que c'est un bâtard ? »

Le sang d'Adeline se figea dans ses veines. La condamnation d'Antoine n'était que le début d'un long chemin de croix, pour elle et pour ses enfants qui seraient sans aucun doute jetés à la vindicte des esprits malfaisants.

Elle éluda la question.

« C'est un type de pain que façonnent les boulangers. »

François fit mine de réfléchir et se tut. Il se bâtit sa propre version des faits, sa propre histoire, et s'en contenta.

Quand arrivèrent les vacances, Mathilde quitta Quérac et vint s'installer chez une tante près d'Uzès, où elle entendait prendre du recul avec les événements qui avaient perturbé sa petite école en cette fin d'année scolaire. Toutefois, elle ne parvint pas à chasser de ses yeux l'image d'Antoine entrant dans le fourgon cellulaire, menottes aux poignées ; la dernière image qu'elle avait gardée de lui.

Mathilde, en effet, n'avait avoué à personne qu'elle était venue assister au procès de celui pour qui, depuis quinze ans déjà, son cœur battait en sourdine.

À trente ans, elle était une jeune femme éblouissante, vive, belle sans ostentation, intelligente sans présomption, humaine sans prétention. Consciente de ses propres faiblesses, elle ne faisait jamais la morale à quiconque. Sa vie n'était que droiture, abnégation, don de soi pour tous ceux qui l'entouraient, en premier lieu pour ses élèves, qu'elle adorait et qui le lui rendaient bien. À la mort de son père, elle avait reporté son affection sur la sœur de celui-ci ; cette tante qui vieillissait mal au fond d'une triste maison perdue dans les vignes et qui n'avait jamais refait sa vie depuis la mort de son mari pendant la guerre de 1870. Elle était sa seule famille et n'avait rien à hériter d'elle. Mais chaque fois qu'elle en avait l'occasion, elle lui rendait visite et restait à ses côtés à la soigner, à lui tenir compagnie, à veiller, alors qu'à son âge ses amies, rencontrées sur les bancs de l'École normale, convolaient en justes noces et mordaient la vie à pleines dents.

« Quand te décideras-tu à prendre un mari ? lui répétait sans cesse la vieille Victorine à chacune de ses visites. Tu finiras par te flétrir comme une figue, si tu attends trop longtemps. »

Mathilde souriait de voir combien sa tante avait encore du mordant à son âge.

« Si j'étais sûre de devenir comme vous dans quelques années, ma Tante, bon pied bon œil, cela ne me tracasserait pas ! »

La jeune femme ne vivait pas recluse, mais à Quérac, où elle devait tenir son rang en raison de sa position, elle tenait à préserver sa vie privée. Une fois par mois, elle s'accordait depuis longtemps une escapade à Montpellier, où elle se rendait par le train le samedi après-midi après la classe. Elle y retrouvait une amie d'enfance, Céline Morin, qu'elle connaissait depuis l'époque du lycée. Célibataire comme elle, sans attache familiale, celle-ci la recevait toujours les bras ouverts. Elles faisaient ensemble les magasins de la ville, dînaient au restaurant et finissaient au cinéma ou au théâtre.

Céline lui présentait parfois ses amoureux d'un soir. Mais jamais elle ne s'était encore attachée sérieusement.

Mathilde, quant à elle, avait rencontré l'amour deux fois au cours de ces brefs week-ends. Des aventures qu'elle avait très vite estimées sans lendemain, mais qu'elle n'avait pas refusées. L'une d'elles avait duré plus de deux ans, avec un jeune avoué qui avait voulu l'épouser. Elle avait repoussé ses avances en croyant bien qu'elle finirait par céder. Mais chaque fois qu'elle rentrait à Quérac, elle sentait que ses vraies attaches n'étaient pas dans la grande cité, et elle remettait toujours à plus tard.

Depuis, elle avait connu d'autres hommes, tous aussi charmants les uns que les autres. Aucun ne sut la décider à rompre son célibat.

« Tu as raison de ne pas te laisser passer la bague au doigt, lui avouait Céline à chaque rupture. La vie à deux, ça doit être d'un ennui ! Tu te vois faire la lessive de ton mari, le ménage, la cuisine, élever des enfants et devoir encore lui faire l'amour le soir, quand il en aura envie ! On est bien mieux célibataires, crois-moi ! »

Mathilde n'avait pas avoué son secret à son amie : à chacun de se retours à Quérac, elle trépignait d'impatience de se retrouver sur le chemin de l'homme de sa vie. De celui pour qui son cœur s'était mis à battre un soir, veille de Noël, alors que, toute jeune fille encore, elle lui apportait son panier repas là où il faisait cabane. Les sentiments qu'elle avait éprouvés pour Antoine dès ce jour-là ne s'étaient jamais affaiblis. Le berger, ami de son père, s'était troublé en sa présence, elle s'en était aperçue. Toutefois, jamais ne germa dans son esprit l'idée du mal. Elle se contenta pendant longtemps de garder en elle l'image de leur première rencontre, de cet instant ineffable où les êtres se reconnaissent sans rien se dire. Cette image suffit à son bonheur. À peine sortie de l'adolescence, elle s'était fait une certaine idée de l'amour. Et puisque celui-ci lui parvenait par un homme qui n'était pas libre, elle fit contre mauvaise fortune bon cœur. Elle se contenta de garder au fond d'elle-même la pureté de ses sentiments, sans jamais oser la profaner en tentant quoi que ce fût.

Elle rencontra Antoine de nombreuses fois dans les vignes, mais elle resta toujours à l'écart de ses regards afin de ne pas risquer d'aviver en lui des souvenirs qui auraient pu le perturber. Quand elle partit à Nîmes, à l'École normale, elle se sentit soulagée et déchirée à la fois. Elle savait qu'elle ne le rencontrerait plus, car, au retour de ses vacances d'été, il serait déjà parti à l'estive. Pendant les congés de Noël et de Pâques, elle le cherchait parfois, en souhaitant ne pas le rencontrer. Ses pas la guidaient instinctivement vers la cabane de son père. Elle s'attardait, assise sur la pierre où il avait passé des heures à surveiller ses bêtes. Elle y ressentait sa présence, réentendait ses paroles aimables. Son cœur chavirait. Mais, chaque fois, elle chassait de son esprit l'idée qu'elle aurait pu tout tenter pour le retrouver et le séduire.

Quand elle fut nommée à Quérac, elle avait presque oublié que ses sentiments dormaient encore en elle, comme un feu couve sous la braise.

Mais en découvrant les noms de ses premiers élèves, elle avait senti à nouveau le vent attiser les flammes apaisées de son amour. Le feu devint plus dévorant que jamais. Malgré elle, elle n'était pas parvenue à se détacher de Marie ni, plus tard, de François. Et elle s'était rapprochée d'Adeline, dont l'état de santé l'inquiétait sincèrement.

Ne trichant plus avec elle-même, elle avait décidé d'assumer ses sentiments et de vivre aux côtés de cette famille, pour être plus près de celui qu'elle osait maintenant aimer sans éprouver de honte. Son amitié pour Adeline compensait l'amour qu'elle ne pouvait donner à son mari. Son amour pour François remplaçait celui qu'elle ne pourrait jamais offrir à son propre enfant.

Mathilde se sentait écartelée, crucifiée. Mais elle était heureuse.

Antoine condamné, c'est une jeune femme effondrée qui sortit de la salle d'audience où elle était restée dissimulée derrière un pilier pour échapper aux regards. Elle trouva cependant le courage d'aller attendrir le concierge du tribunal, pour qu'il lui permette, en dépit du règlement, de la laisser pénétrer dans la cour où le détenu sortirait, juste avant de s'engouffrer dans le fourgon cellulaire.

Quand celui-ci passa devant elle, Antoine leva machinalement les yeux à travers les barreaux. Leurs regards eurent à peine le temps de se croiser. Le fourgon disparut dans la nuit, emmenant Antoine vers sa prison.

Adeline fit face avec beaucoup de courage et de résolution. Le drame qui venait de s'abattre sur les siens lui fit oublier ses propres problèmes. C'était à elle maintenant de tenir la barre dans la tempête. Aussi relégua-t-elle sa maladie au rang des choses secondaires afin de maintenir la métairie en état.

« Rien ne doit changer pendant l'absence de votre père, déclara-t-elle avant que Fabien ne parte pour l'estive. Chacun d'entre vous continuera comme si de rien n'était. En attendant le retour de Mathieu, Joseph m'aidera à prendre les décisions qui s'imposent. »

Marie et Louise, restées auprès de leur mère, s'inquiétaient pour elle, car elles craignaient qu'elle ne supportât pas longtemps ni l'absence de leur père ni son surcroît de travail.

« S'il le faut, Mère, proposa Marie, je resterai à la maison pour vous aider. Au château, ils peuvent se passer de moi. »

Adeline accepta à contrecœur.

Pendant les mois d'été, la jeune fille revit Guillaume, rentré à la fin juin. Celui-ci tarda à la retrouver dans les vignes, à l'abri des regards indiscrets, se contentant de brèves rencontres au hasard de ses allées et venues dans les couloirs du château. Son comportement parut étrange à Marie, qui ne comprenait pas pourquoi il la faisait attendre.

À Paris, il avait acquis de la maturité. Ses propos, sa tenue devant les domestiques, ses relations envers ses propres parents, tout démontrait qu'il avait pour toujours quitté l'âge de l'adolescence et endossé les habits neufs de sa vie de futur châtelain. Il arborait fièrement une barbe bien taillée et avait raccourci ses longs cheveux ondulés qui plaisaient tant à Marie. Comme son père, il ne quittait plus ses bottes et ne se montrait jamais qu'en tenue d'équitation jusqu'au soir venu.

« Tu as l'air d'un monsieur ! » lui fit-elle remarquer lors de leur premier rendez-vous, deux semaines après son retour.

Il lui sourit, lui caressa le visage, effleura ses lèvres sans s'attarder. Il l'attira derrière un mazet en ruine recouvert de lierre en la tenant par la main, sans autre explication. Puis il s'approcha d'elle et, toujours en silence, commença à la déshabiller en l'invitant à s'allonger sur un lit de paille encore vierge. C'était la première fois qu'il osait un tel geste.

Marie, craintive, fit un mouvement de recul. Quelque chose en lui ne lui plaisait pas. Cette façon de se comporter ne lui ressemblait guère ; cette assurance, cet air hautain, presque dominateur, qui le faisait ressembler à son père, à cette aristocratie terrienne accrochée à ce qui lui restait d'arrogance et de condescendance. Guillaume n'était plus le jeune garçon plein d'allant et de gentillesse, de simplicité et de droiture qu'elle avait connu. La vie parisienne, l'âge peut-être – il venait d'avoir dix-neuf ans – avaient fait de lui un homme qui semblait avoir décidé d'épouser sa condition.

« Qu'y a-t-il, Marie ? Tu n'es pas heureuse de me retrouver après une si longue absence ?

– Tu m'as à peine adressé la parole depuis quinze jours ! J'avais l'impression que tu m'ignorais.

– Comment oses-tu dire cela ? Tu vois bien comme je t'aime et comme je suis heureux de te reprendre dans mes bras !

– Je crois que tu as envie de moi et que tu désires brûler les étapes. Cela ne te ressemble pas, Guillaume. Seraient-ce là les manières que tu as apprises à Paris, ou est-ce le maître qui dort en toi qui s'éveille ?

– Je ne comprends pas ! Je t'aime et je voulais te le montrer.

– Alors, tu pouvais éviter de me faire attendre. »

Le jeune châtelain sembla pris au dépourvu. Il se détacha de Marie, se releva et lui tourna le dos. Celle-ci poursuivit :

« Pourquoi n'as-tu pas répondu à chacune de mes lettres ? Je n'ai pas cessé de t'écrire.

– Ce n'était pas facile. Je te l'ai expliqué.

– Avec l'adresse de ton ami, tu n'avais rien à craindre.

– C'est ici que mon courrier risquait d'être découvert. Le facteur aurait pu parler, tu le sais bien.

– Tu as changé, Guillaume. Tu n'es plus celui qui m'a juré de ne penser qu'à moi, avant de partir. Les Parisiennes t'auraient-elles fait perdre la tête ? Ou bien aurais-tu simplement décidé de t'éloigner de moi ? »

Le jeune homme se retourna brutalement, visiblement gêné, et fit un pas vers Marie, qui était encore assise sur la paille. Celle-ci crut tout à coup que le monde allait s'effondrer au premier mot qu'il allait prononcer. Elle détourna le regard comme pour mieux éviter l'éclaboussure et se protéger le visage.

« Je t'aime, Marie. Je te demande pardon pour la froideur que tu as perçue en moi. Elle n'était pas volontaire. Il est vrai qu'après ces mois d'absence, j'avais perdu mes repères dans ce château, parmi mes parents et leurs domestiques. Mais envers toi rien n'a changé, et il n'y a personne d'autre dans ma vie qui m'a détourné de toi. »

Il s'approcha d'elle, la pria de se lever en lui tenant la main. Elle s'exécuta, les yeux en larmes, et se blottit contre lui.

« Voudras-tu encore de moi quand tu sauras ce qui est arrivé à mon père ?

– Je suis au courant. Mes parents m'ont tout raconté.

– Ils jugent mon père coupable ?

– Je ne crois pas. Pas ma mère en tout cas. Je peux t'assurer qu'elle ne regrette pas la disparition de Legarec.

– Et ton père ?

– Il vous a laissé la métairie. Cela ne prouve-t-il pas qu'il croit ton père innocent ?

– Et s'il venait à apprendre notre liaison ?

– Personne ne sait. C'est un secret entre nous. »

Marie s'assombrit de nouveau.

« Tes longues absences, tes études, la vie que tu mènes à Paris… Tout cela me fait peur. Je ne vois pas quel peut être notre avenir. Je ne serai jamais que la fille d'un métayer. Et les sentiments qui nous unissent ne changeront rien à cela. »

Guillaume ne répondit pas. Il se contenta de couvrir de baisers le visage de Marie, cherchant ses lèvres pour la faire taire.

Dehors, la nuit était chaude et pleine de senteurs. C'était l'heure où les insectes se taisent. La terre exhalait des parfums de sève et de raisin sucré. Le ciel s'était assombri et s'ouvrait par intermittence en laissant s'échapper des jaillissements de lumière. Au loin, un sourd grondement annonçait l'orage.

« Abritons-nous dans le mazet, proposa Guillaume. Il commence à pleuvoir.

– Je ferais mieux de rentrer. Ma mère va s'inquiéter.

– Viens ! » insista-t-il en l'entraînant par la main.

Marie, apaisée, se laissa emporter par le flot de son amour qu'elle tentait en vain de mettre à l'épreuve.

À peine furent-ils à l'abri que l'orage éclata, déchirant le ciel de mille feux, noyant la terre desséchée sous un vrai déluge. Assis l'un contre l'autre, rassurés, à mille lieues de penser qu'on pouvait s'inquiéter à leur sujet, les deux jeunes gens devinrent amants pour la première fois.

La belle saison traînait en longueur et distillait encore ses douceurs. À l'approche de la Toussaint, octobre était souvent un mois capricieux, capable des pires sautes d'humeur. Tantôt il voyait les Gardons charrier des crues menaçantes, parfois catastrophiques, tantôt il prolongeait de ses feux la période des vendanges par un de ces étés indiens tant appréciés.

Guillaume avait rejoint la capitale, laissant Marie à ses amours et à ses illusions. Leurs serments dans les vignes avaient repris la couleur des beaux jus dorés que les grappes gorgées de sucre avaient donnés au châtelain.

Celui-ci se félicitait du savoir-faire de son nouveau maître de chais. Léon Garrigue s'y entendait à merveille pour marier les cépages et soutirer le moût juste au bon moment, quand le degré de maturité lui faisait dire que le vin commençait à chanter dans les foudres. Auguste Donnadieu lui faisait entière confiance. Tout à sa passion pour ses vins, il laissait ses métayers plus libres d'agir à leur guise.

Ses espoirs se concrétisaient : son fils lui avait donné l'assurance qu'une fois ses études terminées, il prendrait sa relève et veillerait à maintenir la notoriété du domaine de Quérac.

Joseph était rentré de l'Aubrac avec toutes ses bêtes. Pas une de perdue. Il avait accru son propre cheptel de quelques dizaines d'agneaux gagnés grâce au collectage. L'agnelage de décembre s'annonçait prometteur, les béliers ayant couvert la plupart des brebis.

Adeline, toujours galvanisée par l'espoir, s'était remise à la tâche sans laisser sa part, mais, vite essoufflée, elle devait bien reconnaître qu'elle n'abattait plus autant de travail qu'avant sa maladie.

« C'est l'âge ! lui disait complaisamment son amie, pour la tranquilliser. Que veux-tu, nous n'avons plus vingt ans !

– J'en ai deux fois plus, hélas ! Et j'ai parfois l'impression d'être déjà une vieille femme.

– Je ne voulais pas dire ça. Mais à notre âge il faut accepter d'en rabattre. Regarde la vitalité de tes filles ! Ah, comme j'aimerais avoir leur âge ! La jeunesse, pardi, c'est ça le bonheur ! Pourtant Marie ne semble pas toujours très heureuse. Je la trouve parfois lointaine. C'est l'absence d'Antoine qui la travaille ainsi ?

– Peut-être. Tu sais, Marie est une jeune fille très secrète. »

Adrienne avait remarqué la mélancolie de sa filleule. Mais elle avait toujours évité de s'immiscer dans ses petits secrets.

« Elle est peut-être amoureuse ? poursuivit-elle sans savoir.

– Qui sait ? Je n'en sais fichtre rien !

– Elle ne t'a jamais parlé de Maurice ?

– Non. Pourquoi ?

– Comme ça. Il me semble que mon cadet, lui aussi, a des états d'âme en ce moment. Après tout, c'est de leur âge ! »

Adeline savait avec certitude que Maurice n'était pas la cause de la morosité de sa fille. Celle-ci lui avait avoué avoir revu le jeune Donnadieu, et elle avait fermé les yeux sur ses escapades, ne voulant pas créer sous son toit un autre drame. Certes, Antoine n'aurait pas accepté cette relation, mais Marie aurait été plus malheureuse encore d'être empêchée de voir Guillaume que de s'entendre dire : « Tout est fini entre nous. »

Adeline, en effet, était persuadée que leur liaison ne durerait pas.

Elle ignorait par contre l'amour naissant de Maurice pour Louise. Celle-ci était encore très jeune, mais, à quinze ans, tout en elle s'éveillait à la vie : sa poitrine pointait sous son corsage, ses jupes s'arrondissaient sur le galbe de ses hanches, ses yeux se faisaient enjôleurs. Depuis quelque temps, Maurice portait sur elle un autre regard et ressentait pour son amie une attirance qu'il dissimulait de plus en plus mal.

Il attendit son retour de l'estive pour oser lui parler. Maladroitement, car il ne savait pas parler aux filles. Louise, elle, plus dégourdie grâce aux leçons de son amie Mariette, lui avait d'abord ri au nez, croyant à une plaisanterie de sa part.

« Nous sommes presque frère et sœur, lui avait-elle objecté. Ton père est mon parrain et ta mère la marraine de ma sœur.

– Cela ne crée pas de lien de parenté entre nous. Je te connais bien, Louise, et toi aussi tu me connais bien. Si je te dis que je suis amoureux de toi, ce n'est pas une plaisanterie. Tu peux me croire. »

Louise parut hésiter. Ses joues s'empourprèrent. Pour la première fois, un garçon lui déclarait son amour.

« Tu me trouves trop vieux, n'est-ce pas ? Ou bien tu te trouves trop jeune ? Nous avons la vie devant nous, je saurai t'attendre. Rien ne presse. Mes sentiments sont très forts. À toi de me dire ce que tu éprouves pour moi. »

À la fois surprise et charmée, Louise, qui ne manquait pas d'audace, fit un pas en direction de son ami, se hissa sur la pointe des pieds et l'effleura des lèvres. Puis, comme effarouchée par ce qu'elle venait de faire, elle tourna aussitôt les talons et disparut sans ajouter un mot, laissant son amoureux tout ébahi.

Depuis, ils se revirent fréquemment sous l'ombre épaisse des grands chênes, près des sources fraîches du domaine, dans les coins les plus reculés de la garrigue, avec les brebis pour seuls témoins.

Peu après le retour des hommes, Marie ne retourna plus au château. La châtelaine la remplaça par Louise auprès de la brave Pauline, et confia Justine à Mariette. Hortense avait triomphé des réticences de son mari, plaidant que la place d'une femme, mère d'un petit garçon, n'était pas dans les étables. Auguste Donnadieu, que l'âge semblait bonifier à l'instar de ses vins, n'avait fait aucune objection. Il s'était même intéressé au petit Lucien, à peine plus âgé que François.

« Ne faudrait-il pas que cet enfant fréquente l'école ? s'était-il inquiété sur le tard. Il n'est pas bon qu'il traîne toujours dans les jupes de sa mère. Vous devriez vous occuper de son éducation », avait-il ajouté à l'adresse de son épouse.

Hortense, qui avait toujours veillé à ce que ni la mère ni l'enfant ne manquent de rien, s'empressa avec prudence de prendre son mari au mot :

« Je connais vos idées sur l'école laïque. Mais, pour ce petit dont la maman n'a pas le sou, je crois qu'il s'agit là de la meilleure solution. L'école y est gratuite. On ne lui demandera rien.

– Je vous fais entière confiance. De toute façon, il y a bien longtemps que j'ai perdu mes illusions. La République nivellera toute la société par le bas. Les enfants de mes métayers fréquentent tous l'école laïque. Alors, un de plus ou un de moins… Heureusement que nous pouvons encore compter sur quelques bonnes institutions privées ! Mais pour combien de temps ? Faites donc de cet enfant ce que vous voudrez. Je ne veux plus le voir perdre son temps à courir derrière les brebis. On fera de lui un berger quand il aura l'âge de ne plus porter des culottes courtes. »

La soixantaine passée, Auguste se donnait des airs de patriarche dont le seul souci était de tenir son arche à flot. À ses yeux, la tâche de chacun et l'obéissance des enfants, qui prendraient un jour la relève de leurs pères, étaient le socle de la bonne marche de ses affaires. Il craignait surtout les revendications sociales, plus virulentes chez les vignerons que chez les éleveurs. Mais il ne se sentait pas totalement à l'abri des mouvements d'humeur de ces derniers. Certes, il pouvait sans problème remplacer au pied levé ses bergers, les logues de Cabrillac et des Ayres en proposaient à foison. Mais il misait sur la stabilité de son personnel, sur leur fidélité, pour consolider la position de son domaine dont la notoriété n'était plus à faire.

L'été suivant, Guillaume était revenu de Paris, pour la seconde fois, la tête pleine d'idées nouvelles. Il n'avait pas eu de mal à le convaincre qu'il devait évoluer avec son temps, cesser de se montrer grand seigneur, et adopter une attitude d'homme d'affaires ouvert aux informations économiques et aux progrès de la société.

« Il n'est plus temps de nous cramponner à nos privilèges désuets, osa-t-il affirmer. Vous verrez, Père, dans moins de cinquante ans, le monde agricole aura basculé vers l'industrie et échappera aux paysans eux-mêmes. À nous de savoir prendre les devants. »

Auguste Donnadieu ne reconnaissait plus son fils. Celui-ci lui parlait d'égal à égal et se permettait de lui donner des conseils, presque des leçons. En d'autres temps, il l'aurait arrêté net. Car il était d'une époque où les fils savaient attendre patiemment de prendre le relais de leurs pères et respectaient leurs méthodes, leurs idées, avant d'émettre un avis et oser conseiller.

Mais le monde allait vite. Très vite. Et le châtelain de Quérac savait qu'il ne pouvait exiger de son fils ce qu'il avait lui-même respecté vis-à-vis de son père : la tradition. Ce mot avait-il encore un sens en cette onzième année du siècle ? Lorsqu'il observait ses bergers, il était tenté de le croire. Car rien ne semblait perturber leur travail calqué sur le rythme des saisons. Il n'imaginait pas, lui non plus, que les troupeaux pussent un jour se passer de leurs drailles et de leurs pâturages de montagne.

Guillaume n'avait pas la même vision de l'avenir et montrait beaucoup de méfiance face au passé.

« Les bergers sont des êtres superstitieux, trop attachés à des croyances fallacieuses et inutiles ! » avait-il un jour proclamé, en voyant, clouée sur la porte d'une bergerie, une carline à feuilles d'acanthe[1].

Son père crut inutile de le contredire.

« Ce ne sont que des rites. Il n'est pas bon de heurter les gens dans leurs croyances. Les esprits évoluent lentement, mais ils évoluent.

– Vous voilà bien raisonnable, Père ! Vos paroles sont d'une prudence qui m'étonne. Avez-vous perdu la fougue dont vous faisiez preuve il y a encore quelques années ?

– La fougue est l'apanage de la jeunesse. La sagesse est celle des anciens. Il faut de tout pour l'équilibre du monde. Mais ne vois pas en moi un homme ramolli ! Je suis à l'automne de ma vie et je me sens parfois fatigué. J'aime l'ordre établi. J'estime préférable de respecter mes gens pour qu'ils me respectent à leur tour. C'est à mon sens le seul gage d'avenir. En ce domaine, le modernisme, quand il va trop vite et trop loin, me fait peur.

---

1. Cette plante, très commune autrefois, servait d'hygromètre aux bergers.

– Je ne sache pas que vous ayez fait beaucoup de concessions quand, plus jeune, vous avez repris en main cette terre qui donnait bien des signes de faiblesse – c'est le moins qu'on puisse dire !

– Mes convictions respectaient l'esprit dans lequel ton grand-père avait édifié ce domaine. Mais j'ai conscience d'appartenir avec lui à un autre siècle. Celui dans lequel nous sommes entrés verra des transformations qui iront trop vite pour ceux de ma génération. Il nous reste à vous inculquer la prudence, le respect et le goût de vous battre loyalement. »

Auguste Donnadieu tenait là un discours qu'il n'avait pas toujours tenu. Guillaume ne l'ignorait pas, mais il ne voulut pas polémiquer. Il mit sur le compte de l'âge sa soudaine sagesse et le rassura sur ses propres intentions.

« Pour moi, ce qui compte le plus, ce sont les hommes que nous employons. Je ne vois pas comment il est possible de faire fructifier un bien qui dépend des autres en traitant ceux-ci par le mépris. Ce ne sont pas là des idées qui m'appartiennent ; soyez-en convaincu !

– Sache également que chacun d'entre nous doit savoir rester à sa place. Dieu nous a alloué une fonction ; à nous d'en être dignes. »

Guillaume prit cette remarque pour une allusion faite à Marie. Il craignit que la conversation ne déviât sur ce sujet. Il ne s'y était pas préparé et commença aussitôt à chercher la juste parade.

Par bonheur, sa mère entra dans la pièce où ils conversaient depuis un bon moment.

« Eh bien, mon cher mari ! Vous accaparez Guillaume, me semble-t-il. À la veille de son départ, j'aimerais moi aussi profiter des quelques heures qui lui restent à passer en notre compagnie.

– Nous étions en grande conversation.

– Entre hommes !

– Ce que nous avions à dire vous aurait profondément ennuyée. N'est-ce pas, Guillaume ?

– Parfaitement, Père. En général, les affaires n'intéressent pas les femmes.

– Passons au salon. Ta sœur Julie nous y attend. »

Guillaume crut son père au courant de sa liaison avec Marie. Au cours du repas du soir, il n'osa croiser son regard de crainte de devoir renouer avec lui une conversation qu'il voulait éviter.

Heureusement, Julie, avec toute la vivacité et l'espièglerie de ses dix-huit ans, meubla les silences par ses remarques teintées d'impertinence. Elle le china sur les petites Parisiennes qu'il allait bientôt retrouver, se moqua de son allure un tant soit peu guindée qu'il affectait depuis deux ans déjà. Il lui répondit avec la même cocasserie, la même légèreté, se prêtant à ses moqueries pour mieux détourner l'attention et s'éloigner de ce que son père avait peut-être à lui signifier en dernier ressort.

En réalité, le châtelain ignorait que son fils, depuis bien longtemps, était tombé amoureux de la fille de son métayer et qu'ils avaient commis ensemble, l'année précédente, ce que ses convictions ne lui auraient pas permis de pardonner.

Le lendemain, Guillaume repartit pour Paris. Hortense le vit s'éloigner avec le chagrin d'une mère à qui l'on arrache une partie d'elle-même.

À ses yeux, son fils était devenu un homme.

XXIV

Confidences

Le retour de Mathieu dans ses foyers remplit Adeline de joie. Son escapade irraisonnée lui valut six mois supplémentaires d'incorporation, pendant lesquels, se rongeant d'impatience, il se contraignit à obéir aveuglément, sans jamais soutenir le regard de ses supérieurs. Ceux-ci le considéraient comme un de ces jeunes rebelles du Midi viticole. Il eut beau expliquer qu'il était cévenol et non languedocien, ses remarques ne trouvèrent pas d'écho. L'adjudant qui l'avait à l'œil n'avait que des notions sommaires de géographie. Selon lui, toutes les régions situées au sud de Lyon faisaient partie du Midi. Même son capitaine, sorti de Saint-Cyr, lui reprocha son comportement.

« Ainsi vous êtes comme vos ancêtres Camisards ! Toujours prêts à fuir au Désert[1] pour échapper aux autorités ! Rebelle et fier de l'être ! Eh bien, sachez,

1. Désigne un lieu de refuge où les protestants se réunissaient clandestinement au cours des luttes religieuses à l'époque de Louis XIV.

soldat Chabrol, qu'ici c'est comme avec les Dragons du roi ! Et si vous ne voulez pas transformer le temps qui vous reste en galère, obéissez sans protester et n'essayez plus de nous fausser compagnie. »

Mathieu se le tint pour dit. Il endura les pires vexations, fut de toutes les corvées, participa aux plus dures manœuvres. Jamais il ne craqua, jamais il ne redressa la tête. Plus il encaissait les humiliations, plus il s'endurcissait et découvrait avec clairvoyance les injustices dont ce monde était fait.

Il souffrit beaucoup des longs mois d'hiver et de la privation de toute permission. Le froid intense des régions de l'Est, l'isolement dans lequel il se retrouvait plongé faillirent avoir raison de son moral. Mais il se reprit chaque fois en pensant à ses drailles, son soleil au fond de ses ténèbres. Il songeait à son père qui connaissait un isolement encore plus terrible que le sien, et dont le ciel était tout grillagé de barreaux. Alors son cœur se gonflait de courage et d'espoir pour deux. Il serait bientôt là à l'attendre, à la sortie de sa prison, et ensemble ils emmontagneraient de nouveau sur leurs chemins de liberté.

L'automne touchait à sa fin quand il approcha de Quérac, son baluchon sur l'épaule, mal rasé et vêtu de ses habits de civil devenus trop étroits, car sa carrure avait forci. Dans le village, certains ne le reconnurent pas et le prirent pour un de ces chemineaux qui, encore nombreux, parcouraient les campagnes pour s'embaucher dans les fermes.

Quand il parvint aux abords du Soleyrol, il posa son sac sur une pierre, sortit son paquet de Caporal et se roula une cigarette en prenant tout son temps.

Avant de l'allumer, il huma l'odeur du tabac frais entre ses doigts, comme pour y retrouver celle de ses bêtes, de la paille séchée, du cantou où sa mère laissait toujours mijoter la soupe au lard. Il avait pris cette habitude de fumer à l'armée, pour tuer le temps et pour avoir un petit quelque chose bien à lui, une sensation olfactive émanant de ses mains et qui le ramenait vers le monde de son enfance que personne ne pourrait jamais lui confisquer. Il conserva longtemps cette habitude et ce geste anodin. Les images de sa caserne-prison lui revenaient alors à l'esprit, vite occultées par celles de son retour chez les siens. Et cette superposition des deux mondes, des deux réalités, lui procura toujours un intime plaisir que rien ne devait jamais égaler.

Il tomba dans les bras d'Adeline comme l'enfant prodigue.

On l'attendait avec impatience, car il avait prévenu de son arrivée par une lettre deux semaines auparavant. Tous étaient là, réunis autour du cantou, prêts à commencer la veillée. Les femmes étaient assises près de la cheminée, les hommes un peu à l'écart à trier quelques poignées de châtaignes dont ils voulaient faire une poêlée avant d'aller se coucher. Quand Adeline entendit la porte s'ouvrir, elle n'eut pas besoin de se retourner pour savoir que c'était lui. Elle se leva précipitamment, faisant tomber ses châtaignes qui roulèrent à ses pieds, et n'eut qu'une parole :

« Entre, mon fils ! »

Mathieu, le visage illuminé d'un large sourire, prit sa mère dans ses bras, la souleva comme il aurait fait d'une jeune fille et resta un long moment à l'embrasser.

« Attention de ne pas l'étouffer », lui lança Joseph, qui s'était levé à son tour.

Les effusions passées, il n'eut de cesse que de raconter son retour et de savoir ce qui était arrivé depuis sa dernière permission.

« Les affachées ont l'air d'être excellentes cette année », dit-il en désignant la poêle percée qui fumait déjà dans l'âtre.

L'odeur douceâtre des châtaignes le replongea très vite dans son univers.

« Tu dois avoir faim ! Louise, prépare une assiette de soupe et quelques pélardons pour ton frère », commanda Adeline, qui semblait retrouver une nouvelle jeunesse.

Pourtant Mathieu s'aperçut rapidement combien sa mère semblait fatiguée et avait maigri pendant son absence. Il se garda de le lui dire et se mit à table en saoulant son entourage de ses paroles.

Joseph partit chez lui chercher une bonne bouteille. Il en revint les mains pleines.

« Tiens, fiston ! Tu me goûteras ça. Ce saucisson, c'est le reste du *jésus*[1] de l'an dernier. Cette bouteille, c'est le cadeau du châtelain à chacun de ses métayers : un de ses meilleurs crus de 1910. Et cette cartagène, c'est Adrienne qui l'a faite, il y a tout juste trois ans, peu avant ton départ. Tu m'en donneras des nouvelles.

---

1. Saucisson fabriqué avec l'une des plus grosses extrémités du boyau.

– Tu vas nous l'estourdir avec tes alcools, lui objecta celle-ci. Laisse-le donc prendre son content de soupe et de châtaignes. Ça, au moins, ça ne lui fera pas de mal !

– Et père, demanda Mathieu, comment va-t-il ? »

Adeline s'obscurcit.

« Aux dernières nouvelles, il a été transféré à la prison de Marseille. Pour faire de la place, paraît-il. Je suis allée le voir à Nîmes deux fois avant son transfert. Il tient bon, mais il est refermé sur lui-même. Quelque chose s'est brisé en lui. Il a perdu l'espoir. Il a beaucoup changé, tu sais. Ta visite lui ferait grand plaisir. Il s'inquiète beaucoup de savoir comment tu vas. Quand il parlait de toi, il semblait renaître à la vie. Il ne cessait de dire qu'il reprendrait la draille avec ses deux fils dès qu'il serait sorti. Mais ses moments de rêve ne duraient pas longtemps. Tu comprends, au parloir, derrière les barreaux, avec tout le bruit, c'était difficile pour lui de se libérer l'esprit. Même moi, il semblait ne pas me voir. Maintenant qu'il est à Marseille, ça me fait trop loin pour lui rendre visite. Je suis trop fatiguée. C'est tout juste si j'arrive à me rendre utile ici, sous mon propre toit.

– Vous exagérez, Mère, coupa Louise. Vous faites preuve d'un grand courage et jamais vous n'avez fléchi devant la tâche.

– Louise a raison. Ne l'écoute pas, renchérit Marie. Mère rend bien honneur aux Chabrol, n'est-ce pas, Adrienne ? »

Mathieu voulut détendre l'atmosphère. Il comprit que sa mère s'était armée d'une fragile carapace pour faire face à l'adversité en attendant le retour d'Antoine.

« J'irai le voir dès que j'aurai obtenu l'autorisation, précisa-t-il. En attendant, trinquons à nos retrouvailles.

– Et à mon futur départ, coupa Maurice. Car dans un mois, c'est à mon tour de partir sous les drapeaux. Je vais avoir vingt ans dans quelques jours.

– Tu tâcheras d'être plus intelligent que moi. Ne fais pas plus que ton temps !

– Pour ça, compte sur moi. Je ne ferai pas un jour de plus. Surtout qu'il y en a une qui va languir en mon absence !

– Sûr que ta mère va de nouveau tourner en rond, comme pour Jérémie, répondit Joseph.

– Je ne pensais pas à ma mère.

– À qui donc ? »

Maurice se tourna en direction de Louise. Celle-ci, troublée par les regards fixés sur elle, baissa les yeux et se mit à rougir.

« Tiens, tiens ! fit Mathieu. Il s'en passe des choses pendant que le père et le fils sont absents ! Tu ne dis rien, petite sœur ?

– Louise est encore un peu jeune, reprit Maurice, mais nous nous aimons. Si ses sentiments n'ont pas changé, après mon service militaire, nous nous fiancerons. Avec votre permission, bien sûr. Et nous attendrons le retour d'Antoine pour nous marier. Nous ne voulions pas vous faire des cachotteries. »

Adeline fut la plus étonnée de tous. En soucis pour Antoine et Mathieu, et secrètement attristée par le destin de Marie, elle n'avait pas imaginé un seul instant que sa cadette pût être amoureuse du fils de ses plus fidèles amis.

« Quelle surprise ! fit-elle. Tu caches bien ton jeu, petite. Et toi, Marie, étais-tu au courant ?

– Un peu. Entre sœurs, nous n'avons pas de secret.

– Et toi, Fabien ?

– Oh que non ! J'ai d'autres chats à fouetter que de m'occuper des histoires de cœur de mes sœurs.

– Moi, je savais », fit une petite voix sortie du cantou.

François, tout à la joie d'avoir retrouvé son grand frère, écoutait la conversation depuis le début avec beaucoup d'intérêt.

« Vraiment ! dit Adeline. Je vais finir par croire que j'étais la seule à être dans l'ignorance.

– Ne t'insurge pas, répliqua Adrienne. Nous l'ignorions aussi. J'étais même persuadée que Maurice n'avait de sentiments que pour Marie.

– Toutes ces histoires de cœur nous font oublier de trinquer, coupa Joseph. Alors buvons au retour de Mathieu et au départ de Maurice, en souhaitant qu'Antoine revienne vite parmi nous. »

Adeline retint ses larmes, enveloppa son fils d'un regard plein de tendresse et, se penchant vers Louise, lui dit :

« Sois heureuse, ma chérie ! Tu as ma bénédiction.

– La mienne aussi, ajouta Adrienne. N'est-ce pas, Joseph, tu es d'accord ?

– D'accord, d'accord ! Bien sûr, je suis d'accord ! Tant que nous restons en famille, comment pourrais-je ne pas être d'accord. Alors, buvons aussi aux futurs novis[1] ! Et toi, ma petite Marie, poursuivit-il, tu n'as pas encore un amoureux ? »

Marie se renfrogna et se troubla. Adeline vint à son secours.

« Ça viendra bien assez vite ! Ces choses-là arrivent sans crier gare. Pour l'instant, Marie est bien trop occupée à me seconder. Tu le sais bien, Joseph.

– Je ne le sais que trop ! Je disais ça pour plaisanter. »

Cette nuit-là, Marie ne trouva pas le sommeil, car les souvenirs de Guillaume illuminèrent ses songes. Malgré elle, elle s'était encore plus attachée au jeune châtelain qui lui avait prodigué, il est vrai, beaucoup d'attention et montré beaucoup d'amour pendant l'été. Elle s'était souvent donnée à lui sous les cieux embrasés d'étoiles, grisée par le chant des grillons et les effluves enivrants des lavandes et des romarins. Dans ses bras, elle avait fini par oublier que son père n'avait que la noirceur de son cachot pour unique horizon. Et quand elle songeait à cette triste réalité, elle éprouvait une folle envie de le retrouver et de se fondre en lui.

Lorsque Guillaume avait rejoint Paris, la laissant aux proies des flammes de leur amour, elle était vite retombée dans un profond désarroi. Ni Adeline ni Louise n'avaient été dupes de ce brusque changement d'attitude. Mais chacune avait fait semblant de ne rien voir.

L'année nouvelle venait de s'inscrire dans la froidure sur le calendrier, ce qui n'était pas pour déplaire

1. *Futurs époux.*

aux anciens. Ceux-ci préféraient de vrais hivers et de vrais étés plutôt que des saisons intermédiaires qui traînaient en longueur.

« Le gel tue la vermine, ne cessaient-ils de répéter ! Si l'on ne veut pas être envahis de pucerons, de mouches et de moustiques, il faut au moins une bonne quinzaine de fortes gelées. »

Il s'agissait que celles-ci n'arrivassent pas trop tard, après une floraison précoce, comme c'était parfois le cas dès février. Mais, quand le froid s'installa peu après le nouvel an, les esprits inquiets furent rassurés.

Mathieu reprit sa place et tenta au mieux de remplacer son père. Il proposa à Marie de reprendre son service au château. Elle refusa, prétextant qu'elle était plus utile à aider sa mère qu'à faire la cuisine chez les autres.

La vraie raison n'était pas là. Elle ne pouvait en effet cacher plus longtemps son état. Son ventre s'arrondissait de jour en jour sous sa robe, et sa fatigue allait grandissant. Adeline s'était aperçue du changement de physionomie de sa fille. Les prémices de la naissance n'avaient pas de secret pour elle. Quand Marie eut ses premières nausées, elle n'eut aucun doute.

« Qui t'a mise dans cet état ? Serait-ce Guillaume ? »

Marie ne répondit pas, honteuse et atterrée.

« Je te pose une question ma fille ! Réponds-moi ! »

Marie fondit en larmes et se jeta dans les bras de sa mère.

« Si j'avais su, gémit-elle. Si j'avais su !

– Il est trop tard pour regretter. C'était à moi de t'interdire une telle fréquentation. J'ai péché par faiblesse. Que va dire ton père ? Et que va-t-on penser à Quérac ?

– Personne ne doit savoir avant que je ne trouve une solution.

– Depuis quand es-tu enceinte ?

– Trois mois, je crois.

– Alors il n'y a pas d'autre solution que celle d'assumer.

– Personne ne doit savoir que Guillaume est le père. Papa non plus.

– Il sera difficile de lui mentir.

– Nous dirons que j'ai rencontré un garçon au cours d'une fête et que je me suis laissé abuser.

– Non, Marie, ne compte pas sur moi pour le tromper. Je ne pourrai pas vivre dans le mensonge jusqu'à la fin de ma vie. Un jour ou l'autre, l'abcès crèvera. Mieux vaut dire la vérité tout de suite. »

Adeline songeait aux longues années pendant lesquelles elle avait tenté de dissimuler un autre secret, le sien. Le poids qu'elle avait alors supporté, elle n'était plus prête à le supporter de nouveau.

« Vous me condamnez, Mère ! Vous me jugez coupable d'avoir aimé Guillaume. Mais je l'aime encore, et je ne sais plus que faire ! »

Marie s'effondra. Elle se précipita dans sa chambre, croyant que le monde, brutalement, s'écroulait autour d'elle.

Louise était partie au château. Mathieu et Fabien étaient avec leurs bêtes, François avait rejoint sa classe. Seule Adrienne risquait de venir d'un instant à l'autre pour aider Adeline à nettoyer les étables et l'écurie des chèvres. C'était l'heure du café, avant d'attaquer sa longue journée de travail.

Adeline prit une feuille de papier qu'elle arracha d'un vieil almanach et écrivit quelques mots. Puis elle accrocha le message sur la porte :

Je me suis absentée au village. Serai de retour dans une heure.

Elle se servit une tasse de café, l'avala sans sucre d'un seul trait, respirant profondément entre deux gorgées comme pour se donner du courage. Puis, toujours très calme, elle se leva de sa chaise, remit de l'ordre dans sa coiffure et défit le tablier noir qu'elle ne quittait jamais. Passant devant un miroir, elle constata combien elle avait vieilli. Des rides sillonnaient son visage autour de ses yeux, ses joues s'étaient creusées, son teint était devenu blême. Ses tempes avaient pris de beaux reflets argentés, mais sa chevelure était toujours aussi abondante.

« C'est le moment ou jamais de lui avouer la vérité », songea-t-elle.

Sans hésiter, elle pénétra dans la chambre de Marie. Celle-ci dissimulait son visage sous son oreiller pour mieux étouffer sa honte. Adeline s'assit près d'elle, l'obligea à se redresser et l'invita à l'écouter.

« Ce que j'ai à te dire, personne hormis ton père ne le sait. Mais si cela doit te redonner confiance en la vie, je vais tout te raconter. »

Marie, surprise, se reprit et balbutia :

« Qu'avez-vous de si grave à me dire ? »

Adeline commença alors un long récit.

« Te souviens-tu de la grosse Bible qui t'intriguait tant dans la chambre de ta grand-mère, quand tu étais petite ?

– Je me souviens.

– Et de la photo qui se trouvait dans son album et qu'elle cachait comme un précieux trésor ?

– Bien sûr, je m'en souviens aussi. Mamé me l'a donnée peu avant de mourir en me recommandant de la conserver soigneusement. C'est la photo de grand-père, votre propre père. Elle est encore dans mon armoire.

– Et la Bible que nous lisons parfois est la sienne. Celle qui ne quittait jamais son chevet.

– Où voulez-vous en venir ?

– L'homme, sur la photo, est bien ton grand-père. C'est mon père. Mais ce n'est pas le père de mes deux frères. Ta grand-mère Marthe a épousé un homme très brave, Félicien Pélissou, qui lui a donné deux fils, Ernest et Fernand, tes oncles. Il l'aimait énormément. C'était un gros travailleur, élevé dans la foi protestante la plus pure. Oh, il n'était pas riche ! Mais sa générosité n'avait pas d'égale, et il m'a toujours considérée comme sa propre fille.

– Vous ne l'étiez donc pas ?

– Ma mère a rencontré un pasteur peu avant ma naissance, Isaac Chaptal. Il venait d'être nommé dans la paroisse. C'était un homme très beau, très cultivé et très humble. Un modèle de pasteur. Toutes les jeunes femmes en étaient folles. Rien que par sa présence, il savait remplir le temple et ramener à lui bien des brebis égarées. Ta grand-mère s'occupait du temple à cette époque-là. Elle était toujours en contact avec le pasteur… Ce qui devait arriver arriva. Ils sont tombés amoureux fous l'un de l'autre. Le pasteur, lui, n'était pas marié. Il a résisté à la tentation pendant plus d'un an. Mais l'amour était le plus fort. Marthe culpabilisait beaucoup, tu peux t'en douter. Mais rien n'y faisait. Personne dans la commune ne s'est douté, pas même le mari de ta grand-mère. Ils n'ont pas su résister très longtemps. Ils se sont donnés l'un à l'autre, et je suis née quelque temps après.

Quand Marthe a su qu'elle était enceinte, elle n'a pas douté un seul instant que cet enfant était celui de son amant. Elle a sombré alors dans une profonde dépression que son mari a mise sur le compte de son état. Ensuite, tout s'est compliqué. Isaac Chaptal ne voulait pas que Marthe rompe pour lui l'union qu'elle avait scellée devant Dieu. Mais il l'aimait trop pour s'en détacher. Ils se sentaient perdus tous les deux. Fuir, pour Marthe, il n'en était pas question, car elle tenait à ses enfants et ne pouvait imaginer briser la vie de son mari. Il n'y avait pas d'autre solution que de rompre, mais elle non plus n'en avait pas le courage. De plus, l'enfant qu'elle portait lui rappelait sans cesse son amour éperdu. Alors, d'un commun accord, ils ont pris une décision radicale : lui a changé de paroisse ; elle a tout avoué à son mari.

– Grand-père ne l'a pas chassée ?

– Non. Je te l'ai dit, c'était un homme très bon. Non seulement il a pardonné à sa femme, mais en plus il m'a élevée comme si j'étais sa fille. Moi, je l'ai toujours considéré comme mon père. Ce n'est qu'à sa mort que ta grand-mère m'a raconté toute la vérité.

Elle n'a jamais oublié complètement son beau pasteur.

– Votre père !

– Oui, mon père, si tu veux. Mais sache que, pour moi, mon vrai père est celui qui m'a aimée durant toute ma vie.

– Je ne l'ai jamais connu, papé Félicien. Comment est-il mort ?

– Personne ne le sait. Bien des années après, alors que tout semblait rentré dans l'ordre, il a disparu.

– Disparu ?

– Marthe tenait secrètement cachée une photo d'Isaac Chaptal, ainsi qu'une Bible qu'il lui avait offerte avant de se séparer.

– Je commence à comprendre.

– Félicien a dû les découvrir et penser qu'elle l'aimait encore. Il ne lui a rien dit. Mais le jour de la foire d'octobre, il est parti sous prétexte d'aller acheter quelques outils. Personne ne l'a jamais revu. Les gendarmes ont fait leur enquête et ont alerté leurs collègues d'Alais et de Nîmes. En vain. Ils n'ont pas cru qu'il ait pu s'évanouir dans la nature, sans se montrer à quelqu'un. Le jour de la foire, le Gardon était en crue. On a retrouvé son Opinel sur le parapet du pont. Ils en ont déduit qu'il s'était sans doute jeté dans la rivière et que son corps, charrié par les flots, avait pu être emporté jusqu'à Dieu sait où… jusqu'au Rhône. On ne l'a jamais retrouvé.

– Il n'est peut-être pas mort !

– Dieu seul le sait. Voilà toute l'histoire. J'avais quinze ans à l'époque. Mes frères, quand ils ont appris tout cela – enfin pas dans les détails –, se sont un peu fâchés avec ma mère. Ils sont partis de la maison et ont fait leur vie chacun de leur côté. Depuis, ils ont un peu pardonné, mais ils ne se sont pas déplacés pour son enterrement.

– Je me disais aussi...

– Quant à Isaac Chaptal, mon père géniteur, je n'ai jamais eu de ses nouvelles. »

Adeline s'interrompit, soulagée d'un lourd fardeau qu'elle portait en elle depuis sa tendre enfance.

« Père est-il au courant ?

– Bien sûr ! D'ailleurs il a très bien connu ton grand-père... enfin, le mari de ta grand-mère.

– Alors il savait que vous étiez l'enfant d'un autre quand il vous a épousée.

– Naturellement, il savait. Je le lui ai dit. »

Marie se détendit à son tour et se rapprocha de sa mère, l'enveloppant tendrement par les épaules.

« Je t'aime, Maman, lui confia-t-elle en la tutoyant, ce qui ne lui arrivait que dans de très rares occasions.

– Je n'ai pas tout à fait fini, poursuivit Adeline. J'ai encore un autre secret à te confier. »

Celui-ci était bien plus embarrassant. Car il la mettait au cœur même du drame. D'abord soulagée de l'avoir avoué à Antoine, elle avait aussitôt regretté d'avoir cédé à la tentation de ne rien garder pour elle. Elle se reprochait en effet d'être maintenant la cause des malheurs de son mari.

« Si seulement j'avais su tenir ma langue ! laissa-t-elle échapper. Ton père ne serait pas en prison à l'heure où je te parle.

– Voulez-vous dire que c'est par votre faute que père a été condamné ?

– Je le pense en effet. Aussi comprendras-tu que j'ai besoin de me confier à quelqu'un pour soulager ma conscience.

– Parlez, je vous écoute, Maman. »

Adeline ne savait pas par où commencer le récit de son propre drame. Elle se fit grave. Une violente convulsion l'empêcha de poursuivre, lui faisant perdre haleine. Encore tout essoufflée, elle tenta de se reprendre.

« Ce n'est rien. Je suis sortie tout à l'heure pour traire les chèvres. J'ai dû prendre froid. Je ne me suis pas méfiée.

– Je vous ai déjà dit de m'en laisser le soin. Cela vous fatigue trop.

– Tu sais bien que les chèvres n'aiment que moi pour les traire. Elles sont plus détendues, plus calmes. C'est mieux pour le lait.

– Que vouliez-vous donc me dire de plus ?

– Je ne voudrais pas te rappeler de mauvais souvenirs… Il s'agit de Legarec.

– Mais il est mort ! Comment peut-il encore vous tourmenter ?

– Avant de s'en prendre à toi, il a essayé avec moi, il y a de nombreuses années de cela… »

Adeline raconta à sa fille le triste sort que le régisseur lui avait réservé, sans s'encombrer de détails scabreux qui l'auraient sans doute profondément choquée dans son état.

« Qu'est-ce qui vous fait penser que François pourrait être le fils de ce criminel ?

– Ma propre naissance.

– Dans le cas de votre mère, il ne s'agissait pas d'un viol !

– Cela ne change rien au résultat. Neuf mois plus tard un enfant est né.

– Que dit papa de tout cela ?

– Ton père a réagi comme ton grand-père Félicien. Il m'a pardonnée.

– Il n'avait rien à vous pardonner !

– Ce n'est pas ce que je voulais dire. Il a effacé l'affront et a continué de considérer ton jeune frère comme avant, comme son fils.

– C'est une évidence : François est le fils de papa ! Ne voyez-vous pas comme ils se ressemblent tous les deux ? Il n'y a aucun doute. Même si la couleur de leurs cheveux diffère. Votre père était peut-être brun lui aussi !

– D'après la photo, je crois que oui. Tu es gentille de vouloir me tranquilliser, mais ce n'est pas de moi dont il s'agit aujourd'hui ; et je ne t'ai pas raconté toutes les avanies de mon existence pour chercher à me soulager.

– Pourquoi avez-vous choisi ce moment pour me parler ? Pour détourner mon esprit de mes propres tourments ?

– Pour te faire comprendre, ma chérie, que je ne te blâme pas et qu'il ne saurait être question pour moi de refuser l'enfant que tu portes. Même si tu ne peux guère espérer vivre un jour avec son père. Trop de différences vous séparent. »

Marie revint à sa triste réalité et s'assombrit.

« Je lui écrirai et lui avouerai la vérité. Il faudra bien qu'il prenne ses responsabilités.

– En tout cas, quoi qu'il fasse, sache que je ne t'abandonnerai jamais, avec ou sans enfant. Je suis moi-même une enfant de l'amour et j'ai peut-être mis au monde un enfant sans père.

– Vous m'avez dit que le vrai père est celui qui aime et qui élève ses enfants !

– Je l'ai dit, et je le crois.

– Alors, François a le même père que moi. Mais papa, lui, saura-t-il accepter que je sois fille-mère si Guillaume ne veut pas de moi ?

– Je ne doute pas de ses sentiments, mais il lui faudra peut-être du temps. Après ce qu'il a subi, il faudra user de patience avec lui. »

Marie se sentit soulagée. Ne pouvant plus retenir ses sanglots, elle se réfugia dans les bras de sa mère, comme lorsqu'elle était petite et qu'elle éprouvait un gros chagrin.

Il fallut expliquer la situation à l'entourage immédiat. Adeline s'en chargea. Louise ne fut pas surprise d'apprendre que sa sœur attendait un enfant et s'en réjouit même sincèrement.

« Un petit neveu ! C'est merveilleux ! » s'exclama-t-elle.

Elle comprit aussitôt que Guillaume en était le père, mais se le fit confirmer le soir même, une fois seule avec sa sœur dans la pénombre de leur chambre.

François prit la nouvelle avec naturel, habitué qu'il était à assister aux naissances des jeunes agneaux. Ce qui l'intriguait était de ne pas savoir qui était le papa. Mais il n'en parla pas.

Fabien et Mathieu semblaient plus circonspects. Ils firent mine eux aussi de se réjouir, tout en regrettant de ne pas tenir entre leurs mains le vaurien qui avait abusé de leur sœur.

« Elle n'avouera jamais, confia Fabien à son aîné. Elle sait que nous lui ferions passer l'envie d'aller fréquenter d'autres filles. »

Mathieu, moins impulsif, se montra plus raisonnable. Soucieux de ce qu'allait dire son père quand il apprendrait la nouvelle, il estimait urgent de trouver un bon époux pour Marie. Antoine avait encore deux ans à passer en prison, cela lui laissait donc le temps de résoudre ce délicat problème.

« Si je peux lui être utile dans cette affaire, confia-t-il à Fabien, je me chargerai de lui trouver un mari.

– Tu veux jouer les rabatteurs !

– Je ne pars pas à la chasse. Je veux simplement trouver un mari pour ma sœur et un père pour son enfant.

– Alors, tu désires jouer au bon samaritain.

– Appelle ça comme tu voudras, mais je ne nous vois pas accueillir le père, après ses quatre ans de prison, et lui dire en lui collant l'enfant de Marie dans les bras : “Tenez, Père, voici votre petit-fils ! C'est un petit bâtard.”

– Un bâtard ! C'est donc un enfant sans père ? coupa François, qui écoutait la conversation de ses grands frères en toute indiscrétion.

– Oui, c'est un enfant dont on ne connaît pas le père, répondit Mathieu, pris de court.

– Mais pourquoi à l'école on m'a traité de bâtard ? Moi, je sais qui est mon père ! »

Ne comprenant pas l'allusion, Mathieu éluda lui aussi la question, comme l'avait fait Adeline.

« Tu sais, on traite souvent les autres de bâtard pour se moquer d'eux. Il ne faut pas y prêter attention.

– Pourquoi, alors, maman m'a raconté qu'il s'agit d'une sorte de pain ? Elle ne voulait pas que je sache ?

– Tu nous ennuies avec tes questions. Laisse-nous tranquilles ! »

François, mécontent de se voir écarté, s'éloigna, mais se jura bien de percer ce mystère.

À leur tour, les Coste furent mis dans la confidence. Celui qui en fut le plus attristé, contre toute attente, fut Jérémie.

Jamais, en effet, il n'avait fait part de ses sentiments envers Marie. Connaissant l'intérêt de son amie d'enfance pour les gens du château, il n'avait pas cru honnête, de sa part, d'entreprendre quoi que ce fût qui aurait pu la mettre dans l'embarras. Faute de pouvoir lui avouer son amour, il s'était donc résigné à lui préserver son amitié en tout bien tout honneur.

Marie ne s'était jamais rendu compte des regards qu'il portait sur elle, et qui en disaient plus long que les plus belles déclarations. Car, même en l'absence de Guillaume, elle n'avait de pensées que pour ce dernier.

Jérémie avait très vite pris conscience du danger qu'elle encourrait si, par mégarde, quelqu'un révélait au grand jour sa relation avec le jeune châtelain. Il lui avait même évité le pire en allant à sa rencontre, un soir, au cours de l'été, peu après son retour de l'armée. Marie et Guillaume s'étaient attardés dans les vignes à la nuit tombante. Un groupe de jeunes garçons du village les avaient entendus sans les avoir reconnus. Voulant être certains qu'ils avaient bien surpris le jeune châtelain avec une belle, ils s'étaient postés un peu plus loin sur la route qu'empruntait Marie pour rentrer chez elle. Le subterfuge fonctionna à merveille : quand Marie eut quitté Guillaume, Jérémie vint aussitôt à sa rencontre et fit le reste du chemin en sa compagnie, la prenant galamment par les épaules. Les jeunes indiscrets crurent s'être trompés et répandirent le bruit que le fils Coste couchait avec la petite Chabrol.

Quand il apprit l'état de Marie, Jérémie fut désemparé. Il lui fut alors difficile de contenir sa peine, sachant son amie dans un énorme embarras.

« Le tout est de savoir comment annoncer cette triste nouvelle à Antoine, remarqua Joseph. Si tu veux, proposa-t-il à Adeline, je peux m'en charger. Dans ton état, il vaut mieux ne pas entreprendre un tel voyage. Antoine comprendra. »

Il en fut convenu ainsi. Joseph se rendit à la prison de Marseille accompagné de Mathieu et de Fabien.

Lorsqu'ils virent Antoine derrière les barreaux, c'est un autre homme qu'ils crurent découvrir devant eux.

XXV

Désillusion

DEUX ANS BIENTÔT s'étaient écoulés depuis qu'Antoine n'avait que la grisaille des toits et des façades pour unique échappatoire à sa vie carcérale. À Marseille, il partageait sa cellule avec un criminel récidiviste, une brute que rien ne semblait perturber et qui n'avait qu'une envie, une véritable obsession : faire payer le juge qui l'avait envoyé derrière les barreaux pour quinze ans. La présence d'un autre prisonnier l'incommodait, car l'exiguïté de leur espace vital lui rendait l'air irrespirable.

Sans gêne, grossier, sale et souvent menaçant, son compagnon avait tenté de l'intimider pour imposer sa loi. Il exigea de lui certaines corvées et lui interdit les rares libertés dont il pouvait profiter dans l'enceinte même de la prison. Mais Antoine avait résisté et s'était montré aussi déterminé et têtu qu'un bélier qui ne veut pas courber l'échine.

Il souffrait beaucoup de ne pouvoir se promener à l'air libre plus d'une demi-heure par jour. La promenade avait lieu le matin dans la cour intérieure de l'établissement. Mais que cette promenade lui semblait triste et ridicule ! Lui qui avait parcouru tant de distance et atteint tant d'horizons inaccessibles, il ne pouvait s'habituer aux murs de pierre surmontés de barbelés, qui délimitaient étroitement le seul endroit où il pouvait bénéficier des rayons du soleil.

À l'intérieur tout était dégradé. Les murs lépreux étaient couverts de crasse et ruisselaient d'humidité. Les bruits résonnaient comme dans une enceinte vide ; les voix s'entremêlaient en un jargon inaudible ; le cliquetis des clés se répercutait en échos métalliques ; les galoches des prisonniers martelaient le sol d'un claquement sourd et lugubre. Les barreaux des fenêtres découpaient l'azur du ciel en carrés dérisoires et rappelaient à chaque instant qu'il n'y avait aucun espoir de gagner sa liberté autrement qu'en purgeant sa peine. Les conditions de détention étaient des plus sommaires, la nourriture des plus succinctes.

Antoine avait demandé à s'occuper pendant la journée. Au lieu de rester dans sa cellule à ne rien faire, il travaillait huit heures durant à la confection d'objets sans importance, dans un atelier dirigé par un autre détenu qui avait fait de ce lieu étrange de travail son unique but dans l'existence. Cette occupation lui permettait de ne plus penser aux siens, à ses brebis, à ses amis qu'il rencontrait le long des drailles. Elle lui apportait un maigre pécule grâce auquel il pouvait acheter du tabac et améliorer son ordinaire.

Mais quand il regagnait sa cellule, le soir après le repas, commençait alors son véritable calvaire. Il était encore tôt et la nuit était toujours très longue, car il avait perdu le sommeil. Ne sachant ni lire ni écrire, il se retrouvait désœuvré et en proie au harcèlement de son voisin qu'il devait sans cesse repousser en se montrant parfois aussi violent que lui.

Son état s'était dégradé, autant moralement que physiquement. Amaigri, soucieux, il enrageait de se voir si maladroit. Depuis son accident, il n'avait plus rien ressenti dans son bras droit, perdu à tout jamais. Cela lui avait d'abord valu un refus du directeur pour le travail d'atelier. Mais il avait insisté, et ce dernier avait fini par céder. Il fit alors tant d'efforts sur lui-même qu'il parvint en peu de temps à acquérir les gestes nécessaires de son unique main gauche. Il lui arrivait encore de rater un objet, ce qui lui valait les réprimandes tonitruantes du chef d'atelier. Voulant garder sa place, il se confondait en excuses et promettait toujours de mieux faire la prochaine fois.

Les rares visites d'Adeline à Nîmes lui avaient pourtant rendu courage. Mais elles lui avaient aussi rappelé combien elle lui manquait. Finalement, il lui avait demandé de ne plus venir le voir, pour ne pas accroître sa détresse quand il se retrouvait seul.

Mathilde était venue le voir dans la plus grande discrétion, peu après son transfert à Marseille. La présence de la jeune femme lui était moins cruelle que celle d'Adeline, car il n'éprouvait pour elle qu'une profonde amitié. Il ne s'apercevait pas que dans ses yeux d'autres sentiments l'animaient. Mathilde profitait de ses jeudis pour se rendre dans la cité phocéenne. Le voyage en train était long, la ligne n'étant pas directe, et elle devait prendre un taxi de la gare

Saint-Charles à la prison. Elle n'avait droit qu'à une petite demi-heure d'entretien au parloir, dans la promiscuité et sous les regards inquisiteurs des gardiens. Elle n'oubliait jamais de lui apporter un colis de victuailles qui passait toujours au contrôle et qui lui parvenait rarement intact. Peu à peu, Antoine s'habitua à la visite de cette amie. Elle lui rappelait qu'il n'était pas seul, et il ne souffrait pas de son absence après son départ, comme c'était le cas avec Adeline.

Sans elle, il aurait été tenté de commettre la pire bêtise. Il ne supportait plus l'éloignement des siens ni l'absence de tout ce qui faisait le sel de son existence. Il s'était un jour mis dans l'idée de s'échapper et de se cacher dans des repères que lui seul connaissait. Reprendre la draille, sans moutons cette fois, pour sauvegarder sa liberté, comme ses ancêtres Camisards. Les montagnes cévenoles auraient été son refuge, il y aurait vécu comme on vivait jadis au Désert. Cette liberté valait mieux à ses yeux que de se laisser pourrir dans un trou noir, au fond d'un cachot. Son compagnon l'avait encouragé. Il lui restait douze ans à faire et avait déjà été condamné une première fois à dix ans de réclusion. Habitué aux arcanes de la maison, il connaissait un plan infaillible pour en sortir. Il lui fallait seulement l'aide d'un camarade afin de parvenir à ses fins.

Antoine s'était presque laissé convaincre. Toutefois il hésitait encore. Car il ne lui restait plus que deux ans pour redevenir un homme libre, sa peine étant légère comparée à celle de beaucoup de détenus. Il avait laissé entendre à Mathilde qu'il pensait bientôt « voler de ses propres ailes ». Celle-ci comprit l'allusion et fit tout pour l'en dissuader. Il finit par renoncer en lui faisant promettre de revenir plus souvent.

La jeune femme, sans penser à mal, multiplia le nombre de ses visites.

Joseph, Mathieu et Fabien se rendirent à Marseille peu avant le printemps. Ils promirent à Marie de convaincre son père de ne pas se fâcher à l'annonce de son état.

Ils s'attendaient à voir un homme déprimé, rongé par la haine. En fait, Antoine les surprit : il leur parut serein, attentif et visiblement en meilleure condition physique que lors des visites d'Adeline. Grâce à la présence de ses fils, il obtint une permission d'une heure dans une petite pièce, à l'abri des oreilles et des regards indiscrets.

Quand il franchit la porte d'entrée, il n'eut qu'un geste : il se jeta dans les bras de Mathieu et de Fabien et les enlaça sans pouvoir se détacher d'eux. Il s'imprégna de leur odeur comme on s'imprègne d'un parfum pour se souvenir d'un passé révolu et qu'on regrette. Elle lui rappela sa bergerie, son chez lui. Il se laissa aller sans honte à de grandes effusions, palpant de son unique main gauche les muscles de ses garçons, leur tignasse encore ébouriffée qui sentait bon l'air de leurs montagnes. Il s'étonna de leur carrure et eut l'impression de les redécouvrir après une si longue absence.

« Vous voilà devenus des hommes à présent ! s'exclama-t-il. Pour peu, je ne vous aurais pas reconnus. Vous êtes de beaux et grands gaillards !

– Nous sommes heureux de vous voir ainsi, Père. Nous craignions de vous découvrir dans un plus triste état.

– Pourquoi donc ?

– Mère nous a expliqué que vous souffriez beaucoup.

– Votre mère me manque, il est vrai. Mais j'ai décidé de ne plus me laisser aller. Dites, entre nous, je voulais même m'évader, mais j'ai renoncé. Ce n'était pas une chose à faire à deux ans de la quille.

– Je te vois raisonnable, interrompit Joseph. Je préfère ça.

– Mon bon Joseph ! Viens dans mes bras que je t'embrasse. »

Les premiers épanchements passés, ils en vinrent à parler de la vie à Quérac, du châtelain, de son fils, du nouveau régisseur, des autres métayers et des troupeaux qui s'apprêtaient à repartir à l'estive.

« Nous t'attendons avec impatience, déclara Joseph. Sans toi, notre équipe est incomplète. Tes fistons ont beau être devenus d'excellents bergers, avec nos trois mille bêtes ton absence se fait cruellement ressentir.

– C'est Adeline qui m'inquiète le plus. Le troupeau, je sais qu'il est entre de bonnes mains.

– Ta femme est très courageuse. Jamais elle ne se plaint et elle travaille comme si de rien n'était. Heureusement, le docteur Mayen veille toujours sur elle.

– Il faut la convaincre de repartir en cure ce printemps. Marie la remplace très bien à la métairie.

– Ne t'inquiète pas, j'y veillerai. »

Joseph ne savait pas comment annoncer à son ami ce qu'il était venu lui dire.

« À propos de Marie…

– Oui !

– Elle ne pourra plus remplacer Adeline très longtemps. Mais ce n'est que provisoire.

– Explique-toi. Je ne comprends pas. Il est arrivé quelque chose à votre sœur ? poursuivit-il en regardant ses fils.

– Non… Joseph va vous expliquer, fit Mathieu.

– Tu me mets dans l'embarras. C'est une heureuse nouvelle. Enfin… on peut la considérer ainsi.

– Alors, si c'est une bonne nouvelle, ne tourne pas autour du pot. Marie a trouvé un fiancé ? C'est ça, n'est-ce pas ?

– Pas exactement. Mais… elle attend un enfant.

– Un enfant ! Et elle n'a pas de fiancé ! Quand bien même elle aurait un fiancé, elle ne doit pas attendre un enfant avant de se marier ! Je ne comprends rien à ton histoire.

– Allons, Antoine, ne fais pas l'idiot ! Marie s'est fait mettre enceinte. Il n'y a rien d'autre à ajouter.

– Ah, tu crois, toi ! »

Antoine monta le ton. Le gardien crut à un début de dispute et s'apprêta à intervenir.

« Ce n'est rien, fit Mathieu pour le rassurer.

– Il faut qu'il se calme. Sinon j'interromps la visite.

– Qui est le père ? poursuivit Antoine.

– Nous ne le savons pas. Marie ne veut pas le dire. Elle est très malheureuse.

– Malheureuse ! C'est bien le mot qui convient ! Ce n'est qu'une dévergondée. Elle a jeté la honte sur notre famille. Dire qu'elle s'envoyait en l'air pendant que moi, son père, je moisissais au fond d'un trou à rats !

– Antoine, ne la juge pas ainsi !

– Tu ne voudrais pas que je la plaigne et que je lui donne ma bénédiction ! Et vous deux, c'est pour m'annoncer ça que vous avez fait le déplacement ? Vous auriez pu vous abstenir et me laisser dans l'ignorance. Pour apprendre de telles ignominies, il est toujours temps. Qu'attendez-vous de moi ?

– Père, ne vous mettez pas en colère. Marie a été abusée. Il ne faut pas la rendre encore plus coupable en l'accusant comme vous le faites.

– Vous prenez tous sa défense, si je comprends bien ! Et Adeline, que dit-elle de tout cela ?

– Ta femme en est très malheureuse. Mais Marie est sa fille, et elle l'aime. Elle m'a dit de te souvenir d'elle quand elle était jeune ; que tu comprendrais. Moi, je ne sais pas. »

Antoine se tut. L'allusion de Joseph venait de raviver ses souvenirs : lui-même avait accepté Adeline comme elle était, quand elle lui avait appris la vérité sur sa propre naissance – ils étaient jeunes alors et s'aimaient déjà.

« Je ne vois pas ce que tu veux dire, mentit-il pour ne pas se troubler davantage. J'ai besoin de réfléchir. Ce que vous venez de m'apprendre m'assomme littéralement. Je n'avais pas besoin de ça. »

L'heure était écoulée. Le gardien entra dans la pièce obscure et signifia aux visiteurs qu'ils devaient s'en aller. Il posa une main sur l'épaule d'Antoine et lui demanda de sortir. Dans l'entrebâillement de la porte, il lui remit les menottes au poignet gauche et s'attacha à lui.

Marie attendait le retour de Joseph et de ses frères avec inquiétude.

« Comment a-t-il pris la nouvelle ? demanda-t-elle aussitôt.

– Mal, répondit Joseph. Je ne te le cache pas, petite. Mais il faut lui laisser le temps. Il finira par se rendre à la raison. »

Adeline tenta de tranquilliser sa fille, mais celle-ci ne lui en laissa pas le temps. Elle se précipita au-dehors et disparut dans la nuit. Jérémie voulut aller à sa poursuite.

« Laisse-la, lui dit son père. Elle a besoin d'être seule. Elle reviendra quand elle sera calmée. »

Louise, mise très tôt dans la confidence, se doutait de l'endroit où Marie était allée se réfugier. Elle prétexta d'aller surveiller une brebis malade pour sortir à son tour. Elle se dirigea sans hésiter vers le petit mazet perdu au fond des vignes où sa sœur avait conçu son enfant avec Guillaume. Elle la trouva complètement prostrée.

« Ne te mets pas dans cet état. Cela fera mal au bébé que tu portes.

– Si seulement il pouvait ne pas naître. J'en serais soulagée.

– Tu n'as pas le droit de parler ainsi. Père finira par te pardonner. Tu sais, sa vie en prison ne doit pas être drôle tous les jours. Et lui apprendre une telle nouvelle au moment où il sent monter en lui l'appel des drailles… tu peux comprendre qu'il n'ait pas sauté de joie ! Tu devrais d'abord écrire à Guillaume pour le mettre au courant.

– Que puis-je espérer ?

– Il t'aime. Et il est majeur maintenant. Il peut décider seul de son destin.

– Crois-tu vraiment qu'il accepterait de jeter le discrédit sur sa famille en reconnaissant un enfant naturel ?

– Vous pourriez vous marier avant qu'il naisse !

– Tu rêves, Louise !

– Tu m'as dit cent fois qu'il n'envisageait pas la vie sans toi.

– Je le croyais. Avant. J'étais aveugle et stupide. Maintenant que cet enfant est entre nous, j'ai conscience que j'ai vécu d'illusions. Jamais il n'acceptera.

– Qu'est-ce que tu risques ? Si tu ne le fais pas, moi, je lui écrirai.

– Je te l'interdis !

– Alors, sois courageuse ! Écris-lui pour lui dire la vérité. »

Marie se rendit à la raison. Le lendemain, enfin calmée, elle entreprit une longue lettre pour Guillaume et alla la poster elle-même au village.

À son retour, elle trouva sa mère exsangue, allongée sur son lit, râlant comme quelqu'un qui s'étouffe. Sans perdre un instant, elle lui tendit son médicament et voulut appeler le médecin.

« Laisse donc, ça va passer, dit Adeline entre deux quintes. Qu'es-tu allée faire au village de si bon matin ?

– Poster une lettre pour Guillaume afin de tout lui avouer.

– Malheureuse, qu'as-tu fait ? Il ne fallait pas. Tant qu'il n'était pas rentré, il fallait le maintenir dans l'ignorance. Seul à Paris, personne ne pourra lui dire les mots qu'il faut pour qu'il comprenne et endosse ses responsabilités. Rien ne pressait.

– Voulais-tu attendre la naissance du bébé pour le lui coller dans les bras ?

– Auparavant tu aurais pu lui parler de vive voix et le convaincre. Une lettre, ce n'est jamais que de l'encre sur du papier. »

Adeline avait vu juste.

La réponse ne se fit pas attendre. Guillaume s'y montrait à la fois stupéfait et navré. Il ne trouva pas de mots assez justes pour faire comprendre à Marie combien il l'aimait, mais qu'il était préférable qu'ils ne se voient plus. « Pour le moment », avait-il ajouté, comme pour se donner le temps de la réflexion.

Marie comprit entre les lignes.

Ses belles illusions venaient de se perdre à jamais dans les larmes de son chagrin.

Le lendemain, sans prévenir, elle se rendit à la gare d'Alais et prit le premier train pour Marseille. Elle força les portes de la prison, surmonta toutes les difficultés pour voir son père, osa avouer pour cela qu'il allait être grand-père et qu'il devait absolument voir sa fille. Devant tant de détermination, le directeur du pénitencier finit par céder et lui accorda un droit de visite exceptionnel.

« Votre père reçoit déjà la visite de votre mère. Cela devrait lui suffire ! déclara-t-il.

– Ma mère n'est jamais venue le voir ici, Monsieur. Elle est gravement malade.

– Une amie alors !

– Je ne vois pas de qui vous voulez parler.

– Qu'importe ! Mais faites vite, car cette dame doit venir dans une heure selon l'autorisation que je lui ai accordée. »

Intriguée, Marie n'en demanda pas davantage.

À l'annonce de la visite de sa fille, Antoine ne voulut pas sortir de sa cellule. Le gardien eut beau insister, il s'obstina. Alors, dépitée, Marie s'apprêta à rentrer à Quérac sans avoir pu revoir son père.

Dans le couloir, près de la sortie, elle rencontra Mathilde, qui venait faire sa visite mensuelle à Antoine.

« Vous, Mathilde ! C'est donc vous qui rendez visite à mon père ! »

La jeune femme se troubla :

« Comme je suis heureuse que tu sois venue ! Il fallait en effet que vous vous parliez tous les deux. Vois-tu, comme ta mère est souffrante, j'ai cru que ma présence, de temps en temps, ferait plaisir à ton père. »

Mathilde était sincère en prononçant ces paroles. Il n'y avait pas de mal en elle. Elle avait toujours su garder, jusqu'à ce jour, la juste mesure de son amour pour Antoine et éviter de le lui montrer. Cet amour, elle le vivait toujours secrètement en essayant, par sa présence, de dispenser un peu de bonheur à celui qu'elle aimait.

« Mon père refuse de me voir.

– As-tu insisté ?

– Bien sûr. Je voulais tout lui avouer.

– Qu'as-tu à lui avouer qu'il ne sache déjà ? »

Marie hésita.

« Je voulais lui dire qui est le père de l'enfant que je porte. Seules ma mère et ma sœur Louise le savent.

– Crois-tu que je l'ignore ?

– Vous ? Comment le sauriez-vous ?

– Je t'ai connue toute petite, Marie. Je te connais bien. Et, à vrai dire, ta joie de vivre quand tu revenais du château pendant les vacances d'été ne m'a jamais trompée. J'ai toujours su que tu aimais Guillaume.

– Lui ne m'aime plus ! Il ne veut plus de moi.

– C'est cela que tu allais dire à ton père ?

– Oui. Pour qu'il sache toute la vérité.

– Alors, suis-moi. Nous irons toutes les deux la lui dire. »

Marie accompagna Mathilde jusqu'au parloir. On la laissa entrer sans trop de difficulté.

Antoine fut surpris de la voir en compagnie de celle qu'il finissait par attendre chaque mois avec impatience, afin d'avoir des nouvelles de sa femme et du reste de sa famille.

« J'avais dit que je ne voulais pas te voir », fit-il sèchement à l'adresse de sa fille.

Mathilde intervint avant de le laisser poursuivre :

« Antoine, il faut vous calmer. Marie veut vous parler.

– Ce qu'elle a à me dire, je le sais déjà.

– Je ne crois pas. »

Antoine ne regardait toujours pas sa fille qui, les yeux noyés de larmes, sentait son courage s'évanouir comme un rêve au réveil.

« Qu'a-t-elle de plus à me dire ?

– Marie, parle ! Raconte à ton père ce que tu as sur le cœur. Cela soulagera ta conscience. »

La jeune fille s'arma de courage et commença à balbutier. Petit à petit, elle trouva les mots justes, ceux qui touchent les êtres les plus endurcis. Elle ne se plaignit à aucun moment et n'accusa jamais Guillaume de l'avoir déshonorée. Elle expliqua simplement combien ils s'étaient aimés sans jamais penser à mal et sans jamais imaginer qu'un jour ils se heurteraient à la dure réalité de la vie.

Antoine l'écouta sans broncher. Derrière la carapace qu'il s'était forgée pour mieux supporter les dures conditions de son existence, au fond de son être, une plaie se mit à saigner. Et il ne put ignorer plus longtemps le goût de ce sang qui se mêlait, au-delà des mots qu'il entendait, à celui dans lequel le cœur de sa fille se noyait. Ses yeux scintillaient, mais c'étaient les larmes qui leur donnaient cette luminescence. Ses lèvres restaient fermées, mais c'était l'émotion qui lui serrait la gorge à le priver des mots du pardon.

Quand Marie se tut, il ne perçut qu'un long silence alors que le parloir résonnait des paroles entremêlées des autres détenus et de leurs visiteurs ; un silence qui le transporta soudain sur les crêtes où serpentaient les drailles de sa jeunesse, de cette époque où il aimait s'isoler à la pause du soir, derrière un rocher, pour mieux penser à celle qui attendait son retour. À travers ses larmes, dans un halo qu'il prit pour une perle de rosée, il vit le visage d'Adeline, jeune, se superposer à celui de Marie qui lui ressemblait tant. Il se sentit flotter au-dessus de son troupeau, au-dessus de sa bergerie, comme s'il était devenu impondérable dans un monde sans limites, sans barreau, sans grisaille et sans garde-chiourme.

Mathilde s'inquiéta de cette brusque léthargie dans laquelle il semblait se laisser emporter. Elle le secoua.

« Antoine ! Restez avec nous ! »

Il reprit aussitôt ses esprits.

Marie avait séché ses larmes. Elle attendait une réponse de sa part. Mais elle ne lui avait pas posé de question. Antoine la regarda cette fois droit dans les yeux. Puis, sans rien dire, il se leva et quitta le parloir d'un pas tranquille.

« Qu'a-t-il ? demanda-t-elle, intriguée et inquiète.

– Je crois que tes paroles l'ont touché à vif. Il faut lui laisser le temps d'accepter la réalité. »

Marie crut au contraire que son père, par son silence, la condamnait sans recours.

Le soir même, de retour chez elle, elle prépara sommairement quelques effets dans un sac. Et, tôt le lendemain matin, avant que le monde fût levé, elle quitta Quérac.

Elle prit soin de laisser un mot sur son lit :

Mère, ne vous inquiétez pas. Je suis partie vivre à Nîmes pour mettre mon enfant au monde et y trouver un travail. Je ne peux infliger ma présence à Papa quand celui-ci sera de retour parmi nous. Il est donc préférable que je m'en aille dès aujourd'hui, afin que la honte ne retombe pas sur chacun d'entre vous.

Votre fille qui vous aime tous. Marie.

Les mois passèrent aussi tristement que par un temps de deuil. L'éclat du printemps s'était terni malgré la forte luminosité qui baignait de nouveau les collines. La nature exhalait encore des parfums d'automne, et les feuilles mortes de l'année précédente n'en finissaient pas de pourrir, imposant leur âcreté aux timides voluptés des fleurs naissantes. La terre gorgée des pluies d'équinoxe exacerbait des odeurs de moisissure, comme si la vermine n'avait pas été anéantie par les gelées de l'hiver. L'azur du ciel se drapait de longues écharpes grisonnantes et semblait déjà annoncer la fin précoce de la belle saison qui, cependant, ne faisait que commencer.

Louise avait le cœur triste en l'absence de Maurice, soldat dans un régiment d'infanterie aux frontières de la Belgique. Adeline avait suivi les conseils du docteur Mayen et tentait de refaire surface dans son sanatorium d'altitude. Mathieu et Fabien, inquiets pour leur père, avaient emmené François pour la première fois à l'estive afin de lui donner ses premières armes de traspastre. Le jeune garçon était bien le seul à se réjouir de la vie, en toute innocence. Jérémie, quant à lui, languissait en silence après Marie, et s'était endraillé sans son père. Joseph, en effet, avait pris la sage décision de rester à Quérac pour seconder Adrienne.

Les bergers n'avaient pas le cœur à rire sur la draille où chaque pierre, chaque buisson de genêt leur rappelait l'absence de leurs pères, les vrais maîtres-bergers de leur troupeau. À chaque étape, les amis qu'ils rencontraient s'étonnaient de ne pas voir Joseph et ne cessaient de demander des nouvelles d'Antoine : ce qui avivait encore plus leur amertume.

Jérémie, l'aîné, avait pris la tête du troupeau. Juste derrière lui, François marchait à côté des deux mulets qui transportaient les paquetages et la provision de sel et d'huile de cade. Derrière, Fabien et Mathieu n'étaient pas de trop pour pousser les brebis fatiguées, et leurs trois chiens ne cessaient d'aller et venir pour que toutes restent sur la draille sans s'écarter.

En passant à Cabrillac, ils s'adjoignirent deux autres apprentis qui se louèrent sans discuter de leur paie. Parvenu sur les pentes de l'Aigoual, le troupeau fut au complet. À la sortie des montagnes cévenoles, au col du Perjuret, juste avant d'amorcer le long périple à travers le causse Méjean, nul n'ignorait que là commençaient les vraies difficultés. La route était longue encore jusqu'à l'Aubrac et chaque étape apportait son lot de surprises.

Et il devait être écrit, cette année-là, que les surprises seraient nombreuses.

Le brouillard, d'abord, les retarda sur le causse et les fit arriver à Hure à la tombée de la nuit. Des brebis s'étaient égarées au cours d'une pause, étant allées brouter quelques buissons épineux de l'autre côté d'un talweg asséché. Puis une autre bête se brisa une patte en sautant d'un rocher escarpé. Il fallut l'abattre. Et par étourderie, personne ne songea à enregistrer les marques qu'elle portait, de sorte qu'ils ne surent plus à qui elle appartenait. Dans les monts d'Aubrac, un des chiens reçut un plomb dans la cuisse : un chasseur inexpérimenté l'avait pris pour du gibier.

« Décidément, avoua Mathieu, nous collectionnons les avatars. Il est temps que nous arrivions ! Dieu sait ce que nous réserve l'estive ! »

La bergerie où ils passaient l'été n'avait pas changé depuis qu'Antoine y avait fait son premier séjour, de nombreuses années auparavant. À l'époque, le troupeau comptait mille bêtes de moins et les hommes n'étaient qu'au nombre de quatre. À six à présent, ils devaient se serrer davantage, et les brebis, une fois rentrées, n'avaient pas trop de l'unique étable pour se mettre à l'abri.

Mathieu respectait toujours les consignes de son père. Il déterminait le plan de pâturage et assignait à chacun son tour de rôle pour aller faire cabane. Les nuits de fumature étaient encore très demandées par les paysans du voisinage. Elles leur procuraient le fumier pour l'année, sans que cela leur coûtât rien. Aux transhumants, elles permettaient de mieux vivre à l'estive sans trop devoir se préoccuper de leur nourriture.

Fabien toutefois voyait différemment les rapports avec les paysans locaux. Il aurait préféré récolter lui-même le fumier dans les parcs de la bergerie pour le leur vendre, et acheter la nourriture nécessaire à leur séjour. L'échange d'un service contre un bien matériel était à ses yeux un troc issu d'un autre âge. Selon lui, il était plus judicieux de vendre et d'acheter ce que chacun possédait.

Jérémie n'était pas de son avis.

« Personne ne nous achètera notre fumier, dit-il. Ce n'est pas dans les habitudes ni des éleveurs ni des cultivateurs. Ceux-ci nous ont toujours dédommagés en nature, ils ne changeront pas leur façon de faire.

– Remarque, on peut toujours leur proposer », objecta Mathieu.

La tentative échoua.

« Si nous ne pouvons plus compter sur vos troupeaux, leur dirent les paysans en colère, nous vous empêcherons de venir pâturer dans nos montagnes. N'oubliez pas qu'ici, vous êtes chez nous ! »

L'hostilité qu'ils engendrèrent faillit s'étendre plus encore, quand les éleveurs bovins s'en mêlèrent. Ceux-ci en effet n'étaient pas prêts à partager la suprématie qu'ils exerçaient sur le commerce du fumier.

« Votre crottin de brebis et de chèvres, passe encore que vous le donniez pour presque rien ; pour ce qu'il vaut ! Mais n'essayez pas de le vendre. Sinon, nous ne vous laisserons pas faire. »

En l'absence de leurs pères, les jeunes bergers comprirent combien les liens entre sédentaires et transhumants étaient fragiles. Loin de chez eux, ils devenaient vite vulnérables et n'avaient pas intérêt à vouloir s'imposer.

« Je crois que ton idée n'était pas judicieuse, fit remarquer Mathieu à son jeune frère. Si papa avait été là, il nous aurait reproché de manquer de psychologie et de savoir-faire. »

François découvrit à son tour le monde magique de l'estive, des nuits passées à la belle étoile dans les mêmes cercueils que ceux où ses frères avaient fait leur apprentissage. Il apprit à rassembler les bêtes, à ne pas les laisser trop boire après s'être gavées d'herbe fraîche, à disposer le sel sur les pierres plates. Il apprit à compter plus loin que le dernier chiffre qu'il avait appris à l'école et à utiliser le bâton comme règle à calculer. Il s'amusait tout en s'instruisant, et dans ce domaine encore, il excellait.

Il comprit très vite le danger des zones humides quand l'orage menaçait, et la nécessité de changer régulièrement les bêtes de secteur de pâturage. Mais il s'intéressait davantage à tout ce qui touchait à la reproduction. Il n'avait pas son pareil pour repérer à coup sûr les brebis les plus prolifiques qui devaient être pleines avant de démontagner. Et il plaignait naïvement les pauvres béliers à qui l'on mettait le tablier pour qu'ils laissent les femelles plus fragiles se remettre de leur impétuosité.

« Eh bien ! lui dit un jour Mathieu. Je vois qu'à ton âge, tu n'es pas en retard.

– Moi, ce qui m'intéresse, ce n'est pas le pâturage. C'est de savoir comment on peut améliorer la robustesse des petits agneaux qui vont naître.

– Hum... c'est toute une science, tu sais ! Il faut pour cela sélectionner les races, puis les individus dans la race, faire des croisements. Tout cela n'est pas de notre ressort. Nous, nous nous contentons d'élever et de laisser les bêtes se reproduire entre elles.

– Plus tard, je chercherai à créer de nouvelles races.

– Alors continue d'aller à l'école ! Car, pour cela, il te faudra beaucoup étudier.

– J'aime bien aussi faire le berger. Je trouve ça amusant.

– Amusant ! Ce n'est pas le mot qui convient. Mais c'est toujours mieux que de vivre enfermé.

– Comme papa dans sa prison ? »

Il n'y avait pas un jour où les quatre jeunes bergers de Quérac n'avaient de pensées pour celui qui comptait les semaines, puis les jours, qui lui restaient à se ronger les sangs en songeant qu'en son absence les drailles devaient s'embroussailler.

Quand vint le temps du retour, la morosité ne les avait pas quittés. L'estive avait trop le goût de l'amertume pour emplir leur cœur de joie.

Et lorsque les arbres s'empourprèrent de leur feuillage d'automne, ils ne s'aperçurent même pas que le ciel avait changé, tant la grisaille plombait toujours leur horizon.

XXVI

Menaces

Marie s'était réfugiée à Nîmes où, pensait-elle, personne ne viendrait la dénicher ni la déranger. Elle y débarqua comme une étrangère, une valise à la main, inquiète et écrasée de douleur. Elle erra toute la journée de la gare aux arènes, des arènes à l'église Sainte-Eugénie, se fourvoyant dans le dédale des ruelles et des placettes. Elle n'avait emporté qu'une petite somme d'argent, à peine suffisante pour se payer sa première nuit d'hôtel et pour manger pendant quelques jours. Au reste, elle n'avait pas songé à ce problème en quittant le Soleyrol.

Elle se mit aussitôt à la recherche d'un travail, prête à accepter n'importe quelle tâche, pourvu qu'elle ne soit pas contrainte à se réfugier dans un asile de nuit ou à dormir dans le hall de la gare, sur un banc, comme une vagabonde. Elle s'adressa à tous les commerçants qui lui parurent affables, mais ce fut toujours la même réponse, le même refus. À la vue de son ventre arrondi, on lui signifiait gentiment qu'on n'avait besoin de personne et on l'adressait à quelqu'un d'autre. À la fin de sa première journée, éreintée d'avoir trop marché, elle commença à ressentir des coups de sabre dans les lombes. Elle s'arrêta pour se rafraîchir d'un peu d'eau, place de l'Aspic. Le temps se prêtait à la flânerie, la douceur printanière était au rendez-vous, et déjà les rues grouillaient de monde malgré l'heure tardive.

Péniblement elle reprit sa quête, s'adressant aux seuls commerçants ouverts à cette heure avancée de la soirée. Ses pas la ramenèrent vers la place des Arènes. Elle finit par échoir à la terrasse d'un hôtel à la vitrine duquel elle remarqua une affichette : « Embauchons serveuse pour le bar. » Dans son état, elle jugea inutile de se présenter. Elle y entra cependant pour demander le prix de la chambre. La patronne ne fut pas longue à comprendre à qui elle avait affaire. Elle lui proposa sa seule chambre de bonne située sous les toits.

« Ce n'est pas une chambre pour les clients, précisa-t-elle. Mais si elle peut vous convenir… Je ne vous en demanderai pas cher. »

Marie accepta, malgré les quatre étages.

Le lendemain matin, elle se leva de bonne heure. Elle n'avait pas mangé depuis la veille à midi, ayant décidé de ne faire qu'un seul repas par jour pour économiser son maigre pécule. Son teint blême inquiéta l'hôtelière, qui l'arrêta dans le hall avant qu'elle ne sortît et disparût.

« Vous ne vous sentez pas bien, Mademoiselle ? Vous me semblez bien pâlichonne ! Dans votre état, vous devriez prendre soin de vous. »

Marie la rassura, puis ajouta :

« Je cherche du travail. Mais personne ne veut s'encombrer de moi. Je les comprends.

– Vous êtes si jeune et déjà dans la misère ! J'aurais bien besoin de quelqu'un pour servir les clients. Mais j'avoue, le travail n'est pas de tout repos. Il faut rester debout et faire les cent pas toute la journée.

– Je me sens faible parce que je n'ai pas beaucoup mangé, précisa Marie.

– Si j'osais... je vous proposerais bien la place. Si elle vous convient et si vous pensez tenir le coup.

– Le travail ne me fait pas peur. J'ai l'habitude de travailler dur à la ferme de mes parents.

– Et votre petit, c'est pour quand ?

– Dans trois mois. »

La brave femme prit encore le temps de la réflexion, puis s'éclipsa dans les cuisines. Quelques instants plus tard, elle revint, le sourire aux lèvres.

« Mon mari est d'accord. Vous pouvez rester. »

Marie prit son service le jour même et tenta d'oublier les raisons qui l'avaient poussée à de telles extrémités.

Peu après le départ de ses frères pour l'estive – elle y pensait malgré elle – elle accoucha d'un petit garçon qu'elle appela Pierre. Afin qu'il soit fort comme le roc dans une existence qu'elle craignait semée d'embûches.

Madeleine Raymond, sa bienfaitrice, la prit en compassion et la garda après la naissance de son bébé. Âgée d'une quarantaine d'années, elle n'avait pas d'enfant et était ravie à l'idée qu'elle pourrait pouponner entre deux clients. Soulagée, Marie finit par entrevoir un peu de lumière dans sa terne existence.

Mais son esprit n'était pas entièrement libéré. Quand elle dut expliquer à Madeleine d'où elle venait, et qui étaient ses parents, elle ne put avouer que son père était en prison et qu'il refusait de la voir à cause de son enfant. Ne pas pouvoir cacher son état de fille-mère était déjà pour elle un si lourd fardeau !

Pour tranquilliser sa mère et ne pas aggraver sa santé, elle lui annonça, par courrier, la naissance de son petit garçon. Adeline, qui se faisait un sang d'encre et avait beaucoup souffert du départ précipité de sa fille, retrouva le sourire.

« Ce petit, pensa-t-elle, Antoine ne pourra pas le rejeter comme l'enfant d'une moins-que-rien ! C'est son propre petit-fils ! Quand il saura, il pardonnera. »

Marie reprit son service quelques jours seulement après la naissance de Pierre. Sa vie était morose et épuisante. Levée dès l'aurore, elle ne se couchait jamais avant minuit, une fois les derniers clients partis. L'enfant, quant à lui, demandait beaucoup de sollicitude et la réveillait plusieurs fois chaque nuit.

Dans les quelques lettres qu'elle adressa à sa mère, elle ne mentionna pas sa nouvelle adresse. Intentionnellement, afin que personne ne soit tenté de venir la voir et de la ramener chez elle à Quérac. Toutefois, d'après le cachet de la poste sur l'enveloppe, Fabien se douta qu'elle devait loger non loin de la gare. Il en fit part à Mathieu, qui se mit en tête de partir à sa recherche sans en parler à personne.

Celui-ci prétexta la foire d'automne au chef-lieu du département pour se rendre à Nîmes. Il ne tarda pas à retrouver la trace de sa sœur. Marie servait en terrasse juste en face des Arènes. Surpassant son étonnement, elle ne résista pas à l'envie de se jeter dans ses bras. Mais, le soir venu, avant qu'il ne reparte, elle lui fit promettre de ne pas dévoiler l'adresse où elle cachait son petit.

« Compte sur moi, lui dit Mathieu. Je ne ferai rien contre ta volonté. Sache que je suis très heureux d'avoir pu voir ton petit Pierre. Il te ressemble beaucoup, et il a les yeux de son grand-père.

– Je sais. J'en suis très heureuse moi aussi. Mais pour l'instant, il faut me laisser le temps de réfléchir à tout ce qui m'arrive.

– Mère serait si contente de voir son petit-fils !

– Je sais, je sais. Un jour… quand tout ira mieux dans mon esprit. »

Mathieu n'insista pas et promit à sa sœur de revenir la voir, sans trahir ce qu'elle ne voulait pas encore montrer au grand jour.

L'incertitude gagnait les esprits.

Certes, l'élection de Raymond Poincaré à la présidence de la République avait conforté les milieux d'affaires. Ceux-ci voyaient en lui un homme de justes mesures, plus soucieux de l'équilibre budgétaire que préoccupé par les réformes sociales toujours très coûteuses. Mais, devant les menaces germaniques, il avait pris position pour le rétablissement du service national à trois ans, ce qui inquiétait les futures recrues.

Irrité par ce succès, Clemenceau était entré dans une virulente opposition. La France se déchirait, tandis que, par le monde, catastrophes et menaces sur la paix se multipliaient.

Joseph, qui avait une seconde fois laissé Jérémie emmontagner seul avec Mathieu et Fabien, aspirait à ce que Maurice achevât rapidement son temps sous les drapeaux.

« Il en a bientôt fini avec toutes ces corvées, Dieu merci ! Car je crains qu'on ne le garde un peu plus. Tout va si mal ! »

Depuis l'absence de son ami, il se confiait volontiers à sa femme, qui l'écoutait d'une oreille distraite. Pour elle, l'essentiel était de savoir les siens à l'abri de tout danger. La politique ne l'intéressait guère.

« Je me fais beaucoup de soucis pour les Chabrol, poursuivit-il. Fabien n'échappera pas au service de trois ans. Ces politiques, tous les mêmes : des va-t-en-guerre ! Si ça continue, je ferai comme Antoine, je voterai socialiste aux prochaines élections. Eux, au moins, n'ont pas peur de dire qu'ils sont pour la paix ! Ce Lorrain qui nous gouverne ne pense qu'à une chose, reprendre l'Alsace-Lorraine aux Allemands, même au prix d'un nouveau conflit. À force de la chercher, nous l'aurons cette guerre ! Jaurès a raison de militer pour la paix !

– Calme-toi, Joseph ! Tu te fais mal à ruminer toujours les mêmes choses.

– Je ne rumine pas. Je ne dis que la stricte vérité.

– Pense plutôt à Adeline qui doit faire face seule à tous ses malheurs. Elle n'a pas le temps de penser à toutes ces balivernes !

– Parce que tu trouves que ce sont des balivernes ! Si Maurice est bon pour un an de plus, tu changeras d'avis !

– Nous n'en sommes pas encore là. En tout cas, Adeline montre un courage exemplaire.

– Antoine n'en a plus pour bien longtemps. Lui rentré, elle pourra penser un peu plus à elle.

– Tu oublies que lorsqu'il sera là, rien ne sera plus comme avant.

– Pourquoi donc ? L'histoire de Marie finira bien par s'estomper. Je lui parlerai, moi, à Antoine. Il finira par m'écouter.

– Il n'y a pas que l'histoire de Marie. Avec son bras mort, il ne pourra plus faire la moitié du travail qu'il abattait auparavant !

– Tout cela s'arrangera. Avec le temps, tout finit par s'arranger.

– Dis-moi, pour changer de conversation, as-tu remarqué que Mathieu sortait avec la petite Chapon ?

– Lucie ?

– Oui, Lucie Chapon. La fille du maréchal-ferrant.

– Je l'ignorais. Tu me l'apprends.

– Ah ! les hommes. Toujours préoccupés par ce qui se passe loin de chez eux ! Mais ils ne voient même pas ce qui se passe sur le pas de leur porte ! »

Quelques mois plus tôt, en effet, Mathieu avait fait la rencontre de la fille du nouveau maréchal-ferrant de Quérac. Celui-ci s'était installé dans la commune pour remplacer le vieux Barthélemy qui, perclus de rhumatismes à plus de soixante ans, avait renoncé, la mort dans l'âme, à ses marteaux, son enclume et sa forge. Lucie, que ses parents avaient eue tardivement, avait l'âge de Marie : vingt et un ans. Elle aidait ses parents tout en travaillant chez les autres à divers travaux saisonniers. Mathieu avait fait sa connaissance la veille de son départ à l'estive l'année précédente.

Pour les habitants du village, ce jour-là était toujours l'occasion de se rassembler sur la place et de voir défiler les troupeaux décorés et ensonnaillés. Un jour de fête pas comme les autres, qui se prolongeait pendant plusieurs semaines, jusqu'à ce qu'il n'y ait plus un seul troupeau dans les bergeries. Les plus curieux s'attardaient le soir à bavarder et à commenter l'aspect des plus belles bêtes. Quand, au petit matin, les troupeaux prenaient la draille, les plus courageux se levaient de bonne heure pour faire un bout de chemin avec les bergers et leur dérober un peu de ce vent de liberté qui les poussait vers les hauteurs.

Lucie avait tout de suite remarqué le troupeau des Chabrol et des Coste. D'abord, parce que c'était le plus gros. Mais aussi parce que c'était, comme toujours, le plus joliment décoré. Voulant faire honneur à leurs pères, les fils avaient empomponné toutes les brebis sans exception et placé au cou des menons les plus grosses sonnailles dénichées dans leur grenier. De loin, ce n'était plus une longue traînée d'écume immaculée qui se dissipait peu à peu sur les pentes de la montagne, mais un flot multicolore, chatoyant et chantant qui résonnait sous les cieux.

La jeune fille, tombée sous le charme de Mathieu, qui pourtant n'avait rien fait pour attirer ses regards, voulut assister à son départ. Elle l'accompagna jusqu'aux limites au-delà desquelles tout berger renonce temporairement aux siens pour épouser la draille.

En octobre, elle fut la première à fêter son retour. Depuis, un an s'était écoulé et l'amour les avait rapprochés.

Mathieu présenta Lucie à sa mère au début de l'année 1914. L'hiver était froid. À Paris, la Seine charriait des blocs de glace, et à Quérac comme ailleurs on crut que les arbres fruitiers allaient geler, les ceps de vigne éclater comme du verre. Les derniers sillons ouverts dans les terres labourées s'étaient cristallisés et formaient d'étranges balafres mal cicatrisées. Aux fontaines, l'eau s'était interrompue, comme pétrifiée, et tombait dans les bassins en dagues de glace éphémères, semblant indiquer que le temps s'était brutalement arrêté.

Adeline ne sortait plus, sur ordre du médecin. Son état avait empiré malgré ses derniers séjours au sanatorium. Le mal, insidieux, gagnait encore. Elle tenait bon cependant, car elle voulait être présente quand Antoine rentrerait. Elle s'était promis de l'attendre, assise sur le tronc d'arbre à l'entrée de la métairie, comme jadis, au temps de leur jeunesse. Cette pensée la revigorait et lui redonnait espoir. Malgré ses souffrances, son surcroît de travail, la fatigue, les soucis, elle restait sereine et montrait à ceux qui en doutaient que, parvenu au bout de ses forces, l'être humain peut encore résister s'il croit en son destin.

Adeline ne s'avouait pas vaincue. Elle se battait pour que son mari la trouve vivante après sa descente aux enfers, pour que sa fille revienne, pour que ses fils partent d'un bon pied dans une existence qui s'annonçait difficile, pour que son petit François triomphe des quolibets et puisse montrer de qui il était le fils.

Le docteur Mayen n'en croyait pas son stéthoscope. D'une semaine à l'autre, il pouvait enregistrer un accès de la maladie, puis une rémission aussi incompréhensible qu'inattendue et qu'il tenait pour miraculeuse. Il lui disait parfois pour plaisanter :

« Nous serions à Lourdes, je crierais au miracle ! »

Ce à quoi Adeline répondait en trouvant aussi la force de plaisanter :

« Vous oubliez que je suis protestante ! Et encore, si peu pratiquante !

– Ce ne sont pas les pratiques qui comptent, mais vos convictions, lui expliqua-t-il un jour qu'il avait envie de s'attarder. Vous êtes une femme droite, dévouée et généreuse. Vous portez l'espoir en vous. C'est ce qui vous sauve. Je vous ai toujours connue ainsi depuis que vous êtes venue vous installer à Quérac avec votre mari. Soyez forte et vous vous en sortirez !

– Dieu vous entende !

– Encore vos bondieuseries ! Vous ne changerez donc jamais. Vous êtes bien comme votre pauvre mère ! »

Quand Adeline fit la connaissance de Lucie, elle la reçut comme sa fille et sut immédiatement que Mathieu serait heureux avec elle. Ce bonheur la soulagea d'un premier souci.

« Nous voulons nous marier, lui annonça Mathieu à la sortie de l'hiver. Mais nous attendrons le retour de père pour fêter nos fiançailles. Quant aux noces, nous aimerions qu'elles aient lieu en été, le 1er août.

– Mais vous serez tous à l'estive ! objecta Adeline.

– J'y ai songé. Mais qu'à cela ne tienne ! Nous nous arrangerons. Lucie tient à cette date : c'est son anniversaire. C'est le plus beau cadeau que je puisse lui faire.

– Dans ces conditions, je ne m'y oppose pas. C'est ton père qui sera heureux d'apprendre la nouvelle. Il faudra la lui communiquer.

– Je m'en chargerai moi-même.

– Et Marie ? Comment fera-t-on ?

– Je crains fort, hélas, qu'elle ne puisse se joindre à nous ! Mais je ne lui en voudrai pas. Je comprends son désarroi.

– Si seulement ton père pouvait revenir sur sa décision !

– De cela aussi je tâcherai de le convaincre. Peut-être que le bonheur de se retrouver libre dans quelques mois le fera changer d'avis ! »

Chez les Chabrol et leurs amis, cette heureuse perspective oblitérait les difficultés que l'actualité quotidienne laissait présager. Comme beaucoup de Français, ils n'étaient pas vraiment préoccupés par les gesticulations des hommes politiques. Et s'il n'était qu'une seule question en ce domaine qui retenait leur attention, c'était bien la préparation des prochaines élections législatives prévues pour le 26 avril. La course aux armements dans laquelle les grandes puissances ne cessaient de s'affronter passait à leurs yeux pour secondaire. D'autant que tous ne lisaient pas les journaux nationaux.

L'essentiel pour Joseph résidait dans les chances du candidat socialiste, sur lequel il avait fini par porter son choix en dépit de ses préférences radicales.

« Je voterai comme le ferait Antoine s'il n'en était pas empêché. Pour les partisans de la paix. Tant pis pour mes anciennes convictions !

– Il n'y a que les imbéciles qui ne changent jamais d'avis, lui rétorqua Mathieu au cours d'une de ces longues discussions qu'ils tenaient entre hommes pendant les veillées. Et je préfère que tu vires plus à gauche que dans le sens opposé ! Mon père ne te dirait pas le contraire. »

Avril avait amorcé la saison des fleurs. Déjà les iris sauvages s'épanouissaient au bord des routes et redonnaient une note de gaieté aux terres saignées à vif par les fortes gelées de l'hiver. On avait évité le pire et la récolte des fruits serait épargnée. Les oliviers n'avaient pas souffert, pas plus que les pruniers et les pommiers des basses vallées cévenoles. Quant à la vigne, « il en faut plus que ça ! » avait proclamé Léon Garrigue pour rassurer son maître. Celui-ci, cependant, avait mobilisé l'attention de tout son personnel et avait scrupuleusement écouté le nouveau régisseur, qui avait fait préparer des braseros entre les rangées de ceps, afin de chauffer l'air, la nuit, en cas de grand froid tardif.

La catastrophe fut ainsi évitée.

Comme promis, Mathieu rendit visite à son père sans tarder. Il trouva Antoine un peu plus amaigri que lors de sa première visite. Visiblement les soucis le minaient davantage que le manque de nourriture. Il semblait avoir l'esprit embrouillé d'idées confuses. Cependant, il avait une bonne nouvelle à annoncer à son fils.

« Je vais être libéré deux mois plus tôt que prévu. J'ai bénéficié d'une remise de peine pour bonne conduite.

– Vous serez donc de retour pour le début mai !

– Si j'ai bien compris, oui.

– C'est mère qui en sera heureuse ! Nous serons tous réunis pour la nouvelle estive. Enfin presque. Moi aussi j'ai une bonne nouvelle à vous annoncer. Je vais me fiancer. Avec votre consentement, bien sûr !

– Te fiancer ! Alors ça, je ne m'y attendais pas ! Encore qu'à ton âge, j'étais déjà marié depuis longtemps. Et avec qui ? Je la connais ?

– Non, mais elle vous plaira, j'en suis sûr. Elle a déjà fait la conquête de tout le monde au Soleyrol.

– Comment s'appelle-t-elle ?

– Lucie Chapon. Elle est arrivée dans la commune il y a bientôt deux ans avec ses parents. Son père a remplacé le vieux Barthélemy, le maréchal-ferrant. »

Mathieu raconta son bonheur dans les moindres détails, voyant que son père buvait ses paroles comme une eau de jouvence.

« Nous attendrons votre retour pour fêter nos fiançailles. Puis nous nous marierons dans le courant de l'été. Nous avons pensé à tout. »

Antoine parut ravi à l'idée de voir son fils aîné enfin bien engagé dans la vie.

« Je serai peut-être grand-père l'année prochaine. Dis, à ton âge, il ne faudrait plus trop traîner !

– Mais vous êtes déjà grand-père, depuis bientôt deux ans !

– Ça, je ne veux pas le savoir ! C'est une chose qui ne m'intéresse pas. »

Antoine se referma subitement sur lui-même.

« Je pensais qu'avec le temps ... vous auriez pardonné.

– Pardonné ! Je n'ai rien à pardonner à quelqu'un qui n'existe plus.

– Mais Marie est votre fille, Père ! Et elle est très malheureuse.

– Je n'ai plus qu'une fille, Louise. À propos, fréquente-t-elle toujours Maurice ? Il serait temps qu'ils se marient aussi ces deux-là, maintenant que Maurice a fini l'armée. Louise va sur ses dix-neuf ans et lui sur vingt-trois. Leurs amours de gamins ont assez duré ! Ils me feraient grand plaisir en unissant nos deux familles par les liens du mariage !

– Ils y songent. Mais l'avenir leur fait peur. Ils se disent que si la guerre éclate...

– Justement, il vaut mieux dans ce cas être chef de famille que célibataire. Crois-moi ! »

Antoine ne désira plus revenir sur le cas de Marie. Il sembla à Mathieu qu'il l'avait à tout jamais rayée de sa mémoire. Toutefois, au moment où celui-ci s'apprêtait à le quitter, il se reprit :

« Quand tu reverras... »

Il n'acheva pas sa phrase.

« Oui ? fit Mathieu.

– Non, rien. Ça n'a pas d'importance. »

Les élections d'avril-mai portèrent le bloc des gauches à la victoire. On enregistra même une forte poussée des socialistes. Dans le Midi, ces derniers mordirent nettement sur l'électorat radical, ce qui fit dire à Joseph :

« J'ai senti le bon vent. Maintenant la paix est sauvée. Nos garçons peuvent emmontagner sans soucis. »

Le retour d'Antoine était prévu aux environs du 15 mai.

Les deux métairies étaient sur le branle-bas pour accueillir celui que tous attendaient. Les deux femmes avaient astiqué les maisons de fond en comble ; les hommes avaient nettoyé les étables et les écuries, rangé les hangars, remis de l'ordre dans les granges. Les bêtes avaient été tondues de frais afin qu'elles parussent sous leur meilleur jour.

Il ne manquait plus qu'Antoine pour que l'équipage fût au complet, prêt à s'endrailler.

Seule ombre au tableau : Fabien allait avoir vingt ans en septembre et devrait quitter les siens alors que des bruits de bottes inquiétants martelaient le sol de l'Europe centrale.

Mais l'heure était aux réjouissances, et chacun avait à cœur de préparer l'arrivée d'Antoine comme il se devait. Celui-ci avait fait savoir qu'il préférait qu'on ne vienne pas l'attendre à sa sortie de prison.

« Je veux prendre le temps de sentir chaque pas qui me ramènera chez nous », avait-il déclaré.

Quand, le 15 au petit matin, il ouvrit enfin les yeux sur sa vie retrouvée, il commença par poser son baluchon sur le trottoir, juste derrière la lourde porte du pénitencier qui venait de se refermer dans son dos. Puis il prit le temps de prendre du petit gris entre ses doigts et de rouler sa première cigarette d'homme libre.

C'est un être vieilli, aux tempes grisonnantes et au regard vide, que Mathilde, du coin de la rue, vit apparaître. La jeune femme, sans l'avertir, avait fait le déplacement et l'observait, immobile. Sans la voir, il s'avança dans sa direction, tirant sur sa cigarette des bouffées de fumée qui semblaient lui redonner sa vigueur d'antan.

Quand il fut à quelques pas d'elle, il leva les yeux, machinalement, et fut tout ému de la rencontrer.

« Vous ! » se contenta-t-il de dire.

Elle ne répondit pas, mais dans ses yeux se lisaient les mots que ses lèvres s'interdisaient de prononcer.

« J'avais demandé qu'on me laisse rentrer seul ! Mais vous me faites un immense plaisir d'être venue. »

Ils prirent ensemble le train à la gare Saint-Charles. Mathilde était comme paralysée de sentir son épaule contre celle de l'homme qu'elle attendait depuis si longtemps. Dans l'intimité du compartiment, elle faillit lui dire combien elle l'aimait. Mais elle se retint, une fois de plus, se contentant de sa seule présence, de cette amitié qu'elle feignait de lui donner alors qu'elle était tout amour pour lui.

Antoine parla peu pendant le voyage. Les mots lui étaient difficiles. À l'ombre de sa prison, il avait appris à taire ses sentiments. Ses pensées étaient trop tendues vers ceux qu'il allait rejoindre pour deviner qu'à ses côtés une jeune femme se sacrifiait pour lui.

De retour à Alais, ils se quittèrent sur le quai même de la gare. Mathilde allégua une visite à rendre chez une amie pour laisser Antoine seul à sa joie de faire son entrée à Quérac. Elle s'éclipsa sans se retourner.

Tous l'attendaient dans une fébrilité débordante : Adeline, assise sur le tronc d'arbre, comme elle se l'était juré ; Mathieu, Louise, Fabien et François sur le seuil de la maison. Quand il parvint à la limite de la métairie, ses yeux cherchèrent aussitôt ceux d'Adeline. Il ne vit d'abord qu'un halo de lumière, mais il savait dans quelle direction tourner son regard. Il savait que la jeune femme, qu'il lui semblait avoir épousée la veille, l'attendait, assise sur leur arbre, les bras grands ouverts.

Les fiançailles de Mathieu eurent lieu comme prévu huit jours après son retour. Puis les garçons emmontagnèrent tous ensemble.

« Nous redescendrons pour régler les préparatifs du mariage aux environs du 25 juillet », déclara Mathieu, qui ne parvenait pas à se séparer de Lucie.

Louise, quant à elle, ne quittait pas Maurice d'une semelle et se serait bien endraillée avec lui s'il le lui avait demandé au dernier moment. Ayant échappé de peu au service de trois ans, il ne contenait plus sa joie à l'idée de reprendre la draille.

« Tu sais bien que les bergers n'aiment pas la compagnie des femmes à l'estive, lui confia-t-il. J'aimerais t'emmener, mais je ne peux déroger aux habitudes.

– Vous, les hommes, vous êtes tous les mêmes ! répliqua-t-elle gentiment. Quand la montagne vous prend, elle ne vous lâche plus.

– Quand les drailles nous appellent, devrais-tu dire ! Mais tu sais bien que c'est elles qui nous unissent encore le plus à celle que nous aimons. »

Sur le seuil du Soleyrol, Antoine et Adeline, enfin réunis, les regardaient s'éloigner en compagnie de leurs vieux amis.

« Ah ! fit Antoine, moi aussi, j'ai bien envie de partir avec eux.

– Tu me laisserais déjà seule ! s'exclama Adeline.

– Je disais ça pour plaisanter. Cette année, nous restons avec nos femmes, hein, mon vieux Joseph ! Mais l'année prochaine, nous reprendrons la draille comme au bon vieux temps, n'est-ce pas ? »

Comme prévu, les garçons laissèrent le troupeau aux bergers et traspastres qu'ils avaient engagés à Cabrillac et redescendirent fin juillet pour le mariage de Mathieu et de Lucie.

Une surprise les attendait. Maurice et Louise leur avaient caché qu'ils désiraient se marier le même jour. La jeune fille avait fait publier les bans dans la plus grande discrétion pour créer la surprise et n'avait mis que ses parents, ses futurs beaux-parents et son amie Mariette dans la confidence.

Ce fut pour tous un mois de grand bonheur, passé dans les préparatifs fébriles de l'union des deux familles, tant souhaitée par Antoine depuis longtemps. Maurice tint son secret jusqu'à son retour à Quérac. Puis, sans prévenir, il déclara à ses compagnons, dès qu'il aperçut les tuiles rouges des premières maisons :

« Je vais vous étonner. Mathieu, tu sais que tu ne seras pas seul à te marier dans une semaine !

– J'espère bien que je ne serai pas seul ! Lucie sera à mon bras.

– Imbécile ! Je veux dire que vous ne serez pas les seuls à vous marier. Nous serons quatre.

– Nous ! Que veux-tu dire ?

– Louise et moi, nous allons nous marier en même temps que vous. »

XXVII

Les noces

La veille des noces, les deux maisonnées s'affairèrent pour honorer leurs invités. Tous, sans exception, levés de bon matin, prêtèrent main-forte pour aménager les extérieurs et organiser la fête champêtre qui durerait, espérait-on, jusqu'à l'aurore.

Les garçons amenèrent des tréteaux et dressèrent de longues tables autour desquelles ils placèrent des bancs que le pasteur leur prêta sans hésiter.

« Ce n'est pas tous les jours que je marie deux couples à la fois. Et dans la même famille ! avoua-t-il. De plus, vous me faites tellement plaisir en m'invitant à la noce que je ne peux pas vous refuser un tel service ! »

Antoine et Adeline avaient tenu à ce que le pasteur Ferrier se joignît aux convives après l'office.

« Je sais, reconnut Adeline, nous ne sommes pas les plus assidus de vos paroissiens. Mais je désire qu'un homme d'Église soit présent parmi nous. Mon mari n'y voit pas d'inconvénient, ni les parents de Maurice. Quant à ceux de ma future belle-fille, ils sont catholiques, mais pasteur ou curé, peu leur importe !

– Voilà des chrétiens bien ouverts à l'œcuménisme !

– Les parents de Lucie souhaitent cependant qu'un prêtre officie à vos côtés.

– Si tel est leur désir, je ne m'y opposerai pas. Mieux vaut deux bergers qu'un seul pour conduire le troupeau, n'est-ce pas ? Ce n'est pas votre mari qui me contredirait ! »

Les préparatifs touchaient à leur fin. Les cœurs étaient remplis de joie et les novis n'avaient qu'une hâte : être au lendemain pour que la fête commence. Parfois ils s'absentaient, à tour de rôle, derrière un bosquet et restaient cachés de longues minutes croyant que personne ne s'apercevrait de leur disparition. Joseph faisait mine de s'inquiéter, davantage pour chiner les futurs jeunes époux que pour les rappeler à l'ordre. Sur quoi Mariette, qui avait proposé ses services et devait être le témoin de son amie Louise, ne manquait pas d'intervenir avec ironie :

« Ne craignez rien, Joseph ! Ils ne vont pas vous faire un petit avant l'heure ! Ils sont allés chercher quelques bancs supplémentaires au temple. »

Seul Antoine ne semblait pas complètement réjoui. Il est vrai qu'en son cœur la joie n'était pas à son comble. Ni Joseph ni Adrienne ne pouvaient en ignorer la raison. Il sombrait parfois dans de longs moments de silence qui inquiétaient son entourage. Il devenait taciturne et ne répondait plus aux plaisanteries qui fusaient de toutes parts. Adeline le surveillait de loin, sans lui montrer son inquiétude.

« La prison laisse des traces tenaces chez beaucoup d'anciens détenus, lui dit Adrienne pour la rassurer. Ne te fais pas de soucis ! Avec le temps, ça lui passera. »

À la fin de la matinée, alors que les tables étaient toutes dressées, les bancs bien disposés, le décor champêtre bien campé, il disparut sans prévenir. Adeline crut d'abord qu'il était allé rejoindre Joseph pour se confier. Il en avait pris l'habitude depuis son retour, quand les nuages noirs de son passé venaient obscurcir son esprit. Son ami, rentré chez lui pour soigner ses bêtes, affirma ne pas l'avoir revu depuis qu'il s'était absenté.

Il ne revint pas de la journée.

Quand le soir tomba, alors que tout était prêt pour les noces du lendemain, Antoine réapparut, le sourire aux lèvres, tenant Marie et le petit Pierre par la main.

L'air très ému, il déclara, laconique :

« Sans Marie et son petit garçon, nous n'aurions pas été au complet ! »

À la même heure, à Paris, au Café du Croissant, Jean Jaurès tombait sous les balles de son assassin.

Le lendemain, tous se levèrent de bon matin. L'aube blanchissait à peine les crêtes et les terres étaient encore nimbées de rosée. Les coqs, ensommeillés, n'avaient toujours pas mis leur bec dehors et hésitaient à donner de la voix pour réveiller leur basse-cour.

Avant de penser aux réjouissances, il fallait d'abord s'occuper des bêtes, une vingtaine de brebis et de chèvres trop vieilles ou trop chétives pour entreprendre le long voyage de transhumance. François était toujours le premier dans l'étable à aller les cajoler, leur parler, leur prodiguer les premiers soins. Il les prenait en pitié, s'adressant à elles comme à des êtres humains, et les plaignait de ne pas être allées gambader avec les autres dans les hauts pâturages. Les bêtes le reconnaissaient et lui faisaient fête dès qu'il s'approchait d'elles. Il avait tenu à ce qu'elles fussent décorées, elles aussi, au moment du départ du troupeau, et munies d'une petite clape pour qu'elles aient l'impression d'être à l'estive avec les autres brebis. Antoine lui avait promis de leur laisser pompons et sonnailles jusqu'au retour du troupeau en octobre, et de les emmener tous les jours là où l'herbe était la plus tendre, ce qui était une gageure en cette saison où tout grillait sous les feux ardents de l'été.

L'enfant, certes, se réjouissait comme tout le monde à l'idée de participer à la fête. Mais il trépignait déjà d'impatience de pouvoir reprendre le chemin qui le ramènerait vers la haute montagne. Il avait aussi la draille dans le sang, et rien ne pouvait remplacer en lui cet irrésistible appel qui faisait battre son cœur dès que le printemps chassait les derniers frimas de l'hiver.

La double cérémonie était prévue pour onze heures. Les amis des trois familles se retrouvèrent d'abord à la mairie de Quérac. Le maire, impressionné par la foule assemblée, prononça l'un des plus beaux discours de mariage de son mandat, mû sans doute par la gravité des événements.

Puis tous prirent le chemin du petit temple. Les places y étaient comptées et beaucoup durent rester dehors pour écouter les sermons du pasteur et du curé qui se succédèrent en chaire, dans le même dessein : indiquer aux novis le chemin de l'Éternel.

Antoine ne put se retenir de souffler à Joseph :

« Ces deux-là n'ont pourtant pas pris le même chemin !

– Chut… ! » coupa Adeline, qui était tout à l'écoute des deux officiants.

La présence des représentants des deux Églises donnait au culte une petite note de modernité et l'assistance, peu habituée à une telle situation, n'en était que plus attentive. Chacun observait les deux hommes avec une attention inhabituelle, cherchant à déceler l'ombre d'une différence dans leur gestuelle et dans leur verbe. Mais leur façon de mener la cérémonie à tour de rôle était d'une rigueur si irréprochable et démontrait une osmose si surprenante que tous finirent par se laisser convaincre que rien n'opposait vraiment les deux bergers, et que c'était sans doute leur troupeau, rassemblé pour une fois dans la même bergerie, qui les amenait sur le même chemin, et non l'inverse.

Catholiques et protestants, en effet, s'étaient mélangés dans les travées du temple et formaient une unique assemblée, chantant et priant de concert, louant le Seigneur d'une seule voix et dans un grand esprit de fraternité.

Lorsque la cérémonie fut achevée, Antoine prit Adeline par le bras. Joseph fit de même avec Adrienne et, fièrement, tandis que le clavecin entamait la marche nuptiale, ils se mirent dans les pas des jeunes mariés, suivis par les parents de Lucie tout à leur joie. Lorsque le cortège parvint à la porte du temple, un homme sortit de l'assistance qui s'était massée près de l'allée centrale : Auguste Donnadieu fit un pas dans leur direction.

Surpris de sa présence, Antoine ne bougea pas. Scrutant la foule, il aperçut, quelques pas derrière lui, son épouse Hortense, qui avait l'air très émue. Adeline sentit qu'Antoine se cabrait.

« Détends-toi, lui chuchota-t-elle à l'oreille. Tu n'es pas obligé de lui tendre la main.

– Après tout le mal que son fils a fait à notre fille, j'ai plutôt envie de lui tendre mon poing !

– Il n'est pas responsable des actes de son fils ! Et… n'oublie pas qu'ils s'aimaient tous les deux. Et elle l'aime encore, ajouta Adeline en parlant de Marie et de Guillaume. Faisons-leur bonne figure ! »

Quand Antoine passa devant le châtelain, il ne put se retenir de détourner le regard. C'était la première fois qu'il se retrouvait en sa présence depuis sa remise en liberté. Auguste Donnadieu fit mine d'aller vers lui et de lui tendre la main. Mais, sentant la réticence de son métayer, il se ravisa aussitôt. Néanmoins, il déclara :

« Antoine ! Je suis heureux de vous retrouver. En ce jour si particulier, je ne peux que vous souhaiter la bienvenue et beaucoup de joie parmi les vôtres. Je vous ai réservé une petite surprise. Enfin… pas à vous exactement, mais à vos enfants qui se marient.

– Nous vous remercions, Monsieur, répondit Adeline. Mais il ne fallait pas. »

Devant le monde qui s'agglutinait derrière eux, Adeline et Antoine rejoignirent les mariés sur le parvis du temple. Les jeunes du village jetaient des confettis et des grains de riz sur les convives et les curieux.

« Ne crois-tu pas qu'il faudrait inviter le châtelain et sa femme au vin d'honneur ? demanda Adeline à Adrienne, qui avait entendu les paroles affables d'Auguste Donnadieu.

– Les convenances le voudraient, répondit-elle. Qu'en penses-tu, Joseph ?

– C'est aussi mon avis. Mais je me mets à la place d'Antoine !

– Personne ne se met à la place de Marie ? coupa celui-ci. C'est à elle de décider. »

Marie était de tous la moins joyeuse. Le bonheur qu'elle éprouvait pour sa sœur et pour son frère était certes immense, mais le spectacle qu'ils lui offraient ne pouvait qu'assombrir son cœur. Elle eut beau se plonger dans la prière pendant l'office, elle ne put s'empêcher de s'imaginer aux côtés de Guillaume. À travers les larmes de son chagrin, elle se vit dans sa propre robe de mariée, au bras de celui qu'elle aimait encore malgré elle, et sa douleur ressurgit de là où elle croyait l'avoir enfouie.

Elle tenait Pierre par la main, pour l'empêcher d'aller se perdre dans la foule. Cela lui donnait une contenance. Mais son regard ne trompait pas sa mère qui la savait profondément meurtrie.

« Il faut aller le lui demander ! ajouta Antoine.

– Laisse-moi faire ! » fit Adeline en se faufilant parmi les invités.

Marie ne fit aucune objection.

« Je n'en veux aucunement à M. Donnadieu, encore moins à son épouse. Elle a toujours été très bonne pour moi. De plus, ils ne se doutent pas que Pierre est leur petit-fils. Guillaume n'a pas dû leur avouer la vérité. Sinon, vous en auriez entendu parler, d'une manière ou d'une autre. »

Les convives s'égaillèrent en direction de la métairie où la fête attendait de commencer. Antoine dépêcha Joseph pour aller inviter le châtelain et son épouse, et préféra partir au-devant pour les éviter.

Auguste Donnadieu ne se fit pas prier et fut parmi les premiers à être présent dans la prairie où les tables avaient été dressées.

Déjà Mariette et Pauline s'affairaient à mettre une dernière main aux plats qu'elles avaient mitonnés depuis l'aube, et attendaient avec impatience pour commencer à servir les apéritifs de bienvenue. Les invités étaient nombreux. Antoine et Joseph avaient convié à la noce tous les métayers du domaine et leur famille, ainsi que leurs amis qui jalonnaient la draille.

Le soleil était au rendez-vous, même si l'horizon était plombé. L'alcool aidant, la chaleur eut vite raison des plus fiers qui tentaient désespérément de garder veste et cravate. Au bout d'une heure, les hommes étaient en bras de chemise et les langues, déliées, allaient bon train. L'atmosphère était des plus bucoliques. La joie se lisait sur tous les visages. Le bonheur semblait enfin revenir sous le toit du Soleyrol.

Même le châtelain se laissait aller devant tant de convivialité.

« Nous devrions le retenir pour le repas, proposa Adeline, soucieuse de respecter les convenances. Il a fait un joli cadeau à nos jeunes mariés. Nous lui devons bien ça !

– Fais comme il te plaira, répondit Antoine, pourvu que Marie soit d'accord ! »

Auguste et Hortense Donnadieu prirent place à la table d'honneur, aux côtés du pasteur et du curé. Le maire, invité lui aussi, s'était placé à la droite du vieux docteur Mayen et faisait face au châtelain. Dans leur regard se décelait une certaine rivalité que le pasteur crut bon aussitôt de tempérer en invitant les convives à porter un toast aux jeunes époux et à leurs familles. Sans qu'on le lui demandât, il prit la parole et, se levant, le verre à la main, déclara :

« Mes chers amis, monsieur le curé m'excusera, j'en suis sûr, de parler le premier. Il comprendra pourquoi. Nous voici tous réunis autour de cette table, à l'image des disciples de Jésus lors de la Sainte Cène. Qu'est-il de plus heureux en effet, en ces temps où les canons ne cessent de gronder à nos frontières, que de voir nos deux communautés assemblées pour fêter un si bel événement ? L'union de Maurice et de Louise, et surtout de Mathieu et de Lucie, est l'incarnation même de ce que le Christ n'a pas cessé de prêcher jusqu'au sacrifice de sa personne : je veux dire l'amour, l'amour avec un grand A, l'amour au-delà des différences, au-delà des réticences et des exigences fallacieuses. Je vous vois autour de cette table, si unis, si mêlés les uns aux autres, malgré vos opinions et vos appartenances, que j'ose vous déclarer combien vous me donnez foi en l'homme pour l'avenir, en dépit des dangers que nous font encourir les grands de ce monde dans leur folie destructive. Le fait de me trouver assis à côté de mon ami monsieur le curé Delmau, entre monsieur le maire qui – je sais – ne fréquente ni les bancs du temple ni ceux de l'église ! (l'assistance se mit à rire) et monsieur le châtelain, me procure une joie immense. Car je vois là l'image d'une grande réconciliation, d'une profonde unité de notre peuple, qui, face aux dangers de guerre et dans l'adversité, saura – j'en suis persuadé – se montrer solidaire et d'une grande sagesse. Mais je ne voudrais pas monopoliser la parole. Aussi, avant de porter un toast aux jeunes mariés, je laisse la place à monsieur le curé qui a, lui aussi, un message de fraternité à transmettre. »

Les applaudissements fusèrent de toutes parts. Mais les convives, à l'annonce d'un autre discours, commencèrent à montrer de l'impatience.

« Après le curé, on aura droit à celui du maire ! chuchota Fabien à l'oreille de sa sœur Marie.

– Je le crains. Et après, avec un peu de chance, à celui du châtelain !

– Ça, ce serait un comble ! Déjà que sa présence en gêne certains !

– C'est maman qui l'a invité. Par convenance.

– Chut ! On vous entend », s'interposa Jérémie, qui ne lâchait pas Marie d'une semelle.

Depuis que sa malheureuse amie était revenue parmi les siens, l'aîné des Coste espérait attirer ses regards. Toujours à ses petits soins, il se montrait tout aussi prévenant à son égard qu'attentionné envers le petit Pierre. Mais Marie n'avait pas encore l'esprit à la fête ni le cœur disposé à s'en laisser conter.

Le curé Delmau fut bref. Il reconnut que les paroles de son confrère protestant traduisaient admirablement le message du Christ et qu'il ne pouvait en dire plus sans le plagier. Il eut la présence d'esprit de donner aussitôt la parole au maître de céans afin qu'il clôture le temps des discours.

Antoine, ne s'attendant pas à devoir prendre la parole, se rétracta. Mais les invités insistèrent.

« Un discours ! Un discours ! » s'exclamèrent-ils tous en cœur.

Même Auguste Donnadieu, que l'ambiance avait débridé, tapait dans les mains pour demander à son métayer de sacrifier à la coutume.

« Très bien, très bien ! déclara Antoine. Puisque vous insistez, je vais vous dire deux mots. »

Adeline regarda Adrienne d'un air inquiet. Celle-ci lui fit signe de se détendre.

« Je ne sais pas faire de beaux discours, commença-t-il. Un berger sait peut-être parler aux brebis, mais pour ce qui est de parler aux hommes, c'est pas pareil ! Je veux d'abord m'adresser à ceux grâce à qui nous sommes ici tous réunis : mes enfants. Nos enfants, rectifia-t-il en regardant en direction de Joseph et d'Adrienne. Par leur union, ils viennent de sceller à tout jamais les liens qui unissaient déjà nos deux familles par une amitié vieille de plus de vingt ans. Lucie, quant à elle, nous apporte un sang neuf et l'espérance qu'au-delà de nos différences, l'amour peut toujours triompher. »

Antoine se racla la gorge et jeta un regard attendri en direction de Marie. Celle-ci s'en aperçut et baissa les yeux, tirant vers elle Pierre qu'elle tenait par la main. Il reprit :

« La vie est souvent parsemée d'embûches. Et beaucoup de difficultés semblent insurmontables. Mais je veux témoigner devant ces jeunes gens qui commencent aujourd'hui une longue transhumance ensemble, que rien ne peut détruire l'amour quand il vient du fond du cœur. Qu'ils sachent qu'il n'y a pas de pire prison que celle de l'oubli, et de pire châtiment que celui du mépris des autres. D'où je viens, je peux affirmer qu'il y a toujours une lueur, une lumière, même dans les plus profondes ténèbres, si dans le cœur brûle toujours l'amour de ceux qu'on aime et qui vous aiment. Qu'ils soient donc persuadés que si un jour, comme je l'ai été, ils sont victimes de l'injustice et du mépris des hommes, seul l'amour des leurs leur tiendra la tête hors de l'eau. Qu'ils n'oublient pas enfin que pardon et amour sont deux mots qui ne vont pas l'un sans l'autre. »

Marie regardait son père à travers ses larmes. Elle ne voyait de lui qu'une silhouette floue qui ressemblait étrangement à l'un de ces prédicants du Désert, à l'époque où des milliers de persécutés devaient se cacher pour entendre les messages de ceux qui risquaient leur vie par amour d'autrui et par amour de Dieu.

Elle se rapprocha d'Adeline, la prit par les épaules. Celle-ci prit le petit Pierre par la main, et ensemble, sans se le montrer, se mirent à prier.

Au fond de l'assistance, une autre personne faisait de même. Mathilde, invitée l'une des premières à la noce, cachait mal son émotion et tâchait de faire bonne figure.

La fête recommença aussitôt après le discours d'Antoine.

Celui-ci ne fut jamais aussi joyeux depuis le jour de son retour. Se sentir entouré de sa famille sous son propre toit, et dans la perspective de la voir s'agrandir bientôt, le réconfortait et lui faisait oublier momentanément ce qu'il avait vécu en prison.

Adeline semblait renaître à la vie. Les miasmes de sa maladie s'étaient évanouis comme par miracle, à croire que le bonheur lui était plus salutaire que tous les remèdes du bon docteur Mayen. Son visage épanoui rayonnait et avait rajeuni de dix ans. Ses enfants prenaient un bon départ dans leur existence et, si ce n'était Marie, elle aurait été vraiment comblée de joie.

Toutefois, elle s'était vite aperçue que Jérémie ne tarissait pas d'éloges pour sa fille aînée. Sans lui en parler, et sans en toucher un mot à Antoine, elle s'était mise à espérer qu'un jour peut-être, elle se consolerait dans les bras de son ami d'enfance.

« Ce serait si merveilleux pour tous les deux ! » songea-t-elle.

Au cours de la journée, Jérémie ne laissa jamais son amie renouer avec le chagrin et les regrets. Lui montrant sa présence avec beaucoup de délicatesse, il ne cessa de la divertir, de la faire rire quand les plaisanteries fusaient d'un bout à l'autre de la table des convives. Marie, comme sa mère, sembla oublier le mal qui la rongeait. Avec persévérance, Jérémie obtint d'elle un sourire, puis un geste affectueux, et elle finit par se laisser aller dans ses bras au moment du dessert, quand on se mit à danser.

« Ça s'annonce bien ! » pensa aussitôt Adeline, qui les surveillait discrètement.

Adrienne, grisée par l'ambiance, vint s'asseoir un moment près de son amie.

« As-tu remarqué ce que j'ai vu ? lui demanda-t-elle d'un air ravi.

– Je crois que oui.

– La noce a donné des idées à d'autres tourtereaux ! Je savais bien que Jérémie en pinçait pour Marie. Mais ce grand nigaud est trop timide pour oser le lui avouer. Il tourne autour d'elle depuis un bon moment.

– C'est Marie qui n'est pas encore prête pour une telle aventure. Mais elle a enfin brisé la glace qui la retenait. Et je crois que ton Jérémie tient là toutes ses chances. »

Les deux amies devisaient sur l'avenir de leurs enfants, sans se douter qu'à l'écart des invités, ceux-ci étaient en train de forger leur avenir.

Jérémie, moins timide que sa mère le pensait, avouait à Marie qu'il l'aimait depuis longtemps et qu'il ne pouvait plus le lui cacher.

« Penses-tu à l'enfant que j'ai eu d'un autre ? lui objecta-t-elle. Pierre sera toujours entre nous un sujet de discorde. Un jour tu me reprocheras d'avoir aimé quelqu'un d'autre.

– Pierre deviendra mon fils à l'instant même où tu deviendras ma femme. Et je ne ferai jamais de différence entre lui et les enfants que nous aurons ensemble. »

Marie semblait se laisser convaincre. Voir sa sœur heureuse avec Maurice lui laissait croire que le bonheur n'est pas forcément celui des premières amours. Louise, sans doute, avait connu d'autres aventures avant d'accepter les avances de Maurice. Cela ne prouvait pas qu'elle l'aimait moins que ceux qui avaient eu avant lui ses faveurs.

« Si grand a pu être l'amour que tu as éprouvé pour Guillaume, je ne te demanderai jamais de l'oublier. Il a été pour toi le premier. Mais je suis là maintenant, et moi aussi, je t'aime, Marie. Alors, si tu veux de moi, je suis prêt à faire de toi ma femme et de ton enfant mon fils. »

Marie ne résista pas à la sincérité de Jérémie. Elle prit son visage dans ses mains et, sans se soucier des invités qui s'étaient éparpillés dans la prairie à la recherche d'un coin d'ombre et de tranquillité, elle l'embrassa longuement en se laissant noyer dans le bonheur.

« Ça y est ! remarqua Adrienne, qui ne les avait pas quittés des yeux. Je crois que nous sommes bons pour une nouvelle noce !

– Tu vas un peu vite en besogne, répliqua Adeline, qui s'était un peu assoupie. Mais si tu ne te trompes pas, j'en serai la première ravie.

– C'est Antoine qui le sera plus que toi. C'est qu'il s'est fait du souci pour Marie ! Tu sais, quand un père renie sa fille comme il l'a fait lorsqu'il était au plus mal, c'est qu'il l'aime au plus haut point, et qu'il ne peut concevoir d'être déçu par elle.

– Je sais, ce n'est pas toujours facile d'accepter ce que nos enfants souhaitent pour eux-mêmes. Ni d'accepter leurs erreurs. »

Antoine ne s'était aperçu de rien. Il allait de l'un à l'autre de ses invités, et parlait à tous de transhumance et d'estive, ce qui rappelait à chacun de bons souvenirs. Par délicatesse, personne n'osa évoquer la mémoire de Legarec. Et si la présence du nouveau régisseur, Léon Garrigue, était la preuve vivante des malheurs d'Antoine, nul ne fit allusion à un certain passé qui aurait jeté le trouble dans l'assistance.

Mathilde de son côté fut l'une des seules à rester à l'écart des conversations. La jeune femme partageait le bonheur de ses amis, mais une ombre assombrissait son cœur. Partagée entre l'amitié qu'elle portait à la famille d'Antoine et l'amour qu'elle éprouvait toujours pour celui-ci, elle finit par se sentir de trop au milieu de tant de gens qui ne contenaient pas leur joie. Discrètement elle quitta la noce la première, alors que les invités semblaient reprendre un peu de vigueur après les touffeurs de l'après-midi.

Le soir tombait à peine et commençait à répandre un peu de fraîcheur. Sur les tables, les restes du repas finissaient de se déshydrater dans les assiettes, les fonds de verre indiquaient que les ventres étaient repus et que le moment était venu de redonner un nouvel élan à la fête pour aborder la nuit qui s'annonçait très douce.

« Comment ! Vous nous quittez déjà ? s'étonna Adeline.

– J'ai promis à ma vieille tante de lui rendre visite demain matin, mentit Mathilde pour ne pas s'étendre sur les vraies raisons de son départ précipité.

– Vous auriez pu rester un peu plus, nous allons manger les restes et danser une bonne partie de la nuit.

– Vous m'excuserez auprès de votre mari. Je ne le vois pas. Il a dû s'absenter. J'ai déjà dit au revoir aux jeunes époux. De toute façon, nous nous reverrons avant la fin des vacances scolaires. François va sans doute redescendre de la montagne pour reprendre l'école en octobre !

– Bien sûr ! Il est trop jeune pour ne plus aller en classe. Ne vous inquiétez pas pour lui. J'ai dans l'idée qu'il ne fera pas comme ses frères. Si nous pouvons, nous lui donnerons sa chance. »

Mathilde s'éloigna sans se retourner. Parvenue à la sortie de la métairie, elle rencontra Antoine, qui était allé surveiller son étable.

Il s'étonna à son tour du départ de son amie qui, visiblement gênée, lui expliqua ce qu'elle venait de dire à Adeline.

« Je ne saurai jamais comment vous remercier pour toute l'attention que vous m'avez portée quand j'étais en prison, lui avoua-t-il. Sans votre présence, j'aurais sans doute sombré dans le plus noir désespoir. Depuis longtemps je… »

Antoine s'interrompit, troublé, ne trouvant plus ses mots.

« Je n'ignore pas les sentiments qui vous animent, reprit-il, et ils vous honorent. »

Mathilde parut décontenancée.

« Antoine…

– Ne dites rien. Je vous en prie. Vous avez tant de noblesse à mes yeux que les mots que vous pourriez prononcer risqueraient de tout gâcher. Sachez seulement que, dès le premier instant où je vous ai rencontrée, j'ai su que nos destins seraient liés l'un à l'autre, mais qu'il faudrait se montrer dignes et forts. C'est ce que vous m'avez toujours prouvé, n'est-ce pas, de toute évidence ? La vie, Mathilde, ne nous permet pas de vivre heureux en brisant ailleurs le bonheur des autres. Cela, vous l'avez compris, vous aussi, dès le premier jour. Et je ne vous en suis que plus reconnaissant. Gardons intacte cette amitié qui nous unit depuis si longtemps. C'est le plus beau gage d'amour que nous pouvons nous apporter l'un à l'autre. »

Table des matières